大澤龍蛇傳

美人關難過

無人能獨活

「皇天在上，我一定不虧負你。」

白羽——著

初涉江湖，便逢險難的紀宏澤
性如烈火的「飛來鳳」桑玉明
柔媚刁鑽的豔孀美婦人金慧容

誤打誤撞之下，雙女竟拚鬥奪少婿，她就算敵她不過，也要他狠狠記得她！

目錄

目錄

第十六章　失旅伴狹路逢諜

大林的背後，就是對村下卡子的所在。土崗，小溪，田徑，大林，在最近幾十年中，曾經流過多少次血，械鬥過無數次。紀宏澤鑽入大林，知道「逢林莫追」的戒條，料到追兵不會追入。他喘息一陣，脫去溼衣，擰乾了水，一面晾衣，一面打主意。把衣褲搭在樹枝上，把小包袱打開，所帶乾糧衣物全都水浸，也拿出來晾著。山風淒冷，渾身起粟，又飢又疲，又與紀蔚叔相失，心中十分焦急。正在赤身呆想，強忍飢寒，忽聽林內簌簌有聲。紀宏澤嚇了一跳，忙操起利劍，披上溼衣，尋聲找過去。

穿行樹縫中，找到那邊。那邊也有一個赤膊的男子，正在脫溼衣，換乾衣。樹根下也展開了一個包袱，卻是乾燥無水，在身旁也放著一把刀。一見紀宏澤，立刻操起刀來，低聲喝道：「站住！什麼人？」

這不用問，這人正是剛才那個逃人。可是這逃人竟反目若不相識，威嚇紀宏澤，不叫他上前。此時漸有曙色，深林中不透日光，依然對面看不清面貌，只是揣摩聲音，也能斷定。紀宏澤忙道：「朋友，別嚷，咱們是難友！我跟你是一路，咱們倆不是剛才一同滾山谷下來的麼？你怎麼忘了我？」

那人「唔」了一聲，半晌才發話道：「我不認識你，你給我站開了。人心隔肚皮，你到底是幹什麼的？剛才你那是幹什麼？」

紀宏澤情知此人城府很深，戒備很嚴，也就見機而作，倒退了數步，相隔稍遠，自己首先把劍拋在地上，雙手拍掌，叫對手放心。然後說：「朋友，我是過路人。我有一個夥伴，我們結伴從這山村透過，他們山村子上的人，不知何故，竟要扣留我們。大概他們誤把我們看成奸細，把我追了一個跑。我和我的夥伴都會兩手拳腳，我們奪路逃出來，只逃出我一個人，我的夥伴至今沒有逃出，恐怕叫他們捉住了。我們聽說他們正跟鄰村械鬥，我們算是誤打誤撞，踏進是非坑了。我現在還得想法子尋找我的夥伴，若是真叫他扣下，我還得想法子把人救出來。這就是我的實話。朋友，你也是過路人嗎？」

那人聽了，又看了紀宏澤一眼，哼了一聲，似回答又不似回答。紀宏澤忙又叮問一句：「我說朋友，你究竟是跟我們一樣呢，你還是鄰村上的人，跟他們械鬥，特來夜探敵情的呢？」

那人又哼了一聲，還是不答。紀宏澤繞著彎又問：「到底，他們這村子膽敢隨便捕捉過往行人，倚仗著什麼勢力？他們就不怕官府辦罪麼？」

連問數次，那人只翻眼珠子，盯著紀宏澤，神情上猶帶猜忌。宏澤就是不問械鬥，專打聽前途的道路。這人也是哼著哈著，不肯回答。後見紀宏澤釋劍落座，倚在對面樹根下，顯然不存敵意。又聽紀宏澤出語幼稚，這人便漸漸釋慮，也收刀坐下；依然不錯眼珠，盯著宏澤，隨將包袱中的乾糧取出，自己享用起來。還有一隻水壺，也取出來，口對口地痛飲了一氣。

然後張眼往四面看，側耳往林外聽，似有所待。對於紀宏澤還是不愛搭理。

紀宏澤一夜奔馳，肚中也早覺飢餓，更苦口渴。看自己包裹中的食物，空有油紙包紮，已被河水漬入，饅頭幾成了稀醬，一捏便成黏粥。因與衣服同包，染上藍靛氣息，更難下嚥。紀宏澤哼了一聲，連油紙也都投在地上，抬頭看望對手，且飲且食，且歇息，正偷眼打量自己。紀宏澤有心向這人借糧，又不肯啟齒，對手也不讓他。剛才他們曾共患難，此刻漠如路人。紀宏澤實在無奈，站起來湊到那人面前，拱手道：

「朋友，對不住，借口水喝，行不行？」

此時天色漸明，密林深諳，已能辨得出面目。那人仰面睨了紀宏澤一眼，看出宏澤只是個十八九歲的大孩子，他便微露詫容。也明知求水就是乞食，他低頭把水壺看了看，竟又提起，口對口仰面喝了一頓，這才搖著水壺說：「只有一點水了。」捉壺送過來，並不遞到宏澤手內，只放在地上，便退回去，手指著教宏澤自取。

紀宏澤提壺一看，只剩殘滴，剛夠潤嘴唇的，不由得赧然愧怒。自己和這人一同奪路，逃出虎口，若不是自己打岔，此人未必闖得出來。現在他竟如此傲慢，拿空壺戲弄人。紀宏澤動了少年火性，說道：「這是怎麼講，沒有水，還讓我喝？」

那人笑了笑，擺手道：「別著急，這邊近處就有水泉，你不會拿壺汲點去嗎？我這水也是剛灌的。」說著似感不安，索性把乾糧也分了一半，放在地上，對紀宏澤說：「你看林這邊就有清泉。你解開腰帶子，繫上這壺，就可以汲來。還有這點乾糧，對不住，你也將就吃點吧。」

紀宏澤凝視這人，半晌才提壺舉步，依著那人指點的汲道，尋了過去，穿林找了半個圈，近處並沒有泉，只得仍尋剛渡過的那道小溪。又走了一程，才尋著小溪的上流。提壺汲水，先喝了一陣。喝完，本想提空壺回去，轉想：我何必跟他一般見識？滿滿地再汲了一壺河水，便提著回來。路疏林密，多繞一圈，才尋回故處。不料看林徑，驗樹根，彷彿已到故處，那個同逃的人已然沒影了，連自己帶那人的包袱也全不見。開始還是當自己尋錯了地方，可是自己剛才投在地上的溼饅頭油紙包，還在樹根下，草棵中。紀宏澤登時明白，那人甩下自己，悄悄溜走了。

紀宏澤大怒，溜走不要緊，不願和自己搭伴也不要緊，他最不該連自己的包袱也拐走。卻幸自己的兵刃沒有離身，氣得宏澤抽劍托鏢，在林中往返搜了數遭，那人竟會走得無影無蹤。遠眺林外，有一望無際的叢莽，更無法追尋。

宏澤兜肚內只裝著一些散碎銀子，兩封整錠銀子全在包內。暗想這一定是那人見財起意，用一把空壺，誆自己取水，他便卷包逃走了。既失旅伴，又喪資斧，恚怒已極，又不敢喊嚷，搔頭無術，繞著這樹林，出來進去，轉了好幾圈，害得一籌莫展。

愣了一會兒，想起紀蔚叔教給他驗道的方法。重尋到故處，就拿抛在地上的溼饅頭做起點，低頭細驗腳印。林內遍生叢草，也有踏倒的草棵，可驗人蹤。紀宏澤履著形跡，低頭尋著，偶一仰面，有一物正拂在臉上，抬頭一看，是一根溼帶子，從樹上垂下來。再看樹上，在樹杈枝上，竟拴著一個藍布包袱。紀宏澤忙盤樹摘下，打開一看，正是自己失落的那個布包。包中銀兩未失，衣物也都沒丟，連那人分給自己的乾糧也放在包內了。紀宏澤至此恍然，剛才那個人並沒有安心拐騙，只不過存心要甩開自己，不願意自己跟隨他罷了。

紀宏澤揣不透那人是幹什麼的，也揣不出此人已然潛奔何處。只得席地而坐，把乾糧吃了，又喝了半壺水，搔頭沉思，還得尋找紀蔚叔要緊。至於剛才那個人，既與己無關，索性不必管他了。想罷，倚樹躺下，閉目養神。不想少年血足，不耐勞苦，心中煩躁，轉增瞌睡，涼氣一吹，呼呼地睡熟了。

過了好久的工夫，忽然驚醒，揉眼爬起來一看，陽光四射，早已大明。凝神一聽，林前有聲。忙探頭出窺，這才看見械鬥的光景，隔著那道小溪，兩邊都有人持長竿短棒，伏崗依林，設防布卡，互相窺伺。正是械鬥的兩方面，踞守界河互相提防，但還沒有開始械鬥，不過是嚴陣以待罷了。紀宏澤探頭處，正當叢林的一角，不能望見全陣。遂又擇了棵大樹，攀登上去，向四面窺看。打算就近處尋個村鎮，打聽打聽細情。不意登高一望，才知自己正陷在械鬥場的核心，這段密林恰是鐵牛堡的勢力範圍，處處設著卡子，要想出林尋鎮，便免不了受他們卡子的盤詰。

紀宏澤到底年輕，不識厲害，他還想試著往外闖。正在猶豫眺望，突然又望見遠處有一撥過路行人，直奔械鬥場而來。

剛剛挨近卡子，便聽得一棒鑼聲，跳出來七八個人，持刀挺矛，一陣吆喊，把路口剪住。那撥行路人有的被搜身，有的挨了打，末後被卡子上的壯丁攔路不放，通通給威嚇回去。

紀宏澤眼力很銳，雖然聽不明白，已然看得清清楚楚。想起昨天那三輛馱轎，也是行經山村，強要借道，到底被山村扣留，至今未見放出。現在這邊鐵牛堡也是這樣，可見械鬥的人為殺氣所籠罩，不服王法，草菅人命，居然敢逐捕過路行人。

那麼自己一個單身客，倘若出林尋路，這夥械鬥的鄉下漢必然不容自己過去，還怕他們扣留自己。現在七叔失陷山村，未見出來，械鬥的人如此強暴，真是招惹不得。想了一會兒，打定主意，不再冒險，還是等到天黑以後，探山村，尋七叔，比較妥當。遂順著樹爬下來，仍到樹林深諳處，倚樹假寢，靜候日落。

剛剛的打盹，突又聽見喧譁。紀宏澤忍不得重攀高樹，向外探視。不知何故，鐵牛堡這邊忽然開來大隊的鄉丁，約有七八十人，紛紛持刀矛弓箭，直撲到小溪岸邊，叫罵著似要渡河。河那邊埋伏的人登時鳴鑼傳呼，紛紛集眾。兩邊的人登時隔岸對峙。鐵牛堡這邊有一大漢，像領袖，竟戟指向山村大罵，不知罵些什麼。餘眾也有的開弓放箭，也有的揭石而投；對面山村的人一面遙抗，一面派人往回送信。對峙良久，跟著從山村續開出二三十人，押著兩個囚虜，直到岸頭。兩邊的人嗷叱爭罵，遂見那兩個囚人被鬆了綁。兩個囚人蠕蠕而動，自己浮水渡到這邊。這邊的人立刻應援手，水淋淋地引上岸來。

眾多人登時圍聚著這兩人，七言八語，反覆問訊。

紀宏澤看了好半晌，方才思索出來，這兩個人大概就是昨天投信的兩個使者，直到此時方被開釋。只是被扣的那三乘轎和紀蔚叔，還不見出來。紀宏澤溜下樹來，心想，他們械鬥，怎麼不動手，只罵街呢？尋思著，林外喧聲依然時作時息。耗時既久，宏澤腹中飢餓起來，暗道：不好！可是往哪裡尋食去呢？

紀宏澤站起身來，不知不覺往外走，從密林中窺看日光，剛剛過午。這要耗到天黑，再出去尋市鎮，買吃食，再回來尋找七叔，只恐時間來不及。可是要趁此時，出去尋覓市鎮，一定和械鬥的人碰頭。

紀宏澤拿不定主意，伸頭探腦，正往林外看，林外忽然遠遠走來四個人，一直地奔宏澤潛藏處。紀宏澤大疑，忙抽劍托鏢，藏在樹後。轉眼間，來人直入林內，且語且尋。紀宏澤細辨來人面目，內中一人正是昨夜的難友。

這難友竟空著手，隨行的人只有兩人背刀。這難友入林尋搜，尋搜不見，便招呼起來：「喂！朋友，出來！」紀宏澤心中嘀咕：「他大概是找我，他找我做什麼？」他才一迴旋，欲出不出，已被來人發現，立刻叫道：「在這裡呢，是這位吧？」四個人齊找到樹後。紀宏澤連忙現身出來，提劍縱身，喝道：「別過來！你們找誰？」

那難友哈哈一笑道：「小朋友，我找的就是你！我猜你不會出林，你果然還在這裡呢。來吧，朋友，昨天多承你幫忙，我謝謝你。我剛才沒有招呼便溜了，你一定起了疑心吧？哦，還好，你的包袱是我給吊在樹上了，我是怕你跟綴我。來吧，朋友，餓到這時候，你一定夠受了，跟我進堡吧。」

那同來的人也都打量紀宏澤。宏澤環觀四人，忙問道：

「你們四位打算把我帶到哪裡去？」那難友情知紀宏澤心存疑慮，忙即解釋：「我們是鐵牛堡中的人，我們正和前邊山村起械鬥，已然鬧了半個多月了。我們的人被他們捉去好幾位，我昨天是奉我們頭兒之命，前往來探敵情。不料他們防備很嚴，我險些被他們擒住。那時多虧你打岔，我才得逃出來。我原怕你是敵人支使出來的奸細，所以當時沒敢帶你進堡。可是我一回去，便報告了。我們的頭兒很佩服你，打發我來，請你進堡。你不是說你有個同伴，失陷在敵村中了嗎？這很好，我們可以合起手來，再去探山，一來搭救你那同伴，二來刺探敵人的動靜。我們堡裡的人會夜行術的人太少，你老兄有這麼好的功夫，我們頭兒很想見見你，這於你很有好處。老弟，跟我走吧。」過來就拉手偕行。

紀宏澤一聽，喜形於色，至少今天不致挨餓了。暗想這個人半途捨己而去，原來是回去報信去了。

看來這個人倒不是冷面無情，只是比自己年長，做事謹慎。盤算了一回，決意跟這人走。但是臨行前，必須把他們械鬥的原委打聽明白，到底為什麼起釁？到底誰是誰非？向那人點點頭，遙指河邊問道：

「他們究竟是幹什麼的？」那人笑道：「你老兄還沒有看出來麼？這就是械鬥。你看，河邊就是我們的人。」紀宏澤道：「這個我知道，我要問你，你們兩邊打了多少天了？究竟為什麼事？你們兩邊械鬥，難道就是隔著河，這麼虛比劃，對嚷對罵嗎？」

那人微微一笑，同來的三人也都目視紀宏澤而笑。那人說道：「老兄，你不用問了，跟我走吧。我們這場械鬥可是一言難盡，我們頭兒見了你，一定仔細告訴你。我們頭兒做事慷慨，最肯幫江湖上的朋友。回頭見了他，他一定先問你的來路，你有什麼，只管說什麼。問完了，他一定要派人幫著，搭救你的同伴。你遇上我，你真走運。你不用顧慮了，快跟我走吧，管保有你的好處。」

紀宏澤少年性傲，聽見這樣說法，覺得格格不入，臉上一紅，微透怫然之色。哼了一聲說道：「朋友，你別忙，我還沒有請教你貴姓呢？」這人脫口說道：「我姓周，叫周德茂。」

紀宏澤道：「這三位呢？」這個難友還不理會，同來的三個人有個瘦子，似很識趣，聽出紀宏澤口風不悅來。登時接過話茬，說道：「周三弟，你太心急了，你也不問問你這位新朋友貴姓，就一個勁往家裡請。」轉向紀宏澤拱手道：「我小弟姓杜，叫杜寶衡。這位姓張，這位姓鮑，我還沒有請教你老兄貴姓。」

紀宏澤道：「我姓紀。」這杜寶衡道：「原來是紀老兄！你臺甫？」紀宏澤道：「好說，我叫……」略一遲疑，答道：「我叫紀宏澤。我是過路人，也不是江湖道，更不是耍胳臂的。我們是過路投親的。」他還要往下說。

這杜寶衡滿臉含笑攔住道：「您別這麼說，我可不敢盤問你。我聽說我們這位周賢弟，昨夜很承你幫忙，我們很佩服你的武功。我們是粗漢子，我們會頭最喜歡結識武林人物。平常有武林行家過路來往，我們還要設宴招待。你老兄正在青春，真是少年英雄。我們周賢弟回去一說，我們堡裡的人都很羨慕，所以打發我們來請你。我們可以談談。再說我們這鐵牛堡，跟他姚山村多年械鬥，仇深似海。他們各處聘請能手，我們也不能跟他們對付。像老兄這份本領，我們正要延攬。聽周賢弟說，紀仁兄還有一個同行的夥伴，被他們姚山村的人扣下了。他們就是這樣混帳。若不然，我們兩村各耕各地，何至於械鬥？就因為他們太強梁無理了。他們倚仗人口多，村子富，武斷鄉曲，橫行霸道，鄰村的人全惹不起他們。只有我們鐵牛堡，勉強跟他們叮噹著。我們年年械鬥，已有十多年了。前年經人說和，兩罷干戈，劃出界地，各不相擾，好容易消停了一兩年。今年又因為收山貨，鬧訌起來。我們的人叫他們捉住了好幾個，硬被他們誣良為盜，送到官府。」

紀宏澤不由得詫異道：「他怎麼誣良為盜？」杜寶衡道：「怎麼誣良為盜？就是抓我們堡裡的人，硬賴偷了他們的山產了。」紀宏澤道：「這怎麼能誣賴得上呢？莫非是……」那周德茂接聲道：「紀老弟，你還不明白嗎？你想想昨天的事吧，你一個過路人，你和你的夥伴由打他村前一走，他們就把你們扣下。誰要是打他們村前透過，誰就是賊，誰就算偷他們的山梨、山楂、山核桃了。」紀宏澤道：「哦，原來如此！他們村中有什麼人物？都是幹什麼的？他們到底有多大勢力，敢這麼跋扈？」

四個來人看紀宏澤不打聽實落，不肯跟著走，就一面勸駕，一面約略說了一遍。杜寶衡說：「他們姚山村全村，十家有九家姓姚。他們是又經商，又務農，又交結官府。他們村子比我們鄰村全都富裕，他們就恃財力勢力壓人。官府上跟他們很有來往，來不來的他們就寫狀子告人，淨欺負我們老百姓。

我們四鄰全吃他的虧，頂可恨他們這村子，正卡著山嶺，正堵著我們的咽喉要道。他們把山村一卡，我們就出不去了。若想繞出去，只得遠奔蔡莊，多走一天半的路。他們現在跟蔡莊也連上手了，那裡也過不去了。他們蔡莊守住了一道橋，他們姚山村把住了一道山谷口，誰打那裡過，全得看他們臉色。讓過才得過去，不讓過，你要強打算借道，他就鳴鑼聚眾，拿你當賊。」

周德茂說：「這個蠻橫法，你老兄是嘗過的了。他們村子倚仗人力、勢力、財力，上結官府，下壓鄰村，實在太霸道，好像這山溝子的土皇上一樣。你老兄和貴夥伴不就是吃了他們的虧？你老兄昨夜奮勇奪路，才得脫走。你若不幸被他們活擒，輕者打一頓，再送官，當賊辦，重者就硬活埋了。你那同伴直到現在還沒出來，說句不好聽的話，就許是凶多吉少。」

杜寶衡道：「著啊！正是百聞不如一見，口傳不如目睹，目睹還不如身經。你老兄何用細打聽，他們蠻不講理，只能瞞別人，反正瞞不過你老兄，你老兄都嘗過了。我們和你老兄一見如故，咱們不必在此地談了，我們在堡子裡預備了一點酒肉。我們奉了會頭之命，恭請你老兄，一來就算設宴歡迎少年英雄，二來我們還要借重你老兄的宏才。你是一個人，我們是整個村莊，我們大傢伙要請你幫忙。一來請你路見不平，拔刀相助；二來我們合起手，一同搭救令友。這事要快辦，一刻也不容緩。萬一遲誤了，令友就許被他們當強盜，送到縣衙去，那可就別想活著出來了！」

這一句話很重，說得紀宏澤毛骨悚然，不由得童稚之氣畢現，情不自禁地叫道：「真的嗎？他們真敢誣良為盜嗎？」

那姓張、姓鮑的兩人插言道：「怎麼不敢？他們誣良為盜，已經許多次了。這回令友至今未見逃出，十有八九被他們活捉住了。掐指計算，今天他們必定先用刑訊，私設公堂。趕到明天，他們看情形，該活埋，明天夜裡一準活埋。要是認為犯不上活埋，他們就給挑斷了腿筋，拿片子送縣衙門。口上積德，說是他們的鄉團捉住一個小賊；若不積德，他們就說是捉住一個強盜。少者五年八年，多者就得受十幾年的牢獄之災。這事可不止一樁了。你不信，往鄰村問一問，誰都曉得他們姚山村的厲害。」

紀宏澤越發著慌，搔頭頓足道：「不好，不好，我的七叔竟要落到這地步嗎？哎呀，他們竟會這麼可惡？不行，不行，我得趕緊搭救他。我不怕他們送官，我們是良民，我們可以保釋。可是挑斷了筋……我聽說挑斷腿筋，是治飛賊的毒法。我的七叔腿筋一斷，這一輩子豈不是毀了嗎？」不由得心焦氣浮，拔腿就往林外走。

四個來人互相示意，連忙跟出來，卻又把紀宏澤攔住道：

「紀仁兄不必著急。現在晴天白晝，你想救令友，也不是時候，你還是先到敝堡吧。我們會頭一定替你想法子，你一個人去冒險，何如咱們合力去做！我們的人失陷在姚山村的，也有好幾個，咱們今夜再去冒險一探。得手就趁便救人，不得手，訪出他們何日送官，也可以攔路劫囚，你看好不好？」

紀宏澤道：「那麼辦好嗎？你們四位看，挨到夜晚，誤不了嗎？」他到此時，竟張皇無計，只剩著急了。一想到「挑筋」二字，毛髮森然，替他的七叔萬分懸心。他也忘了餓，也忘了現在兩方面還在隔溪械鬥；被這年長一倍的四個壯漢，左一言，右一語，弄得六神無主！也忘了交淺言深，反而向四個人討主意。紀宏澤又不待人問，不遑思索，衝口說：「我這位七叔，非比旁人，乃是我的恩人，又是我的七叔，又是我的師父。」又不待人問，不遑思索，向人訴說：「我這回是跟隨七叔，出來遊學訪藝，想不到遇上這事。我的七叔倘有個好歹，我簡直……」說著竟要落淚。

其實他和紀蔚叔奪路相失，還斷不定紀蔚叔是否已然罹險，是否已然遭擒，卻橫被四個人如此一說，他卻感覺到不吉的預兆，認為七叔此時必已失陷，必定此時正在受著苦刑。而七叔所以遭擒，必定是奪路時不見自己的蹤跡，為尋找自己，致蹈危機。

他潸然落淚，不欲見人，忙偷偷拭去，背著臉向那杜寶衡討主意。他覺得這杜寶衡說話很客氣，似乎和藹近人。那同逃的難友周德茂，行為冷淡，言語驕矜，尤其帶著自大的意味，引起紀宏澤的憎嫌。

這杜寶衡拿出十二分同情來，向同伴誇讚起宏澤道：「你看看這位紀仁兄，看年紀不過二十來歲，你看他對朋友竟這麼熱心腸！」拍著紀宏澤的肩膀，十分親愛似的。說道：「老弟，我姓杜的最喜歡交結熱心腸的朋友。」其實誰又喜歡冷心腸的人呢？杜寶衡拉著紀宏澤，就往外面走，且走且說：「紀老弟，我一定和你交交手，咱們一見如故。我們會頭更是佩服你。不過救人這件事，白天不好下手，總得入夜。你且跟我們進堡，先吃飯，養養精神，然後我們再派幾位能手，幫著你今晚上探村去。管保一探成功，把令友搭救出來，不叫他絲毫受傷。」

四個人擁著紀宏澤一個人，出離密林，斜趨荒徑，並不走河邊。紀宏澤繞出林外，回顧械鬥場，兩方依然夾河對峙。在河面較窄，河堤較高的一個所在，似有雙方的領袖隔流相對，嘵嘵抗言，看模樣又不像講和。遙望姚山村，塵沙正起，又奔過來一群騎馬的人，約有十幾位，相隔太遠，人小如猿，馬大似狗，辨不清來者是誰。

紀宏澤心懷詫異，忍不住停步回頭，欲觀究竟，並問周德茂、杜寶衡：「你們這場械鬥，怎麼還是空比劃不打？」

那姓鮑的笑道：「實對你說了吧！我們這邊人，正跟姚山村的會頭講和約，換俘虜哩。我們捉住他們好幾個人，他們也扣住我們幾個人，我們兩邊通信，打算對換。」

紀宏澤道：「人數一般多嗎？」杜寶衡、周德茂忙道：「人倒是差不多相當，只是他們那邊，把我們堡裡很要緊的人給扣住了，我們只捉住他們幾個不相干的人，個頂個地換，我們吃虧，他們不干。」紀宏澤忙道：「這話怎麼講？貴堡吃虧，他們倒不願意嗎？」

杜寶衡道：「這個，一言難盡。你瞧，我們頭兒……我們頭兒打算和他們對換，他們倒刁難起來。他們提出要挾，要在人換人之外，叫我們再賠送他們三十支大抬桿火槍。這種換法，我們太吃虧了，把火槍賠送他們，轉頭來讓他們開槍打我們。我們再傻，也不肯幹啊。不幹，他們就肯定了不肯換。所以我們頭兒一面和他們商量講和換人，一面還是要派人探村，把自己人盜救出來，他們就沒的要挾了。你明白了？」

紀宏澤明白了，杜寶衡忽然覺出話說多了，趁勢改口道：「陳穀子，爛芝麻，講個什麼勁，咱們還是快走。到了堡裡，我們會頭一定會仔細告訴你。還要請你聯手，一同探村，把令友稍帶也救出來，咱們都好看。」把救紀蔚叔的話又描了一遍，遂拔步緊行，帶著紀宏澤快走。

紀宏澤心中疑悶，仍不住回頭往河邊看。意思之間，也許無意中在什麼地方，發現了失蹤落後的七叔。他想自己尚能逃出村圍，七叔一身功夫，總不至於失腳遭擒。杜、周等四個人都腳不停趾，夾著紀宏澤，直往荒徑走，不容他留戀回顧。此時那姓張的正與紀宏澤並肩而行。紀宏澤便問他：「你老兄臺甫，你們會頭貴姓？」張某答道：「好說，在下叫張明緒，我們會頭姓鮑，這位鮑四哥就是我們會頭的族姪。」紀宏澤把這鮑四哥看了一眼，毫不帶富農氣象，儼然是個耍手臂的漢子。便對這鮑四問道：「你老兄臺甫？你們這鐵牛堡，為什麼叫鐵牛堡呢？」

鮑四未答，那姓張的說道：「他叫鮑晉卿。我們這鐵牛堡，地點正在織女河下流，我們這堡在早年建過一座浮橋，用八隻鐵牛，貫穿鐵鏈，拴住浮橋。鐵牛鎮浮船，為此叫鐵牛堡。後來山洪夜發，把鐵牛拖入河淤，把浮橋也給沖沒了影。我們上輩等到水平之後，募金改建石橋，把那七隻鐵牛仍舊擺在橋邊，還蓋了一座龍王廟。那隻陷入河淤的鐵牛竟被山洪沖出很遠。可是鐵牛不是沖到下流，這東西竟會往上流走，所以是神物，現在還在石橋上游二里地以外呢。撈出來之後，我們公議蓋了一座鐵牛廟。這本是我們鐵牛堡的風水，他們姚山村的人使壞，幾次三番要破壞我們的風水，我們這才激起械鬥。」

說到這裡，鐵牛的事又與械鬥有關了。紀宏澤剛覺得支離，那杜寶衡接過話來，把鐵牛逆水而行的故事講得神而又神，經他描摹，鐵牛竟成了靈物。殊不知江中巨石被急浪激打，在石下逆流處，必然成深坎。水流不住地衝打，石下之坎越淘越大，日久石塊自然逆流滾入坎中，既入坎中仍被浪打，日久又逆流沖成一個坎，石塊自然又逆流一滾。一坎一滾，結果把水底沖出一道深溝，這石塊便順溝逆流緊往前翻，物性水勢現象，無足奇怪。

杜寶衡抓住這個故事，說了又說，意思是堵紀宏澤的嘴。

其實他們兩村起釁，並非爭風水。緣因鐵牛堡既建石橋，竟強收過橋稅，美其名曰修橋補路，實際做了鐵牛堡土豪的一筆大收入。凡非本堡中人，所收橋稅奇昂。姚山村的人不堪苛徵，恃著本村坐落在山峽中間，也慪起氣來，橫遮山道，設下卡子，也要徵收過山稅，兩村為此起爭。又因姚山村的山產和織女河的水運極有關係，必須聯手，方能外運。鐵牛堡既與結仇，多方刁難，越惹起不平來。雙方為此屢生械鬥，儼如敵國。姚山村為商為宦的多，就倚仗官府勢力，鐵牛堡負苦做腳行的多，就勾結草莽人物。雙方誰是誰非，正難斷決。

紀宏澤被四個人引領，且行且說，轉瞬到一卡子。四個堡民，一個生客，剛剛接近土崗暗卡，就被卡子上的人吆喝攔住。紀宏澤至此方知械鬥場果為是非地。一個過路人夾在當中，竟是寸步難移。那杜寶衡搶先過去搭話，卡子立刻放行，又放了一支響箭，然後續往前走。單擇荒徑僻路，穿林拂草，曲折前進。遙望前途林木掩映，黑壓壓現出一座土堡。土堡東南，便是織女河的支岔。

那周德茂往前走了一箭地，立刻站住，和杜寶衡說了幾句話。四個人全都停步，從身邊取出四個黑布套。杜寶衡含笑向紀宏澤說：「紀仁兄，前面就是敝堡了。我們堡裡連年和對頭械鬥，我們議定了幾條會規。凡是遠方親友來堡，不管是誰，只要是生客，必須給蒙上眼睛，才請他進堡。為的是防範間諜，以免洩露堡中的祕密。對不起，請你胡亂戴一戴，好在一進堡就摘。」說罷，將那黑布眼罩遞給紀宏澤。

紀宏澤一看，這是雙層黑布，又夾一層紅布，做成一個帽套面幕似的東西，戴在頭上，一直由腦頂扣到脖頸，只留出口鼻喘氣的孔洞，連耳朵帶眼睛全堵住。紀宏澤怫然不悅：「這不是拿著人當奸細嗎？」拒絕肯戴，情願不進堡。杜寶衡、周德茂再三解說：「這不單是你老兄生客如此，就連我也得帶上這套，才能進堡呢。堡中另有人引道。」

紀宏澤遙望堡牆，相距還遠，含怒道：「對不住，衝著這東西，我只好不進貴堡，我往別處走好了。」周德茂和鮑、張三人全都皺眉冷笑，仍用好言哄說。七手八腳，把紀宏澤圍住，一個勁地勸，又把自己的眼罩先戴給他看：「其實您只戴一會兒，進了堡，就不礙的了。」紀宏澤年輕臉熱，心雖不悅，情不能卻。哼了一聲，就往頭上一罩。走了幾步，又悶又熱，又邁不開步，再忍不住怒氣道：「不行，不行！」扭頭便往回走，索性不進堡了。

那周德茂等臉色齊變，似要用強。杜寶衡忙使眼色，說道：「也罷，紀仁兄想是戴不慣，不要緊，我還有一法。」忙向鮑、張二人說了幾句話，張明緒拔步急走，餘人稍待。片刻之間，張明緒從堡中開出一輛轎車。四人道：「好吧，紀仁兄坐車進堡吧。」讓紀宏澤坐在車廂內，由杜寶衡陪著，車簾一放，外面情形頓不得見，這才軲轆轆地走了進去。

紀宏澤雖然年輕，到了這時，也怙惙起來，覺得這鐵牛堡的舉動太詭異，這和入賊巢贖肉票的情形分毫不兩樣。到底鐵牛堡是什麼所在呢？或者竟是僻道山村中的盜窟不成嗎？可惜紀蔚叔已然失蹤，自己也無處問計。偷眼看那杜寶衡，也看不出人家的心情來。這杜寶衡倒好像揣知紀宏澤心中不安，坐在車上，扯開話簍子，和宏澤攀談，問東問西，問籍貫，問行止，問師承，問武技，亂扯一陣。紀宏澤也覺出來，他故意嘮叨，無非是打岔，堵自己的嘴，不叫自己盤問。哪知人家乃是占住他的心思、耳音。

紀宏澤哼著哈著敷衍，也自側耳揣聽車行的動靜。

坎坎坷坷，走過一時，忽然車停住了。杜寶衡又掏出眼罩，先抱歉，後堅請紀宏澤：「好歹只戴一會兒，進了門就算。」說著自己先戴給宏澤看。紀宏澤到此也無法再拒，勉強扣在頭上，捫著瞎下了車，彷彿身旁過來兩三個人，遞過來兩隻手，臂腕相扶，一步一步邁上臺階，過門檻，一趨一蹌一招呼，曲曲折折，磕磕絆絆，一霎時止步。耳畔聽一聲：「到了。」杜寶衡伸過手來，要替宏澤摘罩套。紀宏澤早一把扯下。

看這杜、周二人，也裝模作樣，手提眼罩，像剛除下來。

紀宏澤拭目一看，一座破大庭院，階生枯草，四隅悄然，看光景不似民宅，又不似廟宇。面前只見杜、周和另外三個短衣持棒的壯漢，此外更不見他人。剛才他們說得天花亂墜，好像一進門，他們會頭不知要怎樣排隊歡迎自己，哪知蒙老瞎似的，把自己撮弄在這裡。紀宏澤東張西望，大不痛快。杜寶衡、周德茂很客氣地一指角門道：「請！」紀宏澤嘁著嘴邁步前進。

第十六章　失旅伴狹路逢諜

第十七章　信謊言誤入鐵堡

紀宏澤拭目一看，只剩下杜、周二人，鮑、張二人已然他去，環顧四面，有十幾對眼正盯著自己；再看身到處，是一所破舊大院，老四合房，跟山村土窯不同，四周靜悄悄，卻是迎面那十幾對眼睛古怪，女多男少，一個個穿著紅紅綠綠，不村不俏。雖有男子，也不像農民。首先發話的，也是一個三十多歲的女子，向周德茂說：「這位就是昨夜從他們姚山村跑出來的麼？」杜寶衡道：「就是這位。」這女人道：「喲，我當是多大年紀，這不是一個十八九歲大孩子麼！他真會飛簷走壁麼？」

一雙水靈靈的大眼像相姑爺似的，把紀宏澤由上到下看過一遍，回過頭來，向一個二十多歲的女人，嘖嘖稱異道：「你瞧，人家才這麼點歲數，居然逃得出來，想必功夫夠棒的。我說小夥子，今年多大了？你是哪兒的人？」

紀宏澤滿想到入堡之後，先見會頭堡主，哪知進了這一個破大院，一群女人拿自己當稀罕物似的相看，不由得滿臉通紅，抬不起頭來。他今日已非十三歲時偷葡萄的小孩兒。這女人向周德茂問道：「這小孩年輕輕地，倒有這麼好的功夫，你們頭兒見了他一定喜歡。」

周德茂到此也露出本來面目，嘻嘻哈哈地說：「不但頭兒喜歡他，只怕大公主也要……」中年婦女咄的一聲道：「你胡說吧，回頭叫她聽見，怕不揍你。可是的，你領他見過頭兒沒有？」答道：「剛請示過了，頭兒正忙，叫你給招待招待。四嫂子，你就讓他到屋裡坐吧。」女人粉面一紅道：「周老茂，你是作播呢！」周德茂笑道：「不是作播。你想，別處又不方便，只可領到四嫂子這裡。到你這裡就是你的客，你不招待誰招待？」

婦人道：「還有你妹妹呢？不會叫你妹妹招待麼？」這婦人罵著，當真過來對紀宏澤說：「小夥子，請到這邊坐吧。」引領紀宏澤透過破大院，到一跨院，進入東屋。

這東屋真像個人家的臥室，方桌大椅、銅燈、面盆、一鋪大炕，上鋪厚氈、紅綾被、雙鴛枕，花兒粉兒，香奩氣息撲鼻，卻又不像山村鄉婦的閨房。炕上又放著短腳桌，桌上銅壺瓷碗、果盤子、旱菸筐、水菸袋，不倫不類地擺著。炕上還有牙牌，葉子牌。別的婦人擠擠壓壓坐了一會兒，旋即散去，只由這中年婦人和一個十八九歲的大姑娘，隨著周德茂、杜寶衡，陪著紀宏澤。婦人一指炕，就讓紀宏澤往炕頭上坐。

紀宏澤沒見過這陣仗，未免忸怩不安。杜寶衡先斟茶請紀宏澤喝，又對婦人說：四嫂子受累，給弄點吃的吧，我們這位新朋友還沒有吃飯呢。原來這時候早已過午，紀宏澤正在飢腸轆轆。中年婦人就命那個大姑娘喚來一個婦人，趕快給做飯。

少時飯得，杜寶衡、周德茂全都站起來，讓紀宏澤獨自進食，跟著杜、周二人就要推門出去。紀宏澤忙攔住道：「我就見見你們的會頭，你們二位不要走啊。」杜、周二人笑道：「我們會頭正在審問俘虜，此刻忙得很，我這就給你回話去。等你吃完了飯，我們會頭準來請你。」到底丟下紀宏澤走了。只剩下中年婦人和少年女子，在旁陪伴。紀宏澤如墮五里霧中，竟猜不出杜、周二人把自己擷弄到什麼所在。

這個地方越看越不像尋常人家。

紀宏澤很餓，又不善談，對這二位女主人，無法搭訕，只可低頭吃飯。這兩個女子，也只有中年婦人向紀宏澤問長問短，打聽他的來歷，也像漫無目的，只是隨口閒問。

紀宏澤吃飯以後，轉問女子：「這裡是什麼地方？會頭現在何處？」試著要問堡中細情。中年婦女也是不肯答，只說：

「他們的事，我全不知道。告訴你，他們不過是借我這裡落腳罷了。」紀宏澤更覺支離，便找出一句話問道：「這位大嫂，你們當家的呢？可以請來見見不？」婦人笑道：「我的當家的麼？遠了，早不在這裡了。小夥子，你別打聽了，我是什麼話也不能對你說，有話回頭你問他們。」說著，這婦人與那少年女子站起來，收拾杯盤，姍姍地走出去。把紀宏澤一個人丟在屋中。

紀宏澤納悶，也站起來，剛在屋中走溜，那婦人突然回來，挑簾說道：「喂，你這小夥子，可好好待著，別伸頭探腦的！我告訴你可是好話。」紀宏澤道：「什麼？」婦人將身子倚著門簾，一手托盤，一手比劃說：「我可不知道你是什麼來歷，你到了這地方，可要仔細，一步也錯走不得。我看你年輕輕地，我可是好話。」連說了兩句「好話」，抽身出去。紀宏澤愕然。

婦人少時回轉，催紀宏澤歸座，她便與那少女坐在椅子上，四目相視，望著宏澤，好像監視人。紀宏澤悶骨突地坐著，暗打量此婦，不村不俏，不城不鄉，憑他少年的眼光，竟估不透此婦為良為莠。再看少女，體態苗條，倒也生得不醜，卻打扮得過於鮮豔；並且神情憔悴，有兩個青眼圈，雙眉微鎖，隱透憂鬱。抵面相對，眼光不時掃看紀宏澤。宏澤還眼看她。她似避不避，似大方又不很大方，怎麼看也不像農家女，這麼默默相對。過了很久，紀宏澤漸漸不安起來，轉臉望著紙窗，窺測日影。

那少女突然低問道：「四嫂子，這個人是怎麼撞進來的？他們打算把他怎麼樣？」婦人低聲悄言，不知說些什麼。紀宏澤聽了，不禁回頭，兩人全不言語了。

紀宏澤凝目望這二人，這二人躲避目光，眼觀旁處。紀宏澤感覺到這種況味難受，開口問那婦人：「杜、周二位到底幹什麼去了？怎麼還不來？」婦人應道：「他們就來。」紀宏澤又問道：「這裡的會頭現在何處？我什麼時候可以見他？」婦人道：「一會兒就見著。」紀宏澤連問數次，都是這樣答法。紀宏澤忍不住說道：「對不住，我要找他們去。」婦人忙道：「你別忙，他們這就來。他們給你請會頭去了。」

紀宏澤站起身來，這婦人也站起身來。紀宏澤從身上取出一錠銀子，放在炕桌上，意思是給飯費。婦人問道：「你這是做什麼？」紀宏澤道：「我要出去，打擾了！」說著就要往外走。

這婦人登時攔阻道：「你別走。」紀宏澤面紅過耳，一聲不響，強往外走。婦人橫身遮擋，做出喊嚇得樣子道：「你你你……老實給我坐著，你別找彆扭！」

紀宏澤再不肯受這無形的拘禁，抓起包袱兵刃，衝出屋門。那婦人和少女一起驚慌，全部趕出來當門而站，不放宏澤出去。紀宏澤只得賠笑道：「我只出去看看。」

那婦人指著紀宏澤的鼻頭，瞪眼說道：「你要看什麼？這不過是個破大院。我說你這年輕人，你老實給我進去吧。你不知他們正在械鬥，捉拿姦細麼？」

紀宏澤望這兩個婦女，那少女也說：「客人你等急了。你再等一會兒，我們給你叫他們去。這麼多時間都等了，何必起急？」紀宏澤越被他們遮留，越要走開。他怕陷入美人局，索性揭穿了說：「我不能一個人在這裡，我沒有犯法，我要尋找我的旅伴去。大嬸子，借光，你讓我走吧，我沒工夫等他們了！」

婦人道：「你出去不得！」紀宏澤動怒道：「我一定要出去！」他奮力往外擠，婦人、少女依然強截不放。

紀宏澤越發惶恐，猛往外一撞。少女「哎喲」了一聲，婦人倒退了一步，登時喊道：「你要幹什麼呀，你不能走，你給我站住！」紀宏澤哪裡肯聽，一溜煙似的往外走。不想這一聲喊，早驚動了人，剛剛離開東屋，庭院中已然撲進來五個壯漢，手中全提著刀。

五個壯漢堵住了出路，紀宏澤還想闖。那婦人已喘吁吁跟出來，拉住宏澤，叫道：「客人，你落下東西了，你忙什麼？」

紀宏澤回頭一看，又看看自己的小包。那五個壯漢已然發話道：「四嫂子嚷什麼？可是這個人要走麼？」

婦人本來慌張，此刻忙又遮說道：「不是，不是，周老茂一去不回來，這一位等急了，要解小溲。」忙對宏澤說：「你不是要小解麼？這不是來人了，叫他們領你去，不就結了。真格的，活人還叫尿憋死麼？」且說且向紀宏澤施眼色，叫宏澤順著口氣說。

紀宏澤再不能堪受，竟向五個壯漢發話道：「我要找你們杜寶衡杜爺，周德茂周爺，我是過路人，是他二位一番好意，邀我到這裡坐坐。我還有急事，對不住，我已然討擾了，我還得趕緊走。煩你們哪位費心，言語一聲，我告辭了。」說罷，紀宏澤轉身向婦人作了個揖，算是道謝。一轉身，舉步往院外走。

那五個人登時喝道：「別走，站住！」紀宏澤道：「幹什麼別走？」

五個人道：「幹什麼？我們這裡不許隨便出入，誰領你進來的，叫誰領你出去，你自個不能這麼走。」

紀宏澤勃然變色道：「這怎麼講？我一定要走，你們為什麼不放我走？」

五個人堵住了門戶，見宏澤氣勢虎虎，似欲動武。這五人相視而笑，反倒緩和下來，用好言哄慰道：「朋友，你大概是外鄉人，你不是杜寶衡、周德茂二位把你引來的麼？你打算走，我們叫他送你，你遠來就是客，我們聽說我們頭兒還要見你！你多時都等了，還忙在一時麼？」

那婦人也搭腔道：「對呀！剛才我也是這樣說。客人，你請進來，再坐一會兒。我說你們哥五個，哪位費心把杜寶衡找來吧。他拋下人家，光叫我們婦道人家陪客，人家自然不得勁。」遂又上前相讓，催紀宏澤回屋稍候。

紀宏澤決計不肯入室，決計要走。婦人拉不回來，五個壯漢橫身阻止，兩方面嘵嘵爭執，眼看翻臉；忽聽院外一陣馬走鑾鈴之聲，來到門前，突然聲住。那婦人忙說：「客人，你不用著急了，大概是會頭親自相會你來了。」

五個壯漢也都回頭，跟著聽見叩門聲。卻是一個嬌嫩的喉嚨喊道：「戚老六，戚老六，開門來！」

五人中那個叫戚老六的應了一聲，立刻奔出去開門。其餘四人仍推紀宏澤入室，宏澤不肯。就在這時，騎馬的人已然進來了。果然不是會頭，紀宏澤張眼一看，來的竟是一個戎裝女子。年約二十來歲，細高挑，削眉纖腰，皓面蛾眉，臉上微有幾個雀斑，卻生著很小的小嘴。一對杏子眼，盈盈流動，一雙手臂潔白如玉。穿一身男子衣，披軟革甲，掛佩刀，腳下蹬著窄窄的鹿皮挖雲靴。這手提一條革縷馬鞭子，那手拿一條紫色絹巾，拭眉眼，握口唇。此女凝望著紀宏澤，面露疑訝，姍姍走過來，向這幾人問道：「什麼事，你們這麼亂法？」

紀宏澤正跟這五男二女撕擄，心蘊躁怒。戎裝女子剛一露面，便有一股香氣撲鼻，熏人欲醉；禁不得退一步，抬頭打量此女。此女也打量紀宏澤，四目對射。這女子美容顏，俏打扮，眼光照人，毫不怯閃，直睃紀宏澤，倒把初出茅廬的紀宏澤看得扭頭他顧。堡眾這五男二女，見了戎裝女子，都肅然垂手，叫了一聲古怪的稱呼：「三爺！」

戎裝女子綽巾曼立，環顧眾人，拿馬鞭子指點宏澤，重問了一句：「這個人是幹什麼的，可是姚山村擄來的麼？」壯漢回答：「不是，這人是個過路客，周德茂、杜寶衡把他引進來，要見大爺的。」

女子哦了一聲道：「要見大爺，見過了沒有？」壯漢說道：「已經回上去了，大爺正忙，吩咐留下他。」

女子道：「那麼，你們剛才在鬧哄什麼呢？」壯漢瞪了宏澤一眼道：「他吃飽喝足了，大爺還沒有見他，他鬧著要走，怎麼留也留不住。」

女子雙眸一轉道：「哦，我明白了。可是的，老周、老杜為什麼非要帶他見大爺不可呢？可是他……」連說了一串江湖市語，紀宏澤一字不懂。

壯漢答道：「三爺原來不曉得。這個人不是尋常過客，他是從姚山村逃出來的。他這人懂得點武功，姚山村的人扣不住他，被他突圍奪道，跟咱們的周德茂一塊兒闖出來的。他的飛縱術據說很棒，他還有個同伴，失陷在姚山村，至今沒有出來。老周把這話回稟了大爺，大爺很有愛才之意，要傳見他，還打算再探姚山村，叫他做嚮導，搭救他的同伴呢。他竟這麼不識抬舉，硬吵著要出堡。」

戎裝女子道：「哦！」往前緊湊幾步，俏凝雙眸，把紀宏澤仔仔細細，由頭到腳，重打量一遍，說道：「你還會武功，還會飛縱術？咱們鍋夥裡缺的就是這路人才，會飛縱術的人簡直太少。我說，你今年多大了，你姓什麼？」

紀宏澤被瞅得抬不起頭，被審得很不悅；目視他處，抗顏不答，臉衝著壯漢們說：「我是過路人，我姓紀，我有要緊的事，我還得搭救我的同伴去。對不起，我不能久候，我不見你們會頭了。」眼望二門，繞著戎裝女子身畔，要往外蹓躂。

壯漢們「嗐嗐嗐」的齊聲攔阻，宏澤不答仍走。戎裝女子笑了笑，說道：「我說你站住！看你年紀很輕，你大概初闖江湖，不曉得這裡的事。這地方，來是不大好進來，走也不能隨便走的啊。」手中馬鞭一提，橫擋住紀宏澤的出路，那意思也是不放他走。別看這女子長得夠漂亮，跟他們堡中人是一樣。

紀宏澤窘而且怒，厲聲說：「不行，我一定要走！你們就是閻羅寶殿，我也要走……煩你們哪位費心，把周德茂、杜寶衡二位找來吧，我不見你們會頭了，我謝謝。」

壯漢道：「你也不搭救你的同伴了麼？」紀宏澤道：「我自己想法子，不跟你們合夥了。」說著還是往外掙，幾個壯漢照樣攔阻。

戎裝女子眉峰一皺，笑道：「這個人膽子倒不小。喂，你老實待會兒吧，這個地方可不能恃強硬闖。姚山村許你闖得出去，這裡可不大容易。」

僵勢又起，先時那個中年婦女賠笑幫話：「三爺，你不知道，他是等急了。周德茂、杜寶衡把人家引來，丟在這裡，一去不回頭。青年人沉不住氣，估摸著還有點害怕。要不然，趕緊把老周找來，得了。」

戎裝女子道：「你們沒找周德茂去麼？他幹什麼去了？」壯漢回答：「有人找他去了吧！我們在這裡值班，我們說不清。」

中年婦人道：「你們再叫一個人找找去，何須弄得很僵呢。」

堡眾還在商量，紀宏澤越耗越聽越覺尷尬，一聲不哼，突從戎裝女子身邊一轉，徑奔院門。壯漢齊聲喝止，紀宏澤氣勢虎虎，口不置答，腳不停步，雙方立刻翻了腔。壯漢圈上來，一個人撲奔前路，當門堵截，兩個人從旁伸手來揪宏澤。紀宏澤側身一閃，揮臂猛格。

那個漢子出其不意，哎呀一聲倒退一步，喝道：「好東西，你真敢動手？夥計，快圍上他！」

那漢子唰的拔出刀來，另外一個壯漢掄棒打下。紀宏澤急急伏腰，往開處一躥，躲過了當頭一棒。那壯漢跟蹤趕上來，攔腰又是一棒，不防紀宏澤似旋風一轉，木棒落空。唰的一個靠山背把這漢撞得仰面跌倒。第三個壯漢剛剛掄起刀來要砍，見狀吃驚，急急地掣轉刀鋒，險些誤傷了同伴。紀宏澤從鼻孔笑了一聲，趁勢一個墊步，越眾奪門。

堡眾譁然，有刀的立刻拔刀，有棒的早已掄棒：「打東西！扣下他，活埋！」一窩蜂似的抄擊這孤行客，亂打、亂竄、亂喊，其實僅這幾個人，倒有三個是笨漢。紀宏澤認定奪路要吃快，不能容他們增援。當下奮身張眸，徬徨回顧，從人叢中一躥，將次撲近院門。戎裝女子叱道：「你們這群廢物，怎麼擠疙瘩，還不散開了堵門？」喊聲已遲，紀宏澤已然拋下幾個壯漢。但是院外已然聞警，門扇咣噹一聲震響，突然倒掩門。門扇又一合一開，登時劈進來兩棒一刀，是三個短裝漢。

刀棒迎頭而下，紀宏澤唰的倒竄。兩棒一刀立刻扼住了門。院心跌倒的壯漢，一滾身躥起來，趕上一步，挺刀尖，照這少年客後心，咬牙狠戳。斜刺裡又有一刀，斜切藕式刺來。

紀宏澤不暇前搶，趕救後路；倒翻身往左跨步，倏如箭脫弦，躥到牆根。閃開了這前後兩刀，立刻擲小包在地，抽劍退鞘。

壯漢不容他拔劍，嘩罵聲中，有三把刀一根棒，前後左右亂劈過來。人多勢眾，院心不大，紀宏澤顯然不利。

那戎裝女子，還在綽鞭旁觀，把拚命看成兒戲，俏眼流露出笑容，盯著紀宏澤，口中說：「這小夥！這小夥好大的膽！」

中年婦人和少年女人，駭然退避，一迭聲呼喚：「別價動手，別價動刀！喂喂喂，你們別砍啦。」又說紀宏澤：「周德茂這就來，你好好等著，你別動手呀！」忙亂中沒人聽她喊，紀宏澤努力地展開了身法，閃展騰挪，忽東忽西亂竄；情知敵眾，決計不叫他們包圍，眼光四射，窺伺奪門。壯漢們東撲一頭，西撲一頭，幾個人追一人，僅能截住他，不能捉著他。

戎裝女子目追鬥影，鼻翅一扇，嘻嘻地笑了一聲，道：

「好小夥子，真有兩手啊！待我來……」

說了一聲「待我來」，纖腰稍轉，皓手提鞭，恰好紀宏澤從一人肘下伏腰衝出，借一躥之勢，正撲到女子身左邊。戎裝女子登時揚鞭嬌叱道：「打！」鞭梢掠空哧然微嘯，唰的掃下來，照宏澤持劍的左手腕一抽。口中說道：「別跳了，給我老實待……」「待」字沒落聲，鞭子拂敵腕。紀宏澤急閃，鞭影掠身而過，險些抽中。背後又有刺刃劈空之聲，女子跟手進步，唰的又一鞭。紀宏澤知遇勁敵，恐被夾攻，慌忙一錯步，身不退閃，反而進撲；伏腰一躥，合身捲到女子懷中，鞭不能展，刀也落空，紀宏澤一長身，探手來奪女子掌中鞭。女子慌忙一退，鞭梢又起。紀宏澤一偏身，突蹴起一腿。相逼太近，女子忙往開處退跳。紀宏澤立刻用劍鞘往背後一掃，為得招架敵人那把刀，未容得皮鞭再起，擰身斜躥，如燕掠空，跳出兩丈以外。果然刀鞭同時落空，紀宏澤借此一緩，翻身凝步，女子不禁叫道：「咦！」

恰有另一壯漢綽刀趕到，刀鋒近面一晃，斜扎紀宏澤咽喉。紀宏澤剛要拔劍，見狀埋頭閃避，身旁又襲來一股勁風，疾錯步閃開這邊刀，那邊木棒「老樹盤根」，到了下盤。紀宏澤「白鶴展翅」，頓足拔身，木棒走了空招，忙忙地乘機掣劍。

「不動刀不行了！」把帶鞘的劍，一按繃簧，換交右手。敵人又撲過來，急切間甩不下劍鞘，就拿帶鞘的劍來招架，一架一掄，繃簧已開，綠鯊鞘脫手甩到空際。迎面敵人後旁一退，挑刀一拔，啪的墜地。紀宏澤這才旋身應敵，亮劍開路，「夜戰八方」式一掃，衝開了近身處兩把刀、一根棒，再搶院門。

戎裝女子三鞭未能取勝，心中驚奇：這小夥倒懂得空手入白刃？立刻閃退出局外，凝目再打量紀宏澤，要驗看他的武功深淺、拳門宗派。等到紀宏澤拔劍失鞘，這女子撲哧一笑，似已知道黔驢之技。這女子伏身一躥，竟取鞘在手，看了一看，牆隅還有宏澤投置的小包，女子也繞過去取來，信手放在窗臺上。對那避在檐柱後的中年婦人說：「這小夥子倒有一套，也不知哪裡來的。」

婦人央求道：「三爺行好，保全保全他吧！小孩子不懂事，不知道咱們這裡的陣仗。」

女子笑道：「我倒有心饒他，你看他跳得多麼有勁，他還想宰人哩。」婦人忙解釋道：「他那是在掙命想跑。」

戎裝女子點點頭，振吭呼道：「呔，小夥子，別跳了，你不要逞能，趁早住了手，有你的便宜。你要走，我叫他們送你出去，你這麼糊弄，你更出不去了。」

紀宏澤一心奪路，充耳不聞，就是聽見，也怕上當，寶劍出鞘，奮然苦鬥。戎裝女子笑道：「看這樣子，善說是不行。索性把他放倒，他就不迸了。」

說罷，仍不拔刀，提馬鞭撲過去，向眾人一揮手，叫他們退下，纖足一頓，直抵敵前，舉手揚鞭，唰唰唰，一連數下，專打上盤。鞭梢軟而長，手法極快，極輕，比這幾個力笨漢的刀棒還難招架。紀宏澤連連閃避，連遇險招，皮鞭梢幾乎拂著臉，不由得激起火來，略略一閃，劈面一劍，照戎裝女子刺去。身劍齊進，勢如狂風。女子急退，利劍又到。唰唰唰，一連數劍，這女子騰身急躥，連退出兩三丈外，不禁吆了一聲，面泛紅雲，向壯漢喝道：「快圍上他，好東西，等著我的！」

刀棒重圍上來，這些人功夫並不怎麼樣，只是紀宏澤不敢傷人，失去了穩狠準三要訣的狠字訣，既不狠，便透慢，慢就吃虧了，而且敵手又多。所幸紀宏澤只想奪門，非求制勝，舞劍防身，遮前御後，眼神依然瞄著院門，轉瞬間又往牆頭一掃，更往戎裝女子一巡。他知道這女子不尋常，這女子抽身奔出去，從她的坐騎上，解下一隻豹皮囊，重又奔回。

還有那中年婦人和少女，在他們動手時，已然退到房檐下，想是不懂武功，都有些害怕。那少女很惶急地說：「四嫂子，你快找周德茂去吧，這個人的性命可要保不住！」中年婦人想繞出去，庭院中穿花似刀棒亂打，她乍前又卻，闖不出去。那少女很焦急，溜房檐，貼牆根，往外蹭，好容易快蹭出去，劈頭遇見戎裝女子，一聲斷喝，把少女喝住。少女臉通紅，釘在那裡，不敢轉動。

戎裝女子脫去長衫，提豹皮囊，眉橫殺氣，面含笑容，二番撲回來，堵門一站，睨定了單劍奪路的紀宏澤，她手中還綽著一把刀。紀宏澤且鬥且繞，眼角直往東牆頭瞧，身子直往東牆根湊。東牆很矮，只有一丈來高。戎裝女子微然一笑，挎上豹皮囊，命壯漢堵門，她自己飛身一掠，蜻蜓點水，躥到東牆角。伏腰一躍，先搶上東牆頭，說道：「小子，叫你跳牆跑！」

紀宏澤一見，大失所望，把牙一咬，奮力奪門，這幾個壯漢竟圈不住紀宏澤，紀宏澤三轉兩繞，突然踢倒一個人，揮劍猛搶，衝到院門口。院門口還有兩個壯漢綽棒監防。紀宏澤剛一撲，壯漢揮棒掄刀，先堵住，口打呼哨，出力截攻。紀宏澤提劍一衝，已知不傷人，不能逃出，唰的一劍，來刺迎面之敵。迎面之敵空有刀棒，空嚷得凶，猝然間張皇失措，往後倒退。

紀宏澤趁此間隙，躥出門外，門外是一條長甬路。戎裝女子在牆頭哎呀一聲罵道：「廢物！」立刻飛掠而下，從背後追來。不想外援已到，紀宏澤搶到甬路上，從兩頭又奔來兩個壯漢。內有一個身高力大，突從左側掩來，刀取要害。紀宏澤被夾在夾道，危急之下，嗖的一躥，唰的一劍，不想這大漢竟不弱，刀花一掩，當的格開。刀花又一晃，扼住出路。戎裝女子率院中人先後趕到，把一條長甬前後一堵。紀宏澤如入甕中，要退也退不回去了。想往房上躥，此地甚窄。敵人的刀棒錯落劈到，竟不容他挫身作勢，他就上不去牆。

紀宏澤頓然失悔，在林中，不該受誘入堡，既入堡，不該和堡中人翻腔。百忙中窺見甬路北頭，有一小角門，咬牙切齒，揮劍一路猛砍，撲到角門邊，側肩一抗，直衝進去，門扇撞倒，豁然開朗，是另一所曠院，地勢寬綽。這縱然未必是活路，總比在死夾道強。紀宏澤伏腰急逃，壯漢紛然一散，人家地理熟，繞道堵截，又把這孤身漢圍住。當此時，戎裝女子追到，已然把暗器收拾停當。

這戎裝女子換一身短裝，肩挎豹皮囊，右手提刀，左手暗捏一物，如飛趕奔過來，喝命圍攻諸人：「你們退下來吧！待我拿他。」

圍攻壯漢已湊到十多個，有行家，有力笨漢，亂糟糟地追堵紀宏澤。紀宏澤從人縫中跑著鬥，鬥著跑，劍格敵刃，目尋逃路。抬眼望見對面，還有一道角門，扭頭看見戎裝女子提刀趕到，他自然不曉得女子的厲害，只悔恨自己的應變失當。戎裝女子奔過來，一聲嬌叱，群漢立刻應聲一散，遠遠圍住逃路。內中一個黃臉漢子，像是頭目，提一條竹節鞭，竭力纏住逃人，且鬥且說：「三爺小心，這小孩很扎手！」

女子道：「不要緊，看我的，你閃開吧！」

黃面漢猛打一鞭，賣個破綻，往旁一躥，容出空來，好叫戎裝女子上。不想紀宏澤，見空就鑽，頓足一躥，唰的搶出兩三丈。四面包圍的壯漢登時往核心一擠，戎裝女子吆喝了一聲，刀尖一指，忙搶過來。那黃面漢手疾眼快，剛剛一退，忙奮身一躍，從斜刺裡邀住，疾如電火，鞭劍一交，叮噹一聲響，各震得虎口發麻，各往後一退。

紀宏澤退到牆隅，戎裝女子趁此換上來，近面一站，口中說道：「好小子，放著敬酒不吃，一定吃罰酒，你真膽子不小。你來到我們這裡，你還想動武，你可曉得聖人門前賣三字經？你給我老老實實把劍交出來，老老實實回屋，你跑的什麼，鬧的什麼？」

紀宏澤負隅張目，看這女子提刀佩囊，除去男裝，露出一身緊褲繡衫，越顯得蜂腰削肩，形容灑脫，腳下仍穿鹿皮窄靴，弓彎纖瘦，靴尖包鐵。臉上薄敷脂粉，風情俊俏，不像山村女，也不像大家閨秀，猜想許是盜窟一枝花。看年紀彷彿二十一二歲，哪知此女芳齡已然二十五，貌美善飾，便減去三四歲的青春。紀宏澤看這女子，這女子不錯眼珠地看他，倒把他看得很難為情。他抗聲說道：「我不管你們是幹什麼的，我一定要走！」

女子道：「你不能這樣走，我不許你這樣走！」紀宏澤怒道：「你是什麼東西，我要走就走！」

女子嗔道：「好個不識趣的渾小子，看刀！」刀尖一指，往前上步，摟頭蓋頂，劈下來一刀，左掌心另捏一物。

紀宏澤也聽七叔講過，唯女子僧道不宜與鬥；但在此時，早忘了這話。他的一顆心除了失悔，就剩奪路。女子的刀迎面砍到，他一攢力，要給敵手一個厲害，往旁微閃身，劍鋒一揮，唰的照敵腕掃去，這女子慌忙收刀，不敢硬架；紀宏擇急趕一步，直走洪門，眨眼間連發三劍。這女子並不想使刀法取勝，兩人連交五六回合，抓了一個空，唰的一刀，斜斬紀宏澤脅下。誆得他還劍招架，女子陡然探身，把左手一揚，喝一聲：「呔！」

黃濛濛一片煙霧，直向紀宏澤臉上撲去，紀宏澤駭然揮劍一掃，扭頭疾往橫處躥躲。不想面目已沒入黃霧中，陡有一股辛烈的氣息，鑽腦刺鼻中，倒噎一口氣，鼻酸淚發，二目登時昏花，大吃一驚，恐中妖術，捏鼻屏氣，雙足一頓，要往開處逃，哪裡來得及？女子左手又一揚，喝一聲：「呔！」劈頭蓋臉又罩下一層黃霧，紀宏澤二目疼痛難睜，肩膀登時挨了敵人一下，那女子橫刀一拍，紀宏澤勉強揮淚閃過，不防女子托地躍來，纖足一蹬，鐵尖靴，連踢帶砸，紀宏澤哼嗤一聲，歪身栽倒。立刻一聲嘩噪，過來七八個人，把紀宏澤按住，奪寶劍，擰腕子，掣繩子，把他捆上了。

紀宏澤二目仍然簌簌地落淚，耳畔聽那女子格格地發笑。

嘲笑自己道：「小子，不跳了吧？老實了吧？喂，老孟，把這東西押到我那裡去，我要審審他。」

登時又七手八腳，把紀宏澤拖起來，已然是倒剪二臂，座上客變成囚虜。剛才受過宏澤踢傷的人，趁勢報復，惡罵數聲，狠搗他幾拳。聽那戎裝女子斥道：「你們這是幹什麼？不許毀他，好好把他押來。」登時不再毆打了。

幾個壯漢推推搡搡，押出數步，忽有一人說：「給小子帶上罩子，別讓他東張西看的。」立刻和剛入堡時一樣，又被人家蒙頭蓋臉，扣上臉罩。紀宏澤突遭迷霧，二目依然流淚難睜，這一戴套，越發昏天黑地，連腳步都邁不開。兩個壯漢架著他的胳臂，背後有人推著，磕磕絆絆，往外押解，比初來時更不客氣了。每逢失腳一栽，便遭辱罵。所幸那戎裝女子還在旁跟著，因此沒人再動手。

曲折行來，到了地方，剛有人要推倒他，那女子便喝道：

「得了，得了，你們回去吧。」緊接著過來兩隻軟綿綿的手，把自手一提一抱，往下一放，下面軟綿綿的，好像沒做階下囚，反倒成了高榻客，整個身子落在類乎床褥的東西上面了。跟著那雙手揪脖頸把自己一推，雙臂反縛，力難抗拒，不覺的和身栽倒下去。紀宏澤唯恐搶破了臉，極力扭著頭，哪知頭臉接觸處，頗似枕頭，只有面罩沒摘除，眼前的情形，為吉為凶，當然懵然一無所睹，耳畔卻聽撲哧一笑，而且那隻手照自己腦門輕輕鑿了一下。

紀宏澤身已遭擒，任人擺布。蒙頭蓋臉，什麼也看不見，而且一到此間，人家把他的雙腿也捆上了，簡直分毫不能轉動，隱隱覺得有個人，挨在自己身旁，鼻息習習，相隔至近。

紀宏澤不勝沮喪，百感交集，眼下凶吉莫測，更不知身置何地，只這眼睛酸辛，直到此時，依然簌簌流淚，雙手被縛，無法自拭，真格的涕淚縱橫，交頤沾腮了。可恨的是這戎裝女子，將自己活捉，既不處置，也不摘套，把自己蒙在鼓裡似的。紀宏澤到了這般光景，索性一聲不哼，瞑目等死。五官還有鼻孔可以出氣，耳朵可以辨聲，一任流著淚，且自側耳聽聲。

那些男子似乎都被這戎裝女子遣開，這女子好像有很大的勢力。紀宏澤兩眼漸漸痛得可以忍受了，一番拚鬥，現被捆倒，也漸歇過來，兩眼微啟，兀自下淚；聳鼻微嗅，似有冰麝香氣衝入，偷聽時遙聞喧噪聲甚遠，近身處悄然，恍惚有個人似噓似笑，若近若遠。同時發出窸窸窣窣的聲音，大概戎裝女子正在更衣。忽聽一個輕俏的腳步聲，推門挑簾聲，一個生疏的女子聲吻，發出驚訝之聲道：「哎喲，這是什麼？……」

那戎裝女子竟在自己身旁，猝然坐起似的，用她那清脆的聲音斥道：「你咋呼什麼？」那女子笑著改口道：「三爺，是您在這兒哪，嚇了我一跳，我當是誰進來呢！這是誰呀？還捆著呢，還蒙著腦袋呢！」

這當然議論的是自己了，紀宏澤提神來聽，借測吉凶。戎裝女子很嬌蹇地說：「嘮叨什麼？你上哪兒去了？快給我打洗臉水來，可把我髒死了，你瞧我這身上。喂，等等再打水，你先給我撣撣。」

紀宏澤立刻覺出身下床鋪吱吱地響，似戎裝女子立起來了，跟著聽見撣塵拂衣之聲。戎裝女子說了一個「得」字，旋聽見端盆，開門。那個女子大概是個丫頭、女僕之流，想是打水去了。跟著咣噹一聲，這個戎裝女子大概是親自過去掩門。

旋聽見女子用斥責的口吻說：「小夥子，好好地給我爬著，不許你偷瞧。」床又吱吱地一響，女子又坐在床上。

這女子似乎正在換鞋，換小衣裳。紀宏澤懵無所睹，頭在枕上，剛剛一動，立刻過來一隻軟綿綿的手，居然扯耳朵，把他一推，並且嬌罵道：「小東西，叫人捉住了，還不老實，你緊自歪腦袋，那是幹什麼？我本來想給你摘套，就知你這孩子兩眼色迷迷的，準不是好孩子。你老實給我躺好了，再不許動彈了，再動，我就揍！」刮的一聲，給了他一個清脆的耳光。

紀宏澤此刻是抗力毫無，殺剮任便，更不用說這區區零饒的嘴巴子，大脖溜了。卻是這敵人如此侮弄，分明把自己當作了痴童，惹得他心中不平，但到底沒有招。

旋聽見木底聲，打水的女奴已返，戎裝女子慢條斯理下了床，就盆洗了臉，水聲嘩啦嘩啦，清晰可辨。跟著戎裝女子說：「把胭脂拿過來，哼，這是什麼東西！快去，把我的胭脂粉梳妝匣拿來，快點走，彆扭啦。」

女奴笑應而去，旋即奔回，戎裝女子細細地飾妝整容。紀宏澤滿想到落在人手，必被訊供，不料這女子一味地捯飭起來，而且捯飭得工夫很大，自己被蒙蓋的工夫，也就特別延長。

忽又聽見緊急腳步奔馳聲，門扇踩開處，似闖進來幾個壯漢。戎裝女子陡然斥道：「這是誰？」立刻聽見男子腔口，叫了一聲：「三爺！」

洗滌聲頓住，戎裝女子說道：「你們這是幹什麼？鬧什麼？」男子答道：「三爺，剛才大爺聽說您捉住一個秧子。」

女子道：「怎麼樣呢？」男子道：「大爺要提過去，審問審問他，派小的上你這裡來領。」一霎時啪的一聲，女子憤然，半晌才聽她說：「你回去告訴他，叫他等一等，我這裡還沒問呢。」屋中默然，來的幾個男子似很躊躇。空手回去，大概不便，要人又不敢，釘在那裡了。戎裝女子怒道：「你們去吧！就說我說的，叫他等一會兒。」

一陣腳步聲，男子悉數走出去了。洗臉聲又起，夾著兩個女子嘰嘰呱呱的笑聲。跟著聽那戎裝女子說：「把鏡子拿過來，怎的這麼笨？你過來站這邊呀。」鼓鼓搗搗，過了片刻，突又有一陣腳步聲奔到門前，未推門先叫了一聲「三爺！」

約莫又有三四名男子到來，戎裝女子很不耐煩道：「你們來有什麼事？」男子低聲回道：「三爺，大爺請您！」

女子道：「請我做什麼？」男子回答道：「大爺有要緊的事，跟您商量。」

女子越發不悅道：「你告訴他，我這就過去，叫他多等一會兒，不要囉唆了。」男子嚅囁著說了幾句話，激起女子的怒火來，把梳妝臺捶得山響，一迭聲叱道：「老六，你也這麼渾蛋！你沒睜眼麼，我這裡還沒洗完臉，你就是小鬼活捉活拿，也得容我一步呀。」一陣嬌叱，男子啞然全走了。

第十七章　信謊言誤入鐵堡

第十八章　陷鳳巢孤雛奮翼

男子一走，戎裝女子又咯咯地笑起來，對那女奴說道：「你們給我把門看住，別叫他們進來了，我捉住的人憑什麼叫他審問？我還沒摸著問呢。」

戎裝女子又鼓搗了一會兒，這才稍移蓮步，挨到榻前，把紀宏澤先往旁一推，口中笑說：「小夥子，你可老實點。」緊跟著拍脖頸，搬腦袋，把紀宏澤的蒙頭罩一摘，紀宏澤登時眼前豁然一亮。戎裝女子伸纖手，又往頸下一托，把倒剪二背的紀宏澤連抄帶扶，給扶坐在床上了。女子哂然一笑，凝目看紀宏澤的臉。

紀宏澤依然滿眼含淚，瞬而又瞬，睜而又睜，方才辨出存身處，乃是人家閨房，怪不得脂粉氣息撲鼻。再看置身處，竟是坐在人家繡榻上。一個豔裝盛飾的美女子，正半跪半坐，挨在自己身邊，雙眸盯著自己臉，鼻息吹著自己腮，香氣襲人，容光觸目。紀宏澤定睛看去，居然是施暗算、用迷霧、把自己捉住的那個戎裝女子，親來給自己摘面幕。那女奴模樣的女子，反倒含笑倚桌而站，恰當對面。

紀宏澤把眼睜而又睜，戎裝女子這樣瞅他，他不禁低了頭。戎裝女子嗤地笑了，伸手一觸紀宏澤的腮，說道：「小夥子，怎麼還哭呢？是怕死吧？剛才跳得那麼狠，現在怎的不英雄了？」

紀宏澤側臉要躲，又躲不開。戎裝女子越發嘲笑道：「你瞧你滿臉都是淚，真格的成了淚人兒了。

你別怕，姑娘連小貓兒小狗兒都不肯害，你這大的人，你娘撫養你很不容易，我哪能做那種損事。別哭了，嗐，還哭？我給你擦擦吧。」叫那女奴擰一塊手巾，戎裝女子親自動手，給紀宏澤拭淚，揩眼，抹鼻涕。

紀宏澤驀地紅了臉，奮力一掙，可惜雙足已被拴住，僅僅躲開半尺遠，仍被女子一把捉住，吆喝道：「小夥子你別犯賤毛。放著敬酒不吃，定要吃罰酒麼？小菊，過來幫著我按住這孩子。」

到底這女子親手給他拭淨了鼻涕，且拭且說道：「小夥子，你別不識好歹。姑娘這件法寶夠你受的。姑娘給你擦淨了，還要問你話呢！你要好好地答對，有你的便宜。你剛才看不見，可也聽見了吧？這兒的堡主要提取你，審問你，一定要用毒刑逼取你的實供。一個答對得不好，就把你活埋了。再不然，砸折你的腿，叫你一輩子落殘廢。你說你年輕輕地，可惜不可惜？還是老老實實對姑娘說了，姑娘給你做主。你別看我把你擒住，實在是救了你。像你剛才拿著一把劍，你往外跑，你想跑得開麼？他們這裡正在械鬥，捉住犯歹的人，只要你帶著凶器，碰巧了，連問都不問，立刻刨個坑，埋了。小夥子，老實點吧！我問你，你快照實說。」

紀宏澤此刻只覺著倒楣，初入堡時，他還能揣測利害，此時對這女子，他覺得智窮力盡，再測不出她是怎麼一種人物了。也不知她擒拿自己，逼問自己，到底意欲何為。

他低頭想了想，說道：「我本來用不著說謊，誰問我，我都可以說，我句句都是實話，我姓紀，今年十八歲，直隸省信安鎮人，我隨著師叔，出來做小買賣，到你們鄰村姚山村。他們拿我們當作奸細，把我們追了一個跑。我的師叔叫他們扣住了，至今沒有出來。是你們鐵牛堡姓周的把我邀進來，要跟我夜間再去探山救人。姓周的把我丟在那個什麼四嫂屋裡，他一去不回來，他本說領我見堡主，我等不及了，我就要走，是你們不叫我走，硬要捉我，就叫你們捉住了。我是老百姓，一不犯法，二不做賊，我跟你們鐵牛堡，一向又毫無瓜葛。我不知道他們姚山村也扣人，你們鐵牛堡也扣人。我不知道你們是怎麼回事。我的實話就是這個。你們還要問我，我倒要問問你們，青天白日，朗朗乾坤，像你們這樣隨便攔阻過路行人，隨便捉拿孤行客，我倒要請問，你們是要幹什麼？你們打算把我怎麼樣？……我的話就是這個，任憑誰問，我也是這一套。我說完了，你們呢？」

紀宏澤說罷，帶著豁出去的神氣，一迭聲反詰女子，要殺快殺，要放快放。眼睛兀自發酸，眼瞼一擠一擠的，依然掉淚。心中納悶不知這女子弄什麼東西，揚自己一臉，起初還道是什麼妖術，這時才知她不過灑了兩把迷目嗆鼻的蒙藥。身雖遭擒，心實不服，惡狠狠瞪女子，喃喃說道：「憑功夫栽了，我甘心；像這樣，我真倒運罷了！」言外這暗器不能算，只能說是中了暗算。

女子瞧著他，抿嘴直笑，說道：「看這樣子，你還是不服氣，你練武功的人怎的就不防備敵人的暗算呢！你要我釋放你麼？小夥子，說個好聽的吧！你看你脖子梗梗的，哼，可惜我不是諸葛亮，你也不是孟獲，我也不會七縱七擒。你若想叫我放了你……吆吆吆，怎麼又哭了？」

紀宏澤忿道：「你不要挖苦人，也不知什麼東西，揚人一臉，眼睛辣辣的。反正隨你們處置吧！怕死不是男子漢。」索性閉上眼，做出不含糊的樣子。

女子嗤之以鼻道：「嘴倒很硬，我本有心放你，你倒逮住理似的，一百二十個不甘心。好吧，你不見剛才他們派來人要提你麼？小夥子，你一到他們手裡，我可不是嚇唬你，輕了要砸折你的腿，重者把你活埋了。小小的年紀，任什麼不懂，只知叫橫，你當初不該撞到堡裡來。既然三不知鑽進套了，就得守著這裡規矩，叫你走，你再走，不叫你走，你老實一待，他們也就不會毀你了。誰想你這點粗粗的能耐，竟想炸刺，七出來八進去地胡鬧，你一個孤身客，好大的膽子啊！你可就惹火焚身了，孩子，我說這話，你不愛聽吧！剛才你實在不該拿刀動劍，你把他們全堡的人都看成秧子，這一來你犯了條款了，他們非殺你不可。什麼？你不怕死呀，好，他們更會叫你趁願。你倒想著死個痛快的，他們偏拿鈍刀子割你。也不要你的命，只是把你的眼睛揉瞎了，再不然挑斷你一條腿筋，把你一放。小夥子，這輩子你可就完了。你不用衝我翻眼珠子，我可不是嚇你，你只管打聽打聽去，你知道他們是幹什麼的？你不用衝著我女人家發威，那算你行。你就不知道這裡是沒王法、有幫規的地方，你拿話硬頂我，我不過一笑，我是一念之慈。我是一個姑娘家，連個螞蟻還不願踩死，何況你這大一個活人，只要你……」

女子說到這裡，瞟了紀宏澤一眼，低頭沉吟了一會兒，方才說道：「只要你說好的，我就想法子，把你放了。我跟他們不是一回事，我何必做壞人，毀害你年輕人呢！」

聽這說辭，好像紀宏澤一告饒，就可以釋放。但是紀宏澤縱然年輕，初涉江湖，也知既擒故縱，沒有這麼容易的事。女子的話是這樣講，她的神色和語調另透露一種意思，比話頭還切實。可是紀宏澤瞑目而聽，全看不到眼裡。

女子似乎生氣，攢起粉團似的拳頭，照紀宏澤背後捶了一下，道：「你怎麼老閉著眼，我說的話你聽見了沒有？」

紀宏澤開目道：「我聽見了。」

女子又道：「你聽懂了沒有？」紀宏澤道：「我聽懂了。」女子道：「你真懂了麼？」紀宏澤道：「這有什麼聽不懂，你叫我說好的，我始終沒有說出犯歹的話呀。我還是那個意思，要殺要剮要放，全隨著你，我一個被擒的人，我不能磕頭禮拜求活命！」

女子氣得把身子一扭，跳起來在屋中走遛。旋又挨身坐下，低聲對紀宏澤說：「我的話你到底全聽明白沒有？你到底願意我放你走麼？唵，你別總閉著那瞎窟窿，你睜開眼看著我，你別把一對耳朵丟給我算完。你莫非眼睛還疼？來，我給你治治。」一拍肩膀，拿那手絹，要給紀宏澤拭目。

兩人挨近，紀宏澤不由得睜開了眼。這女子通身豔妝，玉面修眉，身邊脂粉香氣四溢，衝入宏澤鼻端。並肩側坐，分明聽出女子低低的發出微喘聲，口氣習習，撲到紀宏澤臉上。

纖手如綿，輕扶著紀宏澤的頭。紀宏澤不禁心頭小鹿怦怦一跳。身被拘縶，欲避無從，驀有一團熱力燒心撲面，登時耳根通紅。

女子眼望門窗，轉臉來低聲說：「趁這時他們沒來打攪，你快點說。你要是願意我放你，你別對我這麼梗梗的。告訴你，你別把我看錯了，你要知道，我跟他們堡裡不是一碼事。他們械鬥，我是他們好禮好面邀來幫拳的。你大概未必聽懂我的意思，實在對你說，我是真心想救你，只不知你心眼上把我看成什麼人了？喂，你倒說呀！你心上怎麼樣啊？」

紀宏澤手足全縛，掙扎不開。那個使女已被這戎裝女子遣出院外，似乎巡風。屋中只他和她二人相對，被這女子容光所照，氣息所熏，心上亂亂的，要躲躲不開。並且女子的話正是車軲轆話，遠遠地繞，團團地轉回來，到底怎麼個意思，紀宏澤空活十八歲，好像聽明白，其實不明白；若說他真糊塗，他也覺得不對味。他側著身子，於無可躲避中勉強掙躲著，也不禁放低聲音，悄然答道：「你真想放我麼？」

女子咳道：「你真傻呀，你也是二十歲的人了，你是裝糊塗？你真格的看不出我跟他們不一樣麼？」

紀宏澤道：「姑娘！」不知不覺改了口氣，起初是「你們你們」，現在是「姑娘」了。他說道：「姑娘，你想放我？你何不幫我逃出去？剛才你為什麼捉我？你不捉我，諒他們一群笨漢全不是對手，我早闖出去了，這是怎麼講？」

女子凝星眸，盯著紀宏澤的嘴，無端地失笑了。口中罵道：「你這人真真豈有此理，你問我剛才為什麼捉你？你覺著我若不捉你，憑你的本事，你就跑出去了？」

紀宏澤忙道：「正是，你若不揚我一臉……」

女子忙攔道：「想不到你也二十來歲了，竟這麼糊塗。你要曉得你跑不出去！他們在堡裡堡外下著好多道卡子，你跑出這院子，你也跑不出這堡，你就跑出這堡，也逃不出這方圓五十里。你疑心我有惡意，幫他們捉住你，咳，傻子，你仔細想想，我捉你，正是救你啊！」話到手到，把紀宏澤拍了一下子。

紀宏澤一想，這話似乎有理。側目重盯了女子一眼，好像要從她的眼目口吻間，體察善惡。女子雙瞳盈盈，頗透矜憐，紀宏澤不覺把敵意一釋，但是他還有疑慮，他說道：「你是真要救我？」

女子笑了，說道：「我敢跟你起誓，我自從初見你，直到此時，我是一片誠心只為救你。你只要跟我一個心，我準救你逃出這裡。」

紀宏澤只聽出兩個「救你」，沒聽出「一片誠心」和「一個心」。他緊張的心情不由得一放。吉人天相，想不到自己初涉江湖，便逢險難，想不到逢凶化吉，忽遇這風塵奇女子。可是，她到底是個什麼樣人物呢？現在自己猶為階下囚，榻上客，未遑轉詰，先叩逃路。對女子說：「姑娘，你的意思，是想耗到夜晚，就把我放了麼？」

女子含笑點頭道：「對了，你真猜著了。」突然站起來，繞著屋子轉了一圈，又啟簾推門，向外一望，似窺日影。轉回來，對榻叉腰一站，恰當紀宏澤面前，一雙星眸上上下下打量這個俘虜。把頭一搖，似嗔似喜，臉上帶出一種難以測度難以形容的神色。

紀宏澤被瞅得磨不開，眼望他處，重複問道：「今晚上你真預備放我麼？」

女子眉峰一皺，半晌，支支吾吾說道：「我正是這個打算。可是一個人行好積德，也許盼望人報答她。我救了你，你逃出虎口以後，你、你、你不能再恨我了吧？」

紀宏澤忙道：「姑娘，這是哪裡的話，姑娘救了我，就是我的恩人，我當然感恩匪淺，結草啣環。」

女子嗤道：「這是戲詞，我不愛聽這一套……」說罷，目不停瞬，盯住紀宏澤。

紀宏澤惶然，不知怎樣答對。女子候了一會兒，見紀宏澤答不出，只得說：「紀少爺，你要明白，我不光是白白地要救你呀。」

紀宏澤道：「那麼，姑娘……」

女子登時一喜，聽他的下文，紀宏澤到底口懦，說不下去了。女子呆得一呆，忽然把頭一調，喟然嘆道：「紀相公，老實告訴你吧！我不只是救你，也是救我自己啊！」

這話紀宏澤就不明白了，他始終替自己這面著想，他不曾理會這女子東說西說，意欲何為。當下忙問道：「這話怎麼講？」

女子驀地臉一紅，點頭說道：「難得難得，你還知道問我這一句！年輕人真有你的。你現在淨給自己個打算，怎樣挨到夜晚，怎麼對付好了我，我把你一放，你怎麼好闖出去，別的你就不管了。你也翻回來想一想，我一個姑娘家，我總是他們幫裡的人，我無故要把他們捉的人私自放了，他們肯答應我麼？我又圖的是什麼？」

紀宏澤也不由得紅了臉，說道：「對不起，我實在不知道。」

女子道：「不知道不要緊，你也沒有問我，我到底是怎麼回事。」女子頗有點淒然怨尤之態了。

紀宏澤自知疚心，忙道：「姑娘，我正要問你哩。你不是堡中請來的幫手麼？你一定是堡中要緊的人物，他們管你叫三爺，你大概是三寨主了？」

女子欣然，卻又拂然道：「罷了，你還猜得到。實對你說，我不是什麼三寨主，他們鐵牛堡和姚山村械鬥，勢力不敵，邀出我們哥們打幫手，這是面子話，不是我們自己的事。咳，索性我對你實說了吧。我姓桑，叫桑玉明，我哥哥叫桑玉兆，我們是親哥倆。我們不幸，吃的是江湖飯，我們兄妹率領一百多人，只在這山西、直隸、河南三搭界的地方混……」

紀宏澤矍然道：「你還是女寨主！」

女子忙道：「瞎說，你曉得什麼？有我這樣的女寨主麼？我們不錯，吃的是江湖飯，我們可不是殺人放火，也不是當強盜做賊。我們幹的營生恐怕你也不懂，我們只憑胳臂根架弄著，給人家仗腰子，包運包賭。反正我們不是壞人，我們這行飯也不很道地。我哥哥狐朋狗友不做人事，我已然這麼大了，我哥哥不管我，不給我慮念正事，我直到如今，還是一個姑娘。我今年……我說你到底多大歲數了？」

紀宏澤道：「我十八歲。」

女子道：「你才十八歲，你猜我呢？」

紀宏澤道：「我猜不出來。」女子道：「唶，我說你這人，你猜不出來，你不妨試猜一猜，猜錯了，我也不要你的腦袋。」

紀宏澤無法，眼皮一撩，把女子重看了一眼道：「你大概二十三四了吧？」

女子把鼻子一聳道：「你倒會猜，我八十五了，你信麼？我老實告訴你，我今年整十九歲，比你大一歲。」

紀宏澤道：「你才十九歲？」

女子道：「我不冤你，我真是十九歲，屬馬的。你想我都十九歲了，我哥哥一點正事不慮，把我耽誤到現在。他自己吃江湖飯，他現在又跟鐵牛堡聯起手來。他的事我管不了，我的年紀不小了。你想，你瞧，我看你年輕輕地，人很不錯。你要是……肯可憐我，我把你放了，你得回回手救我一把呀，這兒好比就是火坑，我拉你一把，你再拉我一把，就全都逃出來了，咱們兩個人今晚上就一塊往外逃。你、你、你可肯答應我麼？」

這女子說罷，不錯眼珠看著紀宏澤的嘴。紀宏澤打了一個冷戰，沉吟，反詰道：「你自己不會逃跑麼？」女子道：「你好糊塗！我一個女孩子家，我往哪裡去跑？我跑到哪裡是一站呀？除非是跟你搭伴，我看你這人怪不錯的，你不要辜負我的心。……可是的，你家裡都有什麼人？你大概有老爹老娘吧？你有小孩沒有，你成過家了吧！成過沒有？」

紀宏澤赧然道：「我只一個人。」女子搖頭道：「我不信，你家裡一個親人也沒有麼？我不信，不信，十八歲的男人會沒娶過媳婦兒，誰信呢？也許是訂下了，沒娶吧？」紀宏澤道：「也沒有，我家裡只有一個娘。」

女子登時眉橫喜色道：「你家裡真沒有別人了麼？就只你母子倆口麼？」紀宏澤道：「就只我們娘倆。」

女子道：「你不是還有一個夥伴，失陷在姚山村了？他是你什麼人？」紀宏澤道：「那是我七叔。」

女子道：「是你七叔，你們是一大戶人家了？」紀宏澤道：「不，我家只兩口，此外沒人了。七叔是我的師父。」

女子道：「原來如此……」想了半晌，道：「你沒有成家，你家裡只兩口人……」又低頭道：「紀相公，我是打定主意，一定要救你。救了你，你再救我。你想我這法子好不好？我假裝拘留你，他們找我要人，我絕不放你，我要把你交給他們，你就毀了。挨到夜晚，我就把你一放，你就把我帶出去，我們遠走高飛。你想，我一個女孩子，我哥哥只顧自己，光姨太太就三四個，還有靠家，拋下我一個人，他不聞不問，一點也不管顧我。我嫂子也不好，她只知哄丈夫，討爺們喜歡，在妹子身上也是不管。咳，想起來我這一輩子真和孤鬼一樣。一個姑娘，若是沒有親娘，太苦了。自己的事，誰來管呀！」

這戎裝女子忽然把這個階下囚尊為榻上客，又對這榻上客自述起身世之悲。紀宏澤心頭小鹿跳動，終於恍然了。他小時看過說部，他登時明白過來，這女子活脫又是個「穆桂英」！

然而返念自己：「我卻是負著殺父深仇的人，我不是楊家將呀！況且這女子說得如此可憐，她說她十九歲了，可是我卻看她，哼，至少也有二十二三，也許二十三四，也許二十四五……誰給她批過生辰八字呀！」

紀宏澤又想起初出家門，他的母親雙眸蘊淚，瘦頰含春，是那樣強作歡容，激勵孤兒，發露著剛毅之氣。又想起姚山村失陷的七叔，至今生死難卜。更反觀此時此地，自己依然是手足交縛著，女子說的話儘管好，她竟沒想到給自己解縛，她到底是怎樣的打算？安的什麼心？

紀宏澤心情瞬息萬變，終於暗暗打定草稿。他說道：「桑姑娘，你的意思，我明白了。你想放了我，再叫我救你，你我一同逃出此地，可是這樣打算麼？」女子道：「著啊，我就是這個主意。」紀宏澤道：「可是你總得先把我鬆了綁，才好說別的。」

女子道：「哎喲，我忘了這個。你放心看著吧，一到天黑，我準放你。我也收拾收拾，好同你一塊走。」女子歡歡喜喜，挨坐在紀宏澤的身邊，倒比開初文靜了，低聲商量共逃的辦法。紀宏澤說道：「姑娘，你先不要談這個，現在你得給我解開繩子呀？」

女子眼睛一轉，道：「紀相公，按理說，我得給你釋縛，可是你是明白人，咱們得遮外人的耳目，一到掌燈的時候，我準釋放你，你多受點委屈吧。」紀宏澤道：「我的手腳都捆麻了，到了那時，我可是怎麼走法？」女子道：「呀！這是真格的。」忙親自動手，把紀宏澤捆的繩解開，獨留下縛手之繩，仍不給解。低聲說道：「紀相公，你多多抱屈，白天叫他們看出來，就不好辦了。」

紀宏澤伸了伸腿，皺眉道：「兩腿全麻了；我的兩隻胳臂若捆到天黑，恐怕必然麻痺了。姑娘，你好歹給我鬆一鬆綁，叫我活動活動血脈。」女子想了想，真個找出一條綢巾，代替了麻繩，叫紀宏澤扭過身來，親手替他解扣。但等到解綁換縛之時，紀宏澤暗運一口氣，兩臂不肯再受反剪，雙腕一揮，突然站起來。女子大驚，急急橫身當門，怒喝道：「你、你、你要跑麼？」手舉暗器，睨定紀宏澤。

紀宏澤早已留神，看見自己的劍和小包都放在對榻方桌上，他未嘗沒有逃跑之心，但他才脫繩索，這麼用力一舉步，一揮腕，頓覺二臂麻木，酸得不可支持，兩腳頓地，才一登勁便一歪一軟，登時踉蹌欲倒。女子搶上一步，倒把他扶住。紀宏澤覺得受縛處血脈蘇蘇地流，麻得十分難受，心知此刻寸步難移，登時賠笑道：「我得遛一遛，我的腿和手全麻了，姑娘對不起，你攙我兩步吧。」

女子回嗔為笑，道：「我當你嘴說好話，暗打轉軸子主意呢。你只不要口是心非，我一定保護你，搭救你，你要拋下我，獨自想逃跑，我就是不收拾你，他們堡中人也不肯輕饒，你要放明白些。」挨過來伸腕架著紀宏澤，慢慢在屋子遛走。

遛過數遭，問紀宏澤道：「行了吧？」強架著他，仍到榻前坐下，仍叫紀宏澤背轉身，重行加縛。

紀宏澤央告道：「姑娘別捆了，你再一捆，我又麻木，到晚上可怎麼逃走？」女子道：「不行，我倒不想捆你，少時他們堡中人要再來討你，叫他們看在眼裡，就不好逃跑了。」紀宏澤再三求告，女子皺眉道：「得得，我不反縛你，咱們這麼虛攏著一點吧。」

把反捆改為順縛，用絲巾攏腕，交捆手脖，這就好受多了。命紀宏澤坐在榻上，緊挨著床柱，彷彿是捆在柱上似的。

女子附耳對宏澤說道：「這樣才好遮掩外人的耳目，他們就闖進來，再不疑心咱們倆通同作弊了。」說著衝紀宏澤很柔媚地一笑，仍偎著宏澤，絮絮地計劃今夜的偕手同奔之計，來日患難相共之計，反回來再盤問紀宏澤已往的家況身世，她自己也極力地述說她自己。

這樣，女子的心情，昭然若揭了。紀宏澤卻是心上亂糟糟，一點準打算也沒有，好像打定主意了，卻又自己起矛盾。

結果，眼為心之苗，心思不寧，眼光就閃爍不定，不時地窺視紙窗門簾。女子比他大，比他精，登時動了疑。這女子話裡繞話，同逃、共患難，應該起誓，誰也不許存二心，誰也不許哄騙。

女子首先起了誓，轉對紀宏澤說：「咱們倆人心換人心。我先救你，你再接我，皇天在上，我一定不虧負你。」然後請紀宏澤也對自己起誓。

紀宏澤大窘，他是十八歲的少年，他不是傻小子。他敷衍女子道：「起誓是笑話，我絕不能辜負你。你好心好意救我，真格的人心換人心，我還能騙哄你不成？男子漢，大丈夫，一言出口，如白染皂。起誓，那是何必？」

紀宏澤只表忠誠，不肯起誓，女子起初要依允，忽又發怒說道：「莫看你人小，你還玩花活？你不肯起誓，好好好，你的心我算看明白了，你一味對付我，只要把我騙過去，把你放開了，你就扭頭一走，你東我西，各奔前程。你是這個主意不是？」

女子翻來覆去，口發怒言，又說出恐嚇的話，逼迫紀宏澤。紀宏澤賠笑對付，越對付越不行，無論紀宏澤如何鬥詭，終詭不過這年長幾歲的江湖女子，終於逼紀宏澤推託不開，低頭說道：「你叫我起誓，你得放開我呀。你把我拴在床框上，我就這個樣子對天盟誓，老天爺也不肯作證人。」女子笑道：「解綁容易，你只跟我一個心，樣樣好辦。」口說好辦，站起來湊到紀宏澤面前，四目對射，盯住紀宏澤的雙眸，似要從眼神中窺測他的誠偽。纖手按著他的肩膀，兼要用柔情加上無形的束縛。起誓一說，好像是一種試探，紀宏澤騰地紅了臉，感覺到一種莫名其妙的壓迫，心頭小鹿跳個不住，身子欲躲無從。

正在挨挨靠靠，不得開交，突然外面有了響動，那個使女飛奔進來，一迭聲說：「三爺，三爺，大爺和鮑爺全來了。你還不快迎出去？」

女子愕然回顧，本來神情如醉，驀地驚覺，把臉色一正，一推紀宏澤，低聲說道：「喂，你不要多言，你順著我的口氣說。」這女子矯如游龍，忙向門外走。紀宏澤被拋在閨房中，仍拴在繡榻上，這個女奴遲遲不行，落在戎裝女子的後頭，也湊到紀宏澤面前，一臉的笑意，說道：「好小子，你倒……」

女奴只說了半句話，戎裝女子將到門口，突然回聲，叱了一聲，嚇得這女奴一吐舌，忙跟著女主人迎了出去。

紀宏澤昏頭昏腦，心上亂七八糟，初嘗到生平未嘗過的一種滋味，倒把眼前吉凶禍福全忘了。心中盤著一個疑問：這女子到底是什麼人物？聽她意思，好似以身相許，這不突兀了？

我該怎樣？正陷入深思，外面腳步聲俐落，聽見一個粗暴的男子喉嚨，和戎裝女子高一聲、低一聲辯論，好像抬槓，又夾雜笑聲。這樣過了好半晌，履聲又起，來人大概支吾走了。女子匆匆地獨自回來，紅頭漲臉，顯見動怒，卻又眉舒眼笑，透露得色。向紀宏澤拋了一眼，指點說道：「你呀，真叫我費了事了，剛才你聽見我們吵麼？他們定要活埋你，是我好說歹說，方才化解開了。現在我就領你見他們去，你說話要小心，可得跟我對了茬。」

紀宏澤聽見「活埋」二字，鼻孔哼了一聲，反詰道：「跟你對什麼茬？」女子道：「對什麼茬？我告訴你，他們現在提出一件事，要放你不難，必得叫你入夥。你肯入夥麼？我可是替你答應了。」

紀宏澤道：「入什麼夥？」女子道：「入我們的夥，你剛才不該動武，他們堡裡全要殺你，我們哥們也要殺你，只給你留了一條道，絕不放你生出鐵牛堡，要你加入夥裡，我們一塊混，你的心意怎麼樣？」

紀宏澤怫然道：「我可不知你們這一夥是幹什麼的，我本來是過路客，我還有自己的事，我焉能留在這裡入夥？況且我的同伴失陷在姚山村，沒有逃出來。」女子道：「果然還是這一套，叫我猜著了。這麼一說準砸，就保得住腦袋，你的兩條腿也準折。」

紀宏澤道：「我說什麼好呢？」

女子欣然往榻上一坐道：「這話明白，你早就該問我，我替你編排呀。我告訴你，回頭我就領你見他們去，你只順著他們說，他們問你是幹什麼的，你就說出門找事的。他們叫你入夥，你說好極了，早就有意闖蕩江湖。他們要你怎樣，你全答應，你只敷衍他們三兩天，得空我們一走，不就結了！」

女子一面說，一面盯著紀宏澤的臉。紀宏澤聽出縫來，忙道：「怎麼又敷衍兩三天了？你不是今晚就幫我逃走麼？」女子道：「傻子，你又犯死心眼，逃跑的事得看機會。沒有機會，想走，成麼？我不過這麼說，聽話要聽音，別死摳字眼。我剛才替你說了許多好話，說你飛縱的功夫很好，比我還強，有你入夥，足能做一個好幫手。我說我早已勸好你了，我說你第一步志在搭救你的同伴，你就入夥，並且連同伴一塊入夥。我這樣費了好多唾沫，他們方才點了頭，不再活埋你了。咳，你想我一個姑娘家，拉下臉來替你講情，你想人家夠多難，我這樣說法，可你的心麼？」

紀宏澤想了想，點頭答應，女子這才親自釋縛，攙起紀宏澤先在屋了遛了幾步，問他怎麼樣，腿還麻不麻？紀宏澤試了試，體力已復，說道：「行了。」轉身便趨方桌，要拿自己的小包、寶劍。女子忙橫身一擋，急道：「做麼？做麼？你可不能帶兵器，你得空手跟我走。」

女子搶先一步，把紀宏澤的囊劍，全都按住，圓睜雙瞳，瞪著宏澤道：「你還是囚徒，你又來這個！」紀宏澤退後一步道：「咱們已經說好了，你怎麼還不給我呢？」

女子道：「你不用裝糊塗。」手指門口道：「快跟我走，別搗麻煩。這劍我先戴著，到了時候，我自然還你。」索性把劍抓起來，要繫在自己身上，不想提鞘按柄，一眼見到劍柄上的刻鏤標誌，突然她又犯了疑，手指劍柄，目睨紀宏澤說：「等等再走。我問你，你到底叫什麼名字？你真是姓紀，真叫紀宏澤麼？」說著橫身繞過來，把門口堵住，又一推紀宏澤，重按在榻邊上，說道：「你到底叫什麼？」

紀宏澤登時恍然，這把短劍正是仇人之劍，那把長劍是亡父遺物，現在七叔手內。這把短劍在柄上鐫著一條小小銀龍，還有八字銘語，還在亞形花紋中篆刻著一個方字。戎裝女子雖不認識篆字，可是劍既有銘，獨不見一個紀字，她似乎犯起疑猜了。紀宏澤大大吃了一驚，忙道：「我叫紀宏澤，這是我的真名字呀。」女子道：「不對吧，這劍上刻的是什麼字？你的名字準叫什麼龍，你告訴我的一定是假名字，你還是騙我！」

紀宏澤道：「咳，你太多疑了。這把劍是古劍，是我師父當年在破爛攤上，花八兩銀子買來送給我的，你看見劍上刻著龍，我就叫龍。你可曉得龍泉寶劍也刻著龍呢？」

這種解釋，女子似乎又釋疑了，撲哧一笑，道：「我是詐你，走吧！」到底把劍繫在自己腰間，推著紀宏澤，往外面走。

紀宏澤這才明白，女子忽嗔忽喜，忽疑忽怒，乃是一種做作。

她故意動疑，無非是打岔，不叫紀宏澤索劍罷了。哪知紀宏澤心中有病，這一詐真個把他詐毛。暗想：不對，這劍柄的「雕龍」銘刻，委實害事，莫如趁早把它換了……

女子緊絆著紀宏澤，出了這閨房。那女奴正在階下徘徊，女子衝她一揮手，女奴進了閨房。女子來到院門口，門口竟有兩個壯漢持刀棒站崗，見了女子，叫了一聲：「三爺！」女子又一揮手，帶領紀宏澤往前走。壯漢忙道：「三爺，我這裡有罩子，給點子帶上點吧。」女子道：「不用你管。」徑引紀宏澤離開小院，暗向紀宏澤拋了一眼道：「便宜你，你知道嗎？」紀宏澤笑道：「我承情！」他漸漸地也放肆了。

曲折行來，紀宏澤不帶眼罩，堡中的內容，至此也大致看明。這是好大的一片土堡，瓦房、土房參半，堡中人大抵攜帶武器，看不見女人。這戎裝女子把紀宏澤引進一座黑大門，在門左右，散散落落有八個短衣壯丁，持刀棒梭巡，見了女子全都致敬，口稱三爺，紀宏澤聽了，很覺奇怪。有一個矮漢子，好像小頭目，湊向女子身邊，說著客氣話，指問紀宏澤道：

「這就是三爺捉著的那個傢伙麼？怎麼也沒捆，也沒給帶罩子？」又哦了一聲笑道：「由您自己押著，就不上綁，他也跑不掉。」這矮漢故意搭訕，沒話找話，戎裝女子待理不理，哼了一聲道：「他們對陣的人散了沒有？」矮漢道：「剛才散的，還沒有歸隊呢；姚山村的人太可惡，他們抓住有把的葫蘆，一個勁地刁難。剛才鮑大爺和咱們大爺，傳下話來，叫邢老七回老窯勾兵去了。依我看來，越跟他們對付越不行，還是硬幹。只是咱們的人叫他們擄了好幾個去，總得想法子尋回來，再跟他們拚鬥一下子。若不然，事總結不了。」女子皺眉道：「你說得倒也對，不過……今兒是你的班不是？你只好好地值你的班吧。」一擺手，矮漢諾諾連聲，擠眼一笑，側身旁站。女子帶領紀宏澤徑入黑大門。

黑大門內的房舍，好像就是鐵牛堡的公議堂，正房五大間，此刻聚著高高矮矮十幾個人。兩大間通連，用六張八仙桌對成長案，這些人都坐在桌旁。為首兩個人，一個黑大漢，身量甚高，年約三十四五，穿一件紫色長袍，上套團花青馬褂，坐在當中左上首。在當中右上首是一個黃面漢子，年約四十多歲，長袍馬褂，抱著水菸袋，拿那紙煤子，正在指指劃劃講究什麼。其餘的人都承望顏色，類似小頭目之流，衣履不齊，有的穿長衫，有的穿短打。戎裝女子才到院階前，院中僕從模樣的立刻報導：「三爺來了。」

女子踐階登堂，在座的人站起一多半，齊打招呼，女子大模大樣，只向為首的人點了點頭，轉身引領紀宏澤，來到案前，指了一個座位，把椅子拉了一把，命紀宏澤落座。她自己掐腰一立，面向為首的人和旁邊一個瘦漢子發話道：「我這不是來了麼?你們剛才那是幹什麼，左一趟、右一趟的催命，敢是怕我逃跑不成?」扭身坐在旁邊椅子上，恰在紀宏澤上首。

眾目睽睽，望著紀宏澤。紀宏澤未肯就座，環顧眾人，昂然拱手道：「諸位，請了!在下叫紀宏澤。」他眼光平視，面對為首二人站著。要是把自己看成囚虜，他這樣是等候盤訊；要把自己禮如上賓，他這樣子是預備寒暄應對。

在座的人，有的歸座，有的還站著，都打量他，卻沒把他當作一回事，紛紛向女子敷衍客氣話。黃面男子笑道：「三爺您又發脾氣了。我們只想把這紀某人提出來，問一問他姚山村的情形，您別過意。」

戎裝女子道：「我這不是親自把他送過來了，你們就問他吧，你們忙什麼，急什麼？這個人情實是過路客，跟姚山村一點幹連沒有。我剛才問了好半天了，人家也是叫姚山村扣下的，怎麼會知情，杜寶衡就沒對你們講麼？」滿面含嗔，似是做作。

第十八章　陷鳳巢孤雛奮翼

第十九章　受審訊移居西廂

黃面男子托著水菸袋，極力賠笑；那黑面大漢眉橫怒氣，說道：「三妹，你太那個了，就是你親手捉的人，你也應該交出來，叫大家問一問啊。這不是在咱家，這是朋友場！」

女子驀地紅了臉，從椅子上跳起來，大聲道：「朋友場怎麼樣？我本來沒打算瞞著誰，我拿住的人，我得先問問。你不等我問完，就兩次三番催命。好像遲一會兒，我就把人丟了，放跑了。又好像我天生沒出息，你再不來討，我就跟人跑了！」

把粉拳往桌上一捶，扭著臉兒，眼珠直轉，似乎要氣哭了。又說道：「別人沒有作踐我，只有你會作踐我。你剛才那是什麼樣子？瞪眼硬要往我屋裡闖，你是要捉你妹妹的私弊不是？」

黑面大漢也驀地紅了臉，說道：「三妹，你這是怎麼說話？他們大家等著問供，老等老不來。這人又是杜寶衡引來的，跟你有什麼相干？怎麼又是你捉住的？你捉住的就不許哥哥過問麼？你看你歪到哪裡去，我可說什麼來？我有犯歹的話嗎？我疑心你了麼？」

女子叱道：「你憑什麼疑心我？兩條大道走中間，許你左一個右一個弄小女人，我做妹妹的有哪點不守閨道了？我是挑唆的嫂子跟你打架了？」

黑臉大漢道：「你還往哪裡扯？你守閨道，你不守閨道，我多咱挑過你……」

女子一聽這話，剛坐下又跳起來。黃面男子和瘦漢子急忙勸道：「得了，得了，三爺少說兩句吧。你們哥倆千萬別拌嘴。這件事情實是大哥心急了些，這實在怨大哥，三爺消消氣吧！三爺，我告訴您，我們五爺剛才和姚山村隔河對陣，當面議和。一抵一個地換俘虜，他們咬定不肯答應。一定要咱們貼給他二十只大抬槍，還有別的勒索……」

他繼續還要往下講，戎裝女子扭頭道：「這個我知道。」黃面男子笑道：「三爺一定早知道了，不過咱們實在不甘心，剛才我們打算，明著與他們講和，暗中仍派人去夜探姚山村，把咱們失陷的人盜救出來。也不必全盜，只把奚克庸奚四爺搭救出來，他們就沒有拿捏人的把柄了。杜寶衡從姚山村帶出來這個姓紀的，我們正好用得著。我們很想把他提過來……」

黃面漢子目光又環顧到黑臉大漢和戎裝女子，把底下的話噤住，方要改口，旁邊那個瘦男子站起來接聲道：「過去的事別說了，這姓紀的不是押來了麼？咱們該怎麼問快問，該怎麼辦快辦吧。三爺請坐！別生氣，倒茶來呀！」

黃面男子也把黑臉大漢推坐在椅子上，極力打岔，很敷衍一陣，女子漸漸息怒。她的發怒就是一種反攻，堵別人的嘴。

在座的人也有的乘機向紀宏澤點頭，手指椅子道：「朋友，你坐下你的，你既然來到這裡，只管放心，不要害怕。我們不難為你，只要你肯說實話。」

紀宏澤笑了一聲，說道：「我沒有為非犯歹，說什麼謊？害什麼怕？」旁有一人冷笑道：「那也不見得，到了我們這地方，老虎也要拔毛，沒錯也要揑個錯，就看光棍睜眼不睜眼了。」

這純是威嚇的聲口。紀宏澤凝目一看，這人是個其貌不揚的混混模樣的人物。紀宏澤張了張嘴，要拿話噎他。戎裝女子在旁聽見，兩個人一站一坐，相挨至近，女子潛伸纖足，微微一蹴，又指一指椅子，紀宏澤默然會意，就勢坐下，仰著臉，不再搭理那人。

那人喝道：「我跟你說話呢。」戎裝女子立刻接聲道：「這裡也有你齜牙的份兒，你們倒是誰過堂呀？」搶白得這人翻了翻眼，不敢出聲。

他們這一唧噥，在座的人全都看見了，也聽見了，只當裝作看不見，把這個兄妹拌嘴勸住。由黃面漢子發問，先向紀宏澤招呼了一聲，跟著把來蹤去影，從頭又訊了一遍。黑臉大漢負怒不言。過了一會兒，也插話盤問起來。戎裝女子倒做了被告的辯護，很替紀宏澤排難解紛。

黃面男子連發了許多問：「紀朋友，你今年多大年紀？你是哪裡人？你到底為什麼闖到我們這山角落裡來？」又問道：「你是投親訪友，還是投靠謀事？你可願意留在我們這裡，把你安插一個地方？」

黑面大漢也道：「你會武藝？你師父是誰？你學得是哪一門？看你很年輕，你在江湖上做過什麼事情？現在你落在我們這裡，我們若把你放了，你打算上哪裡去？」

黃面男子又問：「姚山村裡的人，你都認識誰？你從前跟他們有過交道沒有？」

黑大漢又問：「你的同伴失陷在姚山村，你想搭救他麼？你一個人怎能搭救他？你打算用什麼法子？近處可有親友幫忙的麼？」

黃面漢子又道：「我們打算探村救人，今晚就去一趟，你一定路熟的了，你可以跟我們的人一同去麼？」又道：「這一去連你的同伴一塊救出來，你可以邀著你的同伴，一同加入我們這一夥麼？」

絮絮地連發許多問話，滴水不漏，又把杜寶衡喚來，好像對供似的。戎裝女子仍然在旁幫話，紀宏澤答得不俐落，不接茬的，戎裝女子全給圓上，說是：「我早問過他了，人家願意跟咱們合手。」並且以目授意，叫紀宏澤順著口氣說，不要支吾，不要謝絕。

當場反覆問罷，黃面男子拿眼睛向黑面大漢要主意，道：「怎麼樣？」黑面大漢兀自不快，半晌說道：「小毛孩子，有什麼大不了？」黃面男子道：「那麼，放了？」

黑面大漢搖頭道：「唔！先留他幾天，看看那邊怎麼樣再講。」說著站起身來，要往外走，臨行又道：「不能隨便放走他，倘或是奸細，叫姚山村笑掉大牙了。」

黃面男子忙道：「大哥等等，今天晚上呢？可用這人領路試探一下子？」黑面大漢道：「還是等老四回來，我們再去探山。」一甩袖子，引領兩位座客，一直出去了。

女子嘻嘻地冷笑道：「甩給誰看。」黃面男子笑道：「三爺隔過這一章去吧！大爺的脾氣一向這樣，你們親手足還不曉得麼？他因為杜寶衡白去了一趟，徒勞無功，剛才隔岸講和，對手又很刁難，他心上惱極了，您是正趕在氣頭上了。剛才大爺對我說，要等四弟一到，兩人合手親到姚山村去一趟。他的意思是不入虎穴，不能得虎子。我卻怕一個弄不好，倘或大哥也失陷了，我們就可栽到家了。」

戎裝女子聽著，秀眉一展一展的，忽然說：「有了，何必專等老四？今晚上，我叫這位姓紀的朋友帶路，到姚山村窺探一趟，就算救人不容易，要給咱們人通一個消息，窺一窺虛實，我保管落不了包涵。」黃面男子道：「這個，三爺肯辛苦，敢情好極了。你等等，我跟大哥商計商計。」忙喚人追請剛出去的黑面大漢。

戎裝女子不悅道：「罷了，罷了，您別叫他，我的事我自己做主，他管不了我的事。您要跟他商量，我不去了。」黃面男子為難道：「不過這事很涉險，愚兄我擔不住呀。」

女子道：「你擔不住，別擔。是我自己願意去，礙您什麼事？」黃面男子道：「不是這話，探山有險，萬一出了閃失，您是一個姑娘，千金之體，您想想，我兜得住麼？」

女子怫然道：「好好好，您兜不住，我不去不就結了麼！你們的事真難辦，蠍蠍螫螫的，有膽的也叫你們嚇破膽了。我不信姚山村，又不是龍潭虎穴，憑我飛來鳳，要去就去，要出就出，你當我是杜寶衡啦！」發了幾句話，也站起身來，說道：「隨你們的便吧！我不管了。這位紀朋友，你們到底怎麼樣？」

黃面男子道：「剛才大哥不是說了，先留他幾天。」

女子哼了一聲道：「留是可以留的，你們可不許難為人家。人家是客情，再說又很年輕，跟姚山村毫不相干，你們不要把人看錯了。」

說罷，她邁步要走，又似乎不想走開，扶著椅子背打晃，半晌，淡淡地說道：「你們可把人家擱在什麼地方啊？就在這裡拘著不成啊，也得拾掇一個地方，叫人家歇歇呀。你們不是還要借重他領道探山麼？」黃面男子道：「是是，那當然。三爺有事，您先請吧。這位紀朋友，你交給我好了，我還有幾句話，要跟他談談。」

女子眼皮一撩道：「有話？你就問吧，反正還是那一套，問不出新鮮的花樣兒來，你們還有完沒有？」她又一欠身坐下了。那個意思，要催堡中領袖當著她的面問供。

黃面男子臉上頗帶窘容。在座的人也都睜著眼，看他們領袖的嘴，替他挨憋。他們在座的人本要容得女子走開，再嚴訊紀宏澤，不料叫戎裝女子盯住了。黃面男子只得順水推舟，客客氣氣，搭訕著重問了幾句話，只算是閒扯淡。回轉頭來，和在座的一個中年人低聲商計：「把這人安放在什麼地方合適呢？」

中年人低聲回答：「索性擱在六房裡，叫二爺照顧著，跟姚山村的人在一處，倒好照應。您要問話，等到晚上，也不為遲。」黃面男子點點頭道：「也好。」

中年人站起來，向紀宏澤點首道：「紀朋友，請您跟我來，我給您找一個歇腳的地方。」引領紀宏澤，出離公議堂，院中巡邏的人，受命跟過來兩個，各提兵刃，一個在前引路，一個在後伴送，禮如上賓，相待仍如寇仇。

紀宏澤心中明白，向黃面男子拱了拱手，昂然舉步往外走。記住女子諄囑的話，不再支吾，臨出門口，回頭望了一眼。在座十幾對眼珠，和那黃面男子慍怒的眼珠，全都一眨不眨地送出自己來了。

那戎裝女子也就待不住，跟手告辭出廳。來到街上，女子緊行數步，叫住紀宏澤，說道：「您只管放心，我們還要仰仗您哩，我們絕不會錯待您，您不要想別的呀。」說罷這話，飄然自去。

紀宏澤像起解似的，透過大街，進入小巷，被中年人引到另一院落。這是尋常的村舍，瓦舍四合房，不見女眷，院中，門口，都有短衣壯漢，持木棒、短刀看守。

這小院正押著姚山村俘虜，正是鐵牛堡暫設的肉票票房，臨時監牢。

那六房的二爺，是三十多歲的壯漢，他就是鐵牛堡的獄吏牢頭。紀宏澤被擺布得迷迷糊糊，和中年男子進入小院正房。

當門一站，中年人背著紀宏澤，向六房二爺唧唧噥噥，講了半晌。六房二爺看了紀宏澤一眼，說道：「這是大孩子吧？還會武功麼？」

這二爺開桌屜取出鑰匙，把紀宏澤引到西廂房門前。房門緊鎖，六房二爺親自開鎖，對紀宏澤說：「朋友，請進屋，坐下歇歇吧。」他頭一個進去，中年人讓著紀宏澤，也進了屋。

這屋雖已上鎖，卻不是空房，有被縟鋪陳，有椅有桌，有女眷用具，很像是住家的臥房。料想械鬥一起，把女眷移開，借做延賓拘囚之所了。

中年人附耳告訴六房二爺：「大爺叫我轉達您，您多留神桑家的三丫頭，回頭準來泡蘑菇，您別惹翻了她。」旋對紀宏澤說：「不要東張西望，不要獨自出院，彼此有裡有面，當然按朋友看待。若是犯了規，那可說不得，彼此都不好瞧。朋友，我說的是好話，這裡的事，你還看不出來麼？你要是有什麼話，可以對這位二爺講。」又交代了幾句話，告辭走了。

六房二爺已將紀宏澤的來歷詢明，隨便盤詰了一陣，也警告了幾句，並不陪伴，徑回了自家住房，把紀宏澤一個人扔在西廂房了。

紀宏澤曾問到這六房二爺的姓名，據他自說是姓鮑。紀宏澤越思索越不是味：這裡到底是什麼所在，說盜窟不像盜窟，說良民不像良民，怎麼回事呢？心中暗想：且等天黑再說。

轉瞬天夕，居然沒人再來打擾他，也沒人來審訊，來窺伺。到晚飯時，才有一個村僕模樣的人，提食盒來送飯，兩菜一湯，不算太薄。叫一聲紀爺，給擺在桌上，還有一壺酒。看著紀宏澤操起筷子來，僕役這才轉身退出。紀宏澤很小心地用完飯，還怕飯裡有東西，酒也不敢嘗，其實是多慮了。過了一會兒，那六房二爺這才過來照看了一遍，問道：「吃飽了沒有？太簡慢了。」飯罷僕人送來一壺茶。紀宏澤又剩了一個人，皺眉犯思，正不知自己該如何出堡，如何尋找七叔。也不曉得戎裝女子如何救助自己，也不曉得鐵牛堡羈留自己不放，究竟如何存心，更不知黃面男子，黑臉大漢，為良為莠。

紀宏澤一時想起那女子夭矯不羈的神情，驀地自己一陣耳根發燒。他今年十八歲，正當少艾，知好好色，何況此女這麼樣的花媚蝶舞，如在他潔白的心中，點染了一片脂粉色，縱然看不慣女子的狂態，又對女子的年齡不無思索，可是他到底沉不下心去了。一時慮及眼前，一時仍要冥想這女子剛才說的那些怪話。紀宏澤禁不得自言自語：「這是怎麼一回事呢？」

天黑下來了，窗外院中，竟設著氣死風燈，可是他歇腳的這西廂房仍沒有燈盞，他眼看要摸黑。他已經有過午間的經驗，不肯冒失了。遂在屋中走來走去，隔門縫向外看去，院中巡守的人已然換了班，偶然聽他們自言自語，講的全是械鬥，也沒有意外的話，也沒有議論到自己。紀宏澤忍不住挨到屋門口，重重咳了一聲。巡守的人登時過來，向紀宏澤叱責，好像這新接班的人並不接頭，把紀宏澤也當作俘虜了。

紀宏澤納著怒，很客氣地說：「朋友，請你把你們二爺請來。」巡邏人喝道：「待著你的吧，爺們不是服侍你的。」

兩人吵嚷，那六房二爺在上房聽見了，忙出來查看。紀宏澤站在西廂房門邊，身在屋內，頭探出門外，忙招呼道：「鮑二爺，請了，我要出去方便方便，不知廁所在哪裡？」

這六房的鮑二爺眉頭一皺，登時換出笑臉道：「廁所就在這邊，喂，么蛾子，你陪這位紀朋友去。么蛾子，這位是朋友，不是姚山村人。」巡邏人恍然抱歉道：「原來不是姚山村的呀。對不住，你跟我來。」

六房鮑二爺卻又說道：「么蛾子，你要小心了，這位可不是熟人，可是新來的過路客，生朋友，你要明白！」么蛾子立刻又恍然道：「哦，原來不是您的朋友啊。」把臉又拉下來了，說道：「你跟我來呀！」

把紀宏澤引到廁所內，這么蛾子提著木棒在廁所外等著。

紀宏澤並不是定要小解，他實是借此窺測堡中人對待自己的態度，現在居然被他探出來了。出了廁所，么蛾子緊跟著。紀宏澤說；「朋友，你貴姓？」

么蛾子繃著臉說道：「好說，您哪，你不是解完溲了麼，快請進屋吧。我們這裡很嚴，查得很緊，你別叫我落了不是。」

紀宏澤笑了笑，徐步院中，把上房、東廂、南房，都看了一遍，唯有東廂房戒備極嚴，把守的人也多，自己待的西廂房，是介在賓客、囚徒之間，只此兩人監視著。紀宏澤向鮑六房索要燈火，鮑六房笑道：「您還怕黑麼?有火，這就給你點。」

紀宏澤走進屋中，摸黑往炕邊一坐。少時燈來，鮑六房也跟著進來，命那僕人點著燈火，面對紀宏澤，一指土炕道：

「這裡有現成的被縟，你困了，只管睡覺，咱們明天見吧！我再告訴你一句話，晚上你可別出屋子，這門是要上鎖的，我們這裡正跟姚山村打死架，夜晚你只一探頭，我們巡邏的人不管那些，立刻要放箭的。我把話說在頭裡，你多加小心。還有一節，晚上也許有動靜，他們姚山村的人也許來搗亂，你不拘聽見什麼，千萬不要下炕，省得他們誤傷了你。」

紀宏澤道：「這麼緊麼？」

鮑六房道：「你瞧，我們怎麼偷探他們來著，還擋得住人家不探我們來麼？你最好是早早睡下。」紀宏澤道：「我就要睡。」隨即打了一個呵欠。

鮑六房站起來道：「請歇著吧！」忽又說道：「要不然你稍等一會兒，聽說他們還要過來，跟你談談哩。」紀宏澤道：「那麼，我就多等一會兒。」

鮑六房在屋中轉了一圈道：「你先睡你的，他們來了，我再叫你。」轉身出門，隨手將門倒帶，咯噔一聲，從外面上了鎖。

紀宏澤不由得愕然，暗罵道：好東西！縱目往門窗一望，前窗通明，後窗漆黑。紀宏澤暗中作勁道：「衝你們這一手，我今晚一定要走！」

紀宏澤在此發恨，忽一回頭，發現前窗添了一個破洞，有一隻眼睛正往屋裡瞧。紀宏澤立刻上炕，也要破窗向外看。外面那人立刻叱喝道：「嘻嘻，朋友，你規矩著點，這麼扒頭探腦可不成。我們可要放箭！」發話的還是那個么蛾子。

紀宏澤並不搭腔，隨往炕上一躺，和衣而臥，暗打算盤；心想：「叫你偷瞧吧，耗到下半夜，我一定穿窗奪路，做個樣兒叫你看。」只有一樣，自己的兵刃都被那戎裝女子洗去，丟了行囊不打緊，內中卻有那把劍，是仇人小白龍的兵刃，為了復仇總得尋回。

想到這裡，滿屋一尋，屋中暫能借作兵刃的東西，可以說半點也沒有，僅僅這張八仙桌的腿，還可以卸下來，作為防身之具，聊勝於無。無奈這一拆卸，必有很大的響動，外面人聽見，定來干涉。紀宏澤左瞻右顧，茫然束手，心中暗想：「赤手空拳，這可怎麼辦？」只剩了一招，穿窗硬逃出去，乘其不備，襲擊院中值崗的人，奪取他們的兵刃，給自己使用。再尋搜那個戎裝女子的住處，把自己那柄寶劍盜弄回來。然後展開夜行術，立即遁出堡外，重探姚山村，尋救七叔，一同脫出這是非坑，最為上策。

紀宏澤盤算到這裡，在西廂房土炕上，再也沉不下心去，翻來覆去，思索逃路，不時抬頭望一望紙窗，窗紙依然有通明，外面巡邏的堡中人依然蹀躞有聲。紀宏澤不禁皺眉，看他們這派頭，大概是通夜巡守不休，監視竟這麼嚴，如何是好？

他們這樣對付自己，自己真要向外闖，頗非容易，必涉大險。

紀宏澤心中浮躁起來，再也躺不住，重又坐起來，對窗發愣。

紀宏澤只當鐵牛堡在這小院中，安置了如此之多的巡邏，是純為監防他自己。他卻猜錯了，人家並不是為了他這兩間西廂房，鐵牛堡這番舉措，全是衝著西廂房的對過，專為著東廂房，才加了八個崗。對於他不過是一彈打兩鳥，順便照顧罷了。

在東廂房，鐵牛堡囚禁著姚山村的俘虜。姚山村捉獲他們五個人，他們只撈著人家三個，他們算是吃了虧。屢次與敵人議和，商量著劃界而守，各不相擾，永罷干戈，雖經人調停，到底沒有議妥。就是暫商交換俘虜，也為了差著兩個，姚山村向他們加索火槍二十桿，還有旁的東西。他們認為丟臉，又致破裂。他們認為姚山村是故意侮人，未免太甚；姚山村那面更是振振有詞，說這二十桿火槍，不是我們訛人，也不是故意寒磣你們，實在這是一筆賠償。鐵牛堡的人曾把姚山村一般山貨，搡在織女河中，這票貨值得太多。既要講和，按理該多賠補。

而且雙方被俘的人數，固然差兩個，同時姚山村失陷在鐵牛堡的三個人，乃是不甚重要的人物。鐵牛堡被姚山村擄去的那五位，內中有一人實是鐵牛堡的四當家。姚山村放出話來，只憑這一個，就值二十桿火槍。鐵牛堡當然不肯拿火槍換人，好比授敵以柄，太不上算了。交涉破裂，他們雙方各邀助手，各想別法，這才有明著定期決鬥，暗中偷探對方的舉動。——當紀宏澤和紀蔚叔遊藝訪仇、初涉江湖，頭一步便蹚在他們雙方的漩渦中了。他們雙方的援兵陸續來到，他們即日要有一場大的械鬥。他們的首領依然向各方挖找幫手，同時提防著奸細。紀氏叔姪恰恰趕上麻煩了。

這鐵牛堡的堡主，就是大廳上訊問紀宏澤的這個黃面男子，他名叫鮑麟生，看外表面容黃瘦，手底下卻有幾手武功。

他的二胞弟鮑龍友，年約三十歲，為人精強有力，更是鐵牛堡的臺柱；又跟戎裝女子的哥哥桑玉兆，交深莫逆，是口盟弟兄。戎裝女子的話並不假，她兄妹正是鐵牛堡邀請來的硬幫手，所以是客情，頗受禮待。

鮑氏兄弟一母同胞四人，老大官名叫鮑士麟，字麟生；老二名叫鮑士龍，字龍友；老三名鮑士熊，字熊飛；老四名叫鮑士虎，字虎揚。他們原是拳勇世家，在鐵牛堡成為一霸。他們鮑家族大人多，席豐履厚，免不了武斷鄉曲，惹得同鄉人人害怕。他弟兄倒有一點長處，對本村人頗知庇護；獨對鄰村農戶，脾氣特別惡暴。所壞的就是他弟兄四人，全都孔武有力，良懦的莊稼人免不掉受他們凌壓。他的上輩做過武官，桑梓傳言據說，老鮑當年乃是改邪歸正的降匪，原本是羅思舉手下的小賊目。羅思舉既由川邊飛賊，立功升為總戎，老鮑也跟著做了小武官，集資升了大武官。鮑麟生這弟兄四人，全都幼承家學，人人習武，性情又秉乃父剛德，雖然是一鄉之望，仍舊免不了耍手臂，一言不合，跟人動手。他們和姚山村啟隙，起初也就是由於鮑家的人，和姚山村的人，在賭局上由口角動了刀，小事牽起大浪，以致禍結十數年未解。及至鮑龍友結識了桑玉兆，鐵牛堡和姚山村遂由尋常的鄰村仇視，打群架，演變為水旱兩路，爭碼頭的大械鬥了。

那黑面大漢桑玉兆，和他的妹妹桑玉明，才真是闖江湖的人物。桑玉兆綽號叫左臂喪門神，他的妹子——那個戎裝女子桑玉明，綽號叫飛來鳳。這兄妹二人原是風塵中跑馬賣解的人物，從小在中原闖蕩江湖。不知怎麼一來，這兄妹得遇能人傳授絕技，除了登皮缸、走繩索、雙足跨雙駒、登高桿拿大頂的戲法本領，居然獲得飛簷走壁、擊劍揚鏢的真功夫。

走碼頭，攢生活，桑氏兄妹在江湖上浮沉日久，結交風塵人物，竟得加入江北的祕密會幫。他兄妹除了賣藝之外，也就免不了做些私商勾當。桑玉兆又娶了個女人，也是會幫中人，岳父是有名的鹽梟。桑玉兆年力精壯，頗為岳家看重；結果，把愛婿也引入了私販鹽船隊中了。只兩三年，便賺了左臂喪門神的外號。因他年輕大膽，敢為敢做，居然大獲油水，岳家也沾了光。他的老岳父自顧年老，兒子又懦弱不成氣候，遂擇日拜桿，把販私鹽的事業全盤交給了女兒、女婿。這一來，桑玉兆便成了頭腦人物。這麼闖著幹，豁著幹，只不多幾年，桑玉兆便發了大財。

這期間，他的胞妹飛來鳳桑玉明，頗顯身手，助兄創業，桑玉兆同時也很得妻子一簍油的內助，他們夫妻兄妹三人成了鹽梟中的三怪傑了。

江湖上人物沒有什麼正經，現已發財，還不歇心，登時飽暖思欲，添了許多排場好尚。桑玉兆好色貪賭，納了三個妾，整天在賭場中泡。竿子上的事交給了副手，他如今一味吃喝玩樂。他的夫人一簍油，日日守空房，當然吃醋，曾拿著刀，向桑玉兆拚命。又拿著剪子剪過頭髮，要當姑子去。

但是不多時候，桑玉兆的手下一個夥計，忽得內當家的器重，指日高升，由外面跑腿，提升到內府買辦了。並且由這小夥計從中化解調停，一簍油和桑玉兆這夫妻倆不再搗亂了，一個是頗安於室，一個是頗安於外。內外相安，各尋各樂，登時天下太平了。

然而獨獨苦了小妹妹飛來鳳桑玉明，嫂嫂忙於家務，不暇照管；哥哥忙於外務，也不暇照管。女子終竟是女子，一到了年紀，便愛惜韶華，自憐青春之虛度。飛來鳳至今已二十多歲了，小姑獨處，依然無郎。哥哥和三個小嫂嫂，以及嫂嫂和那個小夥計的那些勾當，被她一一看到眼裡，真是又羞又氣，又嘆又惜，又不好受。

她也曾當面抱怨過哥哥。哥哥嘴頭上很忙，只要是妹妹拿話一點，他就搔頭說道：「妹妹也偌大了，你看你看，真得早點給她操持終身大事了。」可是終身大事託付給誰才相宜呢？

桑玉兆指東說西，和胞妹商量，張三很合適，可惜歲數大。李四很般配，可惜有老婆。論品貌，頂數黃郎，最合乎射雀東床了，無奈他名分上是哥哥的乾兒子，姑姑下嫁，未免輩分上稍差，況且飛來鳳是個頎美的女郎，苗條淑女，高逾常人，黃郎雖美俏，卻是短小精悍，個兒只在她的肘下。那麼哥哥講了這半天，歸裡包堆，還是廢話。

春光虛度，飛來鳳轉眼二十三歲了，再轉眼便是花信之年，再沒有人家，豈不要丫角以終？飛來鳳一天比一天憂愁，一天比一天心急，怨恨哥哥不體貼，曾經明開談判，又託人道達。不想她一個勁兒地緊釘，到臨了，竟釘出哥哥桑玉兆母雞下蛋的話來。

據他對小嫂嫂表示：「妹妹的事，我沒有一天不上心，偏偏找不著合適的人兒。再說像她這年紀，二十三四歲，已然失去婚期了，再尋原配人家，頗難相當。若給她找個填房續弦呢，還比較容易。可是人家填房，男子往往都在三十七八歲和四五十歲之間。我不是不慮此事，我連托媒人，媒人全說，姑娘一過十六，就不好找主了。十七、十八、十九、二十，一直到二十四五歲。年紀越大越不好說。可是翻回來，老姑娘若到三十幾歲，反倒容易往續弦上提。媒人的話很有道理，做哥哥的這麼揣摩過，要給我們三姑娘找個門當戶對的人家，怎麼著也得等她到了二十七八、三十來歲，就好辦了，而且像姑娘這個脾氣，也就是老後婚老女婿，才容易擔待她。」

桑玉兆的話是這樣，既失嫁期，索性要叫她等候著未來的女婿，活到四十歲，死了原配，她便可以挨肩上去。這話論事不為無理，講情簡直是給妹妹開玩笑了。桑玉兆又看出妹妹在江湖上闖蕩，舉止輕狂，不拘形跡，所說「老女婿有擔待」的話，頗似諷示自己的妹妹已失女貞，只可晚嫁。

桑玉明雖是女子卻性如烈火，就在會幫中，人家都稱她為三爺。她也慣常男裝，素常行為跌宕，舉手就要打人。她哥哥這番話，她的小嫂嫂沒敢告訴她，反只略略透露意思罷了，已將她氣白了臉。

兄妹兩個抓碴大吵了一頓，桑玉明姑娘還是不依不饒。她想：哥哥太混蛋了，傻子拉胡琴自顧自，實在太恨人。只有一法可以對付他，就是天天跟他吵架，叫他日不聊生。

果然，飛來鳳桑玉明安下此心，天天尋隙，和哥哥叮噹，果然把桑玉兆吵得頭昏眼花，這才憋不住了，說道：「三姑娘，你這些日子像瘋了。我別張嘴，我一張嘴，你就跟我犟。你到底想怎麼著？哥哥哪點對不住你？」

飛來鳳罵道：「你哪點對不住我？我這麼大了，不是不知好歹，不懂香臭。我問問你，我擺在你們家算是幹什麼的？你發了財，你天天找樂子，我呢？」

不但挑明了簾吵鬧，並且，再遇上特別的事，做哥哥的要煩妹妹出馬，這妹妹也必多方拿捏，或者故意不好好幹，給他弄砸了鍋才罷。害得左臂喪門神桑玉兆不敢有勞妹妹的大駕了，妹妹還是天天吵。

這樣離心離德，當然發生很壞的影響。起初，桑玉兆本恃妻、妹這兩位女將，才得聲勢大張。運鹽的江湖人物從來都是男子干，沒有女鹽梟。他們這幫與眾不同，故此才闖出路子來，發了大財。現在不然了，桑門鬧家務，當然牽害到梟務。

並且桑玉兆財大燒身，他自己這些日子也太貪歡了。

恰值中原一帶，突然發生了大舉查拿鹽梟的事情。漕督總督為拔本塞源計，決心從旱地入手，嚴斷接濟，水賊自然不禁自絕，不剿自滅。漕督又重拾施世綸的故智，收降了好些水賊，做了眼線，兜著圈子一抄，頓有許多大幫的鹽梟，先後落網，這桑家兄妹正是官人側目伺捕的要犯之一，他們偏偏又鬧內訌，結果不言而喻，桑玉兆等縱然幸逃法網，到底被官軍趕了一個跑，落得傾巢而逃。

官軍驟至，官軍四面合圍；這兄妹全有武功，頭一個便是飛來鳳桑玉明，對於現有的家當，毫不牽掛，聞聲之下，立刻單槍匹馬，闖出重圍。哥哥、嫂嫂的事，她全不管了。桑玉兆的一妻三妾，真格的當場多被擒拿。

桑玉兆的妻子一簍油，本有很好的武把子，可惜近年發福發胖，蠢得賽過兩簍油了。她一見事敗，本已搶了一匹馬，操起一把刀，立刻要跑。無奈這匹良駒只能致遠，不善任重，突然中了一箭，馬蹄子一跳躍，把一簍油卸了載，丟在地上了。

這馬帶箭飛奔，居然逃出來；一簍油卻沒有逃出來，摔在地上發昏似的剛剛爬起來，又是一排流矢，她哎呀一聲，她的得意的帳下卒，頗為情重，立刻來援，沒有弄好，反落得雙雙遭擒拿，同落法網。

到底是左臂桑玉兆英雄，他也是一聞響動，立刻登高一望，看出來兵太多，立即一翻身跳下高臺，目對巢穴，戀戀悵悵，不知帶什麼好。終於想起第三妾，是他新買來的活寶，他立即奔過去，把愛妾一挾，把良駒一帶，跑了。

他逃跑的時候，正是他的壓寨夫人，與帳下卒一同失事的時候。官軍獲得了一簍油這員女鹽梟，又捉住些副手、下手，當將一簍油和那帳下卒，認成鹽梟的一對夫婦，算做要犯的兩個領袖。捷報遞上去，是大破鹽梟旱地的鍋夥，擒斬無數，拿獲著名梟匪桑玉兆及其妻一簍油二名。

審訊時帳下卒當然說：「我不是桑玉兆，我不姓桑。」

問官就打他，告訴他：「你反正活不了，你招也得殺，不招也得殺，何不臨死做個英雄？」於是乎帳下卒也想開了，索性認了帳，畫了供。

一簍油也說：「他是俺的男人，俺可不是一簍油。你們說俺是一簍油，我就算是一簍油。」

這案子如此通詳上去，自然奉到明喻：「著即就地正法。」

辦案的漕標官弁，自然是升官受賞。一簍油竟這樣頂了缸，替本夫殉身於本幫事業了。

第二十章　啟械鬥二桑作浪

左臂喪門神桑玉兆卻帶著愛妾，頭一步逃到同黨祕窟，第二步再往內地逃。因為他帶著這一個愛妾活寶，當然須持重，當然和同夥走散了。他潛伏了些日子，暗暗出頭，打聽同幫。才知他的太太已然殉難了，胞妹也不知逃往何方，只聽說跟她一同逃出來十多個人，並沒有散了幫，好像是竄到南邊去了。

左臂喪門神聽了這些消息，不禁罵罵咧咧，卻也落了幾滴英雄淚。他自己揣摩此次被抄，定有漏底之人，到底也不知是誰給賣的。

他闖江湖已久，文不能測字，武不能擔筐，他只得祕密地規劃，要另開碼頭，重整事業。他預先本埋有贓物，也便改裝潛行，祕往起贓。起出這贓來，就作為自己復興事業的本錢。

原來做賊也是要本錢的，除了刀之外，也還要錢。

不久，喪門神桑玉兆的漏網同黨，也漸漸的出頭。他們一旦失業，避過風頭之後，免不了三五成群，剪徑，挖洞，白錢，黑錢，紛紛改了行。如今忽聞本幫頭目東山再起，有的改行不順手，就再投了他來。可是他部下這些匪類，全是身無一技之長，空具無邊之欲，吃喝玩樂，慣慣的了。就是做小偷，當白錢，也和鹽梟的技藝不同。一年半載之後，喪門神新開的碼頭漸漸站牢。他這次再不敢在海疆、運河水道上做事，他就遁入豫北，漸漸地做起旱路營生來了，漸漸又嘯聚了數十人。

但有一樣，桑玉兆本身，可算是水旱兩路的能手，他手下人多半是販私鹽的人物，慣於水道上試身手，如今改為旱路，總覺人不傑，地不靈，而且隔行如隔山，所認識的人物，所拉攏的合字，自然嫌隔閡。

結果擠來擠去，捨岸移舟，他們在豫北又跟水道聯上線，他們便重整舊家風，不再販私鹽，仍憑水道販運別樣的私貨，也兼做打劫水道運販物的生涯。只有一樣，桑玉兆自經盛極轉入衰微，他的憑藉總算失去，他的運氣也好像是過頭了。他接連遇上不順手的事情，氣得他頓足罵大街，嫌運氣不好。他也明白：如今的局面，和舉家度日、拆大改小的一般，當然人少勢薄，運轉不靈。他的部下也常嘆氣，這年月不好混了，比較起在海疆、漕道的時候，真是江河日下了。看這樣子，再不想法，便要活活窮死。當年未覆巢的時候，他們這一幫日進斗金，蒸蒸日上，在各幫中處處占上風頭。他們的事，冒的險，別幫全都望而卻步，替他們吐舌，他們竟一辦一個成。如今不然，他們事事比不上人家落地戶，規模很小，收入菲薄，而常出錯，他們不由得罵道：「他娘的，怎麼搞的呢？咱們的風水洩了！」

桑玉兆和手下人商量，越混越緊，打算改行，或者改碼頭。正在計議不決、去留不定、得混且混的日子的時候，喪門神為了劫貨和鐵牛堡的鮑氏四虎，由相打而相交，他和鮑老二鮑士龍交換了帖。

跟著，忽傳來一件意外的新聞，他那已經失散的親胞妹飛來鳳桑玉明姑娘，又叫做桑三爺的，當時逃出來並沒有死，現在竄到直南打開了新局面，居然嘯聚著二三十個夜行人物，獨當一面，做起沒本生涯來了。而且名氣還不小，得了這個飛來鳳的外號。

桑玉兆聽到這話，猶恐傳言不足憑信，忙派專人前往打聽。居然人言非虛，桑玉明姑娘儼然成為一竿子夜行人物之首，飛簷走壁，劫奪富室顯官，頗有女俠盜的派頭，伏地綠林給她賀號為「飛來鳳」；這是好一面的傳說。壞一面的傳說，有人講究女採花賊，好像就是她桑三爺。只是桑三姑娘行蹤飄忽，不肯流連一處。官兵剿拿她，每苦無處下手，她彷彿是飛來飛去的一隻鳥。她自然是女飛賊了。她又有黨羽，按目下情形論，比起她的哥哥混得聲氣還大一些。

她哥哥呢，無非是再重招舊部，恢復舊業罷了。這個姑娘一離開哥哥，居然獨創起來，在江湖上確有出奇的名聲。至於名聲是好是壞，旁人聽得見，當哥哥的桑玉兆當然是訪不切實，江湖上的人物誰肯對著哥哥，醜詆妹妹呢？

桑玉兆派去的人是個小頭目，費了很大的事，才訪著飛來鳳的準巢穴。見面之後，請安問好，口稱三爺：「我是奉了大當家之命，尋訪三姑，要請三爺到那邊去。」

此時的桑玉明，忽釵忽弁，乍雌乍雄，既為本幫之主，手下人全稱她為三爺。她對這一兄一嫂，也算思念，也算不甚思念。向這小頭目問東問西，打聽了一回舊情。她那胖嫂嫂的下場頭，她已然早曉得了。

桑玉明把小頭目留住幾天，隨後遣走。叫他對大爺說：「我在這裡混得還湊合，你回去告訴大爺，不用惦念我了。想不到兄妹失散這些日子，到今天他才想起來找我。」飛來鳳今日既已自立，再不要人來管束她了。末後，她才說：「等著過些日子，我再看你們舵主去。」口吻全是出嫁的姑奶奶樣，與舊情截然不同。

小頭目很勸了一陣，桑三爺話頭還是那麼股勁兒，怎麼也勸不動她。小頭目無法，只可回去覆命。

桑玉兆聽了小頭目回來的報告，心上不安。想起了死去的爹娘，只給他留下這一個妹妹，而且他也需要妹妹相助，忙即打點，親去尋妹。

兄妹相見，相對落淚。儘管她不滿意這哥哥，總算在大劫之後，骨肉之情，見面之下，免不了仍要感傷的。桑玉兆好說歹說，把三姑娘勸說了一陣，仍請三爺一如往日，兄妹合手。

桑玉明似乎不大樂意，又像別有念頭似的，撇著嘴，不肯跟著哥哥走。

兄妹呶呶了兩天，最後，桑玉兆說起他自己新交了一個男朋友，此人年富力強，武功超越，姓鮑叫鮑龍友，他的原配娘子久患癆病不久就死。鮑龍友還有個四兄弟，叫做鮑虎揚，也至今未娶親。做哥哥的桑玉兆，有心把妹妹許給鮑家，或老二，或老四，隨著妹子挑。說完問妹妹怎麼辦？

飛來鳳聽了這話，把眼睛瞟著哥哥，似笑不笑，似嗔非嗔，先啐了一口，方才說道：「哥哥怎麼著，你還惦記著妹妹的事兒麼？這可是新聞。無奈妹子早就死了這塊腸子了。做妹子的要靜等著不辦人事的哥哥……」說著把腳踢了一踢，跟下的話嚥回去了。

桑玉兆順著口氣往下猜，半截子話，一時猜不透。只可再勸她：「跟著為兄回去吧，兩幫合做一幫，還像往年咱兄妹剛一創業的時候。」當年遇上該著私訪祕探的事，哥倆假裝鄉下人，接妹子住娘家，往往混過官人的眼目。

在祕密會幫中，需用女將的時候，實在很多，並且很難獲得好手。唯有桑三姑娘，天生成女江湖的性格，長得又俏皮，手底下的功夫又行，應付六扇門，論耍的，論硬的，處處比嫂嫂一簍油還強。況且一簍油現在已死，就不死，也發福了，又跟丈夫離心離德，不很中用了。桑玉兆的內助，此刻竟沒有適當人才。第三妾固已扶正，但這新嫂嫂係出窰變，妖冶有餘，拳技分毫沒有。左臂喪門神桑玉兆實在是論骨肉之情，理應邀妹回家；論幫夥之用，更是樣樣渴盼著這個賢妹，恢復舊日鶺鴒之誼，外御其務。就是妹子前些時候給他搗亂，卻到了吃緊的時候，多少還能幫自己的忙。這便是桑玉兆此時的心情。

桑玉明桑三爺就不然了，她此刻儼然獨當一面，局面雖小，卻是自在逍遙，手底二三十人，都尊她為當家的。憑一個女子，居然當了綠林魁首，實在足以自豪，並且她手下的嘍囉奉承自己，不只是小賊聽從大盜的號令，他們又處處獻媚著這個女寨主，趨前承後，脅肩諂笑，她簡直成了盜窟一枝花，賊隊一女王了。

然而哥哥的話，內中有幾句倒也打動了她。她一片芳心，試加揣摩，正不知這個鮑什麼龍，鮑什麼虎，人物怎麼樣。她覷著哥哥，半晌才說：「這個姓鮑的，他是幹什麼的？你跟他怎麼認識的？」

左臂喪門神聽了這一問，心中暗喜，立刻像誇姑爺似的，把鮑老二盛稱一番，年輕，力壯，個頭高，相貌好，武功棒，家大業大，是鮑家圍子（即鐵牛堡）的一霸。不過相貌怎麼好法，桑玉兆形容不出來。

桑玉明拿反話擠著打聽，擠得桑玉兆大張嘴，想了半晌，方才拍屁股說：「對了，他這人活像竇老九，是個黃白淨子，身量比你還高，勁頭比我還大。」又比手畫腳說了一陣，還是描摹得不恰當。跟著又講到鮑老二的女人，現在固然占著好人的窩，但是出缺也快。

桑玉兆說：「鮑老二的女人，我是見過的，連鼻孔都乾了，顴骨燒得通紅，說是活人，多一口氣罷了。我當時就心中一動，想起了妹子，和鮑老二很般配，只要他這癆病鬼夫人一嚥氣，妹妹，我就立刻給你張羅。這鮑老二久已羡慕妹妹的武功，你跟他要是什麼的話，那可真是美滿良緣，而且我們由朋友變成親戚，更加親近一層了。他們哥四個，咱們哥兩個，倒可以合起手來，大做一番事業。」

桑玉明凝著雙眸聽著，半晌問道：「她害的什麼病？」

桑玉兆道：「癆瘵病，有六七年了，大夫都這麼說，她活不到今年春天了。」

桑玉明把身子一扭，面向著牆道：「哥哥還是這一套啊！人家要是不死呢？」

左臂喪門神笑道：「妹妹別急，鮑老二的老婆不死，不是還有鮑老四麼！鮑老四也夠精神的，可惜比妹妹小兩歲，但是女大兩，黃金掌，畢竟還是好姻緣的，妹妹可以先到哥哥那邊去，我就把鮑家哥們邀來，妹妹可以暗暗地相看。你看著哪個合適，我就給你張羅哪個。」

花言巧語，勸說良久，桑三爺擺起譜來，站起身對哥哥說：「哥哥大老遠的來了，我若還是不去，也叫您沒法子下臺。不過妹妹現在的情形，不比往常了。在我手下還有二當家、三當家，您叫我搬場，大主意固然是由我拿，我也不能不跟他們商量商量。您先歇兩天，讓我酌量酌量。」

桑玉兆登時耳根通紅，頗有些動怒了，卻又皺了眉，撲哧地笑出聲來，三姑娘不過率領著二三十人，她還有二當家、三當家，簡直在親胞兄面前擺架子，並且桑玉兆心中又不覺一動：這二當家、三當家，又是什麼人呢？強將疑慮按住，用好言說道：「妹妹先別出去，你手下既然還有主事的，何不請來一同商議？何必蒙著我不見面呢？」

話是很和氣，聲調也很柔和，只是他這撲哧一笑，以及主事人三個字，惹得桑三爺登時轉身站住，眉皺雙峰，頰起紅雲，用眼睛盯著桑玉兆，雙瞳閃閃吐火，帶出殺氣，四目對射，全都一聲不響。過了一片刻，桑玉明道：「你說什麼？」

桑玉兆垂下眼簾，賠笑道：「妹妹手底下既然有副手，你也給我引見引見呀。」

桑玉明道：「那當然！哥哥，你可放明白些，我跟嫂嫂不一樣，咱們祖上無德，生下的兒女不能學好，單吃江湖飯，我也沒法子。我倒也想著大門不出，二門不邁，偏偏我福小命薄，爹娘死得早，又沒有生下好哥們，只會挑我的眼，不肯管我的事……」越說氣越大，眼淚也下來了。

桑玉兆大窘，忙改言掩飾：「妹妹別往歪處想，我是隨便問問，你別多心呀。你要明白，我若不惦記你，我幹什麼一次二次地來尋找你！」

稍不留神，兄妹說嗆了。還是桑玉兆說好話，桑三爺方才息怒，拭去眼淚，說道：「哥哥你等著，我把我那主事的人請了過來，您可以見見。他們個個都是壞小子，吃江湖飯的，本來沒有什麼好人，頭一個我就不是好姑娘。」

桑玉明說著站起來把椅子一推，走了出去。左臂喪門神桑玉兆氣得翻白眼，也要甩袖子一走。被手下同來的小頭目，橫身攔住道：「三姑娘發脾氣，好比小孩子跟哥哥撒嬌。您若真惱了就沒意思了。您剛才的話也說得太冒失了，不怪三姑著惱。您的來意是請三姑回去，您別為兩句撒嬌的話，就把來意損了。」

但是，三姑娘把哥哥蹾在祕窟，直過了半天，方將手下人帶來兩位。一位粗粗魯魯，像個打鐵漢；一位漂漂亮亮，像個剃頭的。這桑玉明好像已與副手商定，決計跟隨哥哥，暫且看看。本幫的事，就由三當家留守，三當家就是那個剃頭匠模樣的人。她自己草草收拾，就率那個鐵匠漢，另跟一個小嘍囉，一起動身。

這時左臂喪門神桑玉兆，確已與鮑家昆仲訂盟結拜。鮑氏弟兄對待桑玉兆，十分客氣。表面看，似乎是鮑氏弟兄好交朋友，又佩服桑玉兆的武功，所以越走越近。骨子裡，鮑家和姚山村結隙，連吃敗仗。正在私下里訪求能人，作自己的羽翼。

桑玉兆的近狀固不如前，外人卻看不出來，只知他率領一百多人，稱雄草莽，勢力頗不可悔，哪曉得他這些日子也是諸事不利，也正想結納本地的合字，推廣眼界，免遭伏地人物欺生。

這一來雙方都有意求友，自然一拍即合，越交越深。

鮑家四豪，久聞桑玉兆手下有兩員女將，一個是太太一簍油，一個是妹妹飛來鳳。鮑老二和桑玉兆最為投緣，有一天鮑老二問到此事，桑玉兆嘆了口氣，不肯說洩氣的話，只說他們都在老家呢。其實一簍油被捕殞命，北方武林也有耳聞。鮑龍友帶口之言，誇獎到一簍油和飛來鳳的本領，跟著又問：「令妹有了人家沒有？」

桑玉兆說：「還沒有人家呢！」鮑龍友道：「她今年多大了？」

桑玉兆眉峰一皺道：「她二十多了，耽誤了。」

鮑龍友嘖嘖連聲道：「大哥你這可錯了，妹子二十多歲，還沒有人家，你也太模糊了。想必是妹子武功好，眼界高。您等著，我跟我們大爺念叨念叨，有會武的給提一提，但不知要怎樣的人才？」

鮑龍友這話也不知道信口瞎聊，敷衍交情，也不知是真心。桑玉兆聽了，卻不由得動了聯想，他早知鮑龍友妻子抱病，要娶小婆。又聽說鮑老四訂了婚，未婚妻突然死了。但桑玉兆到底是個不辦正事的人，妹子又已失蹤，聽過也就忘懷了。直到兄妹重逢，話趕話才忽然想到。當天和妹妹化裝而行，桑玉明仍改男裝，來到冀晉交界祕窟內，桑玉兆引著妹妹見了他的新扶正的第三妾，也算是姑嫂重聚首，彼此滴了幾點淚，新嫂嫂立即給姑娘預備閨房，大開家宴，延見幫友。

轉瞬過了幾天，鮑龍友不見到來。桑玉兆商量著要邀妹妹幫他踩探織女河的水道。桑玉明心中不悅，慢慢盯問哥哥：

「你別忙，你等我歇兩天看。……我說，哥哥，你那位朋友是幹什麼的，離這裡遠不遠？」

桑玉兆道：「你問我哪位朋友？」

桑玉明越發不悅道：「你哪位朋友？你自己的朋友，我如何知道啊？你要探織女河，你不會同著你那姓鮑的朋友去麼？」

桑玉兆頓時省悟，忙道：「妹妹問的是鮑家老二呀。嗐，別提了，他們家出事了。」

桑玉明道：「你瞧這個巧勁，哥哥還是老脾氣，再改不了。我也沒有工夫多待，我也看見新嫂嫂了，哥哥的住處，我也認得門了，我明天可以回去了。」

飛來鳳便要招呼她帶來的副手，打點行囊。

桑玉兆連忙攔阻道：「妹妹別生氣，你聽我說。我已派人給鮑龍友送信去了，他明天後天準來。我不冤你，他們家真是出事了。他們鐵牛堡和姚山村發生械鬥，鮑家老四最近被人活擒過去了。鮑老二邀我前去助拳，我惦記著妹妹，還沒有回答他呢。我本想把他們兄弟二人全邀到家來，和妹妹談談。

現在不能夠了，只可先見見鮑老二，其實你只見過老二，那鮑老四也就不用見了，他們哥倆正好一個模樣。他明天準到，我打算趁今天閒在，咱哥倆坐船先到織女河看看，順便再走一站，也就到了鐵牛堡了。他們鐵牛堡、姚山村，有個把月了，打得正熱鬧。妹妹若是願意看看，咱們就先去一趟。你可看看鮑老二的調度。他們兩家這一番械鬥，鮑家這邊遣兵調將，全都是鮑老二一個人的計劃，你瞧上一瞧，也足知他這個人真有兩手。」

桑玉明從鼻孔裡哼了一聲，說道：「他有本領，又該如何？那不過是他的夫人有造化，嫁著好男人罷了，跟我有什麼相干？他有本領，他的令弟還叫人活捉，你說的話連點影子都沒有，你哄小孩子吧！」

桑玉兆忙又解釋，桑玉明拿她那條紅手絹，把耳朵連腮都堵上了。桑玉兆也自覺歉然，鮑老二不過是遇缺即補的妹夫，出缺不知在何時？鮑老四倒是儘先委用的妹夫，此刻又失陷在姚山村，沒法子調來，叫妹妹審查。怨不得妹妹又生氣，實在自己辦事說話有點荒謬。目下為求妹妹歡喜，還是趕緊把鮑老二邀來，先搪上一陣。這才出來暗遣部下，到鐵牛堡速請盟弟鮑龍友：「到舍下一談。」倒不好意思說舍妹要看盟弟，只順便透露一點意思說，姑奶奶飛來鳳來了。

到了第二天，鮑龍友果然來到，還帶著重禮。見了桑玉兆，笑道：「令妹多咱來的？我久聞令妹是女中豪傑，我倒要見一見。我本想同賤內一塊來，無奈她的咳嗽又犯了。我們七妹妹也想見見三姑，還有家母、家嫂，都叫我帶話，要請三姑到舍下住幾天去。」

這無非照例的寒暄，桑玉兆卻喜之不盡，看著禮物，頗有女人用品，不禁失口說道：「你可來了，你再不來，我更落抱怨了。」鮑龍友詫然道：「這話怎麼講？」

桑玉兆猛然醒悟過來，忙道：「這個……」連咳嗽了幾聲方道：「這個是哪裡呀，我們舍妹一到，就要看望伯母和三位嫂夫人去，是我攔住了她，我說得了，走吧。咱們到家裡說話去吧。」

左臂喪門神桑玉兆一面說，一面呵呵，倒把鮑龍友弄得迷迷糊糊。桑玉兆站起來挽著鮑龍友的手臂，道：「走走，家裡預備下酒菜了，咱們哥們大喝一場。」

鮑龍友皺眉道：「我是真沒有工夫，不過令妹來了，我是很想見見的，我實在坐不住。」桑玉兆道：「真格的連吃一頓飯、喝兩杯酒的空都沒有不成？」

鮑龍友道：「咳，桑大哥，你哪裡知道，我們這回大栽給姚山村了，我們要給他們死拚一下，我實在分不出身子來。我這回來，一者是探望令妹當代的女英雄，二者還要請大哥拔刀相助哩。」

桑玉兆道：「好好好，我早料到了，咱們到家裡仔細說去。」

桑玉兆替妹妹拉姑爺，把這個家有病妻要死還沒死的鮑二爺，硬拖到自己家來，是叫鮑老二擋頭一炮。兩人進了家門，讓客到上房，桑玉兆搶先一步，到了後面對妹子說：「鮑老二真來了，還買了好些東西，他要見見妹子，他很佩服妹子的武功。」

桑玉明有意無意，掃過來一眼，一聲不言語。桑玉兆忙說：「鮑老二現時就在這裡呢，我把他讓到你嫂嫂屋裡了，他靜等著哩。」這句話似乎是敘實，聽來卻有點刺耳。桑玉明不禁掩口而笑，站起身來說道：「他要見我做啥？就他一個人嗎？」

桑玉明不等回話，纖足一邁，就往門口走，忽又站住，轉趨鏡臺，對著鏡子，看了看自己，掠鬢拭唇，匆匆地把自己賞鑑了一回。桑玉兆跟在背後說道：「就是他一個人先來的，他們四爺叫姚山村擄去了，他還要請咱們幫忙，他們正在預備大械鬥。他們家的幾個妹子還有他老娘，都要見見妹子。你先跟他談談，回頭咱們就上鐵牛堡，他們很羨慕你哩。」

飛來鳳桑三爺跟著又脫去男裝衣服，換上窄袖女衫和長裙。哥哥的兩眼儘管瞅她，她一點不帶怍容。修飾好了，又看了看自己的腳，這是她最滿意的地方，整日在江湖上跑，依然纖小。她這才裊裊而行，隨同哥哥，到了嫂子房中。新嫂嫂正和鮑二爺酬酢著，鮑二爺按著茶杯，隨隨便便，與這桑大娘子談笑。桑大娘子原是窯變貨，應酬周到。姑奶奶來了，她這才退讓到一旁。哥哥搶上來，兩面介紹：「這是舍妹，這是鮑二爺。」

鮑二爺眼前一亮，立刻釋杯而起，眼光由下往上一掃，深深一揖，說道：「三姑娘，我鮑龍友久仰久仰的了。」

桑三姑娘嫣然一笑，劍衽還禮，眸子一轉，同時把鮑老二由上到下看了一個透。咳，略失所望，這不是個莽大漢麼？前聽哥哥一面之詞，說了個天花亂墜，她一片芳心當時描摹了一個英明精悍的好漢。如今對盤，顯然不對。倒還是虎背熊腰，不禿不麻；可惜龐兒不俏，黑不溜秋，一對圓眼，偏生配著一張血盆大口，好像撕破了一樣。總而言之，雄而不甚英，漢而不甚好。桑三姑娘一側身，坐在嫂子床上了。

那鮑龍友卻出乎意外，遇上了美人兒，心想女英雄一定肥臀大腳，像跑馬賣藝的丫頭那樣，想不到這飛來鳳如此苗條。

怪不得江湖上風言風語，流傳著飛來鳳許多風流史；見面勝似聞名，竟是這樣的風流模樣。比起她的哥哥迴乎不同，相姑娘，看大舅，果然毫不足憑。

鮑龍友一陣迷糊，立刻肅然起敬，直直溜溜，規規矩矩，坐在客位上，偷眼不住打量，打量完了妹妹，又偷看妹妹的嫂嫂，年紀比嫂嫂大有限，相貌比嫂嫂強得多。他定醒一會兒，搭訕著攀談，震於芳容，猶然拘束。做哥哥的桑玉兆在主位椅子上奉陪，談了個黏長天，沒話找話，說完西牆，再說東牆，鮑二爺本說有急事，立刻告辭，現在坐而忘時了。

盟兄弟面對談笑，姑嫂並坐在床上，也三言兩語地插話搭腔。起初飛來鳳心中失望，趕到談起來，鮑二爺原來是喝過磨刀水的人物，肚裡有「內秀」，頌揚個人，捧個高帽子，十分得竅。而且他肚裡不知從何處蒐集來的那麼多的奇聞笑話，被他信口描說出來，招引得姑嫂二人咯咯地笑個不住。他這人居然有這麼一種長處，面目既不十分可憎，話頭又津津有味。態度也好，當著女主人，外表像很莊重，又很自然似的。初開話簍子，還有點拘謹，既至深談到酒宴快擺上來的時候，鮑二爺越發活潑了。桑三爺一雙水靈靈的大眼睛，直盯著鮑二爺的血盆大口，從這血盆大口，一張一合，露出很好的一口白牙，倒出來連珠炮似的花言巧語，桑三爺愛聽。

桑大奶奶親下廚房，督促小嘍囉，端上酒饌。鮑二爺欠身道：「這是做什麼？我還是外人麼？倒叫大嫂子費這事。」調開桌椅，鮑二爺在左上首坐，桑大爺在右上首陪，桑三姑娘在對面打橫，大奶奶在下首打橫。四隻酒杯，八根筷子，皮蛋肉丸子，煎魚小雞子，不類不倫十六樣菜，好酒三杯下肚，桑三姑娘眉添春色，鮑二爺面透紅光。再喝下去，男男女女的話越發多了。一頓家常便飯足足吃了一個時辰。

隨後鮑龍友講到械鬥，講到胞弟被擄，跟著講到要求桑氏兄妹助拳幫場的話。兄妹二人脫口全答應了。

又提到邀桑三姑娘到舍下玩兩天去，家母、家嫂都要瞻仰你女英雄的。話趕話，趕到這裡，出乎意外，滋出岔頭來。桑大娘子不知想起什麼來，忽然問到鮑二奶奶的貴恙：「近來可好些麼？」桑三姑娘登時低下頭，把臉拉下來了，在座的人都不曾理會。

鮑龍友喝酒太多，口頭也漸漸沒了遮攔，問得不釘對，答得也不合拍，他敲著筷子說：「承您問，這些日子好點了，有一位楚大夫，專治婦女癆瘵，現在吃他的藥，倒很對勁，比冬天強多了。只是近半月又咳嗽起來。」言者無意，聽者動了心。

又說到鮑四爺被擄的事，鮑龍友道：「這也是該著的，我們老四功夫本來不行，人又張狂些，年輕輕的好賭貪色，不肯練功，臨到上陣，又不服氣，不栽跟頭等什麼？自從他被擄，我費了好大心思，才撈了他們姚山村的二三個人，作為押當，別看是不吃緊的人，究竟臉上好看多了。我們老娘也不知聽誰說的，說他們姚山村的人拿酷刑收拾我們老四，老人家心疼得很，催我們趕快跟他們議和。豈不知我們越趕落，越受他們的拿捏。」說著又嘆了一口氣，好像訴苦，也有點自誇。

桑三姑娘越發覺得沒意思了。有本領的人，該死的太太遇上良醫；沒本領的倒是光棍兒，又偏偏落到虎口裡，誰知道何日能夠救出？就是救出來，知道他生的是幾個鼻幾個眼？哥哥不干人事，講得跟真事一樣，好像已把自己的婚姻和鮑家說到八成了。敢情現在對面鑼鼓一敲，鮑家並沒拿著當回事，人家注意的還是械鬥啊。飛來鳳越咂越不是滋味，剛才又說又笑，此刻渾如老僧入定，捻著筷子沉吟起來。

眉尖眼角，只偶爾瞟到鮑龍友那邊罷了。

鮑龍友是個機警人物，剛才談話，頗得美人青睞，自己講幾句，桑姑娘便咯咯笑兩聲，此刻咯噔打住了，他尋思著自己也許酒後出言有失，只不知失在何處。忙察言觀色，打量桑氏兄妹。桑玉明的表情不可測度，桑玉兆卻透出不安，不時偷看妹妹的眼神，並拿閒話往旁處引。

末後桑玉兆明講出來，長嘆一聲道：「二弟，不瞞你說，我們三姑娘一身的好武藝，尋常人物她全看不入眼，直耽誤到現在，還沒有合適的姻緣，這都是我做哥哥的不對。鮑老弟，你回去給大爺說，有合適的人家，務必給查對查對。只要也是咱們武林中的同行，也不要太高的人才，但能夠跟上二弟你，就算很好的了。這是愚兄我的一件心病，妹妹的終身大事，一日不能成就，我就一日不得安心。你想，妹妹都這麼大了，我實在是天天著急，無奈紅鸞星沒動，我又怕對不起她，不敢隨便俯就。我想二弟和大哥眼皮子最寬，請你二位務必費心多留點神，並且越快越好。」

桑玉兆當著自己妹子公然煩媒，在鮑龍友想，似乎太難為情了，也許這位桑大爺吃醉了酒，講出來心腹醉話。但側目一看三小姐，秀目盈盈，似嗔似笑，臉上另有一股子勁，倒顯得大方不拘，這就叫不矜細節。鮑龍友心弦一動，頓時想起外面的謠傳，人們是臭嘴的多，對於桑三姑娘，本有些風言風語，鮑二爺早已曉得了。及至目睹芳姿，油然起了傾慕之情，他竟認為謠言不可盡信，愛美之心，人皆有之，求全責備，那是對待男人。鮑二爺進一步希望面對這個「美」，是個「完美」才好，其實三小姐外表美，心裡美不美，又與鮑二爺有什麼相干？而現在鮑二爺竟暗想起來：怪不得有謠言！

宴散後，鮑龍友又敦邀二桑，告辭回去了。桑玉兆送走了客，動問妹妹：「鮑老二人品怎麼樣？」

桑玉明一聲也不言語，臉上露出不耐煩。「真也是的，鮑老二就好煞，又怎麼樣呢？」哥哥說人家的太太眼看要入殮，人家親口說，幸遇良醫，病有起色了。而鮑老四又囚在姚山村，真格的姑娘大了，越發不值錢，為要求婿，還要探山救人，拚命幫拳，才能撈得著麼？

可是機會硬往這條道上擠，到了次日，鮑龍友和他的大家兄，居然於百忙中，潛蹤來到，正正經經懇求桑氏兄妹助拳，致重聘，備優禮，還許下好處。桑大爺正沒辦法，慨然答應了。桑三姑娘卻將小嘴一繃：「我去幹啥？」

桑玉兆和鮑麟生勸了好多話，妹妹的頭還是像撥浪鼓，更曲獻諛辭，她還是「不」。到底仍由鮑龍友直對三小姐，作了三個大揖，叫了三聲「妹妹」。妹妹居然眉尖一蹙一蹙地勉強答應了。雖然鮑龍友的血盆大口，讓她看不入眼，血盆大口中吐出來的話聽起來倒很投機，這就算是有緣法了。

二鮑本已偷偷開來幾輛車，桑氏兄妹還要摒擋一下。過了兩天，桑玉兆竟祕選十多個精悍的部下，乘夜分赴鐵牛堡。他自己和妹妹化裝良民，乘坐轎車，也進入鮑家莊院。鐵牛堡的鮑家四虎，竟與左臂喪門神的匪幫合手，借此對付那富力強過數倍的姚山村。大械鬥趕著布置。

桑氏兄妹到了鐵牛堡先露了一手，把姚山村運山貨的船，在織女河給剪了。並非明劫，是乘夜暗襲，使出水寇鹽梟的招，把船底砸漏了，把整船的貨物給卸到河底，聊以出氣。仍恐姚山村不明白，又設法授意，只要不把鐵牛堡的人釋放出來，你們姚山村的山貨，休想出運。

這硬掐脖頸的辦法，徒惹起反感，姚山村的人探知對方潛捐助手，還不曉得人家已然暗中勾結匪幫。但為了應付起見，也忙出重聘，招攬來幾位武師，把全村鄉團加緊教練，貨船通行織女河，必派拳師武裝護送；而且把正經運貨當作走私，貨物裝載，或車或船，忽早忽晚，也不走準路，說走就走。這期間依然不斷出麻煩，你給我搗亂，我也給你搗亂，是非一天嚴重一天，正不知推延到什麼地步。當事人都有些危懼，深覺無以善後，卻落得箭在弦上，不得不發，誰也不甘心退讓。

姚山村的主事人，是姚師虞、姚葆年叔姪，和親戚馬景方。看到械鬥不足以制敵了事。也曾有人建議，到府縣裡遞呈告狀。鐵牛堡攔水毀舟，形同水賊，很可以告他們，但又抓不著實據，並且他們自己也犯著法紀。村內祕藏火器，糾集著大眾，一旦經官，對方也要指控自己。

姚師虞更提到前幾年的一樁慘案，在晉陝之交，有兩村械鬥，經官之後，官兵前來清鄉，把兩村所有的團練一律遣散，把他們的兵刃、火器，一律收繳了去。其中人口多、村子富的那一邊，竟弄得兩手空空，無以自保。隔過數日，忽有陝匪竄入，仇家為了修怨，竟派人賣底，乘夜勾引匪幫，襲掠村莊，結果把一村二百多口慘殺了少半，還放了一把火。這件事鬧得驚天動地，後來官府把仇殺案只當匪案報上去，請兵清鄉，大亂了一陣，竟害得兩敗俱傷，那仇家索性投入匪幫去了。

既有這前車之鑑，鮑、姚兩家都是投鼠忌器，不敢經官，終於是刀來刀去，把械鬥翻來覆去地重演，起初毀舟阻運，漸漸押扣仇人，鮑龍友邀請飛來鳳兄妹，也是打算掠敵為質，好彼此對換。

鮑氏弟兄旋又聽得姚山村新邀到河南有名的拳師，還帶著師兄弟和門徒，功夫都很難惹，並且揚言要擺擂臺，和鐵牛堡一對一個，明著決鬥一下。他們開出來的貨車貨船，也添了得力的護送武師，再想暗算他們的商運，已有些不便，而自鮑老四失陷已經累旬，老娘思子，哭泣成疾，和議未成，其間也曾小試械鬥，偏偏又是鐵牛堡吃了虧。鮑麟生以此心中很著急，鮑龍友說道：「大哥別慌，水來土屯，兵來將擋，咱們也會多邀能人。」

此時鮑龍友已和飛來鳳兄妹共過了兩回事，感情越發融洽。經一度商議，桑玉兆派副手回窯再度去勾兵，隨後鮑龍友又親自出馬，邀妥了幾位夜行人物，大約兩三日可到。屆時探山，先把鮑老四救出來，對方失了把柄，和議就成功了。飛來鳳也自告奮勇，要跟著到姚山村去一趟。

但到了三天頭上，鮑龍友邀的朋友竟沒有來齊，他趕緊去親身催駕。就在這當兒，桑玉兆和鮑二爺親臨陣頭，和對方答話，桑三姑娘改男裝巡邏護院。那個杜寶衡竟把初出茅廬的紀宏澤誘來了，桑玉明居然看上了紀宏澤。

第二十一章　遇美婦道地脫身

紀宏澤被扣留在鐵牛堡內，被款留在西廂，他心上卻是一團亂糟糟，不知準該如何才好。先時他盼望女子來接應自己，一同出走。等到掌燈以後，越思索越不是味。他又算計著，還是憑一己之力，奪路出堡，比較妥當。院中不時有人來回巡邏，他這裡稍一探頭，巡邏人便將屋門倒鎖了。他情知自己是座上賓，也是階下囚。他耗過很久的時候，悄悄下炕，挨到後窗，試用手一推，窗扇嚴扃，當然推不動。他忙退轉身，滿屋重搜，只尋著一把削梨小刀，便藏在身旁，預備撥窗撬門。又把八仙桌的陳設移開，試著拔取桌腿，這當然拔不動。他心想：我只很快地踏翻桌子，揪著腿一蹬桌底，立刻可以拆下來。就拿這個做兵刃，我就開後窗奪路。可是我得拿這條桌腿做本錢，先撈取他們一把刀，才好憑刀尋劍。

紀宏澤簡直想入非非了，把如意算盤收起來，又溜上土炕，伏窗孔往前庭窺看。站崗的人居然趁他心願，走來走去，漸漸挨到東廂，靠門口搬了一條長凳，三數人有的拄著花槍，有的倒提單刀，倚著門坐在凳上歇腿。紀宏澤窺伺良久，希望睡魔速臨，叫歇腿的人由假寐而皆睡過去，自己便可突然躥過去，一人賞他一桌腿，搶得一把刀，我就跳上房！

剛才還煩躁，現在紀宏澤又提起精神來了，他閉一目向外看看，心中翻來覆去思索：我真格的不能等著那個女子。她要接應我，她又要求我安插她。我怎麼安插她呢？她問我的家，她說她哥哥不幹正事，她至今還是個大姑娘。她空有一身功夫，她倒要我幫她，我又怎麼幫她呢？現在我是奉母命，出來訪藝尋仇，真格的，我剛出家門，就認識了這麼一個大姑娘，比我還大。我把她領回家，我的母親肯答應嗎？恐怕不但不答應，老人家又要傷心落淚了。我小時很糊塗，現在我是個十八九歲的人了，再說頭一步就難走，我還要尋找七叔。我和她一個姑娘家，是住店呢，尋宿呢，尋著七叔怎麼說呢？這是誰家的姑娘呢？

疑問越想越多，他的獨逃主意便定而不移了。困在屋中對著明燈一盞，心上依然天昏地暗，不曉得此刻是什麼時候了，也不知外面的情形。外面倒有更鑼，但是鑼點特別，又像是號令，他聽不出究竟到幾更了，他估量著許已逾過了三更，其實孤身困羈，頓覺時間悠長，此刻剛剛二更才過。他覺得該動手了。他悄悄地下炕，握著小刀，先來撥啟後窗。

紀宏澤大為失策，做這些事，應該摸黑，他竟沒有熄滅屋中的燈，為的是尋找窗縫，容易看得清楚。紀宏澤本已學會夜行術，如今拿出來實用，不知不覺，還是想著借燈光，摸黑不如燈下做活的好。他咬著嘴唇使勁，小刀插入窗縫，居然悄悄密密，沒有弄出大響動來。可是他這裡沒有大響動，堡內竟有了大響動，姚山村的能人竟搶先招，祕密地來了好幾位，也要尋救被擄之人，正在飛簷走壁，滿堡裡尋找囚禁之所。

紀宏澤先舔破窗紙，往外瞥了一眼，後窗外漆黑，料是小夾道。他捏小刀，登著小凳，緊貼窗臺，對著窗縫，輕輕地劃下去。兩邊劃開了，再劃上下，動一動簌簌地落土，漸漸地大功快告成了。當此時姚山村的人也正鶴行鹿伏，潛蹤而進，居然偷渡過了界河，摸到鐵牛堡土圍子牆下，用聲東擊西之計，這邊一打岔，那邊翻過了堡牆。

紀宏澤當然想像不到，把後窗所糊的紙，都已劃通，又抽去木榫試將窗扇一掀一推，居然活動，卻發出吱吱的聲音來，未免討厭。紀宏澤回看前窗，幸無人來窺，忙收起小刀，輕輕用力，把窗扇推開一點縫子，又輕輕一拉，拉開了半尺來寬，暗說：這不就行了？心中大喜，重給合上，忙翻身跳下來，撲奔前窗，就窗孔往外一張，站崗的人猶自倚門據凳，前仰後合。紀宏澤唰的跳下土炕，把桌子輕輕掀翻，腳踏桌心，手搬桌腿，這就要拆桌取腿。

正在此時，前庭忽聞嗟叱之聲，後窗忽聞撲朔之聲，緊跟著聽見房頂上啪嗒一響，骨碌一響，像是石頭。緊跟著聽見一聲：「什麼？」

紀宏澤驚如脫免，倏然直腰張眸。先抬頭一瞥後窗，急旋身重躍上土炕，向前庭再一張望。又旋身嗖的一跳，撲奔後窗。矯如游龍，煞有身手，只可惜一樣，這一忙更忘了吹燈。

紀宏澤顧不得拆桌腿，跳上小凳，一伸手，急急地要開窗。剛剛側身取勢，手扣窗格，不想，他正要掀窗，這窗突然不掀自動，悠悠地往裡張開來。這窗格恰是往裡掀的，紀宏澤迫窗太近，吱吱聲中，又猛然這麼一掀，他存身不住了。並且這窗無故不啟自開，他當下暗吃一驚，兩手空空，被擠得往後一退，當然擠下小凳來了。

紀宏澤退到屋心，駭然張目，窗扇全開，探進一個人頭。

同時，前庭猛聽見怪喊：「哎喲，不好……有人！」跟著啪嗒、撲登一頓亂響。

紀宏澤瞻前顧後，錯愕失措，再想吹燈，勢已無及。凝眸看窗，這才看明，探進來的那個人頭，青絹包頭，二目如星，面浮嬉笑，正是與己有約的那個戎裝女子，也就是飛來鳳桑玉明。這時候，前庭劈登撲冬，發出很大的動靜。

桑玉明一手掀窗，舉過頭頂，一手持刀。雙眸向紀宏澤一掃，低頭看見了那張仰腿朝天的八仙桌，她點了點頭，撇嘴一笑，說道：「果不出我所料，你又在調猴！」立刻插刀支住窗格，騰出雙手來，這手扶窗，那手向紀宏澤一招，道：「喂，別發愣怔，快出來跟我走。」

紀宏澤不遑答話，向桑玉明一笑，他已看見飛來鳳背後插著一把劍，正是自己之物，她沒有失約，真要助己偕逃。紀宏澤向飛來鳳比了比手，叫她讓開窗口，他就一跨步，登上小凳，要往外面躥。桑玉明阻窗揮手道：「且慢！」指一指燈，指一指八仙桌，蛾眉一皺道：「別慌！」

紀宏澤登時默喻，跳下小凳，把八仙桌重翻過來，往原處一放，桌上的陳設散丟在炕幾上。他不管不顧，正要吹燈，前庭已然大亂，房上地上，亂喊著拿姦細，拿姦細。桑玉明也似駭異，很焦灼地往旁側身催紀宏澤趕快收拾。忽然她哼了一聲，扭頭往身後一瞧。恍惚如有所睹，她失聲道：「等等出來！」只見她往下一溜，溜下窗臺。啪嗒一聲，從窗開處打進來一隻暗器，釘在屋牆上。紀宏澤也不由得失驚，兩手空空，無物防身，急忙一探手，取下這一隻鏢。又貼牆探手，把桑玉明支窗的那把刀取下來。可是刀已取下，窗扇呱達一聲，立即合上，內外又隔絕了。聽見桑玉明在外面嬌叱一聲：「什麼人？看箭！」好像私逃之計被人發覺，已然動上手。

紀宏澤惶惑已極，猜不透這鏢是鐵牛堡巡夜人打的，還是外來人打的。飛來鳳叫他等等出來，已然得到一把刀，他已然不怕，他立刻對窗低喝：「怎麼樣，我要躥出去了。」

飛來鳳桑玉明似正與人交鬥，沒有回答。紀宏澤心頭一轉，前庭後窗都有響動，後窗打進來一鏢，前窗的動靜較大，他也想避重就輕，卻不知何處輕重。紀宏澤就躍上土炕，就窗孔窺望前邊的情形。前庭像走馬燈般，果有許多人亂竄亂打，房上地上儘是夜行人影，情形比後窗嚴重。庭中原有燈火多半已滅，影影綽綽望見對面東廂房的門扇也被踢破，堵門躺著兩個死屍似的受傷鄉丁。有幾個戴面具的、穿青衫的人物，身手矯健異常，正在揮刀奪路，堡中人正在喧呼抵擋，房上的人揭瓦往下打，紛紛擾擾，分不清誰是誰。卻恍惚望見一人，像是他的七叔，這人也是細高挑，也是使寶劍，正和另一個背對背，扼門而鬥。紀宏澤頓時忘了一切，大聲叫了一聲：「七叔！」

這一聲喊，喧鬥中也有六七個人回頭尋聲，那個使劍的人獨沒有回顧。紀宏澤忍不住又叫了一聲：「是七叔麼？我在這裡呢。」用刀把窗扇一掀。

不想他這一叫，陡然喊來了一把飛蝗石子，從正房斜打過來，有兩個石子險些打著他的臉。同時有人喊道：「放箭，放箭！一個人也別放走了，你們快堵門，弓箭手來了！」

那夜行人物也似乎懼怕亂箭，應聲打起呼哨，預備逃走。

紀宏澤此時恍然大悟，這前庭互鬥的人，自然是姚山村前來偷營。既然不是七叔邀眾前來尋找自己，我正該趁亂溜走，倒正是機會。

他忙跳到後窗前，小心提防著冷箭，慢慢重掀窗扇，慢慢側身一窺，刀護面門，急急踴身一跳，跳出來了。腳踏實地，張目四望，瞎小心了一陣，這後窗的小夾道，半個人影也無，正不知何人打來那支鏢。真是巧得很，好像故意把那戎裝女子誘走，好容得自己趁空獨逃。紀宏澤自以為老天保佑，忙抬頭四面一看，一道長牆，窄窄夾道，自己怕躍不上去。更縱目看兩頭，黑乎乎也似無人。紀宏澤估量方向，躡足往南飛跑下去。

紀宏澤慌慌張張直奔到南頭，轉了彎，又碰著了牆；倒有一道角門，早已堵塞了，還是出不去。忙又折回來，心想這夾道斷不會沒有出入口，一口氣奔到北頭。北頭也照樣，雖有角門，但牆很高，路太窄，欲要飛身上牆，又苦於跑不開，不能借力取勢，倉促之間，試伏身往上硬拔，果然不濟事，手一攀垣，上面竟荊棘刺手。紀宏澤大為驚訝，剛才那個戎裝女子可怎麼能夠出入自如？顯見人家的武功比我高強了，心中又慚愧，又焦灼。

他重翻身往回尋路，心想：這可怎麼好？不意他這回跑得稍慢，才發現後夾道這一排西廂房，有的有後窗，有的有後門，紀宏澤一直飛奔，竟沒有理會。今既尋著，唯恐有人追他，他趕忙俯身貼門一窺，沒等看清，這門吱的開了一道縫，竟沒有鎖，空有門閂，已然毀拆，是從裡面用一把椅子頂著。

紀宏澤大喜過望，急急推椅子，躡足鑽進去，裡面黑乎乎，靠左邊透光明。他定睛一看，想不到自己逃出囚賓館，又鑽入人家臥房了。眼前這一亮，他方才看明，這是兩暗一明的三間外院西廂房。當中開著後門，左右兩個暗間，只靠左邊的那個暗間點著燈光，僅隔著格扇門，故此透明。後門虛掩著，前門竟插著門閂，還加上大栓。防前不防後，紀宏澤自然覺得奇怪，他哪知道後柱乃是剛才砸落的，前栓卻是手開的。

紀宏澤悄悄溜進來，悄悄摸索門閂。摸來摸去，已摸出大栓的樞紐所在。他正要拔下來，稍一疏失，竟碰出一點響聲。

在暗間登時聽見一聲微嗽。紀宏澤忙提刀過去，舔破格扇上糊的紙，剛剛側一目要看內中虛實，不意屋中人已然端著燈出來了。

這端著燈、開格扇的人，竟是二十來歲的一個輕俏姑娘，姿容白皙，眉鎖清愁，足躡紅綾，穿一身淡綠短衣肥管褲，鬢髮不整，滿臉透露慍色，纖細的手端著那個油燈，姍姍地走到格扇門前，要開又不敢開，終於拉開了。紀宏澤要躲還未來得及躲，兩個人幾乎碰上頭。那女子猝出不意，失聲一叫，手中燈幾乎丟掉。只見她一退兩退，退到桌旁，把燈放下了，這才喝道：「怎麼你又來了？」

聽這口吻，似對付熟人。紀宏澤忙打量此女，果然眉目清揚，似曾相識，自己乍被誆進堡來，劈頭遇見一群婦女，恍惚內中就有這一位。這女子大概起初把自己認為是堡中人了。為了自衛，紀宏澤把刀一亮，把手一指，低聲威喝：「噤聲！你不許喊，你只一出聲，我就剁死你！你只不出聲，我絕不殺你。」又把刀一比，說道：「你給我開了門，我就饒了你。」

卻是出人意料，這少年女子起初倒有點驚詫，此時看明來人是紀宏澤，她倒比較鎮靜起來。兩眼凝視紀宏澤，上上下下打量，先看他手中的刀，又看他臉上神色。這女子雙眉一蹙一蹙的，忽然若有所悟道：「喲，你是誰呀？你不就是今兒早晨個，叫他們擄進來的那個過路的客人麼？你不是姓紀麼？你怎麼一個人跑到這兒來了？」

紀宏澤聽這聲口，又不似堡中居停，又像跟那戎裝女子一樣的了。但他已然遇見過飛來鳳，今重遇此女，他似乎有了應付經驗似的。立刻喝道：「把手抬起來，不許你動！……唔，你快給我開門，把我放走，我絕不害你，我還要感激你。我跟你們鐵牛堡無嫌無怨，彼此各不相擾，我不過是個過路客，我只想離開你們這裡罷了。」

紀宏澤拿刀比劃著發話，這個女子扎撒著手，身子往後倒退，似乎不很恐怖，乍著膽子，悄聲說道：「你別來這個，我給你開門。」

紀宏澤道：「快點。」女子道：「你可別砍！」

紀宏澤道：「你不喊，我絕不砍。快著！快著！」

女子眼盯住紀宏澤的手，說道：「您讓開點，我好過去給您開門。您把您那刀放下，行不行？」

紀宏澤焦急道：「你別跟我耗，你敢成心搗鬼，我就不客氣了！」

女子道：「我絕不敢！」溜溜失失地走過來，還是怕那把刀，側著身子，輕輕說道：「我給您開門，您可別價臨走的時候，砍我一下子呀！我瞧您一定是姚山村的人，剛才一陣大亂，準是救您的人來了。您怎麼不逃走，反倒鑽到這裡來？這裡是個死夾道啊。我可不是鐵牛堡的人，你別毀我，我也別毀您。你要是砍我，我只一嚷，你也活不了，我也活不了。」

紀宏澤厲聲催促道：「我只叫你開門，快著！」

女子道：「開門容易，哎喲，這前門不是鎖了？剛才桑家的三丫頭追趕一個人，她也是打這裡跑過去的。你要跑，走前門準叫他們堵上。您要明白，我跟您同樣，我也是叫他們擄來的，我困在這兒快一年了。你自己個瞎闖，保管闖不開，他們處處下著卡子。你要肯救我，我情願把你領出去。」

紀宏澤詫然道：「你說什麼？」

女子道：「我說我也是難女，我願意賣道把你引出堡外，你可得搭救我。你把我送出織女河碼頭，我就指給你一條明路，用不著動手，就可以穿道地一直走出鐵牛堡西柵外。」

紀宏澤不肯相信，張眼打量此女，明眸皓齒，姿容俊俏，似乎很單弱，果不類農家女，卻也不像良家子，他又惶惑了。

這女子也是心眼很多，不等問就解釋道：「您若是不信，鑰匙就在這兒呢，您叫我給您開門，我就給您開，不過是白費事，再叫他們捉住更壞。我在這裡囚了一年，看見他們害人多了。您看這院子，就是他們拘人的地方。您瞧這後門，就是逃跑的人剛剛踹開的，是我剛拿椅子頂上，你就又跑來了。這前門也是我剛鎖的，這不是鑰匙？您自己可以開。」一伸手從梳妝臺上拿起一串鑰匙，要遞給紀宏澤。

紀宏澤喝道：「你給我開。」

女子諾諾道：「我就給您開。不過您可以扒門縫往外瞧一瞧，那邊牆頭上有亮，那就是他們的崗。況且在您前腳剛逃出一個，他們前邊一定有人攔，那桑家三丫頭又在後頭緊緊地追趕，您豈不是替人頂缸？您要是依著我的話，您瞧我這人可是騙人的不是？我這是求您捎帶手把我救一把。您要是肯的話，這兒有祕密的道地，連剛才的那個桑家三丫頭都不知道，堡中的人曉得的也不多。你我可以一同逃出去。出了堡圍子，您回您的姚山村，我奔我的河南路。我只要你給我偷偷雇上一隻船，我就可以逃回老家。我本是好人家的姑娘，叫他們姓鮑的萬惡滔天的奴才拐騙了來，我就跳進火坑了。我久想逃走，無奈女子寸步難行，沒有幫手，就只織女河，我也到達不了。我如今依然犯了嫌疑，剛才從我這裡逃出去一個人，那個桑三丫頭就威嚇我，我不跑不行了。我只要逃出虎口，我這一輩子也忘不了你的好處。」

女子低言悄語，邂逅求救，一見傾誠，眼睛瞟著紀宏澤，聲音柔媚可憐。

紀宏澤又亂了陣仗，忙道：「你講了半天，道地在哪裡？快著點走，萬一叫人遇上，豈不白費事？」

女子滿面堆歡道：

「你答應我了，好極了，好極了，你跟我來。等一等，我要逃走，這裡還得布置一下。」上眼下眼，把紀宏澤打量了一個夠，又衝著窗戶一看，側耳一聽，說道：「正是好機會，阿彌陀佛，我可遇著貴人了。他們外頭打得正熱鬧，趁這工夫一溜，我算脫出火坑了。可有一樣，你別在半路上丟下我一跑，那一來，可就把我一條小命饒在裡頭了。我指給你活路，你倘或跑回姚山村，把我甩在腦後，他們捉弄我，我非死不可呀！」

紀宏澤道：「你只告訴我道地在哪裡，我只要出得去，我一定把你送上船。」

女子道：「咱們一言為定，皇天在上，誰也不許騙誰，咱們都得起個誓，明明心，可是的，您貴姓？您是姓紀麼？」

紀宏澤道：「不錯，您怎麼知道？」

女子道：「我是堡中人，自然知道，你怎麼叫周德茂誆來的，怎麼叫飛來鳳捉住的，我全聽他們說過，你不是叫紀什麼澤麼？你是從姚山村出來的，對不對？」

女子求紀宏澤設誓，滿臉露出求允之情。紀宏澤說道：「你只管放心，你救我，我決定救你。」

女子道：「就是這樣，你給我瞭著點，我把我的私房拿出來，咱們好一同逃走。」遂請紀宏澤持刀把門，她挑簾入內，往床上被底撈了一把。紀宏澤定睛看住女子，女子忽然一驚道：「你聽聽後院又有動靜，你快拿椅子把門頂上點。」

紀宏澤慌忙過去，只這一到外屋的工夫，女子突然一探身，從床底掏出一把刀和一個皮囊，另外一隻小包，這女子似早有逃走之心，但是她把刀取到手中，立刻詭譎一笑，態度不再那樣恐懼，另換了一個樣子，匆遽地佩上皮囊，囊中當然是暗器。她立刻從皮囊中掣出一件暗器，扣在掌心，又背上小包，然後面色一松，露出有恃無恐的神情，說道：「喂，不用把門了，你跟我來！」

紀宏澤回頭一看，頓覺失策，這女子不是剛才說的那樣可憐，她手底下原來也有活。女子用刀尖指著紀宏澤道：「你往這邊來，你在頭裡走。」

紀宏澤顏色一變，舉起刀來。女子忙掩嘴唇道：「你別多心，快著來呀，你可別動粗的，你要想砍我，我可就嚷了。告訴你，我還是真想逃走，你不要見刀就多疑。」向紀宏澤點手，急引紀宏澤，撲奔對面暗間。

暗間漆黑，女子叫紀宏澤端進燈來，紀宏澤不肯。女子咳了一聲，笑道：「你是犯疑心了，我沒有冤你，我來端燈，沒有亮怎樣開道地門啊？」

女子立刻拿了那串鑰匙，叮嚀紀宏澤：「我占著手，你可不要毀我，毀我就是毀你自己。」然後端了燈。

燈先到了暗間，鋪陳一如閨房，牆隅有一個立櫃。女子湊過去，隨手把燈遞給紀宏澤，她自己輕輕開鎖，把櫃門一推，果然是一道暗門。女子叫紀宏澤先進去，紀宏澤遲疑不前。女子咳道：「你這麼不放心，準是為了我這把刀。我也懂點武功，要不然，我怎敢跟您一個生人一塊逃跑呀？我的心掏不出來，你可仔仔細細瞧瞧我的臉，你瞧我像個害人精不像？」把俏面擺在燈光前，眸子凝看紀宏澤。女子的眼光竟有一種吸人的魔力，令人一望，覺得輕盈可親，比起飛來鳳來，更有著柔態，她的眉心也另有一種疏淡氣相，但是她另有一種風格，在疏眉朗目的底里，覺得神祕難以捉摸。紀宏澤哪裡知道，人固不可貌相，美貌的女人更容易使人發生錯覺。

女子故意地叫紀宏澤端詳她，紀宏澤就燈影下果然再看她一眼，點了點頭道：「你是好人。」這是半截子話，他的意思是說，這女子與飛來鳳桑玉明截然不同。

女子笑了笑，把櫃門大敞開，往裡探了探頭，轉身退步，先插上暗間的屋門，這才和紀宏澤鑽入立櫃。立櫃很矮，倆人全彎著腰，仍命紀宏澤把油燈帶入櫃門，然後從櫃內倒加上鎖。女子接過燈來往下照著，這立櫃實是一道暗門，歷階而下，便進入地室，地室有交叉的隧道，也很矮，不過一丈來高，裡面霉溼氣很濃，櫃門口一開，霉氣便往外撲出來。

紀宏澤和女子並肩而立，櫃門一扣，乍入漆黑，一燈如豆，發出黃昏的光，外面動靜聽不見了。只是這地室不知是從哪裡吹來的風，燈苗閃閃欲滅，必得用手遮著。女子才一舉步，一個趔趄，幾乎扔了燈，紀宏澤連忙攙扶。女子咳了一聲道：「我腳底下不行，我說你替我端著燈吧。」

紀宏澤道：「還是你引路吧，我道路不熟。」

女子道：「咳，你這人還是不放心我？倘我把燈弄滅了，更不容易走了。」紀宏澤道：「難道沒有燈籠？」

女子矍然道：「有是有，又得上去。」女子到底把燈給了紀宏澤。紀宏澤一手持刀，一手掌燈。女子一手空著，一手提刀。空著的手不知不覺抓住了紀宏澤的一隻胳臂，悄悄說：「我說，你扶著我點，我怎麼邁不開步呢？」

兩人歷階而下，從假櫃到達地室。兩人走得很慢，稍一加快，手中的油燈便恍恍地要滅。又加上道路不熟，溼氣逼人，兩人全想快走，就是快不了。紀宏澤道：「你不是認識道地麼？」

女子道：「你這人料事糊塗，你瞧這道地不是個祕密走路麼？尋常人誰肯在這裡通行？」女子的話很對，她縱然知道有地隧，卻沒有身臨過。但這隧道雖不高，卻多歧路，由此證明，鮑家四虎果非良民，無故地虛設隧道，好人家誰肯這樣做？

女子與紀宏澤並肩而行，曲折走出一條路，拐了幾個彎。

地室陰森怖人，外面響聲一點不聞。腳下踏著積塵，軟軟的好像沒有墁磚，積塵成了溼泥。兩人心中惴惴不安，端燈又走了一段路，忽然一絆，女子幾乎跌倒，她不由得一拖紀宏澤。紀宏澤也是一絆，忙扭身拿樁，要用那提刀的手來扶女子。女子沒有栽倒，紀宏澤這手的燈隨身勢一蕩，燈碗中的燈草立刻沉下去了，火滅光熄，登時滿眼漆黑。女子失聲叫了一聲：「哎喲！」竟很驚慌，將紀宏澤一把抱住，口中說：「怎麼你把燈弄滅了？」

但是紀宏澤身失重心，黑影中油燈又一歪，索性把半燈油全倒在自己身上，衣襟上滴滴答答流油，女子整個身子貼近紀宏澤，手抓著不放。女子的鼻息微喘有聲，脂粉氣襲人，兩人幾乎碰了頭。紀宏澤心中撲登撲登地跳，隱隱聽見女子也正心跳不休。燈光既滅，兩人都幾乎邁不開步。兩人都沉默在漆黑的狹窄隧道中。

過了一會兒，紀宏澤方才神定，低聲說：「姑娘，你身上有火種沒有了？」

女子道：「這個，我沒有，你也沒有麼？」答道：「我身上帶的東西都被他們洗去了。」女子道：「這可怎麼好？」

紀宏澤道：「我們只可摸黑走。」

女子道：「只可摸黑。」半晌不言語，也沒有動，緊立在紀宏澤身邊，手還抓著紀宏澤的手臂，似乎忘其所以。紀宏澤也沒有動，睜大眼發呆，眼前任什麼也看不見。

女子忽然悄聲說：「你今年多大歲數了？」紀宏澤道：「我十八歲了。」女子道：「你才十八歲，我比你大一歲，我十九了。」

也是十九，也大一歲，紀宏澤必不由得又跳起來。兩個人全不言語，霎時間竟忘了身處何地。紀宏澤微呼一聲，女子的手還在撫著紀宏澤持刀的手臂。紀宏澤把油燈丟下，輕輕摘開女子的手，低聲說道：「我們快走吧。這麼黑，你能認得道麼？」

女子道：「摸著試吧，我情實是只知道有道地，沒有走過。」兩人振作精神，重往前尋路。這比剛才更加困難，磕磕絆絆，女子幾乎一步也走不上來。發狠道：「我腳下太沒根，你別不管我，你得扶著我點。」竟將胳臂穿著紀宏澤的胳臂，身子越發貼近。紀宏澤兩耳烘烘地冒火，想這女子也必和自己一樣，兩個人心上大概都亂亂的，深一腳，淺一腳，摸著牆，往前繼續蹚，反而較前更慢了。

又轉了幾個圈，紀宏澤不知東西南北了，同時女子也覺得轉了方向，這邊一鑽那邊一鑽，接連碰壁。女子嘖嘖地著急，紀宏澤更是心慌，對女子說：「我們出不去了吧？」

女子忙安慰道：「你放心，絕不會憋死在這裡。」

兩人如瞎矇一般，亂撲亂撞，所幸失亮已久，漸漸恢復視力，雖不能暗中辨物，還能尋壁探路。兩人此時猜忌全消，借這一場黑，揭開表面，心心相合。漸漸地兩人摸到一處臺階，似從底平處，往地面上爬。女子道：「對了，這裡準是出口。」

卻是摸著瞎，費了很大事，摸了半晌，有臺階沒有門戶。兩人失望，女子似乎酥了一樣，站不住要坐下，被紀宏澤提腕拉住。

女子略歇一歇，手拉手循牆再往別處撞，又絆了一下，又遇上高臺，兩個人又拿這高臺作為據點，往四面摸索良久，女子又停足聽了聽，想了想道：「好了，這裡真是門，一定是出路。」

兩人一步一試，走上臺階，摸索著門，又摸索著門扇。女子對紀宏澤說：「你來摸摸，你把這門撬開。」說著，伸出十指纖纖的手來，找著紀宏澤的手，就叫紀宏澤的手來摸。

紀宏澤漸漸地平掌細摸，果有門縫，門開兩扇，高僅八九尺。紀宏澤道：「不錯，像是出口的門。」忙請女子閃開，他立即持刀插入門縫，上下一劃，被東西擱住，也許是插管，也許是鎖頭，用力劃了一陣，仍不能開。

女子屏息旁站，聽出動靜來，伸手一拍，拍著紀宏澤的後背，低笑著說：「這樣鼓搗不行，這扇門應該端下它來。」

紀宏澤道：「哦，你說得對！」蹲下來尋著門檻，摸著門扇的榫軸，放下手中刀，兩手從門檻下扣進去，用力一端，居然端下來，沒有一點聲音，又輕輕一推，推開尺許的縫子。

女子笑了一聲道：「你是個好人，你原來不會夜行術。」紀宏澤還口道：「我看你很文弱，倒很懂局。」女子笑了。

紀宏澤站起來，那卸下的左扇門，還被插管閂著，和右扇相連。女子道：「可以過得去，不必再卸了。」

兩人側身鑽了過去，仍把門扇輕輕帶好，門扇這邊仍是門大的小屋，對面仍有短階小門，與入口相似。女子命紀宏澤照前撥開門，自己退下來持刀保護著他，她提刀先上。

小門果然是出口，門扇有一小孔，暗中透出微明，女子倚門縫探頭往外一看，忙又縮回。紀宏澤也探頭往外一看，對面照舊昏暗，看不出所以然來，但從小孔已吹進涼風，同時聽見遠處犬吠人呼。女子道：「謝天謝地，我們果真鑽出來了。」

兩人悄悄倚門避了一會兒，聽了聽外面的動靜。女子道：「我們該快跑了，出了這裡，就是露天地，我們可不能再像剛才那樣踱著走了。你得打起精神，你還得保護著我，我再叮問你一句，你可得照約行事，不能甩了我。」

女子很細心。紀宏澤諾諾應允：「我絕不能變心，我一定對得起你。」

「不變心」三個字，女子聽了很喜，卻又很擔心地說：「闖吧！」各把兵刃準備好了，抖擻精神，要錯著肩一同往出口外面鑽。

這出口和入口截然不同，入口不止一處，他們逃出來的地方，是在鮑家大宅廂房，有一個立櫃是道地的暗戶。出口也不止一處，這裡的出口卻是一座小廟，廟殿神座下，在供桌之前，設著祕密機關。神座的臺基，並非土石所砌，乃是木座，這便是隧道的暗門。內外全有機關樞紐，用手輕輕一按，供桌立即移開，神座正面的木板往下一落，登時亮出門來。機關的構造，並不太難，也不甚巧，女子卻並不曉得，照樣叫紀宏澤使笨法子卸門。無奈上下摸了一遍，這門扇的榫軸與前不同，門也很矮。紀宏澤和女子一同用力，可惜沒有用力的地方。女子著急道：「沒有法子，沒有動靜是不行的了，你就硬拆吧。」

兩人就從小孔下刀，把暗門劈開一道縫。紀宏澤奮力一蹴，把門板踢裂，發出大響來。女子倒吸一口涼氣，道：「輕著點，輕著點！」

輕著點竟一毫也開不了。紀宏澤急得大張二目道：「顧不得了，吃快吧！」切磕喀嚓，拆碎門板。兩個人彎著腰跳出來，立在神座之前。

紀宏澤眼前一亮，廟內昏黑，廟門緊閉，廟窗破漏，廟外的星月之光已然照進來。還好，四面悄然無人。女子卻很驚慌，很詫異，四面看看，從破紙窗隙看到外面，口中說：「這是哪裡呀？哎喲，這是哪裡呀？」

女子自言自語，雖不見面容，但聽聲口，似非常擾動。紀宏澤越發惶惑，忙問道：「到底這是哪裡？出了堡沒有？」

女子口帶哭聲道：「沒有沒有呢！」紀宏澤道：「哎呀！」費了偌大的牛勁，還是沒有逃出堡，紀宏澤和這不知名的女子面面相覷，黑影中只看見對方的頭打晃。紀宏澤一咬牙道：「闖！不會打出去麼？你告訴我，這地方是在堡內的哪一個方向？」

女子道：「這好像是……」她實在看不出來了，她心中內怯，說不出來。紀宏澤奮身過來要開廟門。

女子道：「你，你，你等等！」

女子窺窗外望。看罷前窗，又旋身跑回來，查看後窗。前窗外面黑乎乎，是一片房舍，後窗外有空場展開。女子到紀宏澤身邊，悄聲說道：「這裡離堡圍牆，最近還有一箭之地，你快跟我來。我倒有另一個藏身的地方。現在天色已晚，不等跑到織女河，天就要大亮。你跟我先找個地方藏起來，趕明天，耗到天黑，再一同逃走不遲。」

紀宏澤不肯，說道：「無論如何，我們也得先逃出土堡。怎麼著，你走不動麼？」

女子道：「也罷，我豁出這條性命去了。你可要明白，捉回你去，你還是一個俘虜；捉回我去，我就成了叛徒了，他們一定要把我活埋。我的苦處你要明白，現在我們搭上伴了，我破出死，一定跟你一同逃。您現在要出堡，也好！來吧！你不認得路，你跟著我走！」

女子竟和紀宏澤，悄開廟門，不敢走空場，恐怕被人望見，兩人反倒撲奔了廟前。

此時星月光微，鐵牛堡這邊那邊不時傳過來奔駛嘩逐的聲音。女子引領紀宏澤，奔到有房舍處，循牆貼壁，藏在黑影裡，曲折閃躲，投向壁牆。

剛剛走出不遠，突見前面透露火光，女子道：「不好，前頭有卡子！」女子一拉紀宏澤，倒步退回來。忽聞背後有人吆喝了一聲，兩人登時忘其所以，拔腿狂奔起來；更不惶擇途，往斜刺裡黑影中如飛狂竄。女子表面像很文弱，跑起來並不慢。側面高處忽然照來孔明燈，兩人抬頭瞥了一眼，越發地腳步加快。女子的道路比紀宏澤熟，紀宏澤要躲燈光，橫奔小巷，被女子攔住。那廟後空場，本不便透過，女子向紀宏澤說：「快奔這道吧！」紀宏澤依言，徑奔空場。

兩人一前一後，微錯著肩，剛剛往空場這邊跑，從空場迎面也打出幾個石子，跟著由暗隅裡跳出五六個人，一迭聲喊拿姦細，搶先一步，迎頭來堵截。女子忙將頭巾往臉上一蒙，叫紀宏澤也高舉著刀，喊拿姦細。女子也跟著吆喝，卻低告紀宏澤，躲著那幾個人，快往旁邊繞。

二人跑得太忙，那幾個人登時動疑，放出三個人，追了下來。紀宏澤依然隨著女子，沒入黑影，三拐兩繞，眨眼間望見堡圍子的土牆頭。堡牆本不很高，堡外掘著護牆壕溝。由外面越牆入內，高達兩丈以上，由內往外跳，便矮得多。兩人駛近堡牆，紀宏澤知道此女子不是泛常女流，且跑且問她：「上得去不？」

女子且跑且答道：「你不用問，反正得跳出去。」但這土堡內部就矮，也有一丈三四，女子實在躥不上去。後面追逐的人已被甩下，可是追兵必要追來。紀宏澤很著急，女子引著紀宏澤一味亂跑，似欲尋找堡牆上下道，打算爬上去。

無奈堡上設著崗，此時聞警，分別扼住四門四隅，隨時瞭望，沿土牆每隔五六丈，更有一兩人藏堆口後巡風。女子竟和紀宏澤奔向牆根，相隔數丈，巡風人立即探頭，往地下投下一塊石子，同時喊拿姦細，喝問口號。女子忙應了一聲，是一個「紅」字。巡風人又問了一個字，女子忙又回答一個字，石塊不再投過來。

巡風人已然聽出是自己人，只不知道是誰，忙又問：「你是哪位？」

女子倉促說道：「我姓金。」巡風人說道：「唔，你是金三元麼？」

女子道：「啊，是的，……我不是他，我是桑三爺手下的。」

巡風人疑疑思思地問道：「你是桑三爺那道的，怎麼我聽不出來呀？你到底貴姓？」

女子道：「得了吧，葛老大，你不認得我，我可認得你。你不是葛洪祥麼？」

巡風人果然是葛洪祥，聽見來人叫他的名字，不由得猜慮盡釋，遂道：「我的耳朵拙，眼睛也拙。怎麼樣，金爺，捉著奸細沒有？」眼望下方，端詳紀宏澤和女子，心中還在納悶：這姓金的可是桑家哪一位呢？

女子早已打定主意，粗著喉嚨，對巡風人假傳命令道：「你們上道究竟幾位？我們頭跟你們頭叫我倆告訴你們，小心把守住了，堡裡可是有奸細了，留神他們裡應外合。」

巡風人葛洪祥道：「我知道，到底他們姚山村偷進來多少人？從哪邊跳進來的？我們這邊可是滴水不漏。」

女子做出匆遽的樣子，且喘且說：「他們來得人很不少，頂數西北角吃緊，你們這邊怎麼樣？堡外頭一點動靜都沒有麼？」

這時臨近另一堆口後，又有一個人頭晃過來，問道：「葛老大，你同誰說話？」女子搶口答道：「是我，你不是劉頭麼？」

劉頭道：「不錯呀，你是哪位？」

女子道：「你連我也不認識了，我叫金玉良，是桑爺那邊的。」劉頭道：「哦，你是貴客。那位呢？」

女子道：「是我們夥伴。我說二位多費心，你往堡外頭瞭瞭，外頭準有埋伏。」

葛洪祥離開堆口，扭頭往堡外看，堡裡堡外漆黑，任什麼也看不出來，忙過來低頭對女子說：「外頭一點動靜都沒有，我們盯得很嚴。怎麼著，西北角混進人來了麼？」

女子道：「誰說不是。」又說道：「你們這邊一定也有，他們這是聲東擊西，堡裡鬧得很凶，外面怎會沒有接應？」大聲向紀宏澤說：「我說你快上去看看吧，你是夜貓子眼。」紀宏澤應了一聲，立刻往上湊。

在巡風人葛洪祥立身的旁邊，相隔三五丈，雖然不是堡牆的上下走道，卻有一段稍為傾圮的磚牆，容易墊腳往上躥。紀宏澤倒提著刀，搶奔這堡牆破口，女子跟隨在後。巡風人劉頭、葛頭登時動疑，大聲攔阻道：「朋友，你們二位是桑爺手下的客，你們難道不曉得這兒的規矩麼？」原來堡裡規定，邊圍子牆，不是值崗的，就在白天，也不許登上。

巡風人剛說不許，女子銳叫了一句：「快快，上！」紀宏澤擺刀一躍，借力墊腳，躍上圍子破牆口，女子也跟蹤躍上。

第二十一章　遇美婦道地脫身

第二十二章　鮑三誅奸挾黜孀

巡風人大喊了一聲：「你們給我下去！喂，夥計，不好，有人奪牆，有奸細！」牆頭走道上，堆口後，驀然湧現出六七個人，同時有人吹起呼哨。葛洪祥怪吼一聲，心知上當，猛打出一暗器，跟著橫身挺刀來遮。那劉頭也揮花槍，來掄打紀宏澤；紀宏澤閃開暗器，用渾身之力，夜戰八方，揮刀一掃。又進一步，刀尖一扎，劉頭咕登栽倒。女子也擺刀把葛洪祥一擋，伏腰衝上去。奔到堡牆邊，先往外一望，向紀宏澤喝道：「快下，快下！」她竟一伏身，往堡外黑漆的下面滾竄下去。

紀宏澤提神奪路，隱聞女子墜落到堡外，哎喲了一聲。他不由稍一分神，葛洪祥的刀已劈到，紀宏澤奮身一閃。這時候這面堡牆上巡風的人都已聞警，奔向這邊來。兩桿花槍先一步扎到，兩三條木棒也掄圓打到。紀宏澤忙又擺刀一掃，一衝，順手放倒一人，趁黑影抽身，急往堡外牆壕這邊奔去。堡牆上嘩成一片，警笛亂吹，紀宏澤大吼一聲，擺鋼刀橫揮斜掃，抓住一個空，竟也踴身一跳。葛洪祥一刀劈下，紀宏澤已然直落下去。

紀宏澤到底和那女子詐出堡牆，跳到堡外。

這自稱姓金的女子摸著黑，跳得太急，由兩丈多高的土圍往下竄，落腳處恰當坑邊，跌得不算很重。只是女子的武功比飛來鳳不如，一番掙扎，氣力似盡。紀宏澤竄下來，也摔了一下，忙跳起來，尋找女子。堡牆上追著兩個人的後影，往下亂投石塊。那女子從黑影處又叫了一聲，紀宏澤尋聲張目，女子半跪在壕溝邊，紀宏澤奔尋過去，忙伸臂挽扶女子。女子澀聲說：「你得救我，你可別甩了我！」

紀宏澤道：「你放心！」把女子半架半拖，走向壕溝。壕溝竟有半塘水，紀宏澤踩了一腳退回來，急問女子：「水深不深？」

女子道：「不深，這得趟過去，你、你、你得背過我去。」

紀宏澤忙背起女子，走到壕溝裡，水僅一二尺，卻有很深的淤泥，直沒過腳脛。

紀宏澤渡過泥溝，把女子放下來，兩人相挽著，一口氣跑出一段路，方才止步。回頭仰望，堡牆上已然發現火亮，似有幾盞孔明燈直往牆外照，竟沒有人跟蹤追出。紀宏澤道：「萬幸，萬幸，他們不追，我們掙扎出來了，我謝謝你！」

女子道：「謝個什麼勁，你只不丟下我，我還得感念你哩。我們此刻仍沒有逃出虎口，你要明白，他們現在正忙著對付姚山村，咱們就緩了一步。他們在前邊還有卡子，稍待片刻，他們一定還要開堡門追出來。」

紀宏澤道：「既然如此，我們快跑。」女子似哭似笑地說：「你還行，只是我實在支持不住了，剛才把腳蹲了一下，如今一步也走不動了，我們實在該找個地方藏一藏，緩一口氣再說。」

紀宏澤忙往四面巡看，遙指左側對女子說：「那邊黑乎乎的，一定是樹林。」

女子道：「你說那邊麼？那可去不得，我倒有個藏身地方，快跟我來。」

紀宏澤無計可施，只得依著女子。這女子仍命紀宏澤攙扶著，潛行荒郊林叢中，躲避著卡子，終將紀宏澤引到一個極隱僻的地方，過了一夜。女子又要求紀宏澤把她送往河南。紀宏澤還想尋找他的七叔，女子竟用柔情蜜意，把紀宏澤這個十八九歲的少年緊緊縛住。

紀宏澤沉溺於愛網情羅，擺布不開。這麼一來，鮑家圍驟失「豔孀」——即那姓金女子，又失俘虜——即紀宏澤，裡外鬧翻了天。飛來鳳桑玉明驟失有約在先的意中人，也在鮑家圍鬧翻了天。紀蔚叔受著託孤之重責，才一出門，便與孤姪半途相失，他那裡也是鬧翻了天。他們三方面再想不到紀宏澤已被這自稱名叫金玉良、行藏渾如卓文君的女子，架弄到祕密窟穴，當作禁臠。

這女子倒也姓金，卻不叫金玉良，她在鮑家圍的名字，是叫金慧容。她是鮑六房的弟媳，鮑六房的七弟在外鄉做事，不知用什麼方法，騙娶來金慧容這個貌美多智的女子。初娶時，說是嫡室原配，過門之後，才發現鮑老七原有大婆。這大婆沿著晉陝故俗，好娶長媳的劣習，實比鮑七大著五六歲，人已老醜，可是潑悍已極，金慧容和鮑七嫂打過多少次交手仗。這女子表面文弱，鮑七嫂撒潑打滾，總是吃虧的時候多。金慧容曾向鮑老七鬧過多次，但生米做成熟飯，鮑老七又低聲下氣地哄慰，並且下過跪，她也無可奈何，似乎甘心認命了。

偏偏那大婆也很潑悍，既惱恨丈夫忘舊納寵，又欺新人嬌柔，起初言語勃谿，漸漸動起手來。這鮑老七不敢做左右袒，眼看著新人舊人衝突，他躲在一旁不敢出氣。金慧容一開始上哄公婆，外哄大伯子大嫂子，內慰原配正室，處處都還容讓著大婆。後見大婆咄咄逼人，愈逼愈緊，她也就當場不讓故，舉手不留情，兩人由對罵，慢慢地對打起來。

金慧容剛進鮑家的時候，還不到二十歲，大婆想打她一個下馬威。不料金慧容手底下很有兩下，兩位女將一動手，大婆竟吃了虧。大婆是有名的潑婦，無端敗在「小東西」手下，當然不甘休，這一來，再接再厲，竟打了六天六夜，連公公、婆婆、大伯子、大嫂子全攪在裡面，到頭也沒有解決。大婆恨氣不出，給娘家送信，外舅登門問罪，拿出寵妾滅嫡的條款來。

事情鬧大，鮑家圍子的莊主鮑四虎也曉得了，鮑大爺鮑麟生夫妻親來排解，那大婆娘家惹不起鮑家四虎的勢力，找了一個臺階，模模糊糊地把事情化解過去，兩姓姻親幸未決裂。可是大婆、小婆之爭依然時息時起，鮑老七的原配太太還是撒潑打滾，尋死上吊，和新人吵完，再和丈夫吵。如此整亂了一年多，鮑老七忽然暴疾而死，兩個女子都守了寡，沒得可爭了，卻照舊勃谿。

金慧容嫁到鮑家，不過兩年，沒有生下一男半女。她在鮑家六房家庭中，非李非桃，守節投有兒子，改嫁又不容她走。

在夫死數月後，經她一番抗爭，大伯子為了息事寧人，便把她安排在另一個小跨院，和大婆隔離開，按月由大伯子供柴供米，由她自己做點外活，可以供給自己零用，如此暫得相安，過了半年。

這金慧容生得很美貌，年紀又輕，自從打敗大婆，鮑家圍子的人詫為奇談，都說鮑老七的媳婦有名潑悍，居然被年輕美貌的小婆打得鼻破血流，不曉得這小婆是怎樣的人物。有幾個好奇的親戚近鄰，借端串門子，找金慧容來閒談。自然來的是婦女，卻也有幾個沾親帶故的男子，借端偶來串門。不是拿著一雙襪子，就是拿著一件汗衫，表面上稱呼她為二嫂子：「煩二嫂子給裁縫衣裳。」骨子裡是向她沒話找話，甚至於向她挑逗。

這樣又過了些日子，有的人就勸她的大伯子：「何不把這位小孀送回娘家？像這樣叫她一個年輕寡婦自食其力，不是咱們這等人家應該有的。」

大伯子聽了這話，無端地臉皮一紅，半晌才說：「我們鮑家從來沒有改嫁之女，再醮之婦。況且我們老弟墳土沒乾，就把他的側室遣回娘家，面子上也太不好看。」勸話的人說：「既然這麼說，你何妨多給她一點零錢，何必叫她攬外活呢？」

大伯子道：「我這裡由上月起，按月給她送四串錢去，本來用不著她做零活。她大概是悶得慌，願意攬點縫活解悶。你想，一個年輕輕的媳婦，剛剛二十歲，就守了寡，她怎能不愁悶？」勸話的人笑了笑道：「這話很對，你何不勸大嫂子接長補短，沒事的時候，常去看望看望她，也好給他解悶呀。」說得這大伯子不言語了。

原來這大伯子也常借事到小孀院裡走走，問柴問米，問短什麼使的用的沒有，好像外面也有一種不雅的流言。有的人還說，這金慧容不像良家女；若不然，二十來歲的人，小腳小鞋的，如花似玉的人，怎麼能打敗大婆那隻雌老虎？人們的嘴是無德的居多，甚至有的人講得有眉有眼，說她恐怕和北院的三爺不大很好。但人們儘管胡說亂道，你只見了她的面，便立刻覺出她豔如桃李，冷若冰雪，好像她不吝顰笑，卻又凜然不可輕犯。她有點像大觀園的尤三姐，外貌可親，骨子裡不大好沾惹。據說某某人被她打過一個耳光。又有人議論她和北院三爺卻平起平坐，有說有笑，她還請教過北院三爺，她要學打彈弓。總而言之，自從她搬入獨院，分居另度之後，跟手便散布出一些風言風語。她一個人占住一個小跨院，她居然很膽大，並不害怕，並且她這個人到底為貞為淫，頗難觀測。也有人背地裡講究她，唯有像她這樣的女子，才是家庭的禍水，男子的魔星呢！若真個是水性楊花的女子，不過穢聲四播罷了；像她這樣，才算得起傾國傾城為蛇為虺的蜇婦。「你看她多麼漂亮，多麼和氣，又多麼正派，你可知道她心上是什麼勁頭？」

外面人言嘖嘖，不為無因。其實金慧容自從夫歿，確存去志，只是一時不得其便。北院三爺不時借端找她來做活，她也曉得北院三爺居心不可問。但是北院三爺就是鮑家四虎的第三虎鮑熊飛，乃是鮑家團子的三堡主。她從嫁過來以後，已然知道鮑家一門武斷鄉曲，都不好鬥；她自料自己究竟是個女子，為了保護自己，對待鮑三爺不能不設法敷衍。鮑三爺是武林中的人物，她已從話風中聽出鮑三爺識透自己的行藏。她略通武功，別人不曉得她的底細，鮑老三卻曾徹底盤問過自己，他是把她看成避禍出嫁、甘心做妾的女江湖了。若不然，憑她這樣年貌，這份武功，斷不會無緣無故屈節嫁給六房二少這樣一個花花公子。而且六房二少是怎樣娶的她，她娘家的情形如何，金慧容不曾說過，六房二少也不曾說過，就當妻妾爭打時，也只聽見大婆罵金慧容是狐媚子，是臭婆娘，什麼醜話都罵出來，獨獨罵不到金慧容的娘家。由此可見金慧容和六房二少都是諱莫如深的了，這更成了疑竇。

鮑熊飛對這遠房本家的遺妾，有種種猜測。其實堡主鮑麟生夫妻也覺得金慧容這個人來頭太古怪。鮑家四虎也曾為這女人，有過一次家族祕議。按理說，女子的出身既屬可疑，六房二少一死，立即將她送走，豈不甚好？何苦定要叫她守三年孝？難道真個等著六房二少墳土吹乾不成？金慧容自己也要住一趟娘家，便願自己一個人走，不要婆家人送。六房大爺仍不肯放，就是鮑四虎，也好像被金慧容的漂亮的談吐，秀美的儀容給吸住了。結果，一任她年輕輕居孀的小孀寄居獨院，不來干涉。豈特不來干涉，鮑熊飛還不斷地來串門子，幫助她零花，表面上是接濟寡居守節的族弟婦。

但過了不久，就生出枝節。一天夜間，姚山村和鐵牛堡的械鬥已起，全堡戒嚴已有多日，鮑熊飛值班查夜，巡迴到東巷小街後，忽聽見撲登一聲，似有人自高下墜。鮑熊飛會打彈弓，忙摘弓扣彈，輕輕尋過去。瞥見一條人影，正在貼牆根，閃閃躲躲，溜奔隔巷。隔巷就是鮑六房的跨院。鮑熊飛當下大詫，初疑是姚山村派來的奸細，定是來窺測虛實的；忙躍上牆，往四面尋看，只有一條人影，並沒有巡風瞭望的下手。鮑熊飛覺得不對勁，暫不下手，欲觀究竟。哪知此人攀高走低，跳牆入院，正是趨奔金慧容守孀獨居之院，那個小跨院。

鮑熊飛大怒：想不到二海家的明面上端上一個嚴，暗地裡背著我做這勾當？想到此，心頭火直冒到耳根，忙把彈丸扣上。兩眼一瞪如燈。究其實！「背著我」三個字，說出來太沒邊，其詞若有憾，其意與狗咬尿泡何異？然而鮑熊飛正在氣頭上，他也有正當的理：是的，家門不幸，出了醜事，姦夫淫婦人人得而誅之，何況這原是我們鮑家的事？

鮑熊飛恐怕彈弓打不到，忙往前湊上數步，瞄準人影的頭，開弦待發。可是那個人影已然往下一溜，從牆上落下院中了，再往前走，便可達到那個長夾道。鮑熊飛心頭又一轉，自己對自己說：「且慢，我這樣打倒這個人，還不知道這人是誰。……並且捉姦要雙，我也堵不住金慧容的嘴。咳，索性看明他和她搭了話，我再當場一抓。」又自己暗揣：這人影是常來幽會，還是頭一趟呢？我倒要弄明白了。

想罷，他也踴身跳下牆，躡足跟過去；果然不出所料，人影是趨奔長甬道，從長夾道這邊摸到那邊。鮑熊飛忙再上房，越在屋脊後，盯住人影的動作。那人影在長夾道摸了一會兒，忽又躍上牆，似乎要走。鮑熊飛暗道：「怪呀！」鮑熊飛忙縮頭隱住身形，再盯那人，那人竟改奔前院。

那人繞到前邊，竟不彈窗，悄悄從身上取出一物，便來撥門。鮑熊飛切齒道：「好，我明白了，我們鮑家竟出了妖孽！」

立即打定主意，替寡婦捉姦。只不曾看清這人是誰，托定暗器，打算吆喝一下，誘得那人一回頭，認清面貌，再下辣手。

但轉念一想，這恐怕不是外人，還是把他堵在屋裡，看個水落石出，我再看事做事。鮑熊飛有了轉軸主意，未免還有點想入非非。那人居然撥開屋門，進入屋內；立刻聽見屋中隱隱輕咳了一聲，跟著燈光突然大明。

鮑熊飛在房上望見紙窗透明，斷定十九有奸：「金慧容那麼刁鑽俏麗，果然心上不老實了。這一下子，落在我手裡，哼，往後看吧。」於是鮑熊飛貼房檐溜下平地，也輕輕地掩到前窗，略略駐足，偷聽屋中人語。屋中似有動靜，竟聽不出所以然來，僅只看見燈影打晃。鮑熊飛把刀一順，索性跟蹤從撥開的門縫，潛擠入堂屋，為的是堵住門口，不叫姦夫逃走。然後挨到隔扇旁，要側目往裡看。就在這時，屋中已然有了人聲。

先是女子驚詫，跟著叫道：「好哇，我猜著就是你，你倒好大的膽子，你來幹什麼？」那人不直接答話，夾著笑聲道：「二嫂子，你還沒睡，你等著誰呢？」

女子輕斥了幾句話，那人笑道：「我麼，我這是查夜來的。」

女子道：「你查夜怎麼查到我屋裡來？」

那人道：「您看，我眼見一個人往二嫂這裡來了，我想非偷即盜。我正值著班，我焉能不管？我是怕進來好好歹歹的人，嚇著二嫂子。二嫂子年輕輕的一個人，又是孀居，支應門戶實在不易，咱們又算親戚，又算近鄰，我怎能不管？」

金慧容似乎要叫那人出去，那人笑著說：「真格的，二嫂子還不叫我歇歇麼？二嫂子，你瞧我手裡拿的什麼？」

金慧容道：「那不是一把刀麼？」

那人道：「對了，你可知道我用這刀，把姚山村的人劈了三四個麼？我只一瞪眼，人人都怕，可是我跟二嫂子不能，我不能嚇唬婦道人家。我說二嫂子……」語聲低下去了，聲音顫顫地頗有狎褻的意味。

金慧容咯咯地笑起來，忽然大聲說：「我這門拴得好好的，是誰撥開的？你用心不善哪！可有一節，我說你歇夠了，可以走了吧？你曉得寡婦門前是非多，黑更半夜裡的……我先謝謝你，往後你多照應我。今天對不住，天快亮了，我還得歇歇，你請吧。」

那男子不肯走，似乎愈逼愈緊。

鮑熊飛和裡面的人，只隔一層紙扇門，竟已聽出男女心跳的聲音似的。他已經恍然，這是初次，並非前有成約。金慧容用好言慰哄，似乎怕著男子，卻不像情願。鮑熊飛暗暗點頭，忙撕破紙隔扇，要看男子的神情。卻是一看，恰與金慧容對面。金慧容衣襟半掩，妙目惺忪，另有一種儀態，面上微露惶擾，帶出巧笑，叫人猜不透。兩隻眼游游離離的還像是害怕的意思多。那男子背對門扇，面對女子，鮑熊飛只看見那人的背影，那人的面目仍不得見，仍不知是誰，聽語氣口音知是堡中人。

那人說著話，提著刀，身子往前湊。金慧容極力對付，身子往後退，兩人已迫到床前。那人哈哈一聲怪笑，往前一撲。

金慧容很輕巧地一閃。那人撲空了。那人立即笑道：「嫂子還有這麼俏的身法，不怕閃了你的柳腰麼？二嫂子，你別躲我。……什麼？你怕我手上的刀麼？這刀是殺敵人的，我可怎麼捨得在二嫂子面前擺弄這個。」

金慧容且躲且說：「我就怕刀，你可以不可以把這傢伙放下？你的刀又是砍過人的，我哪裡見過這個？」男子笑道：「我就放下刀你可別再躲我了。」他便一側身，將刀立在牆隅。

就在這一放刀的工夫，鮑熊飛認出此人的面目，不禁勃然大怒：「原來是這東西！」怒焰上騰，不由氣粗起來。

就在這工夫，男子棄刀，再往前一撲。金慧容忽然叫道：「誰呀？」纖手一指前窗。

那男子不禁隨手勢一瞥前窗，回眸怪笑道：「二嫂子還使花招？誰也沒有，就只有咱們倆。二哥去世兩年多，二嫂子哪能不悶得慌？」發出難聽的腔調，愈逼愈切。

金慧容這麼一閃，那人這麼一撲，那麼一閃，那麼一撲。

那人是亂撲，金慧容是故意閃，閃有閃的方向。男子似乎已識破金慧容的滑躲招兒來，發出怪笑的怒語來，道：「怎麼著？二嫂子憎嫌我麼，若是換了四房老三來，你就不躲了。我可不管那些了……」

金慧容忙說：「你等等，這就天亮，明天請你早點來，好不好？」男子道：「我不聽那一套。」此撲彼轉，金慧容大聲說：「不好，外頭真有人來了，外頭是誰呀？」男子明知詐語，仍不禁一回頭。鮑熊飛至此再忍不住，振吭喊了一聲：「呔！」

金慧容和那男人俱都一驚。男子忙轉身當門道：「誰呀？」

金慧容卻纖足一點，伸手前去操刀，男子大悔，也忙搶刀。金慧容不知手中暗捏何物，照那人臉上一打，那人掩面怪叫。牆隅立的刀，到底被男子搶在手中，金慧容卻從枕下抄出一把刀，揚起來就砍。男子還想招架，竟挨了一下。急匆間，撥頭往外跑。鮑熊飛恰往屋內躥，與那人斜交叉相碰。那人猝出不意，挺刀就刺。鮑熊飛預有戒備，挺刀猛格，就勢還扎，那人踉蹌招架。金慧容如飛地追出來，已聽出外面伏著人，堂屋黑洞洞不能見物，她銳聲叫道：「殺人啦！好嗎，你們都來欺負我！」

金慧容往前一躥，把手中刀往黑影中亂掃。鮑熊飛也就勢砍進一刀。那人猛退不迭，正撞到金慧容懷裡。金慧容微退一步，雙手進刀。那男子閃前躲後，失聲一叫，猛然栽倒，隔門檻跌到堂屋。鮑熊飛抖手打出一彈，那人已倒，彈丸直打過來。金慧容「哎呀」一聲，掩胸退入屋中。那人受了傷，掙命跳起來，彎腰挺刃，從鮑熊飛肘下衝過來，搶奔門口。鮑熊飛急側身用力，一送刀鋒，嗤的一下，那人應聲倒地，不能轉動。這一刀扎在軟肋上。

金慧容陰錯陽差，誤挨一彈，退到內間，往床枕下撈了一把，只撈著一把銅錢，不能應敵。鮑熊飛從受傷人身上跳過，追進內間。人出人進，內間燈影搖曳。金慧容饒有機智，此刻方寸大亂。鮑熊飛挎弓提刀，半身濺血，立在她面前。她面色焦黃，欲躲無從，吃吃地叫道：「你，你，你，你們都沒有安好心！」把嘴唇一咬尖聲叫道：「殺人啦！」

金慧容只嚷出一聲，忽又噤住，突地猛如雌虎，撲奔了鮑熊飛，手中刀狠狠遞出。鮑熊飛猝出不意，橫刀護身，往後倒退，急忙叫道：「二嫂子，別嚷，別動手！你瞧是我，是他調戲二嫂子，我把他撂倒了，你怎麼衝著我來？」

金慧容一陣猛勁過去，登時想到後患，坐在床上，刀不離手，吁吁地喘氣，兩眸盯住鮑熊飛，暫不出聲。

鮑熊飛用好言穩住她，徐徐說道：「二嫂子真有你的，你還有這麼一手。這小子好大膽，把你看錯了。二嫂子不要心驚，我們先驗驗他的傷。」手指燈火，請金慧容給他端燈。

金慧容心神已定，冷笑不動。鮑熊飛道：「二嫂子怎麼不懂我的話麼？剛才的事，我全看見了。這和二嫂的名節有關，不管怎麼樣，我們應先驗明他的生死，再想善後之計。二嫂不肯端燈，別是猛勁過去，又後怕了吧？待我自己來照。」

鮑熊飛提刀端燈，出了內間，來到堂屋，俯身一看。那人臥在屋心血泊中，脊背朝上，臉面側挨著地，血仍汩汩地冒，軟肋後背兩處有傷。鮑熊飛已認出此人是堡中人，雖非本家，卻也沾親帶故。鮑熊飛搖頭道：「致命傷！我說喂……」把那人踢了一腳，那人不答，也不知是傷重，還是害怕裝死。鮑熊飛搔發沉吟，回頭一看，金慧容沒有跟出來，也許看了一眼又回屋了，竟像沒事人一般，一聲不哼。鮑熊飛低聲道：「二嫂子你也出來看看呀！這個人躺在這裡，不是辦法，該想法子把他處置了。」鮑熊飛端燈進屋，站在金慧容面前，重說了一遍。

金慧容秀眉一挑，忽然冷笑道：「你殺了人，你得償命！你不要走，你得頂著頭打官司，你怎麼倒問我？」

金慧容話風很硬。鮑熊飛不禁一笑，說道：「人是傷在二嫂子屋裡，他還有氣哩。有氣就有嘴，我倒不大明白，這有我的什麼幹連？我不過巡夜來到這裡，聽到你們這兒撲撲登登的，你們黑更半夜究竟作的什麼事，我也說不清。你叫我償誰的命啊？」

金慧容立刻把聲調一提道：「好，你推得乾淨。你們這些男人，你巡夜會尋找到我寡婦屋裡，我也不用跟你瞎嚼，你瞧你身上那些血！我請本家戶族評理，你殺了人，還要威嚇我們女人。好了，瞧你的吧。咱們叫四鄰來看看。」立刻又要喊殺人。

鮑熊飛眉峰一挑，厲聲道：「二嫂子，你不要倒打一耙，自己毀自己。常言道，『捉賊要贓，捉姦要雙。』我殺了他一個人，是該償命，我要把男的女的兩個人一塊殺了，我就用不著償命了。我這叫做替本族除奸，整飭門風。我身上有血，你身上有沒有？他還有氣，我先把他打發了，回頭再衝你來。」翻身提刀，又奔堂屋。

堂屋血泊中的人低叫了一聲：「饒命！」

金慧容忙厲聲道：「等一等，你給我回來！」

鮑熊飛一臉的詭譎，提刀又立在內間燈前，金慧容也把刀一提，先笑了笑，然後說：「老三，你要威嚇我麼？你不要看錯了人，你看我吃這一套麼？你要誣衊我的名節，你無故先傷了他，為了免罪，再來殺我，你的打算倒好，我跟你何冤何仇？你要我的性命，還要毀我的名聲，你會欺負女人，很好很好，我把脖頸給你，你就殺殺試試！」

立刻她把手中刀投在地上，纖纖手指指著鮑熊飛的刀，俏轉身形，挨了過來，口中款款說道：「老三，我年輕輕地守著寡，在你們鮑家不李不桃的，再沒有活頭了，人家又七言八語地作踐我，我早想殉節。你是英雄，你趕快給我一下，我是清清白白的，你都看見了。他來調戲我，我不肯受，才出這事，別看我無能，歲數小，豁出命去，我到底把他逼跑了。想不到你又來毀我，好好好，嫂子賣給你了，你就趁熱下刀！」又自言自語似的說：「硬把我算作淫婦，卻也好，那是你們鮑家的榮耀。你們願意拿尿盆子，往自己腦袋上扣，我的一條小命又算什麼？來吧，三小子！」

金慧容這一賣味，鮑熊飛突轉怪笑，微退半步，擲刀在地，說道：「哈哈哈，二嫂子真成，原來你也是個女英雄，我沒看錯了你。可是你也不要看錯了我。你要明白，我也不是乏小子呀。你看我這把刀，也殺過一二十人；我不敢說殺人不眨眼，我卻也絕不怕事，更不怕死。你這樣說話，豈不是拿我當肉蛋了？咱們趁早打開窗戶說亮話，第一步想法子把外間屋裡這塊臭肉先消滅了，隨後再講別的。你要是把我看成壞人，可就不好辦了。二嫂子睜開眼珠子，瞧我三雄是什麼人物？」

兩人互相威嚇，終於金慧容輸了氣，依了鮑熊飛的道。兩人全丟下兵刃，把燈端出去，協力先驗看受傷的身子。金慧容這才看明此人後背的傷，是她刺傷的，肋下部的傷是鮑熊飛傷的。受傷的人只有出氣，沒有入氣，顯見不得活。可是人有一絲活氣，還知告饒。他睜開死魚般的眼睛，嘶聲求饒命，已然聽不出聲音，只見嘴唇動。

金慧容恨恨不已，用纖足踢他。鮑熊飛竟當著金慧容，取了刀來，猛然照那人咽喉一勒，登的血溢氣斷，腿伸眼翻。鮑熊飛吁一口氣，急急地催金慧容，從床上撤下一床棉被，一條被單，將死屍血口堵住，打包包起，立刻由鮑熊飛扛出去，乘夜埋在無人地方，屋中血跡，由金慧容用水沖刷，用土灑墊，草草收拾完畢，各處濺的血點，也設法拭淨。

鮑熊飛竟在金慧容跨院中，掩屍滅跡，忙了半夜。第二日，第三日，也去了數趟，並且驗看血跡，恐露破綻。移屍之時，路上真有點點血跡，但已凝定，變成黑紫色了，別人再想不到。不過由當夜的第二日起，堡中忽然短了一個人，遍查無蹤，人們不能無疑，又經過半個多月的窮搜冥索，仍無下落，人們越發詫異。

其時鐵牛堡和姚山村的械鬥已然掀起，又已擴大，人們由此推想都疑心那人遇上姚山村的人，狹路逢敵，交鬥失手，不是被敵擄去，就是被敵活埋。這樣推測，頗在情理之中，哪曉得這人的性命是死在美人關口，一條性命白搭進去，憑白的倒給鮑熊飛做成幽會的橋梁。

鮑熊飛抓住金慧容這一樁祕密，替她除奸禦侮，替她掩屍滅跡，兩人越走越近。積日漸久，謠言散布，人們越發說金慧容生成美人胚子，心上當然不安靜。她最規矩的時候，人們還有種種猜測，如今更被人說得有眉有眼了。

然而暗室之事，空穴來風，誰也沒見著實跡。只覺得鮑熊飛時常徹夜不歸，卻沒人見他走近六房跨院。人們又傳說到「道地」上面的話了，金慧容大門不出，二門不邁，也許是走道地潛出去幽會。

那金慧容起初也許是敷衍鮑熊飛。那夜的事，她的本意，自恃粗有武功，無非是持刀自保，把那黃夜撥門的人威嚇跑了便罷。更不料那人在前，鮑熊飛在後，黃雀捕蟬，無端地在寡婦屋中出了一條血案。金慧容想到將來，大是不了之局，萬一人們把嘴一歪，自己跳進黃河也洗不清。況且她會武功會使刀的事，實在不願叫外面傳說出去。她有這些顧慮，到底受了鮑熊飛的挾制。當時她和鮑熊飛對付了一個通夜。

金慧容為事所擠，不能不遷就鮑熊飛。鮑熊飛對於金慧容，早有難言之隱，今日恰逢其會。他就藉著這一點，向金慧容提出不軌的要求。金慧容面色一紅一紅的，似惱非惱，似笑非笑，做出頑皮的樣子，把鮑熊飛的臉打了一下，罵道：「小該死的，你跟你嫂子這樣麼？」她的真意竟難捉摸。

鮑熊飛不肯死心，再接再厲，在埋屍後的半個月裡，金慧容每逢鮑熊飛前來，便親親熱熱地招待。鮑熊飛和她泛泛地說笑，若把她看成寡嫂，她通以好面目對待，真把雄飛看成親弟兄一樣。只要鮑熊飛再深進一步，行止談吐稍露褻意，金慧容便裝聾作啞，雖不致再像從前冷若冰霜，卻也落落難合。

鮑熊飛很是不痛快，索性越逼越近，重拿出那夜埋屍的話，來逼她的一諾，並露出怨恨之意。金慧容登時巧笑相哄，極力敷衍，給他親手做菜吃，陪他說笑，可是處處留有餘地，如此支吾了一個來月。鮑熊飛色令智昏，得寸進尺，再忍耐不住了。這一夜，照方抓藥，也半夜撥門，潛進屋來。滿打算乘其不備，一個女子，夜靜無人，就算有武功，誘之以情，威之以兵，料她無法可避了。不意金慧容十分詭譎，不知從哪點上料到這點，她事先竟有了防備。鮑熊飛捫到寡婦屋中，屋中突然出了聲。原來床上高臥的，素日只有金慧容一人，今夜忽然多添了一個癆病老太婆，咳咳不已，乃是隔壁二大媽。

二大媽大嚷大咳，大叫有賊。正值械鬥，全堡都有戒備，巡風的人聞聲奔至，也照方抓藥，尋聲發出暗器。氣得鮑熊飛大罵喪氣，跳牆跑回自己家，向自己老婆大鬧脾氣。

這事的出現，就在紀宏澤失陷鐵牛堡的半月以前。金慧容因為美貌年輕，聽了許多謠言，此際感覺到鐵牛堡真是禽獸巢穴，不可再留了，還不如回娘家。在這裡早晚落不出好結果。

她潛打主意，未得其便。到了隔日，鮑熊飛公然登門找來，明興問罪之師，口發怒言，二嫂子絕人太甚，可憐我一片真心，換不出二嫂子半點情腸來，你怎麼跟我裝傻？

金慧容惱在心頭，笑在面上，故意地花枝招展，格格地嬌笑，說：「我的傻兄弟，嫂子是逗你玩的，你真格的叫你死鬼哥哥不瞑目吧？我若是沒出息的人，我早就打別的主意了，我還能泡到今兒個麼？你們就留，也留不住我呀。你別把嫂子看錯了，我若那麼一來，我就對不起你的死鬼哥哥了。」

鮑熊飛哼了一聲，頂了幾句話，意思說你不過是個死了男人的小老婆罷了，來頭就不明，何必假裝正經？外面閒話很多，蒼蠅不叮無縫的蛋，還要瞞哄誰呢？

金慧容面露笑容道：「你要揭我的根子，好像我一定不是好人，好人怎麼會嫁給你家哥們做小？可是我做姑娘的時候，我又沒了爹，我怎樣知道你們鮑家是這樣？我也想不到你家哥們會瞞天瞞地，欺負我的寡婦娘。生米已做成熟飯了，我不當小，怎麼辦呢？跟你哥哥散夥麼，他又死了。我說我是正經人，你衝我笑，看你這話頭，你是說正經人不會招來跳牆的。你使勁捏我的不是，我有什麼法子？就說你吧，你天天來串門，你說你是可憐我年輕守節，我能把你推出去麼？咱們是叔嫂啊。日久見人心，我絕不是討厭你，咱們叔嫂談談說說笑笑，倒行。我也用不著板面孔。可是你要講到別的，老天爺在上，你別看我年紀小，我是好人家兒女，我一條大道走中間，你往後仔細品吧。兄弟，我總能對得住你！我若跟別人說一句話，我準得跟你說兩句；我若請別人喝一杯茶……」

鮑熊飛道：「你就請我喝兩杯，是這個話麼？」

金慧容咯咯地笑起來道：「傻兄弟，你倒說著了，歸裡包堆，兄弟對待嫂子這番意思，我心領了。咱們是……」

鮑熊飛道：「哪輩子見？」金慧容又嬌笑起來了。

她的話是多情，既媚又軟，卻有一定的堡壘，適可而止，再往前趕落不成。鮑熊飛有搔不著癢處之苦。假若金慧容一派冰霜，也可以拒人千里之外，偏偏她有時又豔如桃李。鮑熊飛幾次用心機，未能得手，他也照樣乘夜來偷窺，竟一點破綻沒有。

鮑熊飛不肯死心，暗想女子最怕人死膩，只要盯得緊，哪怕她是孟姜女，也搪不起死磨。鮑熊飛由此天天去泡，步步緊逼。金慧容漸漸有點招抵不上了，態度也慢慢軟化了。鮑熊飛心中暗喜，自料眼看水到渠成。哪知金慧容已感到情形緊迫，她已知此地凜乎不可再留。她打定主意要走。

她受了亡夫之騙，降為人妾，暗中也有避地躲禍的意思。

她的身世有不可告人之苦。她雖然無意守節，卻也不甘心降為姘婦。外面流言愈甚，對面鮑熊飛咄咄逼人，她決定要走，但是她需要一個助手，方能平平安安偷回河南故土。她正處在這欲留不可，欲走無助的夾當，鮑熊飛像瘋狂了一樣，天天來磨，她忍了又忍，哄了又哄，眼看山窮水盡，勢將決裂，突然間，紀宏澤失陷在鐵牛堡，持刀威脅她開門。她芳心一轉，急不暇擇，她把紀宏澤引救出虎口，潛逃到祕窟。

金慧容起初無非是暫借紀宏澤一臂之力，先解面前之危，再作自己的打算。但是紀宏澤年少英俊，似乎是個良伴，品貌不惡，既可託付終身，年紀又小，自然易於駕馭。金慧容想：我就跟從這麼一個不相識的外鄉少年人，到了地方再把他一甩。就算真嫁了他，也比在鮑家圍給他們當玩物強。鮑熊飛自恃少壯，有勢有財，硬逼我給他當外宅。我雖然是志在避禍，可是一次失腳，不可再失，我往後怎麼抬起頭來？她如此盤算，就急不暇擇，倉促以身相許，和紀宏澤搭了幫。鮑熊飛一路的擠對她，倒成了「為叢毆雀」，憑白給紀宏澤做了脫身計的解鈴人。

紀宏澤可就由此更陷入第二道美人關。當時借仗金慧容，做了嚮導。偕逃之後，竟擺脫不開。那邊更有一個飛來鳳桑玉明，驟失意中人，在鐵牛堡內外，滿處窮搜亂找，大吵大鬧。

這兩個女子，一個是嬌豪潑辣的二十多歲處女，一個是柔媚刁鑽二十來歲的豔孀，性格恰恰相反，竟起了奪婿之爭。

偏偏紀蔚叔受著託孤重責，攜徒出來遊藝訪仇，剛邁出頭一步，便弄得師徒失散。他心中懊惱，深覺愧對寡嫂。在一股急勁之下，他用盡方法搜尋紀宏澤。獨力搜查不周，他又忙忙地邀來幫手，又偏偏帶著一個十八九歲的大姑娘，這姑娘一身的好功夫，和紀宏澤門戶恰相當！

幫手不是外人，正是紀宏澤亡父獅子林的三師弟連珠箭何正平。當年護鏢遇仇，獅子林在洪澤湖船頭血鬥，一念之慈，遭了白龍方靖的暗算，當場殞命。何正平橫刀拚命，左股中矛，傷筋失血，過後趕加救治，幸保性命，到底跛了一條腿，在武林中勢已落伍。

何正平卻有這麼一個好女兒，芳名叫何青鴻，承父技業，學武有成，連珠箭練得特別精熟。論起輩分，他是紀宏澤的師妹；論起品貌，又般上般下。紀蔚叔看見這師姪女在面前斂衽一拜，他驀地心頭一動，問了問姑娘的歲數，跟著又問有沒有婿家，何正平捻髭笑道：「她還小呢，沒有婆家。」

紀蔚叔脫口說道：「好！」何正平道：「七弟，你說什麼？可是要給你姪女做媒麼？」

紀蔚叔眼望姑娘含羞垂頭，姍姍地退到別室，他這才浩然長嘆，講到大師兄的孤兒，今日改名叫做紀宏澤，如今也大了，然後又講到現在遊學失蹤。於是他這脫口而出的一個「好」字，不久便發生好大的影響。

第二十三章　陷情網流連小甸

當夜紀宏澤不由自主，跟隨金慧容逃到一個隱僻的地方。

這是小戶人家，幾間草舍，草籬短垣，似很寒苦。

金慧容便要過去叩門尋宿，紀宏澤忙低聲道：「你我這般模樣，人家一定拿我當拐帶，那使得麼？」

金慧容衝他一笑道：「我大遠地單撲奔這裡來，一定有點道理。你不必多慮，瞧我的吧。」

在堡內她還恐慌，一出堡外，她竟似胸有成竹，到了草舍短垣之下，她蹬著紀宏澤的肩，攀上牆頭，踴身跳到小院內。

果然院內漆黑，也沒有狗，金慧容直奔屋門，屋內也沒有燈火。她側耳聽了聽，旋身奔到院門口，摸索著要拔門閂，好讓紀宏澤進來。

紀宏澤在外聽見，說道：「我也跳進去吧。」俯腰用力，躍上牆頭，又一偏身，腳落平地，兩個人先後進了小院。紀宏澤張目一看，黑影中辨不仔細，但已看出上房三間，似有人住，耳房兩間，像是磨坊，前面大敞著，不過是草棚罷了，並沒有門窗。他忙低問金慧容：「可是在這兒躲一夜麼？」

金慧容搖頭低笑，用手一指上房，又一指門，她要叩門，紀宏澤道：「屋中人可是熟人麼？」

金慧容又搖了搖頭，一指黑影，叫紀宏澤蹲藏起來，密囑數語，她竟上前叩門，啪啪啪三敲，對著東間紙窗，連叫兩聲：「三大媽！」

屋中沒有即應，金慧容把門拍得直忽扇，裡面方才咳嗽一聲，一個老女人的口吻，怯怯叫道：「你是誰呀？」

金慧容忙道：「三大媽，是我來了。」裡面問道：「你是誰呀？」

答道：「我是二海媳婦。」

屋中老嫗道：「哦哦，你真出來了？你等著，我給你開門，哎呀，火鐮也不知在哪兒了？」

金慧容忖道：「三大媽，您不用點燈了，你只開了門，讓我進來歇歇腿，回頭我還走呢。」

老嫗咳嗽著，摸摸索索好半晌，才把屋門開了，讓進金慧容，跟手把屋門又閂上。紀宏澤藏在黑影中，等候進屋。

金慧容和老嫗敘話，老嫗說：「您那兄弟接您來了麼？您真要回娘家麼？」

金慧容道：「三大媽，您說我不走，有什麼法子呢？他們淨造我的謠，我真個跳進黃河也洗不清了，我的兄弟說是今個來，我先出來等著他。三大媽您幫忙，您是有年紀的人，我知道您心腸又熱，嘴又嚴密，我才投奔您來。倒攪了您的覺了，您先上炕睡吧，您那西間不是閒著了，我上那邊歇一會兒，咱們明兒一早見吧。」

老嫗道：「那屋潮，你就在這兒睡吧。」

金慧容把老嫗哄得上了炕，她悄悄出來開門，把紀宏澤潛行放進來，然後隨手上門加門。紀宏澤溜入西間，半鋪土炕，久無人睡，也沒有被褥。金慧容早由老嫗屋內抱出一床被，一個褥子，又提出兩個包袱來，悄對紀宏澤說：「你自己先上去睡吧，我還得對付老太婆呢。」她捫著紀宏澤的手，又一撫肩，往炕上一推，她這才翩若驚鴻，重到東間。

紀宏澤坐在土炕褥子上，見金慧容已出，他便要關內間屋門。不想門才微微一響，金慧容已然尋聲過來，低喝道：「這是什麼地方，你別關門呀？你只倒在炕上歇一會兒，回頭我們還得掙命呢。」

紀宏澤道：「這一夜不在這裡尋宿麼？」

金慧容道：「傻東西，別問我了，看叫老婆子聽見了。」紀宏澤忙又叮了一句：「你可是在那屋歇麼？趕到天明，我怎麼樣呢？忽然多出一個人來，屋主人豈不要炸？」

金慧容忙掩他的嘴，不叫他多言。果然這時老嫗在屋中說了話：「二嬸子，你跟誰說話哪？」

金慧容忙道：「嚇了我一跳，原來是一個小板凳，我要方便方便。」老嫗打著呵欠道：「這裡有盆，你怎麼還要出去麼？」

金慧容道：「我要聽一聽，我們兄弟說是今天來接我，我怕他黑更半夜找錯了地方。」

金慧容且說且走，又回到東間，老嫗催她上炕。她應了一聲，跟著又說話。說著說著，老嫗打起呼來，原來年老的人貪睡，她又睡著了。

紀宏澤一夜奔波，連日勞頓，雖然是偷進人家偷著尋宿，也不由得瞌睡起來。心想金慧容已在老嫗屋中睡了，但不知明天她要變什麼戲法了？此地猶在鐵牛堡勢力範圍以內，明天更不知該用何術，混過巡查人的眼目，逃到織女河邊。自己把金慧容送走之後，還得尋找七叔。心中胡思亂想，又睏倦又焦悚，正在心似油煎，眼如沾黏，忽然聽見金慧容躡手躡腳，溜了進來。

紀宏澤心中一動，隱隱聽見金慧容湊了過來，雖然極力屏息，已然聽她吁吁欲喘，哦，她果然找自己來了。紀宏澤心中不由得怦怦跳動，連忙斂氣屏息，閉目裝睡，要看金慧容的舉動，到底要怎麼樣。

那金慧容居然悄移纖步，摸索到炕邊，停住不動了，似乎彎下腰來察看紀宏澤，跟著聽見她輕輕噓了一聲，隨後便有一隻暖暖的手，直捫到紀宏澤的面門。紀宏澤頓覺耳輪烘烘地發燒，也不敢睜眼，只微微動了一動。金慧容竟低垂粉頰把臉挨進來，低低地叫了一聲：「紀！你睡熟了麼？」

紀宏澤不敢響，金慧容候了一會兒，那另一隻手又捫過來，直觸到紀宏澤的唇腮上。嬌喘息息，直當宏澤的耳鼻間，低聲叫道：「喂，你醒一醒，我跟你有話！」

紀宏澤再不能裝睡了，欠伸一下，就要起來。那金慧容的兩隻手正拄在他的兩肩旁邊，未容他動，就伸手把他一按。

金慧容的兩隻手又推了推，側身坐了下來，對宏澤說道：「你不要動，就這樣說頂好。……」手虛向外一指，輕笑道：「你倒真成，住在這裡，跟在你家一樣，你倒真會睡著了，你好心寬啊。」

紀宏澤側了側身道：「你還沒有睡？你不是叫我歇歇，預備明天送你過織女河麼？」

金慧容道：「咳，那是當然的了。可是今晚上怎麼樣呢？」

紀宏澤道：「今晚上你不是在那屋裡歇麼？莫非那屋裡還有男子，不很方便麼？」

金慧容道：「可不是。」紀宏澤道：「你不是說這裡只有一個老婆兒麼？」

金慧容道：「她還有個兒子，不湊巧，回來了。」紀宏澤愕然，剛才聽動靜，分明沒有男子。

現在既然如此，紀宏澤輕輕說道：「我起來，您在這裡歇。」

金慧容道：「你呢？」紀宏澤道：「我麼，不拘在哪裡坐一會兒都行，我上當院躲一會兒吧。」女子道：「那是何必，就這樣好了。」

金慧容就盤膝坐在炕邊上。叫紀宏澤仍睡在炕裡。紀宏澤十分不安，欠身要起。女子雙手扣肩把他按住。紀宏澤刺促不寧，掙扎著也要坐起來奉陪。女子低斥道：「不許你動！我和你商量正事要緊。事到如今，你我一男一女，素不相識，已然一塊逃出來了，總算是共患難了，你還要避嫌疑吧？我且問你，度過今天，咱們到明天該怎樣呢？」

紀宏澤想了一想道：「到明天麼，我一定照約行事，無論如何，我也得把你送到織女河，給你雇好船，你就可以回娘家去了，不是這樣的麼？」

金慧容爽然道：「我心上也打算這樣，不過我走了以後，你呢？」

紀宏澤道：「我麼，我卻沒法，我得尋找我那七叔，我還得找那桑家姑娘，把我的一柄家傳寶劍弄回來。」

女子不言語了，低頭尋思了一會兒，方才說道：「你是打算送我上船，咱們一到織女河就該分手了。」

紀宏澤道：「我是打算這樣，我承您引路，方得逃出鐵牛堡，您的一番好意，我將來一定設法報答。至於眼下，我一定依您所願，先把您送上船。」

女子道：「上船以後，你就不管我了？」紀宏澤道：「這個……」女子的意思顯然表現出來了，可是紀宏澤很為難，沉吟良久方道：「您莫非還有用我的地方麼？您有何差遣，只管說出來，我一定盡力幫您的忙。」

女子欣然道：「這還像一句話，我倒真得求求您，我們一個女人家，孤身一個實在寸步難行，您可不可以把尋七叔、要寶劍的事，稍為靠後些，先把我的事料理了？」

紀宏澤遇到了難題，他如今急等著找他的七叔，金慧容提出要求來，是邀他伴行。男女授受不親，又都在妙齡，自己又受著人家的好處，從他的嘴中，實在說不出一個「不」字來。

他沒有話了，他欠身又要坐起來，覺得渾身不得勁，如芒在背。女子忽地一笑，又把他當胸口按住，可是這手竟不再抬起來，低嘲宏澤道：「人心隔肚皮，你這工夫轉我什麼念頭了，你倒出聲啊？你把你心上的話只管說出來，不要這麼一起一動的，要說又不肯說，不說又憋不住，你瞧你這毛毛骨骨的樣兒！」

紀宏澤左右不知所以，只剩了心忙意亂。女子問他的話，他回答不出口，可是女子也不再追問。驀然間女子換了話頭，先嘆了一口氣，徐徐說道：「別看你年輕，你倒怪很那個的。可是我們兩個人事先誰也不認識誰，忽然間受老天爺的擺布，竟會湊到一塊兒。如今你跟我算是……你瞧，這漆黑的小屋，除了四面牆，就只咱們倆面對面的避難。這工夫的事，就只有天知，地知，你知，我知。還是那話，你們老爺們家怕什麼，我們做一個女人的，落到這份上，我都為得什麼呀？我說，你也是個聰明人，你也替我們想想，以後我們可怎麼樣呢？」

紀宏澤越發惶惑起來，女人的手按著他的胸口。他要輕輕扶開，女手反手抓住他的手指，竟似語帶哭聲，低低怨訴道：「我是好人家的兒女，如今跟你逃在這裡，你也思索思索我心上是什麼味兒？我幫著你逃出來，我知道你姓紀，你知道我姓什麼呀？我也不說，你也不問，你跟我裝傻，你真叫我涼半截喲！……」

紀宏澤矍然抱歉道：「可不是的，到底您貴姓？您不是鮑家的人麼？您娘家姓什麼？您到底為了什麼，肯跟著我一個陌生人，逃出鐵牛堡？您娘家還有什麼人？您跑出來，鮑家不找你麼？您儘管把你的身世告訴我，只要我力所能及，一定代你想法。」

女子嘆了口氣道：「真不容易，我到底也換出您的一點心來了。你若問我遇見的事，可算是上了你們男子的當。我娘家姓金，我們本來是好人。只因我從小死了爹，受了媒人的騙，竟誤嫁到鮑家來。哪知鮑家不拿我當人，他們家還有大婆。我的男人又死了，他們欺負我年輕守孀，又認為我是個小婆。咳，這期間一言難盡。你往那邊一點，直跑了這一夜，把我累死了，腳底下生疼，腰也酸得很。你讓開點，讓我也躺一躺，歇一歇。咱們一面躺著，我一面告訴你……你總得幫我一把。」

這女子一面說，一面把身軀一倒，側臥在紀宏澤身旁，把她的頭傾了過來。紀宏澤急想斂避，他的一隻手竟被女子抱住。小屋無燈，遮住了羞臉，金慧容似小鳥般蜷臥在這邊，紀宏澤側坐在那邊。金慧容情不自禁，吐露真誠，軟語綿綿，委身相就，把紀宏澤的手拉到她的腮邊唇邊。紀宏澤覺得她有兩點熱淚流在自己手背上。他本是十八九歲的少年，再也矜持不住了。她雖然說了實話，自稱是個少年孀婦，可是她宛轉柔媚，比起桑家的那個飛來鳳，倒顯得富有少女嬌態。於是紀宏澤倉促間忘了一切……

但是倆人經過一番痴醉之後，漸漸清醒過來，紀宏澤本是少年，自恨沒有把持，好似吃了鹼似的，越品越不是滋味。金慧容偎著紀宏澤，好像情重意愜，愛戀很深，還是依依不捨。

紀宏澤想到自己是什麼人，此處是什麼地方，現在做的是什麼事，不覺有動於衷，嘆了一口氣，身子一側，手摸額角，暗暗懺悔。他這一嘆，勾起金慧容的不安來，忙拉著紀宏澤的手，問他嘆息什麼。紀宏澤半晌不答，經她再三叮問，方才說道：「我錯了，我不但毀了你，我也成了罪人了。」

金慧容覺得這話刺心扎耳，忽然間，把身子一扭，偷偷啜泣起來。紀宏澤忙加安慰。金慧容勾起舊恨，很是傷心，又受著禮教的譴責，不禁嗚咽道：「你不用這麼說，實在是我沒有廉恥，明知道你還是一個好孩子呢，叫我害了，我真是對不住。可是，唉，我太愛惜你了。我也不曉得怎麼的，我剛和你一見面，就覺得你是我的前世冤家。現在還有什麼說的？我本是個不祥的女子，我叫旁的男子害了，我如今又害了你。可是我很愛惜你呀，我倒害了你，紀呀！我實在不該，你太好了，可惜我配不上你呀。我要是個處女，我心上就好受得多了。無奈，我成了殘花敗柳，紀呀，你、你、你心上一定看不起我，你笑我不知羞恥麼？」說著她又哭了。

她越這樣自怨自艾，越覺得對不住人，倒越招得紀宏澤十分憐惜她。兩人終於錯到底，兩人喁喁私語，濡戀忘曉，一霎時紙窗上透露魚肚白色了。兩個人立刻整裝，預備著化裝出走。

這屋中主人，本是金慧容預先賄買的。她的私房和出走的行囊用具，都寄頓在這裡。她的出走之計是早有布置的。現在有了伴，她不等天明，早溜到老嫗屋中，把自己寄頓的財物全都取出。她立刻改扮成男子，還有富餘的衣服，忙給紀宏澤換上。她扮成一個少年書生，披了長衫，提了小包，別了屋主人，和紀宏澤一同上道。他二人慌不擇路，就便先到了織女河下碼頭。

一到織女河的碼頭。兩人先落店。

一到碼頭，兩人都把帽子扣在眉毛上，兩人弟兄相稱，覓定店房。金慧容向紀宏澤說，她已然筋疲力盡，今天無論如何，也得好好歇一夜，並說：「你看我都面無人色了吧？你的氣色也不好，依我說，這個地方他們未必尋得到。咱們歇一天吧。」

兩人吃過飯，命店夥泡茶，遂將房門一掩，歇在木床上，一邊一個，閉目歇息。名為歇息，誰也睡不著，只覺心神恍惚不定，紀宏澤更甚。

於是歇了一天一夜。到了第二天，兩人竟在店房中流連不走。金慧容本說回河南；現在她也不催紀宏澤僱船，紀宏澤也忘了給她僱船。兩人竟在這小小店中住了三四天。

金慧容不說走，紀宏澤也忘了尋找他的七叔，也忘了討他的寶劍。起初紀宏澤還有些慚愧，等到定情之後，金慧容一味曲意相從，款語溫存，婉順過於處女，好像紀宏澤看她一眼，她便乍羞乍喜，如不勝情，紀宏澤稍加撫惜，她就帶出有銷魂的樣子，她真個把紀宏澤看成意中人。她已經動了真情，紀宏澤又是初戀，兩人到此地方，什麼隱患全忘了，只覺得秋夜苦短，白晝天長，在店房中痴痴相對，猶同坐忘，訴起疑曲來，無盡無休。兩個人完全陷在無可奈何的境地，只圖眼前的歡娛，更不知將來落到什麼結果。金慧容一片痴情熱戀，恨不能把自己的心肝掏出來，交給紀宏澤握著，她的一對眸子，就好像被一根無形的線繫掛在紀宏澤身上。紀宏澤也是這樣，迷迷糊糊，好像失魂喪膽。兩人在店房中，痴痴相對，有時喁喁私語，有時一聲不語，就這麼你看著我，我望著你，兩個人又都是男子裝束，出門才住店，住店竟不出門，他們兩人自不理會，已然因此招引得店夥店主詫異側目了，他兩人還是不覺。

金慧容本說回娘家，現在一字不談。紀宏澤本為訪仇，暫時也不打算走。可是熱戀的時候，也有時會清醒一陣，兩人也就慮到收源結果。兩人此時已然無話不說，金慧容把自己誤嫁為妾，守孀受窘的事一一告訴了意中人。卻還有難言之隱，未肯貿然盡吐。她娘家的事，她一字未講。她卻仔仔細細地盤問紀宏澤，家中都有什麼人，有什麼產業，年輕輕地為什麼至今沒有成家？出這遠門究竟為了什麼？

紀宏澤也只說道：「家有寡母再無他人，家道清寒，房無一間，地無一畝，我是如此的孤苦。父親早亡，流寓外鄉，想要成家，誰家的姑娘肯許給我？現在我是奉寡母之命，跟隨七叔，出來尋財謀生。」

金慧容聽了，忽覺不對勁，就問道：「出來求財謀事，你何必攜帶兵刃？」

紀宏澤咳了一聲，答道：「我還年輕，沒出過門，沒有伴，我娘不放心。帶兵刃又是防身之寶，我現在不就是用上了麼？」

金慧容笑瞇瞇地點頭道：「我明白了。你說得很對，若沒有刀，咱們真闖不出來。可是你那夥伴，是你的什麼七叔？大概不會武吧？」紀宏澤答道：「會武，他還是我的師父呢，我的劍法和拳腳都是他教給我的。」

金慧容把嘴一抿，把頭一搖道：「我不信，他還是你的師父，怎麼他的本領還不如你？」又仰臉笑道：「恐怕連我們一個女人也不如吧？」紀宏澤笑道：「你又沒見過他，你怎麼知道他不行？」

金慧容道：「這顯而易見，你不是說你們一同失陷在姚山村麼？你都逃出來了，他會走沒了影，他準是……」

忽然覺得失言，她怕勾起紀宏澤的心事，又要鬧著尋找七叔，忙即打岔道：「這可真成了那話了，有狀元徒弟，沒有狀元師父。你的七叔別看不濟，你可真不含糊，你真成，我還沒有見過像你這麼年輕，會有這麼好的本事的人哩。你前天躥房越脊，殺敵奪路，真像一個生龍活虎一樣的。我算誤打誤撞，遇上可心人了。」竟撲過來，往紀宏澤懷中一躺，手攀脖頸，昵聲連叫了幾個親密的稱呼。

果然把紀宏澤的心思攪亂了。紀宏澤剛剛說：「不成，我得趕快尋找七叔去。」未等說到究竟，她的尖生生的手，紅潤潤的唇全上來了。兩人又沉醉在戀河中，於是暫時又忘了一切。

跟著紀宏澤把金慧容輕輕放在床上，他自己站起來，在屋中走溜，忽然搔頭道：「不成！我們總在這店中，太不成事。

我看我總是把你送回你府上，我還得尋找我那七叔去。我還是得討債去。」

金慧容忙道：「你說什麼？討什麼債？你不是求財謀生，怎麼又討債了？你原來是騙哄我呀。」

紀宏澤自知失言，把臉背著金慧容，徐徐笑說道：「慧娘子，我這回出門，實在是為討債。可是話說回來，討債正是求財，求財豈不是謀生？我沒有哄你呀。」

金慧容故意做出委屈的樣兒，發出嬌嗔的調兒道：「紀，我是痴心女子，我不管你是不是負心漢。我的身子已然交給你了，我的整個的心也交給你了。我現在一步走錯，已經失身給你了。我自己明白，你是個好孩子，我就愛你這一點。我越愛你，我越覺不配你，我到今天，也不配和你談什麼嫁娶，我也不配坐花轎，叫你明媒正道地娶我，我跟你也談不到什麼名分。這麼說吧，我連骨頭帶肉都是你的人，只要你要我，我就跟你一輩子。我只跟你一天，我就算快活一天。萬一你們老太太覺得自己的兒子是初婚，犯不上娶個小寡婦，或者你的本家戶族們不願意，或者你跟我過夠了，不喜歡我了，你叫我散，我就跟你散。我到了那時，你可聽明白了，我絕不改嫁別人，我一定拿起剪刀，不把頭髮鉸了，我就往喉嚨上一扎。誰叫我愛你著來呢，誰叫我遇見你的時候，已然不是大姑娘了呢？反正我的身子、我的性命都交給你了，我只圖現在趁心趁願，將來是死是活，我不管了。可是，紀呀，到底你是怎麼個意思呢？你也替我的終身想想。咱們遠了不說，就講以後，你可怎麼安插我呢？你可以把我送回你家裡去麼？」

她這話是試探，她焉肯丟開紀宏澤，獨自回到紀家，她不過是試試紀宏澤的真心實意。紀宏澤連忙安慰她：「慧娘子，你不要這樣說。你本是很貞節的年輕孀婦，不幸倉促遇上我，我只為要救自己，反而連累了你。你我年紀輕，都沒有把握，我尤其不該，我越想越悔。但是現在後悔難追，我一定對你終身極力設法，我絕不會始亂終棄；只有一節，我的母親，她老人家雖然疼愛我，無奈她這回打發我出來，曾經命我立誓……」

金慧容忙說：「老人家命你幹什麼？」

紀宏澤忙搶著往下說：「她老人家再三囑咐我，務必把債討出來，再設法謀生，叫我正經干，不許貪酒貪色，叫我起誓戒酒戒賭戒嫖。我如今剛出門，便弄了一個少年女人回家；況且我又把那很要緊的寶劍丟了，又跟七叔散了幫。這實在……咳，慧娘子，我也不知道我該怎麼好了。索性我把實情全告訴你，你替我斟酌斟酌吧。」

金慧容怨怨尤尤地說：「我一個年輕女人，我能怎麼樣呢？」見紀宏澤臉色一變，其實是心中為難，金慧容連忙哄慰他，站起來，把他拉到床邊，藹聲說：「你把你難為的事，仔細告訴我。我雖然無能，可是一人不如二人智，也許能替你想出好招來。到底你是找什麼人討債呢？」

紀宏澤道：「我麼，我是找小白龍討債。」金慧容道：「小白龍？他是什麼人呀？這不像是個尋常老百姓，是個闖江湖的吧？」

紀宏澤答道：「對了，他本來不是好人。」

金慧容道：「唔？……哦，我明白了，可是的，你們老人家從前做什麼營業？這小白龍到底為了什麼緣故，才欠下了你們的債？是多早晚欠下的？連本帶利，一共是多少錢？」

紀宏澤聽了這話，不由得霍地立起，眼中閃閃冒火，半晌才說：「他欠我們的債，連本帶利太多了。我一定找他本利討清。我父親生前是干鏢行的，這小白龍是闖江湖的，他為了……咳，他喪盡天良，傾了我父親，我父親被他氣死的。他們欠我家的債，眼看有十多年了，利上加利，砸了他的骨頭也償不清我們。我這趟出門，就是專心找他，找他討討我家的陳年舊債。」

說到這裡，聲色俱變，微黑而帶怒氣的臉倏然慘白，他把臉扭到一邊了。他站在屋心，眼向窗外。

金慧容是個聰明女子，縱然測不透實情，已然覺出這是不尋常的債務。她偷偷窺看意中人的神氣，低聲說道：「紀，我說，到底他欠你多少錢？」

紀宏澤轉過身來，很奇怪地笑道：「他欠我多少錢？這告訴不得你，總而言之，連本帶利……我有一本詳帳，連我也計算不清，這得由我七叔替我核算。你打聽這個做什麼？這與你無干呀？」

金慧容唉了一聲道：「什麼話呀，我不是跟你了？我就是你的人了，你的債戶就是我的債戶，你的仇人就是我的仇人。

你要明白，我也會一點武功，你要找小白龍討債，我可以跟了你去，也可以助你一臂之力呀……據我揣想，你這債戶必然不是尋常欠戶，恐怕是善討不成，難免要拿武力去討。這一點，我雖然是個女子，紀呀，我不是成了你的人了，我一定破出性命，和你共患難。你這個債戶，他住在哪裡呢？多大年紀，有何勢力，做何營業呢？」

紀宏澤本受母誡，此事不許輕易對外人言講，他自謂假稱債戶，可以隱藏真情。哪知他的話有含蓄，他的聲色已然吐露真情，尤其是瞋目切齒講到「小白龍」三字，幾乎要怒吼。這一來，金慧容已然揣摩出十之六七了。金慧容眼珠一轉，尚恐紀宏澤顧忌動疑，她便把話頭繞到別處，又徐徐兜轉來，慢慢套問他。誰想紀宏澤一時忿不可遏，微露鋒芒，旋即檢點，再問不肯重提了。金慧容已然揣知意中人的心事，她唯恐紀宏澤捨棄自己，為了買好，忙告奮勇，情願跟隨紀宏澤，同找小白龍去。又問：「小白龍現在何處？」

紀宏澤道：「連我也說不清，我還得細訪。我的七叔知道，現在七叔他已失蹤，我此刻必須尋找他。」又向金慧容笑說：

「我的那本舊帳，也在七叔手中，我的那把寶劍乃是債戶的押當，這兩件東西必須尋回。我們不能在店中久戀了。慧娘子，你既然不嫌棄我，我打算先把你送回你的娘家，我自己再入鐵牛堡、姚山村，好歹要把七叔和寶劍尋回才好。不知你的心意怎麼樣？」

金慧容愣了一愣道：「我不是說過了，我一定捨身跟從你，你上哪裡，我上哪裡。你要再探鐵牛堡、姚山村，我當然跟你搭伴。別看我不行，我的飛縱術也還將就去得，紀，你放心看著吧。」

紀宏澤不肯道：「我見你上高不行，算了吧，還是我先送你回家，我自己去探堡。」

金慧容臉一變，半晌嘆道：「你大約是看我前日從堡裡逃出來的時候，有點不濟，但那是驟出意外呀。我的功夫有點擱下了，現在就不致再那樣。只要你不嫌我，你瞧我的吧。你要尋找你的七叔，我準能跟你上姚山村；你要討劍，我準能跟你進鐵牛堡。為了你，叫我怎麼著都行，誰叫我愛你來著呢。我是不肯回去的了，家裡只有一個老娘，我這一輩子將來怎麼樣呢。難道我再走一步不成？紀，我的一顆心都在你身上了，你就是我的前世冤孽。你不知我們女人的心，是犯死性的，現在我除了你，連性命都放在度外了。」又重複一句道：「我不是水性楊花的女人，我心上有了你，再沒有別的想頭了。我也知道將來我們總歸是個不了之局，咳，人生能活幾年，我知道我明天準能怎麼樣？如今我是得趁一天心，就算白賺一天。我實在捨不得離開你，我多少還有一點武功，我總還能幫你的忙，只要你不嫌我累贅，你往後看吧。」

她翻來覆去地說，眼中含了淚，紀宏澤沒法推辭。她又似看出紀宏澤的猶豫不決來，索性巴結著他，不但也要幫紀宏澤尋七叔，討寶劍，她還自告奮勇，要幫著尋找債戶小白龍。她道：「你這債戶一定不是簡簡單單的債務，我知道你登門索討，免不了還要用武力。紀，你不要看不起我，我手底下還有兩套花活，準能給你做個好內助。……」故意提出「內助」二字來，試探紀宏澤的意思。

紀宏澤左思右想，難割難斷，金慧容已然徹底看透他，人雖然精神，慮事到底嫩些，她就不再徵詢，遂問道：「紀，你打算多早晚動身？我靜聽你的吩咐。你說走，咱們就一塊走。」

紀宏澤仰面想道：「今天晚了，明天我打算先奔鐵牛堡。」

金慧容道：「這個，明天什麼時候去呢？」紀宏澤道：「明天天黑去，我得先找那個桑家的姑娘，把劍討回來。第二步再找我的七叔，第三步就去討債。」

金慧容聽了心中暗笑，既是明晚再去，此刻天也沒黑，無所謂今天已晚了。由此猜出紀宏澤，也是貪戀著自己，料他心中此刻正在打仗呢。這樣一想，金慧容想很是自幸。不過要探鐵牛堡，尋找桑家的姑娘，金慧容又有點不樂意，可也不敢明攔他，繞著彎子說：「我看咱們剛離開鐵牛堡不多幾天，他們必然正在搜尋我們呢。我們撞了回去，就算是夜探，也恐怕討不回劍，倒落了網。依我之見，一把劍到底是小事，咱們何不先探姚山村，尋找你的七叔去呢？等到尋著了他老人家，有咱們三個人，再一同去找桑家三丫頭討劍去，豈不是手到擒來？」

紀宏澤忽然道：「這話很對，可是，有一樣不妥當。」金慧容道：「哪點不妥當？」

紀宏澤不肯言語了。他想：尋著七叔，我竟把復仇之劍遺失，反而添了一個少年孀婦做伴，七叔豈不罵我沒出息？尋思一陣，對金慧容道：「我想我明晨自己先到鐵牛堡，找那桑家姑娘，把劍要回，然後你我再結伴進姚山村，比較合適。」

金慧容一愣道：「你是找飛來鳳，好好地去要，還設法盜回來呢？還是用武力搶回來呢？」

紀宏澤道：「這個我也說不定，當然要看事做事了。」

金慧容道：「可是的，這話我不該問，你的劍怎麼落在飛來鳳手內呢？她本是邀來的幫手，不是正主子呀。」紀宏澤道：「咳，你不知我是飛來鳳扣下來的麼？」

金慧容聽話聽音，沉了一沉道：「如此說，她是你的對頭了，你怎麼又找她去討呢？」紀宏澤道：「這裡頭有情節，是她扣的我，還是她放的我哩。」

金慧容恍然大悟道：「哦！」不由得站起身來，直勾勾地看著紀宏澤，她顯然猜出情由，顯然頗有醋意了。

紀宏澤也自覺失言，微露忸怩之態，不禁把臉扭到別處。

他想起飛來鳳和自己的柔情密約，和金慧容正是一樣。但飛來鳳卻是處女，金慧容乃是豔孀，飛來鳳是那麼放任，金慧容卻是這樣纏綿，兩人的性格和身分恰恰相反，豈不是怪事？

紀宏澤心中作念，金慧容兩眼盯著他，忽然格地笑了一聲，把紀宏澤拉過來道：「小呆子，你轉什麼念頭了？」紀宏澤道：「我正盤算尋劍的人手和辦法呢。」

金慧容道：「我看不是吧，我告訴你一件事，你可知道這飛來鳳是個什麼人物麼？」紀宏澤道：「這個，我如何知道，我跟她素不相識呀？」

金慧容道：「素不相識，你也沒有一點耳聞麼？我告訴你，你可不要對外人說，她實在是個女採花賊。」

金慧容的眼始終不離開紀宏澤，見他有點疑惑不信的意思，忙說道：「我說了你不大信。她對人說，她是個處女，她可是實是養了兩個兒子、一個女兒了。直到現在，她頭一個兒子和第二個女兒，都被她掐死了，只有末一個兒子，被她那……第五個也不是第六個情人，強給要去了。要不然，她幹什麼叫飛來鳳呢？她原本和她的哥哥做著鹽梟的勾當，兼做海賊，她和她哥哥誤劫了一家知府，她哥哥把人家少奶奶擄了，她把人家少爺擄了，哥倆為這個犯了案，逃到內地來。這裡鮑家一夥不成氣候的東西，反拿他兄妹當英雄，勾引了來，跟姚山村械鬥，這就是狐朋狗友，什麼鳥勾什麼鳥。你不是見過飛來鳳麼，你看她像個處女麼？」

紀宏澤道：「真的麼？」不由得想到飛來鳳和她哥哥拌嘴的情形，又想到她引逗自己的情形，心中怙惙起來，當下回看了金慧容一眼，正不知二女誰是好人了。

金慧容就好像猜透他的心意，臉上訕訕地笑道：「我只顧笑話飛來鳳了，我卻在你面前出了醜。冤家，你知道你是個害人精麼？我也不知怎的，我自信青年守寡很有把握，老天爺偏偏叫我遇上你，一遇上你，就像叫你吸去了我的真魂一樣，我也沒得可說，但願你不要為這一點看不起我，我一向可不是那路人啊。」

金慧容又道：「我跟飛來鳳可不一樣，她和男子相處，一開頭很熱，轉眼就涼了，再往後她一膩，就把她的情人殺了。

光殺了不算，還要消屍滅跡呢。我說這話可不是故意褒貶人家，我總算在你手裡有了短兒，我還能覥著臉裝好人，作踐別人不成？這不過是話趕話，講到這裡，我也是怕你一個人找她去討劍，一個不留神，上了她的當，那可是個美人禍水，眨眼就殺人的傢伙。小弟弟，你可要小心了啊。」

金慧容這末了幾句話，被紀宏澤聽出意味來，微微一笑把金慧容一拍道：「你放心吧，你以為我見一個女人，就被一個迷住，見了別的女人，也跟你一樣嗎？我只是倉促失了把握，我對於桑家姑娘的確是預有戒心，和你我這番遇合不同。你和我這一番事，簡直是上天有意作弄人。那天夜裡，我就像叫鬼迷住一樣。經這一番，我也算有了經驗，我再不致上女人的當了。」說到這裡，見金慧容花容慘變，低下頭來，忙哄慰道：「我太冒失了，你不要在意。我真實是抱怨我自己，我不是嫌惡你。」

金慧容仍是低著頭，不肯仰視。細看時，淚流滿面了，紀宏澤忙取手巾，扶起她的頭代為拭淚，再三安慰。金慧容還是不言語，大概是勾起傷心，自憐身世，竟抽抽噎噎，要放聲哭一頓才好。紀宏澤越勸越勸不住，不由得勾起少年的烈性，站起腳來，要往屋外走。才邁了一步，他的後衣襟被金慧容抓住，同時也抬起頭來了，兩眼淚汪汪的，泛出笑容來。紀宏澤這才感覺到女子的性情，真有點不易捉摸，越哄越傷心，不哄她倒不委屈了。

鬧到末了，金慧容還是費盡說詞，勸紀宏澤先探姚山村，不願他先探鐵牛堡。此刻去探鐵牛堡，簡直是飛蛾投火，自找危難，倘若一定要去不可，金慧容說：「我還是陪了你去的好，我的道路比你熟，還可以引你躲避卡子。」紀宏澤只得依了她，兩人規定明晚就去探道。

金慧容忽又想了一個主意，對紀宏澤說：「我們算是打定了主意了，今天也別閒著，我說你我何不上街，找找估衣鋪，先買兩套男子衣服，再買一個鋪蓋，也省得叫人家看著咱們兩個男子，只有一份行李，未免不像樣。」

紀宏澤笑了說道：「你還是改為女子，你裝我的夫人，就好了。」金慧容粲然一笑，紅泛桃腮，道：「我做你的夫人，只怕沒有這大造化吧。」

兩個人在店中用了飯，又喝了一會兒茶，便即打扮好了，相攜出來，到街上尋找成衣鋪、估衣攤。這裡乃是個小市鎮，竟沒有估衣攤，找了一個到，也沒有找到。紀宏澤心中發急，說道：「你我衣履都很不齊整，這可怎麼辦？」

金慧容道：「傻子，你不用著急，一到今夜，我管保給你弄兩套來。現在我們先買點隨手用的東西吧。」

金慧容到底是女人，忘不了脂粉修飾。在街上買了些整容的東西，又買了兩個包巾，又買了火絨和火鐮、紙煤等物，以及夜行人應用之物。又選購了一把刀，和可以做暗器的鐵珠。

金慧容依在紀宏澤的肩下，緊挨緊傍著走路，街上行人有的就打量她，大概看出她不很像男子了。她還不理會，紀宏澤卻覺出有一個人遠遠盯著自己和金慧容。

紀宏澤心中惦幑起來，忙低告金慧容：「有人在後頭盯著咱們呢，你看看是堡裡的人不是？」

金慧容吃了一驚，張皇舉目道：「在哪裡呢？在哪裡呢？」

紀宏澤道：「那不是在小巷口站著哩。」

金慧容不禁止步回頭，假裝趁奔路旁小鋪，往這邊巡視過來。紀宏澤跟在後面，再看那人。也是欲前又卻，兩人剛轉身，那人便扭過頭去，走入小巷了。

紀宏澤愕然，往四面一望，就要綴過去。金慧容好像很驚恐，扯住紀宏澤內衣袖子，說道：「別價，別價，咱們快回店吧。」

兩人顧不得再買東西，立即折回店房。金慧容一面走，一面回頭，把紀宏澤也弄得毛毛骨骨。低聲盤問她，到底是堡裡人不是？要緊不要緊？

金慧容不肯說，只是搖頭，兩隻俏眼直轉。進入店房，坐下來，半晌方說：「那人是端詳你了，還是端詳我了？」紀宏澤道：「自然把咱們倆全盯著了。」

金慧容道：「他是只拿眼盯著，還是綴著咱們走呢？」答道：「先盯後綴，直等到咱們返身往回走，他就躲了。」

金慧容發起愣來。紀宏澤道：「你不必心慌，當真情形不對，我們可以離開這裡，到底他是堡裡人不是？」

金慧容看了紀宏澤一眼，忙道：「你別發慌，不要緊的。我瞧他很像堡裡人，不過他未必認得我。」紀宏澤道：「你怎麼知道他不認識你？」

金慧容笑道：「你看神氣呀，我們如今不是全改裝了，他若認得我，早跟下來了。剛才咱們進店，不是沒有人暗綴麼？」

金慧容又媚笑道：「你不懂得做了虧心事，就怕鬼叫門，誰叫我是跟你偷跑出來的呢。」

金慧容把剛買的東西放在案頭，她盤著腿坐在店炕上，纖眉一皺一皺的，口說不要緊，心神大概不很安頓，她卻極力地安慰紀宏澤：「沒事，不相干，出不了錯，他們不會找來。」又道：「就算找來，我也不怕，我已然是孀婦了。他們憑什麼扣留我？你就算是我娘家的兄弟，算是接我住娘家的，他們憑什麼不許我回家看看，我又沒有賣給他們。」

她這說法顯然與前言不相符，也在事理上說不通。她只是媚笑著哄慰紀宏澤，不叫他擔心。過了一會兒，她又說：「我們今天晚上，到姚山村看看去，你說好不好？」

紀宏澤不悅道：「我們已然商定，先探鐵牛堡尋劍，咱們不要再游移了。莫非你怕去？我可以自己去呀。」

金慧容忙道：「不是，不是，我覺得這個人多少有點可疑，萬一被他看破，他回去一說，恐怕不容咱們探堡，堡中人就會先一步找咱們來搗亂呢。我說紀，咱們現在先挪挪店，回頭晚上再到姚山村，你說好不好？」

紀宏澤道：「挪店很好，可以防備萬一。你彆腳踩兩隻船了，我一定要先探鐵牛堡，後探姚山村。」

金慧容怕紀宏澤不喜，忙說：「依著你，依著你，先探堡，就先探堡。據我想，我願意先尋著你的七叔，我好見見他老人家。有年紀的人，總比咱們小孩子主意穩當。我是這麼想，我可不是跟你擰著。可是的，回頭尋著七叔的時候，你怎麼給我們兩人引見呢？你說我是幹什麼的呀？」

紀宏澤道：「這個，我只可實話實說，說我是被你們鐵牛堡扣住了，多虧你捨身搭救，陪著我逃出來了。」

金慧容道：「好，這麼講很合適，你可以說我是……」驀的紅了臉道：「……你別說我是個寡婦，你說我是個姑娘，行不行？」雙頰籠罩嬌羞，低垂粉頸，又很抱歉似的，帶出央求的口吻道：「你能替我瞞這一點麼？」

紀宏澤望了她一眼。她此時羞羞慚慚的，以手掠髮，垂著眼瞼，又帶出情不自勝的模樣來。紀宏澤忍不住走到身邊，挨肩坐下道：「我就說你是良家婦女，被他誆害來的。」

金慧容道：「你說我還沒有嫁人。」紀宏澤道：「只怕他看得出來。」

金慧容失聲微喟，頗覺掃興，站起身來，把剛買的鏡子拿到手內，自己照看著，又看看自己的腳下和身上，她還是男裝打扮。過去把門掩了，對鏡掠鬢，回頭笑問紀宏澤道：「你別冤我，你瞧我醜不醜？還有點像姑娘不像？」紀宏澤道：「你漂亮極了，可惜你已然開了臉，不像姑娘了。」

金慧容恨不得自己再變成處女，可惜芳春已過，年紀就算不大，眉目之間，顯見不是大姑娘，早成小媳婦了。她悵悵若有所失，拿著鏡子，挨在宏澤身邊，兩個人並肩窺鏡。她嘆息著說道：「紀，你到底說，我醜陋不？你嫌惡我不？你瞧咱們倆站在一塊兒，還般配不？」

這話她這幾天不知問過多少次了。她恨不得把自己的歲數縮短了，把紀宏澤的歲數扯長了，無奈這辦不到，任她怎麼裝少女，她也顯見比紀宏澤多活了起碼三歲。宏澤誇她美麗，她不很信。宏澤說她不像處女，她又心上難過。現在她這一套又來了。紀宏澤想到「女為悅己者容」這一句古語，覺得金慧容這樣傾心求愛，未免可憐，由憐生戀，由戀生迷，他又忘卻所以了。一霎時相依相偎，默然無言，到底是先探何處，又不暇談及了，這又是金慧容的智略。

過了一會兒，金慧容霍地站起來道：「紀，你不是說，我們先挪店麼？咱們此刻就挪，好不好？」紀宏澤道：「也好，你且歇著，我去找找店。」金慧容黏住宏澤半步不忍捨，說道：「咱們倆一塊找店去吧。」

為了避免人的注意，容到黃昏時候，兩人吃過飯，重行相伴出來。這小小市鎮，共才三家店房，兩家雞茅小店，一家較大的棧房。兩人挑了又挑，只得搬到那家較為乾淨的茅店內，多花店錢，叫店東給騰讓出一個小單間，把小行囊放下，砌了一壺茶，兩人痴痴地對坐，靜等到二更以後，偕同出去一趟。

轉瞬之間，到了二更。金慧容眼瞟著紀宏澤，一味沒話找話，喁喁款語，時候到了，也不說走。紀宏澤眉峰一挑一挑的，心情馳鶩，忽然面帶怒容，忽然微打咳聲，忽然站起來，來回走溜。過了一會兒，向金慧容問道：「這工夫有二更天了吧？」

金慧容道：「只不過剛天黑。」側耳聽了聽外面，又搖了搖頭，說道：「也就是剛到二更。」紀宏澤嘆一口氣，復又坐下，金慧容有一搭沒一搭地和他閒談，他已然聽不進去。又耗過一會兒，推門往天空一望，轉身進來道：「走吧。」立刻裹刀繫帶，結束停當。

金慧容打著哈欠，做出萎靡的樣子，實在不願去；她仍然是不肯明攔，只裝出樣子來，想叫他自己作罷。但是紀宏澤已下決心，一定要去踩探。他對金慧容說：「我看你很疲倦，你在這裡歇息一夜吧，我一個人去也好。」

金慧容賠笑道：「我哪能讓你一個人涉險去呢？我倒是精神差點，我只怕為我耽誤了你的事。若是能夠多歇一天，明天我們再去的話……」說到這裡，看出紀宏澤不喜歡，忙又做出踴躍的樣子道：「你別笑我膽小，你一定要去，我一定奉陪。

咱們說走就走。」她真格的宛轉依隨，連忙站起身，也結束停當，暗將兵刃、火摺、暗器等物，包了一個包，手提著站在紀宏澤身旁，一扶肩膀道：「這就走麼？」

紀宏澤答道：「這就走。」金慧容道：「不早點麼？」答道：「不早了，我們還得走一會子，還得探道，我只怕晚一點了。」

金慧容忙推門出去，望了望天上星斗，聽了聽更鑼，回來說道：「可真是的。天不早了，我瞧著足有三更多天，我們走到地方，怕要到四更了。我說怎麼樣，還去得麼？」

紀宏澤不悅道：「晚也得去，你怎麼不早催我？我看你還是怕去，算了吧，還是我一個人去吧。」立刻推門往外走。金慧容慌了，趕緊上前，一把抓住紀宏澤，道歉道：「紀，你別惱，我不過這麼說，走走走，我是怕耽誤了你的事，我絕不是打倒退，你等我鎖好了門。」

紀宏澤這才化嗔為喜，金慧容忙將行囊中要緊之物帶在身上，把長衫提起，催紀宏澤罩在外面，卻將兵刃都打了包，叫紀宏澤拿著。她自己也穿了長衫，跟手吹滅了燈，招呼店家來鎖店房門。不等店夥問，先替紀宏澤解說道：「我們出去看望親戚，今晚也許在外面住下，你們好好給照應著，不管誰來找，你不要開門。」

兩人就這麼公然出離店房，金慧容搶先一步，當前引路，轉了一個彎，到一小巷，四顧無人，兩人便將長衫脫去，把包袱打開，取出兵刃，包了長衫，重新結束好了。金慧容依然是男子裝扮，仍用一塊粉色絹巾，掩住面貌。又替紀宏澤插刀在背後，把白晝衣裳的包裹也替他繫在腰間。兩個火摺子，也分開了，一人帶上一個。黑影中，金慧容咯的笑了一聲，低說道：「你看我比你還在行吧？」

紀宏澤笑道：「你是老師，這全靠你指導了。別磨煩，趕緊走吧。」金慧容忙道：「且慢，你道路不很熟，還是我在前面，給你帶路吧。」紀宏澤道：「那就請你開道！」

兩人全低笑了。兩人竟錯著肩，稍微地一個在前，一個在後，展開夜行術，出離小市鎮，徑撲奔荒郊。

此時天色很黑，紀宏澤在白晝問過店家，把姚山村和鐵牛堡的地勢，和他們械鬥的經過，都重新打聽過一番，尤其注意他們最近的動靜。可是店家不肯說實話，只告訴他應走的道路，別的事一字不談。兩人並肩疾行，眨眼間到達一段丁字路口上，應該往那邊就是鐵牛堡，往那邊就是姚山村。金慧容當前引道，竟毫不遲疑地往這一拐，似乎要奔姚山村。

紀宏澤道：「喂，你這是往哪裡去？別是走錯了吧？」

金慧容在黑影裡回眸一笑道：「不錯，這麼走更抄近，我比你道路熟，你跟著我走，沒錯。」腳下加緊，直奔岔道。

又走了一程，紀宏澤雖然不辨路徑，仍知南北，仰面觀星，推測方向，穿過一道叢林，四面荒曠，曲折的大路，在黑影中顯出一條白線似的。紀宏澤覺得不對，頓時站住腳說道：

「慧容，別走了，你走錯了，咱們到底是奔西北，還是奔東南？」

金慧容止步說：「一點沒錯，你瞧，再往那邊一拐，再走這麼一程子，不就到地方？」

紀宏澤再不肯瞎跑了，奔到一座大崗上，看了看附近地形，雖在昏夜，他已然辨明這去向，恰與鐵牛堡相反，忙向金慧容叫道：「你過來。你多半是轉了向了……」說到這裡，猛然醒悟，他已聽見金慧容的俏笑聲音。紀宏澤不禁含嗔道：

「慧容，你告訴我老實話，你把我帶到什麼地方來了？這地方究竟是哪裡？」

金慧容咯咯地笑起來，挨到紀宏澤身邊道：「你不是要找你的七叔去麼？這兒是奔姚山村的大道。」

紀宏澤怒道：「好，真叫我猜著了，剛才在岔道上，我就知道你要鬧鬼，你拿我當小孩子耍。」

金慧容連忙說道：「紀弟弟，你別生氣，我不是騙你，我實在不敢再到鐵牛堡去，我怕你我一去，好比自投虎口，我先領你探姚山村，找著你的七叔，咱們三個再一同到鐵牛堡去，管保沒錯。這工夫省得倒打草驚蛇，自投羅網，好弟弟，你依著我吧。」

紀宏澤很不痛快，重往四面看了看，說道：「我知道你不願去，算了吧！你趁早回店，我一個人去好了。」憤憤走下土崗，張皇四顧，還打算另覓去路，撲奔鐵牛堡。

金慧容纖足一點，躥過來迎頭攔住，再三央告：「好弟弟，你帶我走吧，我已然跟了你了，你上哪裡，我就上哪裡，你不要甩我。」

紀宏澤道：「我要上鐵牛堡。」

金慧容道：「我就跟你上鐵牛堡。」口裡說著，她已然曉得天色太晚，決計返不回去了，偷笑著跟隨紀宏澤往回跑。

果然紀宏澤噘嘴生氣，一個勁地跑，好半晌不說話。跑回一段路，仰面看天，又回頭往姚山村那邊望了望，默計時候，哼了一聲道：「慧容，你不許再耍我。這裡離鐵牛堡還有多遠？離姚山村還有多遠？」

金慧容道：「喲，我騙過你幾回呀？你瞧，奔這邊，再走這麼十來里地，就是姚山村。往那邊繞，得走出三十多里地，才能到鐵牛堡。怎麼樣，紀弟弟，咱們奔哪裡去呢？」

紀宏澤扯衣襟拭了拭臉，說道：「你明知故問。你把我誆到姚山村，自然沒有辦法，先探姚山村的了。咱們有言在先，等到進了村，可就算是進了龍潭虎穴了，你可不要再耍小心眼，你不要毀了我呀。」

金慧容本有點調情謔鬧的意思，不想因此引起紀宏澤的多心，連忙伸出手按著紀宏澤的肩膀，賠笑起誓賭咒地說：「我可真是錯走一步道，永遠叫人家瞧不起了。好弟弟，你可別這麼多疑，我剛才跟你逗著玩，我是知道鐵牛堡的厲害，不願叫你去送死。咱們這回進了姚山村，我一定小心在意跟你合力。我明知道入村尋人，一失手就要遭擒，一遭擒就是一個死，我還能害你麼，那豈不是害我自己？我簡直對你起個誓吧，也省得你不放心。蒼天在上，民女金慧容在下，我跟紀弟弟是一心一意，我若要安著兩個心眼，老天爺叫我現世現報，不得好死，萬世不得人身，下輩子叫我還托生一個女子，比現在還倒楣！」

半玩笑、半認真地起了誓，兩個人折回來，重奔姚山村。

轉眼間又走到剛才那土崗前面，忽然發現那土崗上有一縷火光，跟著見有一條黑影，和紀宏澤剛才的舉動一般，也正登高眺望，也似乎在那裡仰觀星斗，俯辨路徑，金慧容不禁「喲」了一聲，一把將紀宏澤扯住。

第二十四章　雙女拚鬥奪少婿

紀宏澤早已望見了，止步凝眸，遠遠地打量這條人影，對金慧容說：「這許是過路的行人，迷失了道路的吧？」雖然這樣猜，他也知道不像，這地方正介在鐵牛堡、姚山村兩莊械鬥的地段，萬不會在荒郊半夜，發現孤行客。

他們猜想這人影不是鐵牛堡的巡風人，便是姚山村查夜人。紀宏澤要奔過去察看，又恐另有埋伏。金慧容更是心虛，認定此人是鐵牛堡的打手，扯著紀宏澤，往道旁樹後一藏，低聲囑道：「不管是誰，你先別慌，咱們仔細看明白了再說。咱們先看看他有夥伴沒有，再看看他是往哪裡走，咱們可以悄悄地綴著他。」

紀宏澤搖頭道：「這分明只有一個人，我說慧容，咱們索性過去，把他捉住，拿刀威嚇他吐實，他要是姚山村的人，我就向他追問我七叔的下落，我還可以逼他帶路。他要是鐵牛堡的人，那也不錯，我們可以向他詢問你我二人逃出以後，堡中人的動靜，同時還可以問一問飛來鳳的行止。」

金慧容爽然不答，紀宏澤只要一提飛來鳳，她就心上不痛快。紀宏澤見她不語，就要提刀奔過去。金慧容道：「使不得，使不得。」伸手把紀宏澤的腕子捋住。

紀宏澤道：「你是怎麼回事，怎麼一點也不許我動彈呢？」

金慧容附耳道：「你再細看看，你只看見他一個人在土崗上瞭望，你可看見土崗下面，他還帶著好幾個夥伴呢。咱們才兩個人，人家估摸倒有六七個，四五個，咱們捉人不成，人家豈不捉了你我？」

紀宏澤把她手指一摘道：「這個使不得，那個使不得，跟你回店睡覺使得！」這末一句搶白得重了，金慧容驀地愧不可抑，勉強辯解道：「你又不痛快我了，可是你還是年紀輕，管前不管後。就算你有本領，不怕事，可是你打算殺人害命麼？」

紀宏澤道：「我是尋常百姓，我又不是強盜、馬賊，我憑什麼無故殺人？」

金慧容道：「這不結了！你這一去，當然要用武力逼他吐露實話。可是他若不肯說，你又該怎麼樣？你殺他不殺他？……」

紀宏澤道：「這個，幹什麼非殺人不可？我只持刀威嚇他，再不然，拿刀背拍打他，管保他一害怕，拿我當作強人，必然會問什麼說什麼。」

金慧容抓住縫兒了，把頭往紀宏澤肩上一倚，嗤之以鼻道：「你真巧，就算他比我還膽小，一見刀子就嚇酥了，你問他什麼，他就說什麼，可是問完以後呢？你是把他放了呢，還是把他的嘴堵上？還是把他的舌頭割下來呢？還有他本來是個活的，他還有兩條腿呢，你是把他的腿鋸下來呢，還是把他的腿絆拴上呢？」

紀宏澤道：「你瞧你這份囉唆。哎呀，不好，他要走……下坡了，你瞧奔那道去了。……哼，怎麼樣，你瞧，就只他一個人不是？你也不是怎麼看的，歸裡包堆就只一個人，你倒說他還有伴。」急急地把金慧容一扯，搶步出離樹後。

卻是才往外面一躥，兩個人不由得愕然。想不到這人影的身法竟十分矯捷，相隔雖遠，夜色雖暗，此時月光已露，隱隱約約看見這人苗條的身軀，一身黑夜行衣，背插兵刃，如飛地奔向樹林那邊去了。不知何故，又一旋身，突然發現一道火光。原來此人手裡還拿著火筒。

這人影持火筒往地下瞧看，瞧了又瞧，繞林而尋，似乎是俯驗人蹤足跡。也不知此人驗明沒有，跟著一直腰，把火筒的明亮閉住，展開夜行術，一徑走下去了，那去向好像也是奔姚山村。

紀宏澤心中一轉，拔步就追。金慧容急忙攔阻，紀宏澤如一支箭似的，早已飛躥出去。急得金慧容連喊：「噫，噫，噫！」噫聲不住，紀宏澤卻已越過大路，撲向樹林。金慧容也是慌促失神，竟大聲喊了一聲。這就糟了！竟喊得前行那條人影也因此尋聲回頭！

紀宏澤此時只想到一點，這前面飛奔的人影必是姚山村的人，我無論如何也得趕上他，捉住他，向他拷問七叔的下落。

他竟沒有轉想，這人影也許不是姚山村而是鐵牛堡的人，但是就是鐵牛堡的人也好，也值得追上他，可以找他探問飛來鳳，探問那柄小白龍的仇人劍。他竟沒有想到，這人影也許正是專心尋找紀宏澤他自己的。

金慧容也是心急失計，正如紀宏澤心急妄動一樣，於是紀宏澤追那前面的人影，金慧容就追這追人的紀宏澤。那被追的前行人影突然覺出，背後有人，前面人影突然止步。

前面人影往樹後一閃，把兵刃、暗器、火筒全都準備停當。

紀宏澤也把單刀、暗器，握在掌心，腳不停趾，如飛趕來。金慧容也腳不停趾，如飛趕來。

金慧容竟顧著急，反而大意，一味地纖足連點地，追趕意中人，倉促間忘了回手抽取背後的刀。三個人如同螳螂捕蟬，黃雀在後，你追我趕，眨眼間紀宏澤撲繞到樹林這邊。前面人影，往外一探頭，唰的一揚手，嗖地打出一暗器。紀宏澤猛然一凝步，斜身擰腰，往旁一閃，就勢一拿椿旁跨，暗器還打，也脫手而出。喊了一聲：「呔，站住！」

同時，前面人影驀然喊了一聲：「咦！」

後面金慧容跟著叫了一聲：「喂，嗐！」

這一呔，一咦，一喂嗐，三個人竟湊到了一塊。

前面人影躥出樹林，手中兵刃一展，唰的撲到紀宏澤近面，口中發出了銀鈴般的叱聲道：「什麼人，站住！……」跟著又喊：「你是誰，你是誰，你是幹什麼的？」

紀宏澤不禁大詫，失聲道：「呀，你是誰？你是？……」

已然聽出是個女人。

那金慧容聽聲辨人，更不勝驚擾，她已然猜出這個人。

這個人不是別人，正是那個飛來鳳桑玉明桑三姑娘，三寨主桑三爺！

金慧容慌慌張張奔過來，又站住了，站住了又往前蹭，口中吃吃地對紀宏澤叫道：「喂，喂，喂，你快回來！」

喊聲未停，紀宏澤似往前迎，辨動靜，察敵友，心中料到七八成。那飛來鳳早將手中的火筒一轉，發出一道黃光，如車輪一轉，照向紀宏澤。黃光停在紀宏澤的面上，她心中大悅，果然是自己要找的人。紀宏澤奔馳在夜影裡，抵面驟受明火，兩眼有些睜不開，身子仍往前湊，提刀護著自己。

飛來鳳桑玉明左提刀，右提燈，細辨人面，失聲叫道：「哎呀，你，你，你！」真格的喜出望外，不由得真情畢露，她躍然叫道：「這不是你麼？你不是紀麼？你、你、你怎麼溜到這裡來了？」

黑影中桑玉明早已望見紀宏澤身後還有一個伴，她心中一動，斷定那個人不是外人，必是意中人那天說的那個什麼七叔，失陷在姚山村的那個人。那個什麼七叔，當然是紀宏澤的長輩，也就是在將來的未來，將要變成她的長輩七伯。

她遠遠地肅然起敬，矜持起來，自己算是沒有過門的人，不能不端著點，她忙叫道：「宏澤，你原來是尋著七叔他老人家了吧？你可叫我好找，我猜你一個人必要投奔這姚山村這條道上來，我就摸了過來，我算真料著了。我跟誰也沒說，我怕耽誤了你的事，我自己偷偷尋了你來。你那把寶劍，不是傳家之寶麼？你瞧我給你背來了，我給你送來了。」

飛來鳳好比一個熱火盆似的撲上來，連說帶笑，未容紀宏澤發言，她先放了一陣連珠炮。她滿面歡欣，又對著紀宏澤背後的人影，冒叫了一聲：「您是七叔吧，七叔您好！我的事情，宏澤告訴您了麼？我姓桑，我叫桑玉明，我和您的令姪是在鐵牛堡遇上的，您的令姪叫他們鐵牛堡一群匪類……」邊說邊往前湊，手中的火筒一晃一晃的，由紀宏澤的臉上，晃到紀宏澤背後，遙遙照向男裝改容的金慧容的臉上。

金慧容忙將臉一扭，把頭一低，側轉身子，心中紛擾，那隻手提刀，那隻手探囊取物。

紀宏澤心上也慌，猝出不意，不知該說什麼好。他先找了一句尋常的問訊話：「你一個人出來的麼？上哪兒去？」簡直問得不合攏，不對勁。

飛來鳳覺出不對勁……

這工夫，飛來鳳口不停，腳不停。紀宏澤釘在那裡不動，飛來鳳直湊過來。眨眼間，飛來鳳和紀宏澤相距兩三丈了；那麼，飛來鳳和金慧容二女之間，相距只有六七丈了。火筒的黃光照近不照遠，金慧容的臉只往旁邊閃，她越閃，飛來鳳越要照。雖然光線弱，面目辨不清，可已看出身子骨來，是如此地苗條，單細，瘦腰，削肩，小個兒，喉嚨又如此嬌脆，飛來鳳覺出來，這斷乎不是什麼七叔，七叔是老爺們。這個人影躲躲閃閃的，單看輪廓，也似乎不類。她心中起疑，忙將火筒重往上一照，又往下一掃，從頭到腳，從肩到腰，腰紮緊帶，如此婀娜，腳登快靴，如此纖瘦，飛來鳳心中說：「唔，這是七叔嗎？倒像她娘的七嬸娘了！」

飛來鳳往前湊，要越過紀宏澤，直抵紀宏澤面前時，二人面對面了，她心中又高興，她問道：「宏澤，這位是誰？可是你尋著了七叔嗎？就是這位嗎？」

紀宏澤還沒有把這突然應變的話頭打點好，他呆呆地再搪塞一句話：「你往哪兒去？你從哪裡來？我老遠地瞧著像你，真就是你，就只你一個人嗎？沒有別人跟你一塊來嗎？」

一連串廢話，飛來鳳聽著倒愛聽似的，笑嘻嘻地說：「可不是就只我一個人，我為了你，還敢驚動別人麼？你再想想，你不知人家全要毀你，他們都想把你活埋了，我這是背著他們出來的。可是的，那天晚上，咱們定好的死約會，不見不散，我敲窗的時候，憑空挨了姚山村狗東西們的一支冷箭。我怕傷著你，又怕你鑽不出窗口，我就追了過去。回頭我趕跑了賊，再來找你，連個影兒也不見了，你到底上哪裡去了？」

紀宏澤敷衍了幾句話。

飛來鳳歡然說道：「你到底怎麼出來的？是一個人出來的麼？我聽他們鬧得很凶，說那天姚山村有大批的奸細進了堡，有的人說進來七八個，有的說還多。他們大概是劫救俘虜來的，這個礙不著我，我也不管。我又聽說那天他們堡裡一共逃跑了三個人，我猜內中必定有你，只不知那兩個是誰？莫非你尋不著七叔，你的七叔反倒尋了你來，把你救出了的麼？我問了一會子，到底那一位是你的七叔不是，你給我引見引見。」

她又展望四面，再瞅紀宏澤背影，她已看出金慧容不是七叔，聽口音嬌脆，她疑心是個小孩。卻是金慧容站在那邊，不肯過來，似避著飛來鳳，飛來鳳當然多心了。

金慧容暗打主意，不肯挨過來。紀宏澤造次之間，要給二女子引見，又覺得兆頭不佳。如今二女遙遙相對，此覷彼問，他不好裝傻，無論如何也該說明，介紹。他躊躇地說：「你問這一位，這位不是七叔……」

金慧容不願見飛來鳳，乃是當然的。她是少孀私奔，當然不肯見熟人，何況飛來鳳又是她醜詆過的，無奈三個人面面相視，不得下場。紀宏澤回頭看了看金慧容，金慧容恨不得打倒退。紀宏澤忙湊了過去，低聲問她：「沒法子，遇上了，我給你們引見引見吧。」

金慧容把身子一扭，低聲說：「我不見她。」

紀宏澤道：「她已經看見你了。」

金慧容道：「你好好歹歹把她支走完了，我決計不見她。」

紀宏澤道：「那可怎麼行，她直問你。」金慧容又慚又怒道：「我說什麼也不見她，你這人也不替我想想。」她恨恨地轉身要走。

這卻是女人見識了。

兩個人在這裡一嘀咕，飛來鳳就立在那邊不遠，縱然聽不清，已然看得明；心中怦然一動道：「好嗎，他搗什麼鬼？這個人是誰呢？」

那個女子不肯來見，這個女子索性直迫過來，大聲說道：「這位到底是誰呀？怎麼不過來，給我引見引見。宏澤，你太那個了，就不是七叔，也一定是你的朋友夥伴，我也應該見見呀。」

飛來鳳手提火筒，一直走過來。火筒的光這麼一照，金慧容頓時無地自容，全形畢露了。縱然改裝，瞞不過行家。她萬分無奈，忽然一轉身，憤憤說道：「何必引見，我認得你，你也認得我，見個什麼勁？」

飛來鳳道：「咦？」再將火筒仔細瞧看，兩個女子面面相對。飛來鳳愕然失聲，她已料得一點，可是再想不到是金慧容。當下說道：「喲，是你呀！」

「不錯，是我，怎麼樣呢？」金慧容顯然羞愧反成憤怒了。

飛來鳳桑玉明看了又看，人很面熟，想了想，說道：「哦，你不是二海媳婦嗎？」

金慧容把身子一扭，臉向旁處道：「什麼二海媳婦，你不是喪門神家的三丫頭嗎？你怎麼跟我稱名道姓起來？」

飛來鳳提起火筒，心中轉而又轉，格格地一陣狂笑道：「好哇，我這明白了，我前天聽人說，你們鐵牛堡裡丟了人了，又說六房裡頭跑了一個小寡婦，我再猜不到是誰，原來就是你。我只聽說逃跑了一兩個俘虜，我只道是他們姚山村的人救了去呢，原來是宏澤你。你們兩個原來合起手來了。你們可是舊日早有認識呢，還是臨時湊合的打起夥來呢？」

飛來鳳大發雷霆，她胸中燃起忿妒之火來，手中的火筒吐露黃光，擺來擺去，她心中的火更比燈光旺，火筒的光一時照到金慧容，一時照到紀宏澤，她的話越說越刻毒。

紀宏澤聽她講得如此尷尬，心中也很動怒。金慧容更是恚忿已極，抗聲罵道：「我是你家的小寡婦麼？你管得著麼？……這一位是我的娘家兄弟，他接我來了。我們是親姐弟，一奶同胞。你姓什麼，你一個外姓人，你倒考查起我來了，你忘了你是什麼東西了，你一個姑娘家，趁早給我躲開了，少管閒篇。」

口發咄咄之聲，把身子一扭，又衝著黑地，啐了一口。

飛來鳳桑五明猝然矇住，手晃著火筒，直勾勾地看著金慧容，轉臉來又看紀宏澤。紀宏澤一聲不響，多虧了昏夜，遮住了他的臉，他的臉臊得通紅，尤其是親姐弟這一句話，太有點那個了。他越發覺得出兩個人的份量不同，他當下一聲不哼，一籌莫展，靜看著兩個女子為他爭吵。

飛來鳳的口齒比金慧容強，現在竟被人家噎住。但轉瞬間她已覺出破綻，立即追問紀宏澤：「宏澤，她真是你姐姐麼？你真有這樣的姐姐麼？她到底是你的什麼人？」

紀宏澤兩腮熱烘烘的，還是不哼。飛來鳳往前湊一步，抗聲叫道：「你別不說話呀？你不是外鄉人麼？你怎麼會是她的弟弟，她的話都是真的麼？你真和她是一家子？你會有這麼一個不要臉的寡婦姐姐？她給人家做小，妨死了男人，還亂七八糟。你說，你們到底是怎麼湊在一塊的？是怎麼個講究？我不能單聽她一面之詞，我要問問，哼，想騙我可不成，我不能聽她的一派胡言假話。喂，宏澤，你說！」

金慧容忙道：「什麼一面之詞，什麼實話假話，你問不著我，咱們沒話。」

飛來鳳嘻聲笑道：「你一個無恥的寡婦，你要高攀我，我卻沒有精神和你胡訾，我問的是他！」

金慧容被她一口一個寡婦，罵得愧極，竟氣得抖抖地說：「他是我弟弟，你不能欺負他，你有話衝我說。」

飛來鳳道：「我偏衝著他說。宏澤，宏澤，我只聽你一句話，你忘了咱們兩個那天的話了麼？」更對著耳門說：「你怎麼遇著她了，我不信你從前會認識她，你快告訴我實話，我好替你把她打發了。」直湊到紀宏澤的眼前，要拉他的手。

金慧容急了，忙搶上一步，橫身遮在紀宏澤面前說道：「紀，咱們快走吧，不要跟她一個女混混胡纏了。她一個姑娘家，卻有一大串男友，無恥極了。」

兩個女人就要當面劫奪紀宏澤，兩個女子全撲上來。這個說你跟我來，那個說你跟我去，紀宏澤再不能袖手。他紅頭脹臉，往旁一閃，忙說道：「你們不要吵，不要動手，你們全聽我說。」

兩個女子依然聽不入耳，各抽出兵刃，就要動武。紀宏澤振吭喝了一聲：「你們全給我住手。」這一聲大喊，兩個女子都應聲往後倒退。飛來鳳側著頭問道：「你快說吧！她到底跟你是怎麼回事？你真是她娘家的人麼？」

紀宏澤不答，正色道：「你們誰也不要鬧。全聽我講，我沒進鐵牛堡以前，跟你們誰也不認識……」

飛來鳳暢然笑道：「完啦，我說怎麼樣，好你個二海媳婦，我準知道你是胡扯。來吧，宏澤，跟我走吧，你不是要尋找你的七叔去麼？我來幫著你去。」

這口吻和金慧容一樣。金慧容好像心口上被刺了一下，正要搶話。紀宏澤忙說：「又吵，又吵，二位暫且住口，你們聽我說完了。」

飛來鳳道：「好，我不言語，你只管說。」金慧容也忍住。

紀宏澤這才面向飛來鳳道：「我們的遇合是這樣……是你捉的我，又放了我。」轉向金慧容道：「是你引導我，又放了我，跟我一塊逃出來。……你們兩個人和我全是萍水相逢。在這以前，我和你們誰也不認識。我知道你們兩個都願意幫我，你們都想跟我，我卻是一個大孩子罷了。我身上還背著很重的債務，我不能迷醉在女色上面。」說到女色二字，聲音極低，有音無字。

他接著講：「我現在還得辦我的正事，我要尋找我那七叔去。你們二位都不要吵了，唶，慧容娘子，我辜負你了，你還是回轉你的娘家。玉明姑娘，我也對不起你，你的一番好意，我只可心領，你也回你的胞兄家去吧。我們三個人萍水相逢，我們再萍泛而散。慧容娘子，店中的東西我全不要了，你拿去吧。玉明姑娘，我那把劍，請你賞還我，那本是我討債的信物。從此我們三人你東我西，各奔前程。我不是，咳，不是我故意負心，無奈我……況且，你們又起了爭執，你們又彼此對訐。我實在弄不清楚，我不曉得你們二位的身世，你們二位也不知道我的身世，我們實在是……散了的好，合則兩傷，散了最、最、最……」

紀宏澤這一番話還沒有說完，已然把金慧容說得粉面焦黃，和傻了一樣，她早料到飛來鳳一出現，必影響到自己的終身。現在，紀宏澤果然說出絕決的話了。金慧容竟猝然無對，捫著心口嘆了一口怨氣。

飛來鳳卻不然，首先起來道：「不行，你說得好輕鬆，你要甩了我，你怎麼許我來的，我一個姑娘家，焉能無故拿身子許給人，焉能說散就散？你一定是叫她這個小寡婦給迷惑住了。你們兩個人一定有事。我已然猜透了，你說是咱們三個人一刀兩斷，我可不上當，你把我拋了，回頭她再找你，你再找她。宏澤，我的心肝肺腑都割給你了，你不是要找你的七叔？好，走，走，走，我陪你去。咱們倆一塊去。」

金慧容聽她這一鬧，忽如絕地逢生，倒喜歡起來，忙說道：「他憑什麼跟你一塊去？他剛才說的話很對，我也聽明白了，你們倆不用說也有約會，他可是跟我也有約會。不但有約會，他簡直按現在說，就是我的人了，我就是他的人了。他要走，也得跟我走，不管怎麼說，也輪不到你。依我說，你也別賴，我也別爭，他願意帶著誰，誰就跟了他去。紀，你說，你打算帶誰？」

紀宏澤道：「對不住，你們二位我誰也不想帶，你們二人放我一個人走吧，你們二位全都請回吧。」

飛來鳳道：「那可不成，我在鐵牛堡鬧翻了天，我都為的誰呀？我已知沒有回路了，我只好撲奔你來。我和我哥哥也鬧翻了，跟他們鮑家也吵起來了，我已然被你害得無家可歸，我不跟你跟誰？走吧，你別不好意思，你不要怵著她，我會打發她。」

飛來鳳就要動手，紀宏澤橫身攔住。

金慧容一點也不怯，她只有得失之患，沒有生死之懼。她又有了辭，向飛來鳳說：「你也別爭，我也別爭，還是那句話，像這樣誰也不甘心退後，依我說，嗐，咱們倆全捨了他，叫他一個人幹他的去。我回我的娘家，你回你的山寨，當你的女寨主去。你不是還有二寨主，三寨主，兩個老爺們做你的朋友嗎？你何必再霸攬人家一個年輕的好男子？你放了他去吧，你肯放手，我決退讓。」金慧容口齒不如飛來鳳，心眼卻比她快。

當下提出雙方齊退步、全鬆手的辦法。

然而飛來鳳桑玉明並不傻，連聲冷笑道：「好主意，這招兒也不錯，我們全別爭奪，讓他一個人去。那麼，你先走吧，我隨後就去。宏澤，你聽見了沒有？你不是要自己一個人尋你的七叔去麼？你就去吧，我桑玉明絕不給你打擾，我也絕不死乞白賴。二海媳婦你先走，宏澤你第二走，我第三走！」說罷，嘻嘻冷笑，金慧容的詭招被她明白揭破了。空吵了半晌，還是不了。

紀宏澤再忍不住，向二女舉舉手道：「我先走了，對不住，後會有期！」他搖了搖頭，拋下二女，拔步繞林而往前去。

他邁步投奔姚山村的大路。金慧容不知不覺，纖足挪動，要舉步追隨。於是飛來鳳成心故意，登時也斜身傍行。三個人二女一男，又走成一串了。紀宏澤回頭一望，哼了一聲，腳步頓然放慢。

金慧容「哎」了一聲，站住了腳，遮住飛來鳳道：「咱們倆誰也不許跟著。」

飛來鳳冷笑道：「你不跟，我絕不跟。耗吧，我不虧心，耗到白天我也不怕。只怕咱們三個人裡頭，準有一位白天不敢見人的。咱們倆全別動。讓紀宏澤一個人去他的。」

飛來鳳竟揭破了金慧容的短處。可是，她也到底忍不住，黑影中望見紀宏澤徐徐遠行，漸沒入林翳，再轉眼就不見了。

她咦了一聲，喲了一聲，自覺上當。她想：還是他和她相處工夫久，他們一定有密約。我一個弄不好，就要上當。她就遠望黑影中去之已遠的紀宏澤，又抵面看火筒火光照耀著的金慧容，據她看，金慧容就好像心中有十成把握似的，長線放風箏，縱得很遠，一定還能扯得回來。她自己瞎在這裡監視他們，他們終究要拋掉我，再相合在一處的。飛來鳳就又喲了一聲，道：「且慢！宏澤，宏澤，還你的劍！」

她慌忙地抽出背後插的那把劍，匆匆說：「這是宏澤的劍，他一個人去探姚山村，總得有趁手的兵刃。宏澤！宏澤！你回來！你等等我，你站住，這是你的劍，你不要了麼？」她比比畫畫，拿著這劍，如飛地投奔林翳。她是要還劍。

而金慧容頓時也一愣，也立刻往豹皮囊中一摸，也照樣叫道：「紀呀，紀呀，你的鏢！你的鏢！」

飛來鳳一溜煙似的飛追紀宏澤，要送劍；金慧容一溜煙似的，緊跟著飛來鳳要送鏢。

桑玉明綽號「飛來鳳」，施展夜行術，不亞如雌鳳飛來飛去。金慧容纖足苗條，不能相及，只一晃的工夫，便落後了。

金慧容大為焦灼，嬌叱一聲：「紀，給你鏢，接鏢！」一抬手，金鏢出手，往紀宏澤的背影投去，卻實是往飛來鳳的後心打去。

嗤的一聲，利器劈風，黑影中，鏢打了個準，正指飛來鳳的要害。

飛來鳳早已防到情場敵人的暗算。倏然一閃身，身子往旁一側，讓過鏢鋒，探纖纖玉手，向鏢穗後一抓，沒有抓住，險些傷了手。

飛來鳳勃然大怒，陡然翻身，罵道：「好東西，你要毀我！若不衝著宏澤，我早就要宰你，你倒老虎嘴內拔牙！」立刻一展手中劍，蓄勢以待，先把火筒放下，又把皮囊端正好，使得暗器應手可得。果然眨眼間，金慧容搶上來了。

二女變了臉。

金慧容深情獨鍾，忘了利害。她明知飛來鳳是有名的辣手，可是她一點也不懼。既已揭開情面，更不多言，利刃一揮，這個往前一湊，那個往前一趕，劍碰刀，刀撞劍，登時換了三招。

金慧容一聲不響，和情敵相拚。飛來鳳桑玉明卻不然，她還要聲罪致討，手不停揮，與金慧容相打，口不住喊，招呼紀宏澤快來：「喂，喂，宏澤，你瞧她可是暗算我，她冷不防給我一鏢，她要我的命，你瞧見了沒有？好你個挨千刀的不要臉的小寡婦，我跟你何冤何仇，你竟下這毒手！」

飛來鳳振吭高呼，金慧容緘默無言，紀宏澤在遠處登時聽見，吃了一驚。凝身止步，張目遠望，才看出兩條人影幢幢亂晃，兩個女人為了自己，真格的要拚性命，打起來了。紀宏澤曉得金慧容武功既弱，暗器又不敵，她不量力而爭，勢必把性命葬送在飛來鳳手中。飛來鳳那個迷人七竅的暗器，中人口鼻，頓喪知覺，更料到金慧容無法應付。

紀宏澤悵望俄頃，急急奔回來，低聲吆喝，勸二女住手。

二女不肯聽從，刀劍齊揮，往這亂竄。紀宏澤直奔到二女鬥處，拔出刀來，更厲聲喝阻。飛來鳳揮劍如風，不肯後退。金慧容橫刀擊掃，也有恃無恐似的挺身與情敵周旋。紀宏澤替她們擔險，勸她們不住；急忙持單刀，要隔在二女之間。二女苦苦相持，紀宏澤要想好好衝進去，竟不可得。紀宏澤忙緊握刀柄，飛身一橫，用夜戰八方式，直衝進二女交鬥的中間，刀鋒猛掃，二女齊退。

紀宏澤舞刀橫身，當中一站，向二女發話道：「你們這是何苦？我走我的，你們回去你們的，怎麼我剛轉身，你們就好端端地打起來？刀劍無眼，你們又無仇無恨，這圖的是什麼呢？」

金慧容不語。飛來鳳桑玉明微微後退，用劍鋒指著金慧容道：「可說的是呢，你問她去，為什麼拿暗器找我？」

紀宏澤轉面來，連問數聲：「這怎麼講？」金慧容仍不出聲。紀宏澤又問：「到底你們誰先動的手？」

飛來鳳尖聲道：「著啊，你是個好問官，你問問吧！到底誰先動的手，誰打算毀誰？」

紀宏澤恍然明白了，低問金慧容：「到底為什麼，是你先動手了？」

金慧容方才冷笑道：「不為什麼，她看著我礙事，我也看著她礙眼。你不用管，我活著也無味，你要是一走……你去你的吧，我跟她拚，索性叫她把我殺了，倒痛快。」說罷，一展刀鋒，重撲桑玉明。

桑玉明狂笑道：「好你個潑婦，你衝著男人，撒嬌尋死拚命，男人們許受你的迷惑。你忘了我桑三爺，也是個女人呀！

你要作死，豈不現成？宏澤，宏澤，你聽明白了，你看明白了，這可不怨我！」把劍一直，揉身進招，喝道：「要尋死不難，叫你嘗嘗姑娘的厲害！」

飛來鳳飛躍如鳥，利刃劈風，讓開紀宏澤，直抵到金慧容面前。金慧容往後退了一步，立即還刀相迎，黑夜荒郊中，二女又打在一起。

紀宏澤空提著那把刀，竟束手無計止爭。二女此攻彼守，此進彼退，團團打轉。紀宏澤很著急，二女在內圈鬥，他跟在外圈，團團打轉，三個人如紡車，如轉磨，眨眼過了七八招，轉了三四個圈。

二女各展身手，抗不相下，紀宏澤繞來繞去，總攔不住。

一時湊到金慧容背後，低聲勸道：「慧容娘子，你這是何苦？你不要跟桑姑娘動手，你們有話好說。你不是她的對手，你搪不了她的暗器。」一時又轉到桑玉明背後，連連叫道：「玉明姑娘，你何必跟她計較，你可憐她和你不同，她已無家可歸，她是個孤苦無依的年輕孀婦。」

兩女全不聽他這一套，金慧容只攻不答，手不停掃，好像聽出紀宏澤替她擔心。她便抗聲答了兩句：「我不怕她，她的迷魂帕，會迷惑不懂局的外來男子，叫她衝我施施！」捎帶著也算警告情敵。

飛來鳳立刻聽出來，紀宏澤口氣之間，分明暗向著金慧容，她心中越覺不平。殊不知紀宏澤還是同情於弱者，不願出人命。飛來鳳恨恨地說道：「不用你們嘀咕，落在我手裡，我準把你們撕羅清楚了。我又不辦寡婦堂，行好也行不到她身上，別不害臊了，寡婦會跟人半夜跑！」

兩女口鬥又手鬥。金慧容的武功身手，紀宏澤曾經目睹，飛來鳳卻是初次領教。所以飛來鳳不敢忽略，如臨大敵，忽攻忽守，一點也不敢大意。金慧容到底不是飛來鳳的對手，工夫長了，自然相形見絀，乍鬥卻看不出優劣，金慧容的刀法居然頭頭是道，專攻敵手的要害，招又快又毒。

紀宏澤首先詫異起來，飛來鳳更有些心驚。飛來鳳自涉江湖，在女人群裡還沒有遇見對手，現在竟是初逢勁敵。並且金慧容的刀法又很特別，摸黑影進招，居然攻守如法。飛來鳳乘夜而鬥，倒顯著不如，她真料不到這個二海的孀媳，善於夜戰。

其實黑影中看不見面貌，飛來鳳面不改色，氣力綽綽有餘，金慧容已然頭面上見汗。飛來鳳暗暗焦灼：我難道真栽給她？不好，不好，我看我還是拿暗器毀她！用利劍攻她，抽身旁閃，把她的暗器取出來，要相機運用。夜風撲面，飛來鳳暗移步伐，且戰且走，打算搶奔上風頭。

金慧容早已防著，此刻頓時察覺，敵手鬥著轉圈，她也跟著轉圈，也搶上風頭。兩個人都改了鬥法，一面打，一面轉，你也搶上風，我也搶上風，搶來搶去，兩個人全往斜刺裡鬥著挪動。

飛來鳳飛縱術較高，金慧容賽不過她。每當落後，叫敵人搶了上風去，金慧容就改招自救，另外往旁邊跨。跨到旁邊，自然躲過下風。飛來鳳見狀，忙又重撲上來，兩人再打。一撲一跨，一轉一繞，兩個女子竟一律打著橫，像螃蟹似的，且交戰，且橫躥。兩個女子簡直像橫著身子賽跑。

金慧容橫著跑，也跑不過飛來鳳。她十分乖覺，一見落後，立刻折回來，往原處跑。恍如橫身拉鋸，倒牽引得飛來鳳，東截一頭，西攔一頭，飛過來飛過去亂晃。卻是像這樣鬥法，金慧容競走內圈，飛來鳳競走外圈，一個弓弦，一個弓背，飛來鳳未免吃虧，多走冤枉路，徒勞而無功。

飛來鳳恚怒起來：「好你個狡猾的小寡婦，你倒會溜人！」把手中劍一挺，猛撲上來，一連數劍，銳不可當。

金慧容極力招架，還口罵道：「臭丫頭，知道你打圈繞，沒安好心，又要施你那迷魂招了。奶奶懂局，偏不上當。丫頭，今夜叫你搶一輩子，奶奶也不能叫你搶了上風去。」

飛來鳳罵道：「小寡婦，你倒行家，姑娘不用七香袋，只憑這劍，也夠你快活的！著傢伙吧！」狠狠一劍，猛砍下來。

來勢太猛，金慧容不敢硬架，急忙往後一退。飛來鳳立刻唰唰唰，連發三劍。金慧容劃刀招架，連連閃退。

飛來鳳大喜，揚聲一呼，猛然淩空一躥，到底借力攻，抓住了用暗器的巧機會。如電光火石般，劍交左手，袋交右手，唰的一道迷霧，抖手發出來，隨著喝了一聲：「倒！」

紀宏澤大駭失聲，道：「呀！」

卻不料，金慧容連閃三劍，暗有提防，黑影中，恍然望見敵手一招，她就下死力一彎腰，下死力一頓足，驀地騰空，往旁邊跳去。剛剛跳出下風頭，七香袋的迷霧已然發到，同時也落了空。

金慧容身才落地，捏鼻子，屏呼吸，蜻蜓三點水，唰唰唰，連竄三四丈以外，方敢凝身拿樁回顧，也將暗器取出，卻蓄勢未發，等候敵人的空當。

飛來鳳罵道：「好刁滑的小寡婦！」

金慧容大罵道：「萬惡的死丫頭，又擺弄你那迷魂招。怎麼樣，奶奶不上當，有本領你再來！」

飛來鳳怒不可遏，挺劍追來，又鬥在一處。紀宏澤長吁了一口氣，不由得叫起好來。

飛來鳳叫道：「好嗎，她是比我好嗎？再叫你看看，到底誰好！」把掌中劍嗖嗖施展開來，一片劍光，將金慧容團團圍住。金慧容也奮力相持，百般用心應付。突然間，飛來鳳又得了一個機會，她搶了上風，把七香袋又發出來，迷霧一抖。金慧容又忙地一躍，飛來鳳卻在運用暗器中，加上了急擊，趁敵人驚忙外躥之際，利劍一挺，頓足一躍，照敵人後心扎來。

金慧容更詭，雖然力氣不濟，智力甚巧，她剛剛地躥到圈外，料定敵人必來窮追，她把手中刀往後一扎，跟手把掌心暗藏的暗器，一聲不響，倏然地打出去。紀宏澤眼看金慧容要吃虧，只一眨眼之際，那飛來鳳猛然失聲，身子突撲過去，又一躥退回來，黑影中，劍剛扎出去，又驀地掣回，卻有一條黑影掠空落地了，正是金慧容發的一隻鏢。

兩個女子全失聲驚叫。全逢險招，全都用盡氣力自救。往圈外跳。金慧容先躲開了迷魂袋，又躲開了劍。飛來鳳先躲開了敵人的反手刀，又躲開了鏢。二女全都驚怖失措，紀宏澤也代她們大吃一驚。

金慧容也退到一邊，氣喘吁吁說道：「丫頭片子，也叫你嘗嘗，你只當你一個人會施暗器呢，別人也會，你那迷魂袋，在奶奶跟前賣不出去。」說罷連聲冷笑。

飛來鳳越發生氣，罵道：「你天生是夜裡的玩意，一到白天，你再試試。你倒是個夜度娘。不成，我今夜非把你放倒不成，我不能叫你臭美！」

飛來鳳忙拭了拭汗，揮劍又撲上來。兩個人重新動手，眨眼又走了十餘回合。紀宏澤唯恐她們兩敗俱傷，又過來相勸。

金慧容似已力疲，怒也稍息。飛來鳳竟好像越鬥越勇似的，更暗惱著紀宏澤，認為他偏心眼，越發不依不饒，一面動手，一面向紀宏澤說道：「好你個紀宏澤，你索性不要替她擔心，你莫如下場來，幫助她毀我吧。你看她力疲了，你就來勸架。你看她緩過氣來，你又站在一邊看熱鬧。你拍拍良心想一想，你太對不住我了。我看她不是你的姐姐，別是你的……」

紀宏澤正要再過來分拆她們，被這一句話堵住了，紀宏澤愧忿道：「這真是豈有此理，你們無冤無仇，當著我的面，在這裡拚命，我能夠坐山觀虎鬥麼？況且你們是動刀，是性命相撲，況且你們又都是衝著我來的，我焉能不攔勸？叫你們自己想想，你要處在我這種地位，我能幫你們誰？自然是勸你們兩邊。你們兩邊誰也不聽我的勸，我也看明白了，你們好好地在這裡打吧；我管不了，我還躲不開麼？再見，再見！你們拚命地打，我對不起，先走一步了！」

紀宏澤放下這話，一怒而去。這卻是妙法，二女一撲一躥，苦鬥不休，都要在紀宏澤面前搶個上風，越打越沒有完。

紀宏澤現在扭頭要走，二女齊叫起來，齊住了手，一齊攔阻紀宏澤，叫他且慢，且慢！且慢！二女一面追，一面叫，一面還是側著身子，你趁空給我一劍，我抽空給你一刀。不但賽跑，賽刀，還賽喉嚨。這個叫：

「紀呀，你回來！」那個叫：「紀呀，你別走！」剛才的把戲又重新搬演了。

紀宏澤且跑且回頭，雖然發著狠，要跺腳一走了事，畢竟旁觀二女為己拚命，於心不忍。二女一個勁地追而且鬥，一迭聲地喊叫紀宏澤。紀宏澤又可笑她們，又可憐她們，止步回頭，向二女搖手道：「你們二位請別喊吧，你們不要纏障我了，你們狠狠地打吧，我失陪了！」轉身舉步，又回頭望了一眼，心中思索：怪不得人說，女色不可近，真格和毒蛇一樣，纏起人來，沒完沒了，連性命都不要。我看二女全不好招惹，她們動起手來，也分不出誰強誰弱，飛來鳳也未必能把金慧容傷了。我索性趁她二人互爭之際，認真拋了她們，脫出情海的漩渦為妙！

紀宏澤這樣一計較，這才腳下加快，眨眼間走到林邊。二女吵著打著，動刀劍不方便，都往開處閃了閃，都搖出暗器來。金慧容用鏢暗算情敵，飛來鳳用飛蝗石子和甩手箭。一男前行，二女後逐，眨眼奔出半裡地，相距一箭地。起初男女之間相隔不遠，此刻二女還得提防對頭，當然腳底下不濟，當然落後。抹林轉彎，紀宏澤愈行愈速，忍不住又回看了一眼，自己一狠心道：「去她的吧！」他於是投身進入密林。

不料他剛剛拋二女決意投林，忽聽背後起一聲慘呼，又起了一聲得意的笑罵。紀宏澤登時心中一驚，忍不住又往林外探頭。

紀宏澤到底是多情、不忍、少決斷的人，他回頭瞥望，遠遠望見月影迷離，二女竟分出勝負來了。兩條人影在路上打晃，往自己這邊奔來，卻恍惚望見飛來鳳這個頎長的女子搶了上風，金慧容這個嬌小的婦人似乎落後。紀宏澤不覺住了腳，努目光欲觀究竟。

起初二女並肩而奔，且奔且鬥，此刻情勢一變，一個追，一個跑；更凝眸細看，一個是揚著兵刃砍著追，一個是橫著兵刃倒退著招架。

一陣狂笑，又跟著一聲慘叫，飛來鳳竟傷了金慧容。

金慧容好像受了重傷，依然不肯落荒逃命，依然撲奔紀宏澤這裡來。她越往這邊逃，她的情敵越不輕饒，左一劍，右一劍，橫一劍，豎一劍，攻擊金慧容。金慧容只剩了招架之功，再沒有還手餘力。她負痛慘呼，依然痛罵敵人，依然奔尋紀宏澤。她越奔尋紀宏澤，飛來鳳越怒，劍光揮霍，越要刺倒她。

紀宏澤心中驚懼，急忙奔過去，只聽飛來鳳罵道：「臭女人，我叫你再賣狂，我叫你再跑！」

那金慧容分明輸了招，依然不輸口，她並沒有喊救命，仍在奮力與敵相持，且鬥且倒退，並且還罵道：「好你個飛來鳳，姑奶奶本就不想活，姑奶奶早就活膩了，你有本領，再給我一劍。」她又遠遠向紀宏澤告別道：「紀呀！紀呀！你快走吧，我輸給臭丫頭了，你還不快走？」

紀宏澤覺得奇怪，金慧容負傷往自己這邊跑，似盼自己馳救，卻又叫自己快走，他想不出金慧容的矛盾心理。紀宏澤腳下加緊，急往這邊跑，月影下金慧容也踉蹌往這邊湊。飛來鳳猛往當中一跳，將金慧容截住，手起劍落，照金慧容背後一刺。金慧容往旁一側，回手刀往後一撈，叮噹一聲，刀劍相碰，幸將這一招架住，可就百忙中忘了敵人的七香囊了。飛來鳳已然趁著金慧容敗逃之際，取出了七香囊，並且搶奔上風。

紀宏澤如飛地趕到，遠遠口叫喊：「你們別打了！別打了！」

飛來鳳掃眼一看，連聲冷笑，趕忙遞劍又一扎，金慧容已然手忙腳亂了，又往旁一閃，飛來鳳更往前一迫，喊一聲：「看劍！」急往上風頭一搶，利劍一晃一劈，七香囊唰的打出手來。

金慧容突然驚覺，見情敵把手一揚，她就努力往外一躥，埋頭伏腰，爭搶上風，稍稍遲了一步，一陣迷霧掠空飛散，月影下看不清，嗅得出，金慧容屏息躲避，終沒有十分躲開，一縷縷迷霧籠罩，刺入鼻觀目隙，登時支持不住，「哎呀」一聲，掙命地往外再一躥，踉踉蹌蹌，直撲出數步，腰肢一閃一閃，終於腿根一軟，坐在了地上，仍然支持不住，斜撲地下了。

勝利者一聲長笑：「好你個不要臉的小寡婦！」仰面看月，側目旁睨紀宏澤。紀宏澤急奔急叫，直撲過來；她就立刻揮劍一跳，趁紀宏澤還差一步，她先趕到金慧容栽倒之處，立即伸腳尖把情敵一蹴，然後照準脖頸，橫劍往下一勒，櫻唇緊咬，雙眉一挑，透出得意之態來。

紀宏澤竟三步並做兩步走，如飛趕到，連聲銳叫：「嗐，嗐，嗐，使不得！」

飛來鳳急抬頭一看，醋意大發；他還是向著她！不攔還好，這一攔索性竟自挺劍往下。卻不料飛來鳳的劍剛往下急扎，金慧容縱然跌倒，猶未昏絕，情敵來傷自己的性命，登時於傷殆疲危中，求生中故產宏力，二目難睜，手中刀尚且在握，銳聲一叫，刀往上一撩，倏然就地十八滾，往外一翻，倏然鯉魚打挺，登時躍起來。

飛來鳳只顧看紀宏澤，猝逢冷招，金慧容的刀尖上取，她急急一退，持劍的手臂掃著一下。

飛來鳳大怒，若非紀宏澤來打岔，何致受傷？飛鷹似的又一撲，向金慧容挺劍急扎。金慧容搖搖欲倒，慘叫道：「紀，我受了丫頭的暗算了！」

紀宏澤斷不忍坐視任何一女為己殞命，使足氣力一跳，插在二女中間，地點正在林邊。

紀宏澤叫道：「桑姑娘，手下留情！」飛來鳳剛剛削來一刀，金慧容已然手慢招遲，不能招架；紀宏澤立刻一探身，橫刀一托，猛架住飛來鳳的這一劍，又一橫身，遮在金慧容的身前，面對飛來鳳。

金慧容已然不濟，鼻孔中吸入熏香氣，身疲力盡，搖搖欲倒，終於強持了一兩步，坐在地上，再掙扎不動。紀宏澤回頭看了一眼，咳了一聲道：「何苦！」

飛來鳳怒火騰空，哪裡看得下去？厲聲斥責紀宏澤：「好！你幫著她！當真就跟我這樣！」

紀宏澤以刀蔽住前面，忙辯解道：「桑姑娘息怒，我絕不是拉偏手，我不願你們誰害了誰。她已然失招，叫你打敗了，我請你不要趕盡殺絕，你饒她一命吧，你們都是女人。」

飛來鳳暴躁道：「不行，不行，你快給我躲開，你別遮在這裡裝勸架的，剛才你怎麼走的？這是我傷了她，她要是傷了我呢？」

紀宏澤忙道：「她不會傷你的，她真個傷了你，我一定幫你。」抱著刀，向桑玉明連連作揖。

飛來鳳氣得一跳多高，恨不得用七香囊，再把紀宏澤拿下，不知怎的，又施不出來。

飛來鳳瞋目向紀宏澤喝道：「你給我閃開，你說得好聽，你跟她鬼鬼祟祟的，你拿我當傻子，她傷了我，你準不是這樣，你一心向著她。不行，你快給我躲開，你說你躲開不躲開？」右手劍，左手囊，做出發放的樣子。

紀宏澤一味賠笑道：「我哪能躲開？殺人不過頭點地，我怎能忍心看著你殺人？」飛來鳳道：「她剛才要是殺了我呢？你們必然趁願了，歡歡喜喜一塊走了，連理我都不肯吧！」

紀宏澤道：「那萬無此理。你想想看，我和你二人全是素昧平生，全是在鐵牛堡新認識的，你們二位全幫過我的忙。得了，得了，桑小姐，桑姐姐，你已然把她傷得不輕，你看我的面，高抬貴手，你只饒她一命，叫她自己走她的。」

飛來鳳忽然聽出意思來，心中一喜，仍然佯嗔詐怒道：「你的小心眼叫我放了她。我若是饒了她，你一定要背著她一走，趕緊回店給她治傷，把我自己一個人拋在這裡，是不是？」

紀宏澤道：「不不不，你只看我之面，把她放了，那就叫她自去她的。」

飛來鳳道：「那麼你呢？」

紀宏澤道：「我麼？我還是上姚山村，尋救我的七叔去。」

飛來鳳道：「那麼我呢？」

紀宏澤道：「你麼……哦，桑小姐，你若是還願意幫我的忙，那你就費心陪著我，往姚山村去一趟。」

飛來鳳桑玉明大喜過望，看看右手的劍，看看左手的七香囊，又看看坐在地上揉眼睛、撫傷口、調呼吸、還在掙命的金慧容，飛來鳳躊躇滿志了。還是自己一劍之功，七香囊一擲之勞。

於是她說：「太便宜她了，衝著你的面，咱們走。不是咱們說好了，你得跟著我走，不許你半路脫滑，再尋她去。」

飛來鳳心中大喜，又看了看手中寶劍和七香囊，這真是全恃這劍這囊，收了奪婿之功。又看了看情敵，金慧容坐在地上，猶自不能起來，揉眼撫傷，調息精力疲殆，她再沒有拚命的能力了。飛來鳳如願以償，催紀宏澤隨了她快去。

飛來鳳收劍一笑，抗聲向紀宏澤說：「太便宜她了，衝你的面子，我就饒她一死。咱們走吧！可得說好了，你必得跟著我，不准半路上滑脫，再尋她來。真也怪事，一個不要臉的小寡婦，也會把人迷住。你們年輕男子真沒有骨頭。」

紀宏澤一聲不響，為了救全金慧容的一命，自己又鬥不過這個七香囊，只好以身為質，跟了飛來鳳。飛來鳳一個勁地催促他走，他說：「你等一等，我對她講一句話。」飛來鳳忿不肯許，紀宏澤堅不肯去。金慧容已然支持著站起來了，長嘆一聲，向紀宏澤擺手道：「紀呀，紀呀，你我永別了！恨我無能，爭不過來，你去你的吧，但願你們事事如願。至於我呢，你不要再惦記我，我沒了你，我實在是……但是，我還不死心，我倒要跟命爭爭。只要有我這一條性命在，哼，我們是青山綠水，再往後看！還有一句話，我囑咐你，你往後多加小心，不要把一條小性命叫人毀了！」說著，聲淚俱下，扭頭要走。

金慧容的話怨怒交迸，句句有刺，飛來鳳叫道：「好，你這小老婆，我不叫你往後看，別走，咱們現在看！」登時，亮劍重撲下來。

金慧容咬牙轉身道：「來就來，我等著你。我打不過你，還拚不過你麼？該死的死丫頭，你來，你來！」

紀宏澤急急攔阻道：「你放了她吧！」飛來鳳怒笑道：「我不能放虎歸山，你聽聽她的口氣，她還要找我報仇呢！」把紀宏澤一推，又繞過來。

紀宏澤頓足道：「咳！」橫身一擋，伸手拉住飛來鳳的手腕，再三央求。飛來鳳左繞，紀宏澤左擋，右繞右擋……飛來鳳的劍高舉不下。紀宏澤回頭道：「慧容娘子，你省說兩句，還不快走！」

飛來鳳急得跳腳道：「你還是庇護她，你還是庇護他！這一個禍害留下，你可替我想想，不是我沒完，是她不依不饒。」

終於橫遮豎攔，紀宏澤把雙方勸住，飛來鳳和紀宏澤相伴，投入林中。金慧容氣急敗壞，忍不住一陣陣傷痛昏惘，再站立不牢。索性坐在草地上，悵望著紀宏澤的背影，一晃一晃，被飛來鳳伴走了。她驀地一驚，就慘叫一聲道：「紀呀，紀呀，永別了！」她又奮聲跳起來，要追了過去。

她又明知鬥不過飛來鳳，她要回店，孤影獨吊，又負重傷，竟獨自支持不得。她呆立在荒郊，又延頸張目，悵望良久，她又回想到自己的身世。她悲憤怨惘，把手中刀一舉，往頸下一橫。她激於情場之得失，咬牙切齒，決意自殺。

於是冷冰冰的利刃，觸及她的柔軟的肌膚，她不禁打了一個寒戰，她獨自貪戀著最後的一瞥，刀橫咽喉，目望林表。月影黯淡，紀宏澤被飛來鳳羈伴著，已然去遠了。她忍不住心如刀扎火燒，縱聲悲泣起來，曠野荒郊，聲音慘厲。然她又心思怦然一動，她且哭且語道：「我不能自己尋死，我還是拚給她，叫她把我活活宰了，叫紀宏澤當面看著我被殺，我死了得不著他，我叫他眼睜睜看著她母夜叉相！」

她如此設想，頓足慘叫道：「我管不了許多，我不能自殺！」立刻振亢叫道：「你們別走，你們等等我，我告訴你說！」

她決計要死在仇人手內，借此破壞仇人與情人的結合。她這樣打算，竟太無聊，她傷心絕望，只剩了這一招，自以為可行。

金慧容提刀掙扎著往前跑。金慧容一直跑到林邊。她哪裡走得動，等她走近林邊，情人、仇人早已去遠了。她搜尋，她喊叫，她繞著樹林，掙命似的狂走疾叫。

突然間，腳下一絆，她撲地栽倒，手中刀擲出多遠，人也摔得氣厥，躺在冰冷的草地上，惘然失去知覺。

經過了很久時候，金慧容忽然緩醒。眼前景物一變，朝色朦朧，身臥在深林中，有三個人圍立在她的身旁。內中還有一個少年女子，好像飛來鳳，比飛來鳳略矮些，姿容彷彿更漂亮。這漂亮女子正提壺向金慧容口中灌水灌藥。那兩人是一個跛足老者，好像五十多歲的人了。一個長身量健壯的黑面男子、三四十歲的年紀，三人環立在自己身旁，自己乍醒，耳邊便聽他們互語道：「灌過來了。」

金慧容呻吟了一聲，頭一句話便叫道：「你們別走！」那漂亮女子微笑道：「你這位娘子，慢慢地緩著吧，我們一定要救人救徹，斷不會把你一個受傷的人丟在這裡的。我說，你究竟是怎麼一回事呢？可是遇上歹人了麼？你大概也是我們武林中人吧？」

女子藹聲尋問，俯身坐下來，挨著金慧容。金慧容漸漸神定，這才覺出來，自己身下已不是藉著細草，乃是一條小褥子，項下枕的是一隻小行囊。置身處，是在這密林的極深處，土崗之後，挨著大樹根。她的刀和她的夜行囊，也被這三個人放置在自己身邊。再看這三個人，女子穿裙，男子穿長衫，卻人人氣象桓桓。再睜開眼，展望四周，頓然看出，這三個人也是夜行人物，不過是天色已明，他們全換了白晝衣服。可是腳下的鞋襪裹腿，還未更換，人人手頭都帶著兵刃。

金慧容恍然有悟，自己一定是落在姚山村的群雄手中了。

聽口音，這三個人全是外鄉話，那麼，也許是姚山村新邀來的械鬥幫手。弄不好，也許是鐵牛堡外請的朋友。金慧容情願落在械鬥的對頭人手中，也不願落在夫家鐵牛堡中人的掌心。那女子徐徐問她，她心急如焚，瞑目不語，做出來氣力不支的樣子，藉以搪塞詰問，暗揣對方的情形，潛打自己的主意。

那跛足老人道：「青姑，你先別問她了，讓她大緩一緩，你把她腿上的傷再裹一裹，給她敷上一點藥。」

少女依言，從樹枝上所掛的包袱中，取出藥瓶和繃布，仍俯下身，慢慢地拉過金慧容的大腿，要給她裹傷。

金慧容的左腿，被情敵豁傷了兩處，她自己已然用包巾紮住。當時感情激憤，連死都不怕，早忘了傷。此際被少女輕輕一拽，方覺出火辣辣的痛，血液涔涔，早已滲透出扎包之外。

少年女子輕輕替她解縛，傷口血色凝紫，創口仍往外冒血。那女子忙給她敷上許多藥，再用繃布紮緊，低聲問道：「你這娘子，覺得好些不?」又將些止痛定神的藥取在手中，叫金慧容再服一些。剛才灌救，藥物入口不多，倒流了一脖頸。金慧容只得點了點頭，坐了起來，依言用水把藥送下。那女子扶著金慧容，仍躺在地上，勸她閉目養神，等候藥力發舒。

那少年女子和跛足老人，與那黑面長身男子，湊在一處，低聲議論金慧容的來路。黑面男子說：「此地介在姚山村和鐵牛堡之間，他們兩村正鬧械鬥。我看這位娘子未必是行路遇劫，多半跟他們械鬥有關。」

跛足老人低聲說：「七弟不必亂猜了，少緩一會兒，我們可以仔細問問她。七弟，你看這位娘子傷處，正是行家受傷的地方，我們說話也要檢點一些。」回頭又對少年女子說：「等會兒我來詢問她，青兒你不要再插言。」少年女子道：「爹爹問吧，我也不會問。」

三個人低聲講話，金慧容隱隱約約聽出一半來，已知三個人既非鐵牛堡的外援，也不是姚山村的幫手，那當然是過路的武林中人了。她一面蘇息，一面盤算話頭，好對付這搭救自己的三個人；一面前思後想，悲傷自己的命運不濟，惱恨飛來鳳劫奪了她的情人。容到藥力行開，痛稍可忍，疲仍不支，竟掙扎著坐起來，又要站起來。少年女子忙按住她，道：「你不要多禮，你的傷不輕，你不要起來道謝，這算不了什麼。」

但是金慧容並不是就要道謝，她是要往林外望一望。可是稍一轉動，心便狂跳，這才哀呼了一聲，搖了搖頭，又復坐下。忍不住話到口邊，猝然問道：「勞您駕，你們三位可看見一個二十來歲的男子，一個長身量二十五六歲的女子沒有？」

少年女子道：「沒有看見呀，莫非這兩個人把你扎傷的麼？他們都是幹什麼的？什麼長相？什麼打扮？」

金慧容搖了搖頭，又不言語了，半晌才說：「我謝謝你們三位，你們三位在什麼地方救的我？」

少女道：「就在這林子裡，我們遠遠聽見女人悲號，方才奔過來查看。我們先瞥見那邊地上拋著一兩支暗器，裡裡外外，圍著林子一搜，才發現你臉朝地，栽倒在那邊，好像叫樹根絆倒了似的，可又汪著血，還有一把刀拋出多遠。我們就知道你是遇上歹人了。我們隨後就把你搭到這兒，把你灌救活了。看你的模樣打扮，自然也是我們武林同道。究竟你是哪裡人？你是本地的？還是過路的？你到底是遇上什麼了？你說的那一男一女，究竟是你的同伴，還是你的仇人？他們都是做什麼的？你可以詳細地說出來，我們一定設法搭救你。」

金慧容悲嘆了一聲，說道：「我真是遇上了歹人。我是外鄉人，路過此地的。不知三位可看見那樣的一男一女沒有？他們正是我的同伴，他們竟把我拋下逃跑了。我一定要找他們！」

她勉強站起來，挪動腳步，向少女斂衽下拜，身子還是搖搖欲倒。一夜奔波掙命，她渴極疲極，說話的聲音依然沙沙發啞。那少女很憐惜她，扶她坐下，仍自款款地向她問許多話。

她總是迴避著，不肯直答，反向少女詢問著一男一女的行蹤。

少女連說沒見，她依然追問，又要向那旁邊站立的跛足老叟和中年長身壯漢道謝。

老叟連忙說道：「這位娘子，你不要掙扎了，也不要道謝。我們老實告訴你，我們救人定要救徹。你究竟貴姓？府上是哪裡？遇上了什麼事情？儘管如實告訴我們，我們一定想法子，本著你的意思去做。你放心，你有什麼難處，你不妨告訴小女。」

那壯漢也說：「你打聽的那一男一女，都姓什麼？是做什麼的，什麼長相？他們大概不是夫妻吧？他們彼此是怎麼個稱呼？依我看來，你別是被你這兩個同伴傷的吧？你還是遇上對頭了吧？」

金慧容能夠設詞支吾這個少女，卻瞞不過兩個老江湖，人家不知從哪句話上，竟猜到金慧容不是遇見路劫，乃是遇上仇人。人家依然察言觀色推想到「姦情出人命」這句老話上了。

金慧容心中有病，不由得臉上露形。

長身壯漢一句跟一句地盤問，先問：「你貴姓？」回答說：「姓金。」又問：「這是你娘家的姓，還是婆家的姓？」緊跟著又問：「那個男的姓什麼？女的姓什麼？」步步緊逼。

金慧容脫口說道：「他姓紀。」

長身壯漢不由得湊近一步道：「誰姓紀？是女的姓紀，男的姓紀？」

金慧容道：「男的姓紀。」

壯漢忙道：「他姓紀，他叫什麼名字？」

答道：「他叫紀宏澤。」

長身壯漢不由得一振，十分驚異地說道：「哦，他叫紀宏澤，多大年紀？什麼長相？身量有多高？說話哪裡口音？」

金慧容答道：「他是個細高挑，大眼睛，很精神的，他今年才二十來歲，說話是直隸口音。」

跛足老叟登時湊到壯漢身旁，兩人張目互相凝視。也就是一瞬之間，老叟向壯漢說道：「你聽聽，對吧？」

那少年女子也在旁邊發出疑訝之聲，不由得同聲向金慧容詢問：「這紀宏澤和您是怎麼認識的？你們怎麼個稱呼？跟他同行的那個女子，又是做什麼的？姓什麼呢？跟紀宏澤怎麼稱呼？」三個人一齊發問，那長身壯漢問得更緊。

金慧容也覺得奇怪，忙仰面向長身壯漢看了一眼，這壯漢長身黑面，正在中年。金慧容心中一震，忙道：「你老貴姓？」

長身壯漢隨口說道：「我麼，我姓任。」仍向金慧容追詰紀宏澤的情形。

金慧容眼望面前搭救她的這三個人，心中像明鏡似的，料想這長身男子，正和紀宏澤所說的那個七叔，年貌相似。不覺肅然起敬，要重行見禮，忽又忍住，打點好了話頭。然後站起來用很客氣的口吻說道：「你老是我的恩人，我總得謝謝您。

還有這位老丈，這位姑娘，你老都貴姓？」一死兒地要下拜。

少女再三攔阻，方才罷了。金慧容復又賠笑道謝，謝了又謝。

少女皺著眉說道：「你怎麼忽又客氣起來？我們問你，你倒快說吧。」

金慧容道：「您救了我，我總得知道您貴姓，我心上才能安頓。」

少女不耐煩道：「我們姓何，那是我爹爹。到底您跟紀宏澤是怎麼認識的？」

金慧容忙叫了一聲：「何小姐！」又對那跛足老人叫了一聲：「何老伯！」方才答道：「你老要問紀宏澤和我麼？咳，我們是姐弟。」

長身壯漢正色道：「什麼？你們是姐弟？你不是姓金麼？」

跛足老人道：「你婆家姓金，你娘家是姓紀麼？」

金慧容臉一紅道：「不是的，我娘家姓金，我和紀宏澤乃是結拜的乾姐弟。」

長身壯漢臉色一變，越發露出奇詫的表情，用很沉重的聲音詰問道：「你們是乾姐弟，你們多咱結拜的？你的男人現在哪裡？他姓什麼？」詰問的口氣很不客氣。那老人和少女也都用稀奇古怪的眼光看著金慧容。

金慧容忸怩道：「我的丈夫不在此地，咳，他若在此地，我可不受這回害了。說來話長，這本是不相干的事，三位既要打聽，我索性把實情都告訴你，只求你口上嚴密一些。因為這裡頭關礙著人的性命呢。我和紀宏澤是最近才結拜的。這紀宏澤是個很有志氣的少年人，是他不幸誤落在歹人手內，是我冒著險，把他救了出來。他感恩不盡，才拜我為姐。我沒做虧心事，也不怕人說我的閒話。哪知道我幫著他，逃出匪窟，一路奔逃到這裡，那匪窟中的女採花賊竟追趕了來。那女採花賊本領很大，她貪戀上了紀宏澤，她要把紀宏澤架走。是我和紀宏澤二人協力，和女賊苦鬥，到底受了女採花賊的熏香之害，她把我刺倒在地，硬把紀宏澤架走了。紀宏澤本來不肯跟她走，她拿刀子逼著，我和紀宏澤全不是女採花賊的對手，這可不是我們本領不濟，實在是我們沒法子破她的熏香。」

金慧容眉頭一皺一條計，心思一轉一個謊，把飛來鳳極力醜抵。

跛足老人聽了這話，不由得哼了一聲，衝那少女擺手道：「青兒，你過來！」把少女叫到一邊，不讓她聽。人家原來是個十七八歲的姑娘，果然聽著這尷尬的話，粉面一紅躲到大樹那邊了。

那長身壯漢更不悅，像吃了蒼蠅似的，忙攔住金慧容，趕著問道：「這位金娘子，紀宏澤到底被那女賊撮弄到什麼地方去了？這女賊姓什麼，叫什麼？」

金慧容道：「這女採花賊姓桑，是此地有名大盜喪門神桑玉兆的老妹子，她叫飛來鳳桑玉明，也是有名的女賊。不瞞二位老伯，我和義弟紀宏澤，是在鐵牛堡遇上的。我本來是武師之女，不幸嫁夫不良，慣與匪徒為伍。我的丈夫把我一個人丟在鐵牛堡，寄居在他的朋友家中，他一個人出去了。不料他這鐵牛堡的朋友，並非安善良民，專門為非作歹，最近正和鄰村械鬥……」

長身壯漢道：「哦？是跟姚山村械鬥麼？」金慧容道：「正是，……你老猜想，我本良家女子，誤嫁匪人，心上本就難過，借居的房東又是匪類，我久欲離開此地，尋找我那糊塗丈夫去，只一時不得其便。偏這工夫，我的房東勾結了大盜喪門神和喪門神的無恥妹妹飛來鳳，專心和姚山村打架。他們擅自扣人殺人，勢同造反。我見事情不好，正要躲了他們。可巧這時候，紀宏澤這個年輕的少年人，因跟他的七叔失散了，誤入鐵牛堡，尋他的七叔，竟被女賊飛來鳳相中了，硬把他扣下。

他不肯受女賊的汙染，逃出飛來鳳的手心，竟逃不出鐵牛堡的卡子，他可就遇上我了。我可憐他少年無辜，冒著很大的險，把他放了，他把我也救了。我算把他引出女賊之手，他算把我引出匪類之手，我們互相救助，結為姐弟，一同逃到這了……」

金慧容遂咳了一聲道：「哪曉得萬惡的女淫賊，不肯舍了他，又一路窮追了上來，到底把我扎傷，把他重架走了。這就是我以往的實情，我都據實對二位老丈說了，請二位口上嚴密一些。我還得稍為緩一緩，再尋救紀宏澤去，還有他的七叔，也承紀宏澤義弟，據實告訴了我。他說這位七叔，乃是他的恩師，不幸一同出門遊學討債，行至姚山村，遇上械鬥，以致叔姪失散。他還告訴我，叫我幫著尋找他的七叔。現在局面一變，他倒失蹤了。我此刻又打算尋他去，又打算找他的七叔。

把他誤落在女賊手內的實情，告訴他七叔。他七叔乃是年高有德之人，必有妙計可以救他。只是我不認識他的七叔，就是抵面相遇，沒他在場，沒人介紹，也沒法子訴說曲折。二位老丈，你看我夠多麼倒楣呀。」遂又深深地嘆了一聲，靜聽對面二老的答言。

她認定對面長身壯漢，就是紀宏澤口中所說的七叔。她如此這般，加以粉飾，一面是訴苦，一面是在骨子裡陳情。她現在很希望對面的人，率然承認：「我就是七叔。」可是對面的人聽了這些話，臉上神色一連數變，始終還不肯取消剛才所說「我姓任」的一句話。她也就無可奈何了。

她再想不到對面的人，這個長身壯漢，滿腹疑怒，恨不得喝出聲來：「好個年輕無恥的小子，竟這樣沒把握，什麼女採花賊，什麼乾姐姐，好好好，真沒出息！」

那跛足老叟也聽得呆了，連連乾咳數聲，和長身壯漢退到樹那邊，低聲祕語起來。長身壯漢十分憤怒。那少女也一言半語聽出來了，也紅著臉微笑著，覺得奇怪，低聲問跛足老人：「這個紀宏澤，可就是故去的大師伯的長子林師兄麼？他怎麼才離開七師叔，就出了這些事故？」

跛足老人道：「青兒傻丫頭，少說話，你盯著這個女人，我和你七叔商計商計。」

少年女子忙過來陪伴金慧容，有一搭，沒一搭，向金慧容問紀宏澤的為人。跛足老人和長身壯漢，躲得遠遠的，議論尋救紀宏澤的入手方法。跛足老人見長身壯漢很生氣，就安慰他道：「你不要盡聽一面之詞，說不上實際情況是怎麼一回事呢。

我看我們現在就照著姓金的女子的話，先問明紀宏澤的去向，再設法找他，找著了他，一切真相自明。也許那飛來鳳是無恥的女賊，也未可知。不過這姓金的女子，目光游離，也未必是良家女。」

二人議定，返轉身來，由跛足老人重問金慧容：「我說金娘子，你可知飛來鳳把紀宏澤架到什麼地方去了？」

金慧容道：「我也正要找他。我猜想，他如果不受女賊的牢籠，勢必會乘隙離開她，再投奔姚山村，尋找他的七叔去。

他若擺不開女賊的誘惑，那麼他必被女賊架到她的祕密巢穴裡去，那就不可問了，早晚必被女賊害死為止。」又嘆道：「我看那情形，多一半他走逃不開女採花賊的引誘的了。」

長身壯漢和跛足老人互相示意，重詰金慧容道：「這女賊的巢穴在什麼地方？離這裡有多遠？你總知道的了？」金慧容答不出來，她只知喪門神桑玉兆的黨羽，出沒在晉、陝、豫三交界的地方，恍然是在織女河附近。

長身壯漢和跛足老人又走到一塊，低聲議了一陣，轉對金慧容道：「這位金娘子，你現在打算怎麼樣？」

金慧容道：「我和紀宏澤陌路相逢，曾共患難，我們既然結為姐弟，我必要搭救他。可惜我的能力不夠，我很想尋找他的七叔。料想他的七叔必有計劃，把他拔出女淫賊之手。可惜我又不認識他的七叔，雖想作個嚮導，也得不著機會。」

長身壯漢不接聲，只聽她說。她嘆了一口氣，又道：「這紀宏澤是個有志氣的少年壯士，實在值得搭救。我只緩過一口氣來，我就隻身去救。兩位都是武林前輩，一定仗義救危。兩位如肯助我一臂，把這可憐的少年，從女淫賊手中救出來，實在是件好事，不知三位是否肯拔刀相救麼？」

長身壯漢仍不答，反問道：「你到底知道他的準確下落地點麼？你不知道地方，要想救他，可怎麼下手？」

金慧容忙道：「他和她一男一女，扮相個別，就不知下落，沿路打聽，也不難搜個水落石出。要有人幫忙，我情願做嚮導。」

跛足老人問壯漢道：「如何？」

長身壯漢搖了搖頭：「依計而行。」遂由壯漢對金慧容說：「我們本是過路的人，我們還有正事。我們和這紀宏澤素昧平生，我們也救不了他。我們還得趕辦我們自己的事去。我們現在只能做到一件事，就是救人救徹，得把你安插一個地方。想必近處也有店房。金娘子，我們可以保護你投到店房，你自己再想你自己的法子去，你還是投奔你的親友為是。至於拔刀救人的話，恕我們無能，且又無暇，我們只可作罷了。」

峻拒之下，金慧容大失所望。看三個人的神氣，知道他們對自己的話，並不很信。她搖頭哀呼道：「我承三位救命，我只有衷心感謝。我此刻身受重傷，只可先投到近處鎮甸，投托親友，先養傷，再議別事。不過此時此地，姚山村和鐵牛堡正在械鬥，禁止行人，我又不便出去，我只得耗到日落，再行回店了。」

長身壯漢道：「你既然可以自助，那就很好，那我們就別過了吧，你倒是回店養傷的好。」向金慧容點了點頭，與跛老人，叫著少女，退到一邊，鑽進林翳深處了，把金慧容一個人拋在這裡。

金慧容一陣灰心，又坐在地上，哭了起來。忽然那少女又湊到身邊，把一塊乾糧、一壺水、一包藥，送給金慧容，說道：「你自己好好回家養歇去吧，你不要和那女賊爭鬥了，恐怕你不是她的對手。」

說罷，退身回去，又道：「再見，再見，我們還得趕路。」

這少女與那二老忽然而來，救了金慧容，忽然又棄她而去。金慧容垂頭喪氣，歇到日落時，方才起身，先回店房，緩了一天，急急改裝裹傷，強打精神，祕密地再去搜尋飛來鳳。

她再沒想到，她雖然祕密，在她身後，已然暗綴了幾個更祕密的人。

可是她已然料到，那長身壯漢正是所謂紀七叔，紀七叔竟不肯承認。

那跛足老人，卻是連珠箭何正平。

那少年女子，正是何正平的愛女何青鴻。這都是金慧容想像不到的了。

第二十五章　魏豪求援尋故友

那天夜間，紀蔚叔在姚山村和紀宏澤，衝破鄉團的圍抄，奪路退走，叔姪兩個終至失散。到五更時分，紀宏澤出西北方，被誘入鐵牛堡；紀蔚叔卻隻身到東南方，各不照面。紀蔚叔甩開了追兵，再翻回來尋找紀宏澤，總想他不是落荒迷路，就是困在姚山村，未能出來；再往不好處想，也許被姚山村活捉住了。紀蔚叔本負著託孤重責，不料才攜孤兒出門遊學，便出了差錯，他心中萬分焦灼，只得先往荒郊搜尋了一陣。仍不得蹤影，他又重探姚山村，甘心冒險，捉住一個巡邏的鄉丁，持刀威嚇，詢問了一遍，也沒聽說村中活捉住年輕男子的話。

又問傷了人沒有，回答說械鬥傷了人，沒聽說傷過單身人。

紀蔚叔五臟如焚，焦急無策。又加細刺探了一回，仍無下落。他便一口氣，奔出二百里，邀來了兩個幫手——這幫手就是何正平父女。

何正平善使連珠箭，本是紀蔚叔的三師兄；當年在大師兄獅子林廷揚手下，同開鏢局，威名很大。師兄弟一共七人，獅子林居長，紀蔚叔最幼，紀蔚叔的真名就是摩雲鵬魏豪。不幸獅子林與綠林結仇，飛蛇鄧潮勾結小白龍方靖，在洪澤湖截江鬥劍，獅子林遭暗算殞命。連珠箭何正平苦戰護鏢，受了重傷，鏢局事業一敗塗地。仇人趕盡殺絕，又迫害獅子林的妻、兒，他們獅林七友，大動公憤，推舉二師兄解廷梁，專任復仇。推舉魏豪化名紀蔚叔，專任託孤護眷。這已是十數年前的事了。

獨有連珠箭何正平，一隻腿受了重傷，實不能再在武林中做事。在解廷梁為獅子林報仇之後，他便返回故鄉。何正平養好了傷，到底落了殘疾，一條腿已跛，只得在家務農為活。

何正平卻生了一個好女兒，就是何青鴻。今年剛十七歲，生得眉目姣好，而膂力甚足，她父將她愛如掌上明珠，遂將自己全身武功，都傳給女兒。又因女兒終是女子，不能與男兒作比，故此特授她一些絕技，以巧降力的功夫，又傳給她多種暗器和防備暗器的技巧。

現在，紀蔚叔帶著孤姪紀宏澤出門遊學，才邁出頭一步，便出了這樣不幸的事故，紀蔚叔急得不知所為，只得一口氣奔到三師兄何正平隱居之處，求師兄幫忙，代為設法查找。

紀蔚叔和何正平已有多年沒見面了。師兄弟乍見之下，各增嘆息。尤其是何正平已變成老頭子，何正平早不是當年短小精悍的人物了。二人匆匆話舊，升堂入室，引見家人。何正平老妻剛剛下世，家中只有她父女二人和一個老僕，其餘便是雇工佃戶了。

隨後，弟兄二人飲酒，何正平見紀蔚叔心神不寧，忙問道：「有什麼事故？」

紀蔚叔這才說到紀宏澤失蹤之事。他告訴何正平，大師兄的孤兒，那個小鈴子，現在已然長成，學業還未成就，本月剛剛攜他出來遊學訪仇，便在姚山村失蹤了。萬一此子遇上不幸，覺得自己太對不住慘死的林師兄和守寡的林師嫂，而且也對不起同門諸友，當下向何正平討教，並請幫忙代找。

連珠箭何正平聽了，驀然動容，先哦了一聲道：「林師兄的孤兒已經長成了麼？他在什麼地方失蹤的？怎樣失蹤的？」

摩雲鵬魏豪，也就是紀蔚叔，皺著眉把路逢械鬥的話，重複說了一遍道：「地點離你這裡不遠，叫做姚山村，屬晉冀豫交界。」

何正平站起來說：「這倒很巧，要是失陷在姚山村，我還有辦法可想。」這時連珠箭的愛女何青鴻，已經出來拜見七師叔，正忙著斟茶。何正平回顧女兒道：「記得上月，姚山村不是打發人來，送聘金，請我助拳去麼？我因為有你太累贅，偏巧械鬥的對方，間接著也有熟人，我不便出頭，故此推辭了。那姚山村的紳士姚廷紳，和我舊日有些淵源，如果小鈴子失陷在村裡，我倒可以託人把他討出來。」

摩雲鵬魏豪聽了大喜，說道：「三哥務必辛苦一趟吧。」何正平走來走去，左腿多少有點跛拐，因自視低喟道：「完了，我是出不去的了。」

魏豪道：「但是，三哥，這是咱們大師兄唯一的骨肉呀，你怎能袖手？」

何正平仰面長嘆道：「我是這麼說，我怎能不去呢？現在我固然在這小鄉村務農餬口，可是每一想起十幾年前，咱們弟兄七個人，由大師兄引導著闖蕩江湖的時候，我們彼此都很年輕，整天大魚大肉，書館酒樓，整天都是樂子。哪想到洪澤湖上猝遇仇敵，大師兄一掌殞命，我也毀了一條腿，事到如今，往日豪情全化成流水了。」不禁追懷舊歡，淒然欲淚，坐下來拍著自己的腿，說道：「小鈴子今年也十八九歲了吧？他現在叫什麼名字？他跟你學得怎麼樣？他的人才、人品如何？」

魏豪便將紀宏澤的性情技業，仔細說了一備，跟著何正平又問及大師嫂。魏豪說到她守節撫孤，蓄意復仇，十餘年如一日，兩個人都不勝嘆息。魏豪也說起當年雨夜逃亡，被仇家追殺的苦處和匿名隱居，教訓孤兒的前情。何正平道：「七弟，真難為你了。自從大師兄下世，只有你和二師兄解廷梁做得夠味，我呢，完了，完了！」

魏豪忙道：「當時你和四師哥一個水戰御仇，一個舟戰救友，你們二位一死一傷，大師兄地下有知，也必要挑大拇指的，總而言之，咱們是各盡其心。」

老友對談，都流著眼淚，連珠箭的愛女何青鴻伺候茶水已畢，竟悄悄站在內間門簾後偷聽，已然聽呆了。何正平一眼望見，笑道：「青兒，這是你七師叔，不是外人，你伸頭探腦的做什麼，你索性出來吧。天也不早了，你也該張羅張羅酒飯了。七弟，你還能喝兩盅吧？」

魏豪道：「我早就不喝了。」

何正平道：「我倒貪杯不已了；你該記得我從前三杯就醉，現在我卻是頓頓離不下四兩酒，我還能多喝，你姪女她管著我。青兒，快燙酒，我們先喝後吃。」

何青鴻掀簾出來，開廚備酒。魏豪仔細端詳她，中等身材，眉目清秀，肉皮白嫩，隻手背略露青筋，透出習武的樣子；但看外表，十分溫柔，卻不知此女性子非常剛烈。

村中無佳餚，何青鴻取出兩副杯箸，幾個碟，無非鹽蛋、煮豆之類，可也有熏魚、臘肉，跟著燙酒。何正平和魏豪都坐在小炕桌旁，且飯且談。何正平道：「青兒，現在我要出門，你把我的兵刃收拾好了，我明天跟你七叔上山西去一趟。這件事是緩不得的，越快越好。」

魏豪欣然道：「三哥還是這樣熱腸。」何正平道：「我懶極了，可是得分人分事，這不是咱們大師兄的孤兒嗎？」

何青鴻插言道：「你老腿腳不便，出門行嗎？」

何正平道：「那也沒法，你沒聽你七師叔說麼，你大師伯的兒子現在失蹤了，我既在近處，就必得設法去把他搭救出來。」遂轉顧摩雲鵬道：「看來小鈴子十有八九是被姚山村扣留了。」

魏豪憤然道：「他們正在械鬥，這豈不是有性命之憂？」何正平道：「那倒不至於，他們還不敢戕害俘虜，只不過是械鬥時拚命罷了。」魏豪仍很擔心，沉吟道：「我乘夜再探姚山村，一共搜了兩三個過兒，可是，並沒有發現他們拘留俘虜之所。」

何正平道：「你總是外鄉人，地理不熟，他們村中確有地窖，幽囚俘虜。」

兩師兄弟痛飲數杯，摩雲鵬仍是低頭髮煩，恨不得立刻邀著師兄去尋人。何正平道：「你我不過闊別十幾年，你的心眼倒怎麼小起來了？你從前可不是這樣啊！」

魏豪道：「咳，三哥，我受著託孤重責，剛帶著小鈴子出了娘懷，就把他失蹤了。萬一他有個好歹，我就見不得林師嫂的面了，我焉能不著急？」

何正平道：「萬不會出錯，咱們林大哥沒做壞事，姚山村的人也不敢亂殺人，倒是怕他誤走入姚山村的對頭鐵牛堡那邊去，可就麻煩了。他們堡裡常常接近匪類。不過我也有熟人，我準給你設法把小鈴子尋著就是了。」

魏豪道：「尋著還沒算完，我們大師嫂的意思，還要你給鈴兒舉薦個老師呢。」

何正平道：「那也不難。」

魏豪道：「別看三哥跛了一條腿，你辦事還是那股子勁。依你之見，天下沒難事了。」

何正平道：「天下本沒難事，只在人為。老弟，你再喝一盅，不要一味翻眼珠，想心思，小鈴子斷不會有閃失。」

魏豪草草喝了幾杯酒，便催何青鴻給他盛飯。他恨不得何正平此刻站起來就跟自己走。

何青鴻越聽越知她父必須出門，忙抽空低喚父親，到內間低語，她定要跟了父親去。何正平不肯，說：「你是個沒出閨門的姑娘，雖然是出門尋人，到了不得已的時候，也許動手比畫一下子，你是去不得的。」

何青鴻搖頭道：「爹爹，我只為了這個，才不放心您一個人出門，您這大年紀了，又有一條腿不得力，女兒如不跟了去，我在家中實在待不住。」

父女爭執，何青鴻堅欲侍父同往。何正平道：「你不怕你七叔笑話你麼？你忘了你是女孩子呀。」

飯後茶來，何青鴻打點兵刃行囊，把自己用的暗器也包上了，一面仍在低聲央求她父：「您不過嫌我是女孩子，走路不方便，那也不要緊，我可以改裝男子。」

這父女正在內間喋喋不休，魏豪已在外間聽見了，大聲道：「三哥，我可真給你添麻煩了，既然姪女要陪你去，這是她的一番孝心，你何不依了她？」又道：「青姪女，你手底下怎麼樣？」

何青鴻笑而不答，何正平道：「她手上倒不見得怎樣，腳底下很俐落，登高上房，和野小子一樣。

她的暗器也對付得，就是兵刃差點。不過愚兄年紀已老，如同廢人一樣，有她跟著我，諸多不便，況且大師兄的遺孤出門還不免出錯，她一個女孩子更叫人擔心了。」

魏豪不禁說道：「著啊！」也要攔阻。何青鴻早已迎著話茬上來，笑道：「林家哥哥是林家哥哥，我是我，他會出錯，我何青鴻還不至於勞動你老找我。不信你老帶著我試試，我多少準能給您老幫忙，絕不會給您老二位添麻煩的。」她滿臉露出剛強自負的神氣來，竟賽過男兒。何正平看了，不由得心中喜悅。摩雲鵬卻不禁感慨系之了，忙問道：「青姑，我還沒問你，你今年多大了？」

何青鴻正在自告奮勇的時候，衝口道：「你問我麼，我十七歲了，倒叫你笑話，我只會幾手笨招。」

摩雲鵬忽然聯想到別處，失口道：「好，好，好！」何青鴻道：「您怎麼叫起好來？」

摩雲鵬愁眉一展，哈哈大笑道：「好好好，青姪女問得好。我說三哥，小鈴子現在的學名叫紀宏澤，他今年整整十八歲。

三哥，喂，你說，好不好？」這一串「好」字，在場三個人登時默喻於無言了。何青鴻騰地滿面通紅，低下頭來，搭茬也不好，不搭茬也不好。

連珠箭何正平手捻微髯斂笑沉思，半晌道：「且看吧，但不知他對他父親慘死之事，也很抱著決心麼？他功夫上到底怎樣？」

魏豪道：「我的話先擱在這裡，咱們還得是先尋人，後說別的。」何正平點頭會意，含笑轉問女兒道：「我明天就走，你怎麼樣？你當真還要跟著我麼？」

何青鴻面顯窘容，可是她性子剛烈，百折不回，她一片芳心一轉，裝著沒事人，笑道：「我還是不放心您，七叔剛才這麼說，我倒要看看這位林師哥，是怎的才出門，就丟了人。」

她還是要跟著走。

魏豪說道：「三哥，怎麼樣？就叫姪女保護著您也好。」何正平道：「你姪女一個人鬧，你不替我攔她，你也這樣說，去就去吧。」

議定，師兄弟重新歸座，飲茶敘舊，何姑娘忙著收拾一切，她心中乍喜乍羞。究其實魏豪並沒有說出過著邊際的話來，女孩子年及破瓜，一片芳心如一張白紙，只要粉筆一點，便留下痕心了。

何青鴻不免生出非分之想，到了次日凌晨，果然侍父登程。

連珠箭何正平要青鴻更易男裝，青鴻含笑搖頭，她說：「穿了男子衣履，走道不習慣。」她總未免有些忸怩之態，擋不住她父諄諄囑告，青鴻也就帶了男裝，預備路上萬一之用。依照連珠箭的打算，先投奔姚山村，尋找姚書紳，備禮投刺請見。

三個人衣冠楚楚直抵姚山村隘口，村口戒備更嚴，鄉丁持刀矛攔路，眼望見三個人的來勢，立刻吆喝禁止上前，跟著從林翳中，走出兩個人，盤詰來意。何正平跛著腳，搶先一步，拱手通名答話，指名求見本村鄉團總會頭姚書紳姚大爺。村口巡邏的鄉丁看了看何跛，又看了看少年女子何青鴻和長身壯漢摩雲鵬魏豪。他們似乎認得魏豪的模樣，這兩天總在他們這裡徘徊。他們有些疑忌，遂說道：「我們會頭這兩天正在公忙，並不見客。」

何正平忙說：「我是豫北的連珠箭何正平，這裡有名帖，和你們姚會頭是老朋友，煩你費心，言語一聲，他上月邀過我的。」

鄉丁嘀咕了一陣，說道：「我們會頭實在忙，對不住，你先候一候。」指著道旁一棵大樹，叫三人躲開隘口，退到樹下，立刻撥出一個人，持了何正平的名帖和一包禮物，直上山坎傳話。

摩雲鵬魏豪看了這派頭，心中焦急，這上山下山，恐怕打一個來回，就需一個時辰。何青鴻也不覺露出女兒態，對父親說：「這還了得，譜兒太大了。」

哪知剛剛過了一頓飯時，便從山坎飛駛出三匹馬，後面還跟著三匹空馬。為首的騎馬人，遠遠招呼道：「何老前輩，何老英雄，是親身來的麼？」

摩雲鵬魏豪迎觀這人，年約四旬，長袍馬褂，正是魏豪探廟所見的那個紳士，也就是何跛的朋友姚紳士。

姚紳士早就想邀請何正平，做本村的鄉團教練。何正平雖卻聘，姚仍未死心，今日聽見來了，十分歡喜，火速地迎出來。他們村中居然設了驛站似的崗位，步步傳信，片刻即達。

姚紳士偕同會友，下馬相見，寒暄了幾句話，彼此引見了，把那另備的三騎牽來，立請何正平上馬入山。

這時候姚山村正在忙碌，厲兵秣馬，打點三日後的大械鬥。目前鐵牛堡煩出人來，要交換俘虜。依著姚書紳，一個人抵換一個人，也就罷了。無如姚山村的貨船，曾被鐵牛堡祕遣水賊，焚劫了兩隻。今日議和，若只人換人，這批貨物該怎樣辦？那鐵牛堡又不承認焚舟劫貨的陰謀，和議終於決裂，兩方暗備下次的械鬥。忽然間，鐵牛堡又有能人，定下祕計，要夜襲姚山村，盜救俘虜。堡中人預有戒備，搭救俘虜的人空手而回。由此又引起姚山村的能人也要照方抓藥，你來襲，我也襲，你來盜，我也盜，不求成功，先做示威的表示。這雙方遂在正經械鬥外，又加上偷營劫牢盜俘的枝節。

連珠箭何正平和師弟魏豪，偕愛女何青鴻直入姚山村的賓館，村主人優禮相待，動問來意。何正平具實述說：有一個師姪，如此這般模樣，長身材，大眼睛，微黑的臉龐，不到二十歲，一個英挺少年，他和這一位出來遊學，誤入山村，忽然失蹤。想貴村正在械鬥，只怕把他誤認為間諜，扣押起來，敬煩費心，代為查找。

姚書紳聽了，方知來意，何正平不是應舊聘，乃是尋故人。姚書紳立刻傳諭全村，各處查找，人人說沒見其人。為了討取何老英雄的信任，姚紳士親領何、魏三人，到他們祕密幽囚俘虜之所，請何老自己尋認。何正平叫魏豪逐個去認，全是鐵牛堡的人，或鐵牛堡請來的幫手。魏豪看罷搖頭，重歸賓館。果然紀宏澤不出所料，沒落在姚山村。

姚書紳對何老說：「前天大前天，我們這裡鬧賊，叫他們鐵牛堡攪得很可以。他們自然是來偷俘虜。可惜我們警戒很嚴密，他們徒勞往返，還掉在這裡一個乏貨。他們這一鬧，勾得我們這裡的朋友也動了怒，也要邀幾個飛簷走壁的高手，鬧鬧他們去。我本不贊成此舉，可是眾意難違，他們也說得好，叫鐵牛堡的朋友也嘗嘗滋味，也讓他們明白偷營盜俘虜的把戲，人人會耍，其實沒有大用。我們這幾位朋友打算今晚就去。何老前輩，我小弟意欲煩你老人家，做一個首領，率領他們哥幾個，辛苦一趟，不知你老人家還有這份興頭沒有？」

連珠箭何正平喟然一嘆，哂然搖頭道：「我小弟倒還老有少心，可惜力不從心，已變成殘廢人了，我這腿太不得力，我只好敬謝不敏，對不起姚大爺。」

姚書紳望著何老的面色，諛道：「你老太謙，虎老雄心在，英雄還在晚年，我剛才見您上馬下馬，一切都好，您不要推辭吧。」

何正平仍在推辭道：「不行了，不行了，廢了！」

姚書紳依然慫恿說：「你這令師姪沒有落在敝村，一定落在鐵牛堡了。你老這一去，可說是兩便。一來給我們村中的幾位能手做個領率，二來你也可以親自尋找令姪。我敢斷定，令姪十之八九，是失陷在他們那邊了。」

何正平聽到這裡，眼光霍霍地望著摩雲鵬魏豪，魏豪微微點頭。連珠箭又看自己女兒的神色，女兒何青鴻神情躍然，雖當著村主人，坐在下首，不敢插言，可是她正挨著魏師叔，便悄悄地一肘魏豪，低聲說：「七叔，你勸爹爹走一趟。」連珠箭早看見了，微微一笑。

那村主人姚書紳也瞧出來，忙將話鋒一轉道：「何老前輩，我看你不必推辭。你本人年高，用不著爭名爭勝，可是你正好鼓舞他們少年。你等我把我這幾位朋友引來，他們全都欽慕你，要想見見高賢。你只帶他們到鐵牛堡，涉險的事叫他們年輕人去做，你只給他們督後隊、巡風看起落。還有你這位令友，這位魏仁兄，想必武功很好，我們一見如故，我也打算……」說著向魏豪拱手道：「我小弟愚不自量，要麻煩生朋友。你別見笑，我和何老前輩是至好，你是何老前輩的朋友，咱們自然都是朋友了。魏老兄，簡直今天好比見『財』起意，我一定要奉求你拔刀相助，再請你替我勸駕。」

姚書紳又向何青鴻說：「何小姐是名父之女，武功一定是很可觀。我也一併奉求幫忙。好在只是入堡探尋囚牢，是祕密的事，鬥智不鬥力，你們三位我全要麻煩。」

姚書紳反覆慫恿，果然何青鴻先沉不住氣，魏豪蓄意未言，何青鴻徑直湊到父親面前，低聲說道：「紀師兄多半落在鐵牛堡了。爹爹，咱們去吧，你一開頭不是打算先到姚山村，後到鐵牛堡麼。現在人家又煩咱們，咱們又得了幫手，正是一舉兩得，咱們去吧。」

連珠箭何正平哈哈一笑，對摩雲鵬魏豪道：「小孩子都是沉不住氣，你看她先急了。」轉面對姚書紳道：「我不是推託，實在正因為鐵牛堡裡面，我也有熟人。第一叫他們知道我在這邊幫忙，他們必要不痛快我。姚爺如此諄勸，我去是可以去；只有一節，千萬請您囑咐他們祕密一點。我們的來意，是在尋找我那師姪，尋著了他，我就告辭。姚仁兄不要笑我為德不卒。我還有一點意見，你們這場械鬥，打了十好幾年，何日是個了局？我想給你們說合說合，不知貴村諸位首腦人物，願意不願意？」

姚書紳歡然道：「我先謝謝何老前輩的盛意。」又向魏豪揖，然後說道：「何老前輩，您想我們都是安善良民，誰還願意丟下正經生意，一味好勇狠鬥不成？只是對方欺人太甚，故此我們箭在弦上，不得不發。何老兄若能找出他們那邊主事的人，給我們了一了，當然我們求之不得。只有一節，他們鮑家四虎氣焰太盛，又不幸他們勾結了喪門神一夥子水寇，為非作歹，日趨下流，只怕好生講和，他們未必甘心。他們一定要搶一步先招，我們這邊又不服氣，這樣就僵住了，越鬥越凶。我也知道不得了局，終有一場大禍。」姚書紳咳了一聲道：「後患真不堪想像，只看何老兄這回幫忙的結果了。」

姚書紳見何老已允諾，立刻把村中要人引來，雙方相見，最要緊的，自然是今晚要探鐵牛堡的那七位武林人物，全都少年英勇，初出茅廬，不畏險阻。姚書紳先給他們引見了，又盛誇何老的威名，然後設宴歡飲，即席商量探堡的入手步驟。

姚書紳首先說出鐵牛堡中，一夥水寇，武功並不見如何，只是喪門神弟兄幾人，其中並有他的胞妹飛來鳳，專會使用暗器，稍不留意，就會上了當！

這時在座的何青鴻，早聽得入神，口口聲聲非要隨同爹爹走一趟不可，到底要看看鐵牛堡裡有什麼祕密？何老英雄只能瞧著女兒，生怕她年紀輕多說話，立時向姚書紳說道：「鐵牛堡裡幾位武林人物，我很想見識他們，此去的目的，並不是要拚個死活。如果能息事寧人，化干戈為玉帛，也不枉此行。同時我能尋找到我的師姪，早了卻心願是最好不過。」

姚書紳聽過何老英雄一席話，也點頭稱是，藉著話題又斟問起何正平的這位師姪的來歷，將來尋到之後，是遠走他方，還是回歸鄉里？

何老英雄難以答言：「將來如能找到，還是隨他魏師父雲游訪友，因為他們有一樁大事未了。況且紀師姪是奉母命隨他師父外出，不料先遇著姚山村、鐵牛堡兩村械鬥，弄得彼此不知下落。魏師弟才隻身找到我家，要我念當年之情，訪個水落石出，救出紀師姪。」

旁邊坐的何青鴻小姐，忙著插言：「剛才聽說鐵牛堡有一個女寇，她的武功怎麼樣？使什麼兵刃？」

姚書紳回答：「這個女寇並沒同本村的人會過陣，聽說慣使一柄寶劍，她會打三四種暗器，還有一個迷人香囊。只要跟她動手，微微聞到一股香味，立刻就能暈倒，失去知覺，那還不束手被擒麼？何小姐此去探堡，須要切記這女寇手中暗器要緊。鐵牛堡周圍防禦，也很嚴密，四外俱有土壕塹溝，還有一段河流，約有丈來深淺，河流湍急，也沒船隻，外人不能輕易進入堡內。鐵牛堡一幫土豪，倚仗有幾處險要，才和姚山村對抗為仇。這十幾年中，可以說沒有度過一天消停日子。」

何正平父女二人、摩雲鵬魏豪和姚書紳談了許久，無非是村堡之事，魏豪又述說了過去和紀宏澤出門訪友經過，再三叮嚀大家嚴守祕密。

少時姚書紳把探堡的七個壯士先後邀到，引至客廳，與何正平、魏豪相見。七個人高高矮矮，俊醜胖瘦不一。

一個叫鐵笛彭青，是個俊俏灑脫人物，年約二十八九歲，長衫絲履，像個儒士，卻有很好的武功。

其次，是鄒桐年、董俊千兩個師兄弟，是外鄉人，年約三旬，黑面長身，形貌壯猛，看來倒像親兄弟，其實是同出一個師門罷了，乃是少林寺的別支，最近被姚山村邀請來幫拳的。

他二人的本業原是鏢師，故此這兩人江湖氣很重，雖穿長衫，短才掩膝，說話嗓門很大，原籍是河南省南陽府人氏。

又其次兩個人，一個叫許延華，年約四十六七歲；一個叫許少華，年約三十一二歲，乃是親叔姪。本業是一家當鋪的護院鏢客，善打暗器，善於飛簷走壁，也是近兩個月才被姚山村羅致來的。就請他叔姪，教給本村鄉民練習飛縱術和發暗器的功夫。這五個人全是外姓朋友。

末後還有兩個人，一個姚承權，一個姚承鈞，是堂兄弟，姚山村的居停主人，比會頭姚書紳晚了一輩。這兩人手底下也有兩招，可是俱在青年，不過二十多歲，正在努力習武，前途難以限量。這兩人一胖一瘦，形貌大異，只是性情非常相投，好交朋友，待人熱忱。

這七個人，最屬許延華年長，最屬鄒桐年和鐵笛彭青兩個人拳技高超。因為是要乘夜探堡，故此經過一度選拔，他們七個人，全都是上選人才，全都精於縱飛術，打暗器也都很高。

在廣廳上彼此見了面。這七個人似乎早聽姚書紳稱揚過連珠箭何正平的威望，一個個全都向何老深致欽仰之意，卻又微露疑訝之情。大概因為何老足跛面瘦，身材本矮，他們覺得名不副實似的。

何老已然覺察出來了，微微一笑，向眾人抱拳答禮，十分謙遜，面對著大眾，目視姚書紳說道：「姚大哥把我捧得太高，我要摔下來更重。你們眾位所聽到的乃是十幾年前的我，現在的我早成了廢物了。眾位不要聽信姚大哥的謊言吧，我區區在下只是一個又瘦又瘸，死了半截的朽骨而已。」說罷哈哈大笑。

別人聽了不甚留意，那許延華卻從這一笑聲中，聽出何老聲若洪鐘、中氣甚足，人雖瘦，腿雖跛，兩隻眸子顧盼閃閃，依然流露出少年的火焰；當即賠笑道：「何老前輩太謙了，英雄仍舊是出在晚年，我們都是些末學晚進，還盼望前輩英雄不吝賜教才好。」

那個鄒桐年依然詫異，臉上帶出相來。何正平衝他笑了笑，特意湊到面前，客氣了一陣。隨後又由居停主人姚書紳，引見這七人與魏豪寒暄了，又與何青鴻小姐施過禮，大家便相謙相讓落了座。獻茶，對談，應酬了一會兒，立即擺宴。大家推何正平上座。何青鴻是個女孩子，姚書紳忙命家人告訴內宅，打算由內眷另行設宴，款待青鴻小姐。

何青鴻唯恐她父拋下自己，獨自隨眾涉險，因此不肯離開客廳，緊挨在父親肩下，依依不捨，輕輕說道：「我不進內宅了，我和姚伯母又不認識。爹爹，我只在這裡吧。」

何正平道：「豈有此理，這裡哪有你的座位？」

何青鴻道：「我不嗎！我不吃，我也不入席，我就在這兒等著您。」何正平不悅道：「你怕我丟了不成？」父女低聲呶呶爭辯。

摩雲鵬魏豪不由得笑了，說道：「青姑還是小孩兒呢，離不開爹的。」

姚書紳看出意思來，說道：「何老前輩，這麼辦吧，您和令愛小姐，還有魏仁兄，可以坐這一桌。叫他們七個人湊一桌，也很方便的。」忙吩咐下去，少時果然擺上宴來，分為兩桌。何青鴻這才把皺著的眉峰展開，換出笑容來。魏豪看她這意思，大概比紀宏澤脾氣還擰。可是擰之中，又帶著撒嬌的憨態。魏豪手綽酒杯，微微地笑了。

兩桌酒並擺著，居停主人周旋兩邊，一一敬酒，三巡之後，歡然共飲，談起探堡的打算來。何正平勢不可免，必要以身率先。何青鴻低聲央告她父，還是那句話，她要跟著何老寸步不離。

何老生了氣，捽筷子，吹鬍子，瞪眼。何青鴻歪著頭，靦著臉，一口一個「爹爹，我去。」又在桌子底下，用她的纖足，微蹙魏豪道：「七叔，您替我勸勸爹爹。」

魏豪笑道：「三哥，你看看，你不叫青姑跟去，她真不放心。」何老咳道：「當著這些生人，你一個女孩子，你不害臊麼？」何老瞎攔了一陣，到底依了女兒。何青鴻這才笑了笑，不再麻煩了。

何正平、魏豪和青鴻三個人，加上姚山村的七個人，恰湊成十個人。另外由姚書紳加派四個人，出發時，作為開路先鋒兼嚮導，探堡時留在外面，打接應，傳消息。這四個人不會飛縱功夫，故此不能入堡。仍由他們十個人，用夜行術，分道進堡，一來救人，二來示威。

就在宴席上，商議分工合作的辦法。十人分兩隊，每隊五個人，推一人為領袖。東路一隊，由許延華率領，許水華、鄒桐年、董俊千、姚承權，算是一路，由鐵牛堡東圍牆襲入。西路一隊推何正平為領袖，率領何青鴻、魏豪和鐵笛彭青、姚承鈞，算是又一路，由鐵牛堡西襲入。各路預備下火筒、繩梯、軟索、破鎖的傢伙，背人的搭包，禦敵的暗器。每一路上，全要有一個熟悉鐵牛堡內部道路的人，作為嚮導；也必有一個武功精強的人，專為禦敵斷後；兩個飛縱術高超的人，專為背救俘虜出險。只要背出堡外，便由那四個打接應的人迎接上前，以便接力代背。然後努力奔逃，只求渡過械鬥場兩交界的小河濱，就算成功了。

在這河邊上由姚山村的人埋伏大隊，表面裝作守界值崗巡邏之兵，骨子裡正是探堡十人的後援。卻是這個大隊也只有五六十人，只可在河邊巡守，不能渡河的。因為敵人那邊本有防備，雙方械鬥儼成敵國，這一道小河恰恰成了界河，雙方都屯兵守夜，只能單人偷渡，不能大隊公然涉河。你這邊只要有較多的人數，過渡口越入敵界，敵人那邊立刻知道對方要偷營夜戰了，轉瞬之間，烽火齊舉，警笛連吹，全村全堡得到警耗，立刻亮出大隊前來迎敵了。

因為有這等緣故，姚山村此次探堡，最多只能派十來個人，而且必須化裝分路，還要聲東擊西。若想從堡東混入，必須派人先在堡西南誘敵。姚書紳和何正平、許延華等，把探堡人選任務議定之後，把誘敵的人也撥派好了。跟著計議入堡得手以後的步驟。

姚書紳一一諄囑眾人：「我們此行既然志在救俘虜，示武威，進了堡之後，我們只可以攪擾敵人，惑亂敵人的軍心，除非迫不得已，千萬不要搶先傷人，更不可放火。要知道我們會放火，他們也會報復咱們的。我們這次探堡，只算是報復之師，因為他們無故來刺探我們村內，所以我們才投桃報李，還他們一下。我們只略略示意，適可而止，不要變本加厲。況且一把無情火，固然足以洩憤，卻勢必毀害了良家。」諄囑至再，成行的十個人全都表示同意。

卻還有一事未妥，西路首領，大家推舉了連珠箭何正平；何正平自以年長，本有允意。偏偏看見那個鄒桐年，向鐵笛彭青微微示意，背著身子，指著何老，意思之間，有點不放心，或者簡直說，有點不服。

何老久涉江湖，閉著眼也能看出人的心意來，何況他們嘀嘀咕咕的樣子，已然明白了。何正平把傴僂的老腰一直，搶到眾人當中，大聲地說話，敬謝不敏：「古董越老越值錢，人要老了，就完了。」他向大眾普遍地遜讓了一遍，隨後單盯住居停主人，話卻向大家說：「諸位不要因為我痴長幾歲，就這麼抬舉我，我無奈是抬不起來的人物了。諸位仁兄請看……」往前走幾步，往後退了幾步，笑著說：「我不配做諸位的先導了。我這樣一瘸一拐的，有誰扶著我走才對勁，我哪能搶頭陣呢？姚大哥，你另舉吧。」

果然何老步行起來，一瘸一點的。姚書紳道：「何老前輩，不要客氣吧。你的飛縱術，江湖聞名。」何跛道：「你說的那是先前。」

姚書紳道：「你走著瘸，跳起來卻高，算了吧，何老前輩。況且探堡的事，最要緊還是隨機應變，搜牢救友，動的是心眼，手腳倒在其次。」

那許延華也幫著勸道：「我都不推辭，何老前輩更要從實吧！」一詞群勸，磨翻良久，鄒桐年見何老直拿眼睃他，他也覺出不得勁來，和鐵笛彭青一齊湊近勸駕。何老只是笑，仍無允意。

魏豪最心急，忙繞過來，向眾人道：「我三哥不僅是客氣，情實他上了年紀，叫他打頭陣衝鋒，我也不放心。這樣辦吧，我小弟可以從旁替我三哥效勞。三哥也無須再推，諸位也不必再議了。」

這樣，就算定局了，宴罷茶來，一面調派，一面商議細節，一面等候時間。耗到二更將近，十四個人結束停當，各藏好兵刃。何青鴻自然緊隨她父，通身換了女子夜行衣，頭紮青絹包頭。足登鐵尖軟底窄靴。另備男長袍、男冠、男履，打做一個小包，背在背後。別人的打扮也一樣通通夜行衣，背行囊。

這時月色昏沉，山風振振作響。何正平已將鐵牛堡往來的通路一一問明，隨即告便，站起身來，走到外面，仰頭觀望天星。眾人也都相率跟隨出來，何正平又請姚書紳陪伴，走上瞭望臺，看看四面的形勢。此時銀河耿耿橫空，無數星群閃閃䀹眼。

何正平倒背著手，縱目前瞻俯窺，向魏豪道：「七弟你看，下半夜必有月亮，這得緊趕，時候恐怕是到了。」一抬手一指，對姚書紳道：「那道黑壓壓的那一大片，可就是鐵牛堡嗎？」

許延華答道：「你老指的那邊，過了鐵牛堡了。鐵牛堡就在這邊，離我們這裡不過二十里。」

大家都站在臺上，縱目瞻望，天色太暗，只辨出一塊塊的黑和一條條的灰。何青鴻年少眼尖，可是她任什麼也看不出來。她說道：「我們該走了吧，你老看什麼？我看你老任什麼也看不見。」何正平呵呵地笑了，說道：「糊塗閨女，你給你爹洩底，你知道我看的是什麼？是看方向，是看遠近？」說得魏豪也笑了。

在這黑成堆的村莊遠影，和灰成線的道路遠影之外，還有一條曲折迂迴的亮灰線，那正是織女河，三面環繞著姚山村和幾處鄰村；水道略似弓形，比弓更多幾道小彎。姚山村就在弓彎裡，鐵牛堡卻在弓背外了。何正平很細心地指東問西，鐵笛彭青、鄒桐年之流，都暗笑他瞎看瞎問。跟著走下瞭望臺，何正平請教彭青、許延華：「我們到了該走的時候吧？」

姚書紳道：「現在還差一刻不到二更，何老前輩請進客廳再喝一會兒茶吧。」

摩雲鵬魏豪插言說：「不然，我們三哥說得很對，我們得趕緊走。我們這裡距鐵牛堡固然不甚遠，可是我們偷渡關卡，步步閃繞，恐怕也得費一個更次，才能到地方。此刻動身，正好是不到三更，就進了鐵牛堡。不到四更，就可以往回返。這樣我們才有半個更次，能夠做活，似乎稍微緊迫些，可也不能太提前。現在走正好，再晚了，天一亮，我們去能去，回可回不來了。」

大家聽了，齊誇一聲：「你說得很對。走，我們這就動身。」

姚書紳忙道：「既然如此，我先傳知他們一聲。」立即派出一個人，先一步通知本村各卡，仍不明講，只說隨後有幾個人要下山，也許過河；又把那一小隊管策應的鄉團，也關照了，叫他們如時發動。於是，兩路探堡壯士，九男一女，由四個引路人當先開路，徑走姚山村後山坡，姚書紳親自送行。僕從人挑燈照著護送。

姚山村在起更之後，早就派出鄉團巡邏守崗，並已發出口令。姚書紳送出一段路，這才把下半夜的口令，低聲告訴了連珠箭何正平父女和摩雲鵬魏豪，是上一字「承」，下一字「平」；問「承」，答「平」，問「平」，答「承」。上一字管上半夜，下一字管下半夜；儼然有了軍隊的戒備氣象。

村莊本建在半山腰，送過頭道卡子，何正平拱手道：「姚兄請回。」姚書紳道：「請，請，我總得送到山根。我還得支派他們給你們幾位打接應哩。」

於是又挑著燈籠，走到山腳下，這面前又要透過一道卡子。說是卡子，無非是一座板屋，兩排拒馬木柵，挑著一個氣死風燈，有四個人乃至八個人，在那裡分班值崗，走來走去巡風罷了。不能說他沒設防也不能說他關防很嚴，他們究竟是百姓、鄉團罷了。

但是何青鴻看了，卻十分驚訝，低聲問她父親：「他們整天整夜總這樣麼？」

何正平道：「糊塗閨女，這個你又覺得稀罕了？我告訴你，咱們這裡是這樣，他們鐵牛堡那邊更是這樣，恐怕比這裡還要緊一層哩。你一定要跟著我，你有本領，當著這些人，又點著燈籠，你可能偷闖得過去嗎？」

十數人且說且走，何青鴻連忙說：「爹爹，您等一等，讓我闖一闖看。我闖一闖，您瞧著。」很著急地講著話，立刻抽出兵刃，摘下肩頭掛的彈弓，悄悄躡足斜趨關卡。

卡子旁搭蓋著那麼一座柴棚板屋。因為地當關要，這裡總是八個崗。卻散列開，在板屋中歇班的四個人，正在卡子附近潛伏的四個人。何青鴻姑娘看了看前後左右，四個暗崗被她發現了三個，都蹲坐在暗隅黑影中呢。前仰後合的，拉著兵刃，大概被涼風一吹，犯起困來。倒是板屋中的四個歇班的鄉團，正在裡面聚賭，無非是竹牌頂牛、推牌九，「長三」「大天」，鬧得正歡。何青鴻精神躍躍然，借物障身。嗖的一躥，又嗖的一躥，把彈弓扣上了彈丸。她要先聲擊滅當路的一盞燈，然後摸黑影一跳，便可以跳過了拒馬。

剛剛嗖的一聲，同時聽見黑影中喝了一聲：「誰呀？口令？」跟著啪的一聲，連珠箭何正平登時哧然一聲輕笑，鄉團首領姚書紳同時「哼」的一聲冷笑。面前頓然一黑，何青鴻姑娘一掠而過，從攔路木柵上面飛躥過去。木柵有一丈來高。

板屋中推牌九的守崗鄉兵，譁然搶出來，問道：「什麼事，什麼事？燈怎麼會滅了？」一迭聲地發問。那個伏在暗隅的鄉兵，首先發覺何青鴻的情形可疑，既問之不答，又張弓硬闖。

燈光一滅，他登時大喊起來：「快快，夥伴們，進來人了，進來奸細了，攔住他，放箭，放箭！」其餘暗隅中的人也都躥起來亂喊：「什麼人，什麼人？站住，口令！」可是何青鴻早格的一聲嬌笑，如飛地越過了木柵，如飛地搶奔出山口了。

八個崗兵要鳴鑼糾眾，姚承鈞連忙阻住。姚書紳很惱怒，厲聲斥責八個人：「虧了這是自己人，試探你們的，若真是敵人，還不是願來就來，願去就去麼？你們就知道瞎嚷，哼，還要錢！」痛痛訓斥了一大頓。八個崗兵面面相覷，方才明白，這是自己人偷渡關卡，特為考查他們勤惰的。

姚書紳吩咐他們重新點上燈，加緊戒備，再不許疏忽了。

雖然這樣說，他心中怏怏不樂，想到這八個人如此不盡心，別人也就可想而知。

連珠箭何正平暗地歡喜，看見女兒身手畢竟俐落，雖然終不免被崗兵發覺，可是她到底闖過去了，看來她膽力是有的，機警夠用的，功夫也算拿得出去。他見姚書紳兀自盛怒，忙大笑著安慰道：「姚仁兄，你無須過慮，你要看事看兩面。你瞧著他們哥兒八個似乎疏虞一點。可是由這一來，我們去到鐵牛堡探險救友，不也就如入無人之地了麼？咱們的人疏忽，他們的人必然也疏忽。咱們能夠闖過咱們自己的卡子，咱們一定能夠闖過敵人的卡子。得了，可以預計，我們這一趟，一定是馬到成功。」說著，哈哈地大笑。

那何青鴻自然十分得意，把弓重搭好，說道：「爹爹，怎麼樣？」

眾人見了這情形，方才深信何老果然名下無虛，他女兒既然有這麼好的功夫，正是將門出虎女。大家不住口地盛讚何青鴻姑娘，倒把她讚得忸怩起來。

並且何正平的話說得很俏皮，尤其是觸景生情，由於自己卡子的疏忽，推論到此去探堡必獲成功。眾人欣欣然都有喜色道：「不錯，不錯，卡子好闖。」

姚書紳也就改嗔為喜，把八個人再誡飭一頓，又吩咐眾人，把剛才的情形，通傳各處關卡，一體小心戒備，萬勿疏忽，尤其不許值崗之時為破睡而聚賭。跟著把那支策應兵也調遣好了，然後正式告別，預祝成功。他向十四個人一一拱手道：「諸位仁兄，受累偏勞吧，請多多保重，不要貪功。請看事做事，要提防他們的暗箭和陷坑。」

十四個英雄把精神一提，眼向前途一掃，用沉重的語調，低聲齊說：「會頭放心，您看著吧！我們這一去，多少帶點東西回來。又有何老英雄父女幫著我們，一定馬到成功的！」相對抱拳分手；十四個人立即啣枚疾走，大寬轉，繞奔織女河支流。

十四個人約定，要在渡過織女河支流之後，再行分路入堡。他們預備得很好，在這支流淺灘前後，儘是些葦叢楊柳，起伏掩映。四個引路人火速地搭架擺渡。

這只是小小的一隻木筏，預先備好，停在小溪這邊；用時可先遣人泅水過去，用繩子牽引。把木筏拽到彼岸，再拽轉來，以免被敵人利用。筏上只能對付著坐三四個人，且須趴伏著，四個引路人先渡過去，往四面急急搜尋了一回，居然沒發現敵蹤，跟著便來引渡大眾。

由姚山村奔鐵牛堡，本有三四處岔道，中間還有六七座村落，就如棋盤上的黑子似的，錯錯落落夾在兩個強大村莊械鬥場中間。這些小村落，大抵人少村貧，勢力寡弱，對這械鬥的雙方都不敢作左右袒。他們兩家每一械鬥，這些小村便受擾害，最覺著不便是一出一入，不能自由。兩邊的卡子往往橫堵咽喉，下在這些小村出入路口邊上，小村居民單身出入，全被鮑、姚兩家的鄉團檢查盤詰，他們都是安善村民，竟沒法子抵抗。

現在連珠箭何正平等所要偷渡之處，正當織女河支岔一處淺灘邊上，距離姚山村，是往後退繞出三四里地，恰當雙方械鬥場的界外，是最遠最僻的一個所在。淺灘上叢生著蘆葦雜草，頗宜於偷渡。本來在此地，也曾設過卡子，但因雙方械鬥，相持之日過久，漸漸地耗得不耐煩了，雙方相率把不甚重要的卡子漸漸撤回，縱然不時派人巡視，究竟留下空隙，姚山村便決計由此乘虛而入。按路線說，一往一返，卻已經繞出七八里地了。

引路人用小木筏偷渡淺灘，十四個人全都悄悄地過去，敵人那邊果然神不知、鬼不覺。頭一個覺著詫異的，便是何青鴻姑娘，張目四望，遠近寂然無聲，低聲對她父說：「偷營就這樣容易？」

魏豪笑道：「這只算剛走出自己家門，你再往前闖，你再看。」何正平道：「噤聲！」

許延華在黑影中說：「姑娘的膽氣真好，你一點也不害怕。」何青鴻道：「您叫我怕什麼？」許延華道：「人家男子還有怕黑的啦！」

何青鴻笑了一聲，何正平又重禁止道：「別言語。」

於是留下一個引路人，在這裡看守木筏渡口，其餘的人立即繞著淺溪，鑽入前面的荒林，啣枚疾走，轉瞬走出林外。

這樹林正是紀宏澤遇見鐵牛堡的人上當的那地方。前后土崗起伏，叢草叢樹頗多，眾人擇徑深入，曲折而行，由河灘起，又已走出六七里，仍未發現鐵牛堡卡子。各人都不言語，只側目瞻前顧後，提防著黑影中的埋伏。

何青鴻姑娘乍試身手，走得很加勁，展雙眸東張西望。又走了一程，方才覺出他們走的方向，乃走先退後繞再往前轉。

她不禁又說道：「怪不得沒有埋伏，我們還沒有走到敵人地界以內呢。」

魏豪、姚承鈞齊說：「不，不，這已然到達他們的勢力圈了。河那邊才是姚山村的陣地，剛才那小河就是界河。」

約莫又走了七八里地，迎面有一片濃影，像是村落。引路人遠遠站住，眾人也陸續站住。姚承鈞低告許延華、何正平說：「前面是個小村，乃是鐵牛堡的頭道卡子。要是繞過去，得多走一二里地。若是不繞，我們得偷闖。」

何正平道：「前面是怎麼樣的卡子，叫什麼地名？」回答道：「這地方叫做馬坊村，村中有座小鋪，鐵牛堡的人大概跟開舖的林老頭沾親，聽說他們在那小鋪裡安放著三四個崗。究竟我們是躲過去，還是闖過去？」

何正平問許延華。許延華說道：「只不過多繞一二里地，就走過去了，我們不必在這頭道卡子上，打草驚蛇。」大家也都說：「對！我們繞。」立刻由引路人鑽入道旁禾田，斜岔過去。

但是，只岔出二三里地，前面又有村莊，地當衝要，如欲直赴鐵牛堡，必須掠村而過，引路人又請問連珠箭何正平。何正平先仰望天星，次遙瞻前路，旋又盤算時候，然後對許延華道：「我們要是再繞，得繞出多遠？」

鐵笛彭青從旁答道：「須繞出七八里地。」何正平道：「不好，不好，再這麼繞遠，恐怕我們回來的時候不夠了。這似乎得闖。」大家全說：「闖，我們穿村硬闖。」

這村莊叫柴家坡。這道卡子，大約敵人傍著村口，安放著四五個人，還搭著窩鋪。摩雲鵬魏豪說：「我們就是闖，也是以偷渡為妙。」大家也都以為然，一齊伏身用力，展開夜行術，嗖嗖地往前躥。村前農田還有晚成的莊稼，沒有收割，十幾個人一道線似的鑽入禾田，依然由引路人當先開道，許、何兩個首領持兵刃斷後。

這道卡子據白天刺探的所得情報，原說是約有四五個人，此刻入夜之後，也不知是全撤回去了，還是在窩鋪睡熟了；他們這些人居然平安渡過，連村中的狗都沒有驚吠。十幾個人，內中也有三四個初試偷渡關津的滋味，握著暗器，提著兵刃，本預備敵人驚覺，立即襲攻；多半提精會神，心情緊張，料到必有一鬥。並且祕商著，敵人只要喊，就把他掩捕住，捆臂塞口，不叫他驚動後方。哪知白使了一回勁，反倒沒事。於是他們又覺著高興，又覺著失望。只有何、魏與許延華幾個有老經驗，還都淡然置之。

跟著又闖過一道卡子，連前共闖過三道子，何正平一面腳下加緊，一面問女兒：「青兒，怎麼樣，累不累？」何青鴻一點不覺累，更覺有趣。但是他們的人卻減少了，每過一道重要卡子，必將引路人留下一個，作為巡風轉信之用，現在深入已經十六七里，四個引路人全都留在半路了。只剩下他們九男一女，續往前進。又走了三五里，鐵牛堡已在面前不遠，這十個人按原定計劃，立即分開。

連珠箭何正平父女、魏豪、鐵笛彭青、姚承鈞，這五個人，趨奔堡東。許延華、許少華、鄒桐年、董俊千、姚承權，這五個人趨奔堡西。引路人既都留在半路，那麼做嚮導的，只恃姚承鈞、姚承權兄弟二人。

在分途之前，九男一女望堡止步。環顧四面的形勢，據二姚說，再往前走，只隔一個小村，便是鐵牛堡。現在置身處，已算達到敵人腹心要地。可是四面並沒有瞥見敵人埋伏，只隱隱望見鐵牛堡附近，偶有星星火火，在曠野閃爍，既不聞人聲，也不聞犬吠。大家聚神遠望，都不免心滋疑猜：「敵人竟會這麼疏忽麼？」尤其姚山村的人，互相低語道：「難道他們比我們還大意不成？」

這裡面只有魏豪心中潛笑，暗道：「你們也夠大意的，我一連數日，連進你們姚山村也是如入無人之地。」他們還自覺偷渡的本領高強，魏豪卻已料到，他們雙方械鬥太久，日久就人心疲怠，縱然層層設卡，可是晝夜不閉眼，一味死守，任誰也做不到。老虎也有眨眼的時候，何況鐵牛堡、姚山村的人，全不能一味械鬥，白晝仍要照常生活。

這九男一女小心而又小心，把鐵牛堡的地勢看而又看，挑出兩股道，認為可以偷渡，立即分開了。個個暗道一聲珍重，霍然分開，各往前再闖。五個人往東，五個人往西，先越過小村。這小村便是金慧容引誘紀宏澤偕逃投宿之所。跟著分途再往前進。忽然間，小村中出現了一條人影。這人影正是鐵牛堡守卡的一個鄉團。

第二十五章　魏豪求援尋故友

第二十六章　父女仗義探賊穴

這鄉團大概首先瞥見了許延華他們那一撥的人影。隨後一扭頭，似又瞥見連珠箭。這個鄉團登時喊了一聲。

許延華的路線近，已然越過這小村，突聞呼聲，立刻率四個同伴，一頭鑽入路旁矮林中。連珠箭何正平的路線遠，剛剛率侶斜繞到小村東邊，突然發現村口人影一閃，他急忙發出暗號，挺身一竄，竄到旁邊一棵大樹下。其餘四個人也急急藏起來，有的上樹，有的藏在土坡後，有的無處可躲，半躺在地上。

天色昏黑，這守卡的鄉團名叫鮑三旺，連聲喊問口號，東西兩面全不見回答。

鮑三旺立即縮身回去，叫齊了同伴，一共六個人，提刀矛、火筒，吆喊著重尋過來。只這一隻火筒，西邊照了一照，東邊照了一照，竟沒有照見人蹤。鮑三旺乃是守卡的頭兒，忙督促五個同伴，到兩邊樹林細搜，繞林轉了兩圈，一無所得，抽身回來，又撲到東邊。卻不知東邊的人已然挪了地方，他應該分開人，兩面齊搜，鮑三旺卻恐敵暗己明，吃了大虧，這麼稍一持重，許延華引領同伴，已然蛇行而去。連珠箭何正平所遇的地勢不利，僅僅挪開，仍不能離開；他便急引同伴，反倒冒險襲入小村。鮑三旺在前村口尋找，他們從後村口溜入村內。

鮑三旺還要過細重搜，他的同伴都以為他眼迷離了，對他說道：「咱們不要虛驚虛詐了，也許是鄰村的人，也許是過路的人，就是姚山村的奸細真敢闖來，那簡直是送死。」

六個守卡的鄉團又虛喊了一陣，又重繞了一圈，到底丟開了。幾個人仍回板屋，鬥起竹牌來。卻不知連珠箭何正平五個人，恰恰偷伏在板屋之後，要偷聽他們談話，刺取堡中的消息。

何正平一條腿雖跛，飛縱術施展開來，毫不見減色。掠空一躍，蜻蜓三點水，半點聲音不聞，便由藏身處，躥到板屋後面，值班的人竟沒有覺察。那鐵笛彭青也掠空一躥，襲入小村，隱藏在人家房舍後。何青鴻和魏豪，也都覓好了障身處，相繼往前，深入一步。姚承鈞稍稍落後，可也躲過了敵人的燈光，斜繞到小村一個僻角落。於是五個人先後闖過這一關，暫不前進，先偷聽動靜。

板屋中的人漫不加察，照樣呼么喝六，重新熱鬧起來，卻是誰也不談械鬥，一味縱賭。

連珠箭何正平在板屋後窗聽了一會兒，一無所得。仰頭一看，屋後有樹，悄悄攀上去，展目四望，只有彭青離開最近，何青鴻反倒隔在那邊。何正平急急做了一個手勢，往東一指。

彭青也正張目四尋，見狀也做了一個手勢，照樣關照別人。一霎時，五個人互相知會，默喻無言。卻是板屋外邊還有兩個崗，五個同伴不約而同，各走各路，一律改為蛇行，貼牆根，走黑影，從村後繞行，襲入禾田。

眾人仍舊是何正平打頭陣，何青鴻緊釘上去，五個人散為三撥。何氏父女當前，姚承鈞是嚮導，反而落後，魏豪與彭青倒成了斷後之兵。越過禾田，闖過這道卡子立刻腳下加緊，直搶鐵牛堡東圍牆，一眨眼，到了壕溝邊。堡牆上有更道，更道上有巡邏，堡柵門加大鎖，門裡邊有燈光，何正平到了這時，當仁不讓，默揣形勢，奮勇搶先。他認為該這樣走，他就首先這樣走；認為該那麼避，就首先那麼避，其餘四人銜枚相隨。彭青這時覺得十分欽佩，何老腿雖跛，眼力很準，武功更精深。

連珠箭何正平已到壕邊，又往後退，先擇隱身處，略避一避；等候夥伴來齊，他又一指牆圍，東面偏南，似乎偷襲較易。五個人只略緩了緩精神，立即蛇行急進，到得壕邊，齊逞身手，用飛抓繩索，硬往堡牆上躥。

那一邊許延華也是這樣，許延華、姚承權開路，董俊千、許少華居中，鄒桐年斷後。但是這五人較比何正平一行，得著好地勢，很容易地脫出卡子，風馳電掣，撲向前途。前途便是小林，小林過去，隔著一道土崗，曲折一繞，便是鐵牛堡西面長牆。佇望長牆，有兩股道擺在夜影中。一股大道，地當衝要，似乎暗影中有人把守；一股窄徑，稍微繞遠。許延華向四同伴打手勢，決定要打窄徑透過。

姚承權趕上來攔阻，據他說，窄徑既遠，又不好闖，那地勢一夫當道，萬夫難渡，亂草叢生，敵人更容易設埋伏，五個人穿行其間，怕遭暗算。

許延華微笑低說，大道太寬，白茫茫一片，五個人穿行其間，恐怕被堡牆上敵人望見，與其露行，不如涉險。於是許延華先撲過去了，四個人推他為領袖，當然隨下來。這麼一走，恰巧走得是紀宏澤、金慧容逃亡的先路。只過了半個更次，紀宏澤便逃到這裡來了。

有土崗掩映，比較易行，五個人轉眼來到坡前。眾人還往前進，許延華道：「且慢。」命眾人在此歇一歇，他要獨自先去蹚道。

鄒桐年笑道：「我們現在算是到了地頭了，這就該進堡牆了。許老英雄你看，我們到底跑在那位跛英雄的前面了。我們趕快前進吧。」許延華笑道：「他們也不見得落後，我們也未必搶先。我們要緊的是，不要露形跡，不在乎快慢。」許少華道：「何老丈的武功也許很好，可是剛才闖卡子，他分明落在咱們後邊了。」

許延華道：「你不要小覷人，你年輕，不曉得連珠箭當年的盛名。」遂囑三人在坡後稍待，請姚承權偕同自己，往前蹚了一回，又登高一看。擇定路線，叫過同伴來，說道：「我們從土坡南邊走。」

他們立身處，正當堡西，許延華向眾人拱手道：「這一入堡，大家舉動務必要一致，要互相策應，千萬不可爭功。」約定之計，是入堡之後，直趨鐵牛堡中心偏南小廟，在小廟那裡，作為東西兩路會師之所。一出一入，一聚一散，事先商量了一個大概，此番告誡，只是許延華怕鄒桐年、許少華逞能罷了。

許延華抖擻精神，和姚承權斜趨西南，一路如入無人之境，很快地到達圍牆外土壕邊。堡圍上隱約都有浮光，猜知內部必有燈光。許延華巡牆半轉，情知堡上頗有戒備，這只有冒險硬襲了。擇而又擇，擇定一個地段，認為可闖，立即與姚承權當先而上；若有物障身，便疾馳猛進，若逢平坦大路，便不惜蛇行匍匐。這樣一步一趨，立即到了堡牆根，又恰好是金慧容、紀宏澤闖出來的那條路，正是那個圍牆破缺處，堆著好多磚，要修築還未動工。結果，這地方便成了金、紀的逃亡口，又同時成了許、鄒的襲入口，同時同地，各不相謀，只差半個更次。

這時正當三更左右，許延華五個人很容易地襲進鐵牛堡牆，許延華先跳入，姚承權繼跳入，其餘三人也跟蹤而入。

可惜人數稍多，多則顯形，末後兩個人竟被堡中巡邏人發現。卻沒有看真，只瞥見人影一閃，堡中巡邏有三個人正在牆頭更道上，人由外面襲入，他們沒有留神，直到跳進牆，才聽見微微地撲登一響。巡邏的人急急尋聲，提燈廣照，許延華、姚承權已然深入，董俊千也已掩藏過去，獨有許少華一股急勁，慌忙貼地一躺，平躺睡在地面上，假裝地皮一聲不響。鄒桐年也措手不及，趕緊往牆根一貼。兩個人一樣的心思，打算矇混過去。

巡邏的人不大容易受騙，竟巡過來，居高下瞭，先看牆外，再尋牆內。正值午夜昏黑，對面不見手掌。這三個巡邏人忙在堡牆更道上喝問：「誰呀？口令！」當然沒人搭腔，三個人不放心，就尋便道，走下平地，把燈火挑著，且走且照，且尋且問。認不準方向，先往北一照，又往前一照，更往東一照。

終於照到許少華、鄒桐年潛伏所在了。

許少華一見不得了，本來躺在地上，看燈光一晃一晃，漸到身邊，再不設法，就要被敵人當面尋出。他顧不得許多，挺身一躍而起，伏腰急躥，往黑影中一撲，彎腰急走，投入小巷，從遠處望，好似驚突駭奔的狗。

但巡邏的人不肯放鬆，就便是真狗，也要追過來看看。越發地逐影隨聲，直追過來。

許少華已然奔入小巷，他算脫過去了。鄒桐年貼住牆根裝鬼影，再想躲更來不及，他距離敵人更近。鄒桐年萬分無奈，把手一抬，撲的一聲，把巡邏的燈打滅，拔腿就跑，立刻也奔入小巷。

這樣他們的形跡竟已敗露。巡邏的人大驚大喊，火速地傳暗號，通知同伴。說是看見一個人影，越堡牆進來。堡中值夜班的人立刻調出十幾個人，大搜起來。

堡中人由這破牆搜起，探堡人已然合在一起，也急往堡的深處搜起來。自然，堡中人是搜諜尋仇，探堡的人卻是搜俘尋伴。

許延華馳入小巷，回頭一望，直等到許少華、鄒桐年先後趕到，顧不得抱怨他們，急急一招手，當先率領著，直撲堡南，尋找小廟。他們專逐黑影狂奔，堡中人卻穿大道傳呼不已。姚承權地理熟，許延華緊催著，曲折尋繞，一面尋廟，一面躲著堡中人，終於找到了約定地點，那座小廟。

許延華飛蹤當先，直到小廟前。黑影中，突然發出一道勁風。許延華一閃身，黑影中跳出一人，彼此齊往旁退閃，急打招呼。對面黑影中繼續跳出兩個人，後面鄒桐年、許少華等也先後趕到。雙方抵面，鄒桐年心中一驚，原來人家何跛子已然悄沒聲地先進來了；並且登房越脊爬牆登高，十分地活躍，十分地靈巧，並且人家一行五人，悄沒聲地襲進堡來，而沒有驚動敵人。那個女孩子何青鴻，居然也很不弱，人家照樣也能登房越脊，和自己不相上下。

兩路探堡的人剛一對面，立即往一塊湊。湊到一處，立即往黑影中藏，然後急急查點人數，十個人一個不短。同時互相招呼：「你們闖得怎麼樣？驚動堡中人沒有？露了形跡沒有？」

回答說：「還好，我們沒有，你們怎麼樣？」

「我們麼？」鄒桐年說出口來，實在有點慚愧，又不能不說，剛才坷坷地說出半句話，許延華忙代答道：「我們闖得不好，我們的行蹤，恐怕叫他們瞥見了。」鐵笛彭青道：「呀，他們綴下來了？」立即張目四顧。許少華接聲道：「他們只瞥見我們一個人，還是半信半疑，大概此刻把他們甩開了。」

其實瞥見一個人影，也是露了跡。連珠箭何正平安慰道：「他們至今沒有綴下來，想必不要緊。這是沒法子的事，十個人一塊往裡闖，哪能保得住不露形，我們這邊也是差一點。不過我們這路趕巧了，好像他們把守得松一點，現在我們動手吧。」

這工夫堡中已聽警笛之聲，繼續發動，堡中人也似乎正在奔馳傳信，實在是已深入虎穴刻不容緩，應該趕緊動手。兩撥人豁然重新分開，專鑽黑影，各走各路，各辦各事。

許延華一行五人，專搜囚禁俘虜之所。只要發現囚牢，便即動手搭救。連珠箭何正平一行五人，一樣也搜囚牢，按預定之計，卻先繞一步，搜尋鮑家四虎的住宅，刺探口風，一面尋找紀宏澤的下落，一面還要密尋一個熟人，名叫顧金林的，本在堡中幫拳，何跛子要找他替雙方和解。

兩撥人展開探堡的路線。這一邊，姚承權當先開路，從黑影中辨認高低起伏的宅院，指示寬窄不等的巷路，何處可行，何處當避，何處住著何人。許延華和許少華叔姪二人，就一左一右，在旁潛綴，要躲避鐵牛堡的守夜人，要立即找出囚牢來。鄒桐年和董俊千這師兄弟二人，就一前一後，登高瞭望。

五個人分三堆火速地排搜。上面要提防鐵牛堡的更樓瞭望臺，迎頭、背後、側面，要顧忌著堡中的埋伏卡子。

他們人人精神抖擻，要爭功，要搶先，不要叫何跛子奪了頭功，方才保住自己的體面。鄒、董二人更特別較勁，倒是許延華視不勝如勝，只盤算著救人之法，窺察著眼前之險，無心爭勝，志在成功。於是眨眼間，穿行數道小巷，越過數道十字路的夜班守崗卒，把全堡勘履了四分之一，卻仍未能發現囚牢的所在。許延華仰面一看，改計而行，叫鄒、董二人在平地走，他自己伴同姚承權，登高瞭望，要從各院落燈光影裡發現囚牢。囚牢沒尋見，他們改計，一徑向鮑家四虎的本宅搜勘過去。

那一邊，何正平和何青鴻父女做一撥，魏豪和鐵笛彭青做一撥，由姚承鈞開路，也深深地踏過鐵牛堡的全面積的四分之一。他們誤打誤撞，竟把囚牢發現了。

鐵牛堡圍牆內外的建築形勢，本來瞞不了姚承權、姚承鈞兄弟，他們姚山村和鐵牛堡，本是好幾百年的老鄰舊居，自然誰也瞞不了誰。雙方械鬥一起，誰都做到知敵知己的地步，他們把敵方內部的布置，加以推測、觀察，全給繪出地圖來，夜襲潛探，不難按圖索驥。他們所不知所欲探者，只有囚牢所在地，和發號施令的大本營。但是大本營一定是在該村該堡首腦人物的本宅，再不然便在該村該堡的公議所，公議所不是借村塾，就是借廟宇。許延華尋不著囚俘之所，就一直撲奔鮑家四虎的老宅去了。

連珠箭何正平一行，由姚承鈞引導，透過兩條小巷，便發覺姚承鈞這人，武功也許不錯，可是飛簷走壁、涉險趨避之術似乎太差。迎面遇上堡中巡邏人，他竟險些躲避不開。還有何青鴻，飛縱之術很精，卻是防敵的機智，仍然還缺乏實地經驗，有時似乎太大膽，太大意了。本來是由姚承鈞當先開路，由魏豪、彭青登高瞭望，由何氏父女跟隨姚承鈞，踏平地前闖。由這個牆隅，猛然一躥，到那個牆隅，聽一聽，看一看，再往前躥。再由這條小巷，奔向那條小巷，這一個人闖過去，安然無事，另一個人再跟了過去。如此一步一探，雖然顯著慢，卻很吃穩。

這樣走過兩三條小巷，斜吊角趨向鮑家四虎的老宅，連轉了幾個圈，姚承鈞立在牆後，要往外鑽，被何老飛躍上前，把他拖住。跟著何青鴻也躥過來，也要往外鑽，被何老一把一個，將二人攔住，低喝道：「前面有人！」急急往後退，就近躍上臨街的牆頭。

果然工夫不大，便見隔巷有四五個人，提著燈籠，繞尋過來。卻幸人已避開，未被瞥見。姚承鈞心中納悶，前面一點響動沒有。何跛怎會曉得隔巷有人？卻不知何正平隔著街，望見天空浮著淡淡的燈影微光，故此先行躲開。眼見這四五個人提燈提棒，急急走過去，好像是查街。他們五個人，此時全都上了房，似聽見過去的幾個人，一面講究，一面急行。

何正平向魏豪一擺手，意思是跟綴過去聽聽。鐵笛彭青早已悄悄地由房脊上一滑而下，先一步跟綴下去。他也見到這一層，要從堡中的人口內，獲得敵情。

這四五個人只顧講話，舉步疾走，竟不知背後暗被人綴上。鐵笛彭青手腳輕靈，貼牆根綴。何青鴻躍躍欲動，也要跟下去了，被何老一把抓住，低告道：「有一個人跟下去，足夠了。我們千萬不要扎疙瘩，要分散開，分頭行事。」仍煩姚承鈞指示前進之道，何老帶女兒親自開路，叫摩雲鵬魏豪獨自瞭高。

兩個人走平地，兩個人走房頂。走平地的一步一停，忽躥忽伏，走房頂的完全伏腰蛇行而進。正走處，忽然聽見前途黑影中，一人斷喝道：「快追，是他！」驀地湧現出十幾個人，分持刀槍，好像從一個大門鑽出來，立刻由東往西奔去。

何正平微微後退，蹲在牆角，側耳傾聽。只聽見亂嚷，不知是追誰。心中卻想：許延華恐怕要栽跟頭！

何青鴻也學她父，蹲在另一牆角，她倒是不害怕，緊隨她父，深入敵境，只覺得十分緊張，卻是覺著眼睛不夠用，身藏此處，時時顧慮背後身旁的黑影，怕受了暗箭。因此眼睛不夠用，耳朵也不夠用。東張西望，沒有她父那麼閒閒像沒事人似的，滿不在意，卻又十分當心。她這才欽服她父，沒有老糊塗，到底比自己強得多。少年人是往往看不起老朽的，何姑娘也照樣。躲過這一陣，何正平暗打招呼，催眾續往前進。何青鴻、姚承鈞忽生戒心，說：「彭青也許叫這十幾個人碰上，就壞了，我們找他吧。」

何老笑道：「那一來一定有大動靜，你們放心，我看彭兄很有兩下的。我們走我們的，他自然會尋來。」正在低議，摩雲鵬魏豪突然噓唇微嘯。三個人立刻噤聲，各覓藏身之處，嗖的一聲，這個一躥，唰的一聲，那個一跳，三個人全散開了。

何正平仰面尋著，魏豪向他點手。何正平急忙叫何青鴻不要妄動，他自己張目四望，黑影中沒有異樣，趕緊腳下一點，嗖的上了房，直尋到魏豪隱身處。

魏豪忙往隔巷一指，連珠箭隨手望去，隔巷有一所三進的四合房，恰當對面，本來院內漆黑，不聞人聲。此時，忽然聽得嘩啦一響，跟著見四合房中層小院的北正房，窗紙驟然通明，這當然是屋中人忽然點起燈火了。

連珠箭何正平和摩雲鵬魏豪，兩人立在這邊小巷的短牆上，恰借房山牆遮住身體，只探出頭來，從側面往隔街小院窺視。稍過片刻，小院正房堂屋門扇忽然大開，從屋中走出一個人影。此時正當深夜，星斗無光，只恃這隔窗的燈透露微光，辨出人影。這人影直走到庭院心，打圈一轉，好像側耳聽什麼，仰面看什麼。

旋見這人影一躥，直撲街門，卻又不開門，彷彿摸了摸門閂，立即抽身躥回，重返入正房。在這正房中，鼓鼓搗搗，似有所為，映著紙窗，人影晃來晃去，由一個人影變成兩個。跟著聽見堂房屋門加門之聲。

連珠箭何正平、摩雲鵬魏豪一齊看呆了，不知此人和自己探堡之事，有無利害關聯。進前欲觀究竟，又恐徒勞，害時誤事。何正平低聲道：「這個……」魏豪道：「三哥既然不放心，索性過去看看。」

還未說完，何青鴻、彭青忍耐不住，先後躍上牆來，問道：「你老二位看見什麼了？」

就在這工夫，突然間那正房燈光驟滅，從後窗飛躍出一條人影，箭似的上了後牆，躥封房頂，面向南一張，箭似的掠下平地，奔向西南，急馳而去。身法駿快，手足矯捷，是個大行家，是堡中人，也許不是堡中人，是……到底是誰呢？

何正平、魏豪並頭低聲打算，要追過去掩捕這人，由這人口中，探取俘虜所在，和紀宏澤的下落、顧金林的住處。何青鴻心性很急，忙說道：「不管這人是誰，我們應該分一個人綴下他去。」

鐵笛彭青插言道：「我陪姑娘。」施展身手，往平地一跳。

何正平要想攔阻，已來不及。何青鴻不叫彭青搶先，她雙臂一振，飛鳥一般唰的掠到平地，如飛地抄了過去。

連珠箭何正平勃然動怒，目視彭青，忿指著何青鴻。魏豪忙道：「這也是正辦。三哥，他們年輕人莽撞，我們快下去。」

何正平心中極其不悅，尤其不滿意鐵笛彭青，又恨女兒不聽話。魏豪催促他快下，他不得已，一側身，跳下房，和魏豪、姚承鈞跟追下去。何青鴻、彭青已然奔出很遠，盯定前行人影，相隔半箭地，緊緊迫下去。

五個人分成兩串，嗖嗖地緊綴前行人影，前行人影循牆急馳，連穿過數道小巷窄徑，緊跟著又越過一條橫街。前行人影橫穿大街，又沒入另一小巷。

何氏父女追到這裡，忽聽橫街轉角處，傳過來奔馳踐踏之聲。何正平急急噓唇作聲，何青鴻回頭略一打愣，不往回退仍往前趕。果然踐踏聲中，燈光射過來，從轉角湧現出幾個人。

何正平忙一縮身，退藏在街這邊，努目瞪著街那邊。那邊的何青鴻已然聽到了，慌不迭地往附近鄰房上一躥，簌簌地墜下土來，彭青也一躥，藏起身形。轉角處的成撥來人已然飛奔到來，一個跟一個，數一數整六個人。

連珠箭何正平幾乎氣破肚皮，目瞪著何青鴻手忙腳亂的樣子，恨不得過去訓她一頓。

這撥人直透過橫街，且奔且語。一個人說：「總得報一下」，一個人說：「那當然」。一個又說：「你真看見了麼？」一個答說：「真看見了，我還謊報不成？」

又一個說：「快走快走。報是總得報，可得說話小心，別再像上次，只顧誇功，反叫會頭訓了一頓，說是虛張聲勢，惑亂軍心。」

六個人風捲濃雲似的，走盡橫街，沒入黑影。何正平目送背影，猜測去向。姚承鈞湊上來，低聲通告道：「他們是奔鮑家四虎的本宅。」這當然是聞驚馳報消息的堡中人了。這自然應該撥人跟綴。

何正平容得這撥人過去，疾向魏豪招手示意，要先趕過去，把女兒何青鴻喚回，不要再綴那單身人影了。但是何青鴻，好像跟鐵笛彭青賽上了勁，報警之人才過，便翻身落地，和彭青一左一右，唰的急走起來。何、魏趕過去再看，她和他早已逐前影，一拐再拐，走沒了影。

摩雲鵬魏豪忙勸師兄：「三哥別著急，這單身人影也很該綴。這麼辦，我陪姚仁兄綴這六個報警的人，準可發現鮑家四虎的大本營、聚議廳，三哥快去追青姪女，我們還是在小廟附近接頭。」

匆匆立議，唰的分開，五個人又分為兩撥。摩雲鵬魏豪和姚承鈞一徑潛躡這撥報信的堡中人，果然綴出不多遠，發現了鮑氏四虎的大本營，已不在四虎的本宅，現在他們的鮑氏家塾，儼然改成了他們的公議堂，也就正是紀宏澤陷堡受訊的那個所在。

連珠箭何正平，這跛足老人，就鼻孔生煙，胸膛冒火，恨恨不已地急追他的女兒。他的女兒何青鴻，與鐵笛彭青，窮追單身人影，好像雙雕追一孤雁。

那鐵笛彭青，不知心中如何盤算，他倒要跟這十七八歲的武林姑娘搭伴賽跑，一面跑，一面抬頭望望前行人影，又側臉瞟瞟偕馳的女伴，腳下加勁，口中無言。

那何青鴻姑娘，有彭青陪伴著她，她一心好強，又不大樂意。她仍然頗有女孩子氣，好勝，逞能，搶先，抓尖，卻不願與一個陌生男子做伴。她又不認識路，不願追隨她父和她的魏師叔，嫌他們拿自己當小孩，橫來相干。她又不願和姚承鈞搭伴，嫌他太糠。擠來擠去，彭青自告奮勇，她只得和彭青同路。她一聲不響，躡足急追，前面人影若是跳上房，她立刻跳上房；人影若是奔到平地，她立刻跟到平地。

那條人影真也奇怪，好似堡中人，又不似堡中人，行蹤怕人瞥見，又不甚怕人發現。一路急行，遇上了崗，有時徑往前闖，有時又躲避，不肯明目張膽地通行過去，猜不透他弄的什麼把戲；卻已料到這人影決與自己不是同路，他絕不是刺探鐵牛堡的夜行人，他絕不是堡外人。

這人影走起來，也忽緊忽慢，也東張西望，很小心，卻有一節，只注意面前和兩旁，毫不留神背後。好像他只怕前行有人攔擋，不怕後路被人追襲。

這人影細腰扎臂，十分輕靈，迫近了偷看他一眼，背後還帶著刀劍，肋下還掛著鏢彈囊。這人影一口氣奔過兩條小巷，前面有寬街，街心有崗，四個堡中人挑燈持槍棒。這人影往黑隅一退，當路踟躕，欲前不前，似乎一面觀望，一面思量。忽然低呻一聲，不往前進，抽身往回急退。

何青鴻驟出不意，急忙斂跡，有些措手不及。鐵笛彭青忙低聲警告：「姑娘快俯腰。」眨眼間再看，那人影並非退回，只是一轉彎，往斜刺裡橫行。略略繞遠，避開卡子，唰的走上長道，飛奔起來。

轉眼到一大院，這人影加倍小心起來，圍著院牆踏了一遍，從後牆跳過去。院內漆黑，這人傾耳貼窗，連聽了兩處，忽又退出來，一直順堡內街道，往東奔去。越奔越快，俄頃之間，竟到了鐵牛堡的東面牆根。牆根外面，就是奔織女河碼頭的大路了。這人影卻不上堡牆，因為堡牆上有值夜班的崗。只見他來往張望，忽尋得一棵樹，「噢」的一聲，走到樹下，一徑攀上去，猜想他定往堡外窺望。

何青鴻、鐵笛彭青，到此全都疑惑起來，正不知這個孤身人影用意所在。互相知會一聲，分別潛藏在暗處，看個究竟。

那人影旋由樹上跳到平地，仍走小巷，穿土路，曲折而行，越走越快，於是前面有一道卡子，正當衝要。何青鴻暗揣此人必該躲避，不意他一直往前走。卡子橫攔住四個人，這人影把手一揮，遞口號，一徑穿過去了。

鐵笛彭青和何青鴻一樣地詫異起來。但有一節，這人影悄遞口號，已然闖過去了；他二人卻不能，若是繞遠，勢必落後，若是硬闖，這四個守兵必炸廟，也不是辦法。何青鴻沒了主意，徬徨四顧，只有繞道一法了。她忙向彭青一指左側，低言道：「這麼繞，許走得過去。」

兩個人溜牆根，往卡子視線以外走，忽見牆隅黑影一晃。

鐵笛彭青忙取出暗器來，何青鴻眼尖，忙攔住彭青，低聲噓氣，說了一聲：「喂，誰？」

黑影裡哼了一聲，何青鴻道：「是爹爹！」忙走過去，果然是連珠箭何正平，已然緊綴上他們了。他們只顧張望前頭人影，竟疏忽了背後。

何正平也不言語，向女兒說了一個字：「來！」舉步當先引導，曲折斜繞，多走了半箭地，才躲開十字街口這個卡子。再尋人影，又已無蹤。何青鴻道：「爹爹，這怎麼辦？」何正平哼了一聲，仍不還言，一直地取路緊走，俄頃間轉過數條小巷。

躍上臨街民房，登高一望，居然在西南邊發現了那條人影。

這人影撲奔一片密集的院落，到一大院附近，先跳到緊鄰小房上，低頭俯窺，左瞻右望，十分謹慎，隨後飄身下來，繞奔大院後邊。

何氏父女急急與鐵笛彭青分開，一個把守左邊，兩個把守右邊，據何正平推測，人影飄忽鬼祟，必有陰謀，就不是鐵牛堡的外間，也必是內叛。他們伏伺的旁邊，要等這人影幹出他的密謀，他們就上前劫捕這個人影，審取他的口供。

何氏父女再測不出這人影就是飛來鳳，就是紀宏澤的陌路情人，而紀宏澤，正是他們所要尋找的。偏偏魏豪不在此處，那麼，他們即使是抵面相逢，也恐熟視難辨了。他們並不認得紀宏澤。

這個人影由左鄰上房，悄悄掩入正院，正院正是鮑六原來居住的房子，鮑六房之庭院現在正是鐵牛堡監禁俘虜之所，何老父女當然更不曉得。

這人影左右顧盼，驟然跳落院中。

何青鴻從右首照樣綴過去，彭青從左首綴過去。何老居中指揮，登高巡風，這人影躲躲閃閃，溜溜失失，已入正院，旋復退回，改撲到正院東房後邊夾道，伸指彈窗，窗內屋中就是紀宏澤。

就在這時，「螳螂捕蟬，黃雀在後」的夾當，許延華、許少華叔姪，恰也一路窮搜瞑索，摸到鮑六房附近了。

人影在東夾道敲窗，鐵笛彭青、何青鴻各展身手，從鄰院屋頂往下窺看。不知怎的，發出一點聲響，人影驟然回頭，驟然發出暗器。何青鴻一伏腰，本已躲過，可是她竟一順手，還打出一件暗器。那人影正在掀窗，啪嗒一響，窗又合上；人影口中發出警報，立即一縱身，上了牆頭。何青鴻手捏著暗器，藏在鄰房上，鐵笛彭青手提著兵刃，立在鄰房對面房上。

這人影躍上牆頭，抬眼尋敵，頭一眼便瞥見彭青。只聽低低「哼」了一聲，這人影立展兵刃，飛追過來。人未到，手先揚，先打發一件暗器。鐵笛彭青吃了一驚，再藏已來不及，忙一閃身，往鄰院中一跳，口發呼哨，向何氏父女遞信。人影立即追蹤四望，也往鄰院一跳。彭青忙又抽身，搶上另一牆頭，人影火速地追上另一牆頭。

何青鴻見到這情形，急將手中暗器一發，直向人影后背打去。那人影一晃肩膀，躲過暗器，回頭看了一眼，一聲不作，依然猛追彭青。何青鴻精神一振，立即橫截過去，她要抄追這人影。

她這舉動是錯了。連珠箭何正平在高處看見，慌忙跳過來，向女兒打一個手勢，催她火速奔東夾道，叫她模仿剛才那人影的舉動，再去彈窗。何青鴻並沒有看清她父的手勢，她竟一直追趕那個人影去。那人影就一直追趕彭青。他們三個人眨眼間，離開了鮑六房，撲到平地空場。於是彭青止步，人影止步，何青鴻也止步，三個人一聲不響，打到一處，反把尋人救友的正務，丟到一旁。

連珠箭何正平攔住女兒，沒有攔住，忙即抽身，親來動手補救，由房上跳到東夾道側面，把四面形勢匆匆一望，急忙跳下去彈窗。

這時候，許延華、許少華等早已潛入鮑六房院後。何正平冒險跳到夾道，尋到窗前，不想這後窗已然洞開。窗隙原透火光，此刻漆黑，對面不見手掌。何正平回手抽刀，挺身一躍，直襲入窗開處的小屋內。這小屋正是鮑六房的西廂房延賓館，也就是紀宏澤的軟禁之所。然而紀宏澤已然搶先一步離開了。

何正平燃火摺一看屋中情形，又登上床，溼破前窗，往外一張望，外面正是鮑六房的中庭，已然大亂起來。何正平分明看見許少華揮刀在庭心鬥，許延華揮刀在屏門邊上鬥，十幾個人齊攻許氏叔姪。那鄒桐年已然救了一個人，正背著往外闖。

許氏爺倆原來是奮勇斷後，獨不見董俊千，猜想許是在前開路。

這時堡中譁然，已經大擾。

連珠箭何正平提刀一望，登時瞭見，他應該穿窗出去，幫助二許。可是他不放心女兒，他仍要退回去。他手中的火摺子一亮，竟被院中人看破，忽聽一人喊道：「不好，西廂房也進來人了，那個秧子是奸細！」立刻分出幾個人來，破門來攻。

何正平無可奈何，橫刀衝出，只一衝，便被他撂倒一個人，傷了一個人。恰巧此時摩雲鵬魏豪趕到，正自踏房頂尋聲找來，姚承鈞也綴了過來，用約定的暗號低低一叫。何正平忙招呼了一聲，摩雲鵬魏豪立刻跳下平地，尋蹤而至，忙即幫打。何正平抽出身來，忙去尋找女兒。

鐵牛堡的鮑家四虎，大虎鮑麟生、二虎鮑龍友，正和喪門神桑玉兆，聚在鮑家老宅議事。桑玉兆惱怒妹子飛來鳳，庇護紀宏澤，當場給自己下不來，鮑氏弟兄多方勸解著。就在這工夫，聽見警報，說是由西北面破缺處，跳進來奸細，人數摸不清，大概是兩三個人。鮑龍友聽了，心中疑惑，以為定是謊報。吩咐卡子要查搜，他們照舊商議白天決鬥的事。忽然續報又道，別的卡子上也瞥見人影，已經追堵下去。鮑龍友不覺站起來道：「我們到外面看看去，也許不是謊報，也許姚山村派了奸細，勾結我們堡裡人，混進來了。」

他們這時是商量要事，說是要出去巡看，結果只派了一兩個助手，挑燈帶人，到各路要卡，一面傳令戒備，一面查問虛實。緊跟著第三撥又有人來告警，在飛來鳳住的客館中，值崗的團丁發現一個夜行人。鮑麟生說：「不好，我們不能不查查了。」

喪門神驀地紅了臉。他本來疑心自己的妹妹，行蹤詭祕，恐有不貞之事。聽了這一報，很有些掛不住，說道：「什麼夜行人，這麼大膽，我去看看，你們弟兄們在這裡商議。」

鮑龍友是四虎之傑，武功最精強，早已娶妻，卻對飛來鳳一見鍾情，心中私慕。他的原配夫人偏偏抱重病，又不死，不能對好朋友的妹子，提出續弦的話來，可是心曲免不了抱著難言之情。今聞飛來鳳住處，發現了夜行人，也不由得往邪處想，由頂門冒出酸氣。竟又站起來，對大家說：「我陪桑大哥去瞧瞧。」

喪門神道：「不用，我自己去就夠，你們還是守老宅。」鮑龍友道：「夜行人一來，必不會只一個，大哥獨自去，恐怕照顧不到，他們又不濟，還是我奉陪吧。」

喪門神臉看別處，一味搔頭，連說不必，不必。鮑麟生忙說道：「桑大哥，白日裡你和老妹妹拌了幾句嘴，你自己去，恐怕妹妹又要生氣，說你查看她了。再不然，二弟……」轉對鮑龍友說：「你在這裡護宅，我陪桑大哥到外面看看去。」

這樣說時，鮑麟生吩咐宅中人，給他鞴馬，鮑龍友哈哈一笑道：「大哥，你還要騎馬？你在家裡歇歇吧。現放著我們，怎能叫大哥出去冒險？你知道這夜行人是幹什麼來的呀？」鮑老二攔住胞兄，立刻一甩長衣，提了兵刃，叫手下人預備孔明燈，佩帶弓箭，開後門，陪著桑玉兆，直奔飛來鳳假館之處，報警人在後緊跟著。

剛剛拐彎，突然聽到西大街卡子上，發出警笛。鮑龍友立即止步道：「桑大哥，你等等，我聽見西頭好像有響。」忙就近登高眺望，黑洞洞的沒有望出什麼來，卻連續聽見警笛。再看四面的瞭望臺，共有五處更樓，全沒有傳出示警的燈火和警號。鮑龍友罵道：「奇怪，奇怪，難道他們全睡死了不成？」地面上已經有數處報警，情知奸細已經透過數道卡子，一路尋來，深入腹地，到了鮑六房囚禁俘虜之所，怎麼瞭高的人會全沒有看見？可是平地上的卡子，怎麼又全看見了呢？

這好像是個疑團，究其實，乃是因為天色太暗，登高倒望不見，對面反倒碰著了。

當下，鮑龍友和喪門神在房頂上，看出鮑六房那邊情形有異，連忙跳下平地，先給鮑麟生送去一個信，叫他們鳴鑼聚眾掌燈搜諜。他自己和喪門神桑玉兆，立即拋下這一邊，趕奔那一邊，施展夜行術，直奔西大街。手下帶著十幾個人，跑起來聲音很大，剛走到通衢，通衢上的四個卡子，上前攔阻，喝問口號。

鮑龍友怒喝了一聲，立即申訴道：「你們都睡熟了吧？遇見自己人，反倒虛架弄這些樣子，你們怎麼守的卡子，會把奸細放進來？」

值崗的聽出鮑龍友的聲音，連忙行禮聲訴：「莊主，我們沒有放鬆，奸細沒有打我們這裡透過……」

鮑龍友道：「你還要狡辯！」伸手把那人推到一邊，舉步前進，從斜刺裡，又傳來一陣腳步聲，動靜很大。鮑龍友詫然道：「這是誰？」眨眼來到，竟是周德茂、杜寶衡等六七個人，飛似的跑來。雙方遞過口令，鮑龍友道：「你們跑什麼？」

周德茂、杜寶衡忙道：「原來是二爺，鮑六房那邊混進奸細來了。」

鮑龍友急問：「來了多少人？可是姚山村的？」

答道：「來的人不少，他們已經動起手來了。他們是來劫俘虜的，一定是姚山村的人來了。」

鮑龍友勃然大怒，命周德茂趕快奔老宅報告鮑大爺，鳴鑼報警，傳聚鄉團，叫杜寶衡跟隨自己馳往查看，忙向喪門神桑玉兆說道：「桑大哥，幫我一臂之力吧。你看他們姚山村真的好大膽。」

桑玉兆釘問杜寶衡：「到底他們來了多少人？是偷襲還是偷來救人？」杜寶衡情實不知進來的人數，只得說：「來的人很不少，總有好幾十人。他們跑到鮑六房那裡鬧，一定是要偷劫俘虜。」

鮑龍友向桑玉兆說：「咱們快走，叫杜寶衡傳告別人。」

桑玉兆抽出兵刃，和鮑龍友往鮑六房那條街奔去。

這時鮑六房全宅騷亂已極，姚山村派的人大肆活躍，許延華、許少華、鄒桐年、董俊千、姚承權，一鼓襲入鮑六房的鄰院。許延華伏在房脊上瞭望，許少華、鄒桐年奮勇前進，正衝到鐵牛堡囚禁俘虜之所，試用姚山村的口號，循著後窗，低低吹唇一叫。連叫數窗，那被囚禁的姚山村的人聽見了，忙應聲答了腔。於是俘虜和搭救俘虜的人居然通了話。監視俘虜的人忙出來禁止，已然無及。許少華非常粗莽，硬用刀來撬後窗。

監視人急發暗器，許少華剛掀起一扇窗，銳風已到胸前，急急旁退，窗扇發出大響，所有監視人一齊大嘩。鄒桐年忙發一鏢，將一個監視人打倒。

許延華一見這情形，大呼道：「快上！」五個人由後窗旁，房頂上，紛紛跳下院來，硬往上攻。鮑六房喝命護囚人眾，趕快報警，但已然展不開手腳。鮑六房十分機警，忙奔入正房，跳出後窗，逃出院外，跑到附近卡子上，把守卡的人分出兩個來，馳奔老宅送信，其餘的人，他就親自率領，反從正門，還救本院。

這工夫，許少華、鄒桐年等，果然搶到院心，硬攻囚禁俘虜的西廂房。監守的人多是些力笨漢，敵不住鄒、許二人，丟下了屋中上綁的三個俘虜，一個個逃避出去。許延華從屋頂翻身跳到中庭，立刻與董俊千把前後門從裡面上了閂，許少華、鄒桐年、姚承權三個人立刻搶到西廂房。西廂房本有燈亮，已被監守人吹滅，許少華倉促間把火摺一晃，沒有晃著，鄒桐年摸著黑大聲問：「你們都是誰，快報名？」姚承權就摸到俘虜身邊，用刀挑斷繩索，解救下一個人來。許、鄒二人也就一齊下手，紛紛摸黑解扣。剛救下三個人來，還有一個人沒解開繩子，並且救下來的三個人也都捆麻了手腳，寸步不能移動。許延華忽然低喝道：「快快堵外面！」

　　堡中人退出來，立刻返回來，卻已糾集了許多人，從外面砸門而入，搶攻鮑六房的西廂房。許延華正在庭心，疾招呼姪兒許少華，快將所救的俘虜，背救出來。許少華、鄒桐年雖已解救了三個人，卻在黑影中，沒有認出是誰來。只有姚承權，尋著了本村失陷的要緊人物，是莊主姚書紳的本家姪子，急急蹲身，把這人背起來，往外就闖。

　　姚山村失陷的人，共只三個，囚所中囚禁的人，一共竟有六個。已然解救出來的，已經四個，黑影中看不清面目。姚承權倉皇叫著名字問，無奈時機已迫，鐵牛堡卡子上的人已然聞警，紛紛前來進攻。自許延華以下，五個人全部陷在包圍中。

　　許延華、許少華雖會飛縱術，只有空身人可以登高，背上若背了人，只可步行平地，硬往外闖，這樣就艱難多了。許延華大吼一聲，橫刀擋住前門，催促鄒桐年、董俊千、許少華、姚承權，火速往外奪路。許少華便不顧一切，一個人搶背著一個人，揮動手中兵刃，跟定許延華，一條線似的往鮑六房正門走。

第二十七章　青鴻鬥鳳勝女寇

鮑六房調到卡子上十幾個人，恰好趕到，急喝命放箭。只零零落落放出幾支箭，許延華便怒吼一聲，揮刀直上，一陣亂砍，把弓箭手驅散。鮑六房急得怪叫，掄動手中花槍，往前猛攻，另有鐵牛堡鄉團中一個小頭目，略會飛縱術，急急引領三五個人，搬梯子，從鄰院上房，由房頂上進攻襲來的敵人。一霎時，鮑六房院內院外，紛然喧噪打成一團。

許延華急吆喝部下四個人，火速往外搶，一時未能猝然得手，略緩得一緩，堡中人越聚越多，鄒桐年等不過剛剛由鮑六房內院，搶到外院，再想由外院搶奔小巷。可惜為時已遲，堡中人越來越多了。各方面的警鑼大響，那鮑氏四虎，調動全堡的鄉團，紛紛搜街查諜，終於齊往西大街鮑六房這邊蜂擁上來。

那鮑老六本不是許延華的對手，只交手幾個回合，便連連倒退。許延華又往前一欺，眨眼要把鮑老六驅逐出去。這工夫，鮑龍友、喪門神桑玉兆又率二十多人接踵而來。喪門神桑玉兆正懷著一肚子不高興，把手中雙鉤一展，猛撲上來，和許延華打在一處。

許延華緊緊拒守著門口，不放堡中人入內，為的是留出工夫，好叫鄒桐年等負人逃走。他手中的一把七星刀，倒也十分精熟，又扼住屏門，堡中人展不開手腳，竟搶不進來。喪門神連次猛衝未能得手，鮑龍友急急上前，要雙戰許延華。

桑玉兆急叫道：「老二，上高！」意思叫他從牆頭跳進去，好抄許延華的後路。鮑龍友不知懷著什麼心事，似要在桑玉兆面前露一手似的，竟不抄後路，反要直闖敵人，叫桑玉兆去抄後路。桑玉兆不肯後退，兩個人就並肩雙戰許延華。這一來，不啻給許延華一行留了一個緩手的機會，叫許延華一個人獨擋大敵，他們四個人很可以乘此救人一走。不料他們也打錯了主意，要隨著許延華一塊走，坐令好機會逝去。

起初堡內各處亂報警，摸不清何處準進來敵人，現在耗時稍久，互相傳呼的結果，全都曉得鮑六房那邊進來奸細。鮑家老宅鳴鑼聚眾，也都陸續撲來。許延華阻門拒敵，許少華、鄒桐年、董俊千、姚承權四個人背了三個人，在院中打轉，意欲奪門，未能衝出去；又要上房，房上有人放箭，他們一時束手無計。他們應該硬搶，這樣稍一遲徊，堡中人已有數十人上了房，他們連硬搶的機會也失掉了。

鐵牛堡鄉團前後聚了三四十人，把鮑六房西大街包圍。許延華橫刀獨戰，回頭一看，許少華等還沒有逃出院外，不自怒喝道：「你們等什麼，怎麼還不走？」

許少華忙道：「他們連珠箭何止平幾個人還沒有露面呢！」

許延華道：「混蟲，你已然得手，你等他們做什麼？」

其實許少華這四個人，缺少一個有力的開路先鋒。只恃許延華單刀斷後，還是闖不開去。董俊千急叫姚承權，替自己背人，董俊千搶先一步開路，前後門都有阻礙，他就往角門闖。

剛剛摸到角門，劈頭打來一鏢，人影一閃，現出一個人來，連發連珠鏢，把許少華等打回。

許少華團團打轉，脫身不得，眨眼間，桑玉兆、鮑龍友，業已分兵進撲；鮑麟生又已調到一撥人。許延華恚極，吆喝許少華，趕快棄下所救之人，全身速逃。因為這工夫，許延華搪不住房上的冷箭，漸覺阻不住屏門了。

就在這時，連珠箭何正平和摩雲鵬魏豪，一個由東廂房現身，一個由房頂躥到。摩雲鵬魏豪見許延華腹背受敵，忙跳落平地，替他擋住一面。連珠箭何正平丟下這裡，仍去馳尋愛女。

魏豪年力正壯，武技駿快，仗他一陣猛衝，和許延華合力，一前一後，居然把鄒桐年等援救出來，但結果功虧一簣，他們所救的人全沒有背出來。又被堡中人截回，只把一個緊要人物好歹背逃出來。這也費盡氣力，董俊千、鄒桐年全都負了傷。

連珠箭何正平拋下了救囚之事，忙去追逐何青鴻。這時的何青鴻，和那個鐵笛彭青、那個獨行人影，此奔彼逐，已曲折奔到鐵牛堡偏南角一個廣場中。

這個獨行人影，不是他人，正是那個女飛賊飛來鳳桑玉明。桑玉明在這昏夜中，竟與何青鴻交了手。

飛來鳳桑玉明既和紀宏澤定了夜奔之約，挨到半夜，換了全身夜行衣靠，由她的假館之處，悄悄出來，直到鐵牛堡的賓館，就是那鮑六房的東廂房。她輕輕地彈窗一叫，那紀宏澤已在屋中應了聲，並已推窗照面，雙方通了一句話。不意，突於此際，從背後襲來一陣冷風，飛來鳳略略一閃，一支鋼鏢穿窗釘在對面屋內。

這一鏢是何青鴻所發。

飛來鳳急急一回頭，沒有瞥見何青鴻，卻發現鐵笛彭青站在鄰院屋頂。幾人互發暗器，此追彼逐，三個人一條線似的來到空場。

飛來鳳桑玉明立即旋身，一聲不響，抽刀就剁。鐵笛彭青往旁一側，展開手中刀斜切藕往外一削，飛來鳳趕緊收回兵器。鐵笛彭青往上一上步，刀鋒再展，唰唰唰，一連三刀。飛來鳳低叱一聲，沉著招架，兩個人猛搏起來。

飛來鳳心中忿恐已極，認為自己行藏敗露，這兩個暗綴偷窺自己的人，必是鮑家四虎手下的走狗。她自己在鐵牛堡，本是客情，他們竟敢來打攪，破壞自己與情人的幽會，這實在可惱。而且他們竟敢一路追到這裡，一句話也不說，硬來暗算自己，尤其是裝傻裝得可恨已極。她心中想：你不哼，我也不哈，宰了你再說，故此她一言不發，只是猛鬥。

鐵笛彭青也是這樣打算，要憑掌中刀，活虜住這個單身夜行客，好從他口中取供，來營救姚山村失陷之人。兩個人各下絕情，一開招，全施展辣腕毒手，在空場黑角落裡，眨眼鬥了幾個來回。

何青鴻此時早已趕到，本要上前，與彭青協力擒敵；可是女孩子心性，不知怎麼一轉，又不肯憑白幫助陌生男子動手了。彭青只顧力戰，噓唇作響，連向她通暗號，似乎只要她給自己巡風，不曾明請她助戰。何青鴻趕到空場，藏在樹後，一手握暗器，一手提利劍，凝眸注視這個身段苗條的夜行客，蹿蹿跳跳地格鬥；何青鴻完全存著初生犢兒不怕虎的心情，她倒賞鑑起來了，一霎時忘了自己身在虎口。

那飛來鳳把敵人誘到這裡動手，滿以為彭青不過是鐵牛堡的走狗，憑自己身手，用不了三招兩式，就可以拿下。偏偏彭青是個硬手，刀法很精，飛來鳳不由得詫異起來。她立刻改招，不再與敵鬥力，猛然往前一攻，忽往後一退，又往旁一躥，乘勢把她的暗器取了出來。

兩個人已然鬥過十來個回合，鐵笛彭青也開始納罕，這個敵人怎麼也一聲不哼，一味猛鬥，而且功夫竟這樣好，到底他是堡中人不是呢？彭青兩眼回顧，唯恐驚動堡中人，把手中刀又一緊，追趕不捨，施展開得心的五虎斷門刀法，打得更猛烈起來。

飛來鳳似乎抵敵不住，急施蜻蜓點水，往外躥出兩丈多遠，做出要逃的樣子，只等敵人一追，她的暗器便脫手而出，專打敵人的面門。鐵笛彭青果不出所料，也跟蹤連跳，直追過來。飛來鳳回頭一瞥，叱了一聲，把手一揚。

鐵笛彭青久經大敵，暗中已有防備，立刻斜身往外一躥。

若是別種暗器，當然閃開了，無如飛來鳳的暗器並非鏢箭，她雖有鏢，此刻竟不曾施，單把她的最歹毒的暗器發出來，隨著這一揚手之勢，頓時浮起一層薄霧；若在白天，定可看見，現在暗影中交鬥，當然看不清，也就躲不開。鐵笛彭青「哼」了一聲，已然沒在黃霧中，猛將雙腳一頓，再想往外躥，已經來不及，登時口鼻之間，嗅著一股辛辣氣味，幾乎令人窒息，尤其是刺目傷明，彭青的雙眸，立時酸得睜不開。他暗道不好，拚命俯腰往圈外一拔。飛來鳳桑玉明軒然一笑，容得暗器得手。照例趕上來，乘敵人失明，要把敵人踢倒或砍傷。

這一回當然照例行事，也就一展手中刀，對準彭青上三路，猛下毒招。

鐵笛彭青已然百忙中發出警號，那倚樹旁觀待機欲動的何青鴻姑娘，已早從黑影中看出大概情形。她知道彭青受了傷，這實怨她自己袖手坐觀，招來的不幸，她大怒，立即也一揚手，猛叱一聲，噌的一響，也發出一件暗器，同時驀地騰空一躥，從斜刺裡橫截過來，其快如矢，暗器到，人到劍也到，手中的利劍唰的一送，直刺飛來鳳的後心。

飛來鳳的刀這時眼看砍著彭青，同時何青鴻的暗器也在間不容髮的夾當，打到飛來鳳背後。飛來鳳登時覺出，並早防到，她就猛然一彎腰，不旁閃反而前躥，借追敵為避敵之計，仍衝彭青撲來。

何青鴻的暗器啪嗒落地。鐵笛彭青的兩眼受黃霧的刺激，淚落如雨，雙瞳模糊，看不清眼前的危急情勢，卻從直覺上料知敵人必即追來，他就閉著眼往開處又一跳。立刻一股銳風襲到，他就慌忙探囊取鏢，一回手，甩打出去，喝一聲：「慢來，著打！」不為擊敵，只為自救，跟著又努力頓足，再往外跳。

不知怎麼一來，撲通栽倒。

恰恰何青鴻如飛截到，鐵笛彭青閉眼打出來的這一鏢，沒有打著飛來鳳，倒險些傷了自己人。何青鴻輕輕一扭腰，便已躲開，急噓唇作響，通知彭青，手底下仍不放鬆，劍鋒一展，奔了飛來鳳。飛來鳳桑玉明也是一個踢蹬式，單足凝力，把身子立穩，然後翻身來邀取何青鴻。何青鴻和飛來鳳立即交手。

何青鴻用劍，飛來鳳背著劍，手握著刀，兩個武林女傑在黑影中叮叮噹噹大鬥起來，全是一聲不響，全是化裝改扮，誰也不知對方是女子，並且誰也看不出敵人的面貌。

鐵笛彭青是失足跌倒的。但他立即鯉魚打挺跳起來，兩個眸子還是睜不開，看不見，眼淚簌簌地流。摸著瞎退到一旁，右手舞動刀花，運夜戰八方式，保護己身，左手掣衣袖，忙忙拭眼。何青鴻一面打，一面偷看彭青，口發噓聲，問他受的傷怎麼樣？因為她只看見彭青突然跌倒，不知他是何處受了傷，彭青忙即應聲道：「我的亮招子迷了，小心，點子使的是迷魂煙。」

何青鴻吃了一驚，忙問：「什麼迷魂煙？」答道：「是迷人眼睛、嗆人咽喉的煙粉！」

何青鴻且打，且打量敵手，飛來鳳的左手果然捏著一物，何青鴻忙用右手揮劍迎敵，用左手把自己的蒙頭帕，往下扯了一扯，屏息用力，與敵支持，心中未免發慌；因為她初出茅廬，還沒有遇見什麼迷魂煙這類的暗器，只聽她父告訴過，江湖上有蒙汗藥，有傷人七竅的毒煙，乃是很歹毒的暗器。何青鴻又想不出救急應險的辦法，心上一急，急起一個計較來。這只有速戰的法子，把敵人立即戰敗活擒，或與同伴全力雙戰，把敵人打得應付不暇，不給他施展暗器的工夫，就不致吃虧了。

何青鴻的心思總算來得很快，她忙把她父親授給她的天罡劍法施展開，以攻為守，迅速無比，想把敵人纏在自己劍光之下，不使他有緩手之力。她打算得很好，可惜自己的劍法學得不算很精，還不能手到成功。連戰二十來回合，飛來鳳畢竟是個強敵，經驗比她豐富，居然打個平手，一時還不能取勝。

何青鴻連展險招，連攻三次，都被飛來鳳輕輕架住了。她又變計，往後一退，重往上攻，那一支劍如電光般快，奔敵人突擊過來，滿以為用足腕力，這一下必可得手。哪知飛來鳳只被衝得倒退了一步，仍被她橫刀一掃，把招數破解開。何青鴻到此有點寒心，有點怯敵了，忙眨眼看鐵笛彭青，希望他恢複目力，好二人雙戰，把這夜行客戰倒。

但是，彭青還是揉眉揉眼，不能上前。何青鴻心中著急，索性叫了起來，催鐵笛彭青從側面齊攻上來。她一面猛打，一面噓唇，暗催同伴。她只覺自己遇上了勁敵。殊不知飛來鳳桑玉明此時的心情，正和她一樣，也覺得自己在江湖上闖蕩，想不到在此時此地，忽逢勁敵。這樣一個輕矯矮小的人兒，劍法如此高強，除非是自己，換了別人，必要遭他毒手了。並且就是自己，也是在這二三十回合中，連逢險招，有一下險些把自己的手指削斷，若非自己改招收勢來得很快，早已敗在此人手下了。

她自然不曉得何青鴻是女子，她心中詫駭，很想認識這個敵手的面目，到底他多大年歲，什麼人物？聽他噓唇通號，嗓音嬌嫩，猜想年紀必不大，或者比紀宏澤年歲還要小一點，也未可知。她二人此刻正是銅缸碰著鐵甕，又好比拿麻稈打狼，未免兩頭害怕。

而且飛來鳳又起了非分之想，她終於忍不住，要喝問一聲，她一閃身，退後一步，叫道：「呔，你是什麼人？你為什麼綴我？」

何青鴻一聲不響，劍尖往前一扎，兩人又打到一處。飛來鳳連問四次，何青鴻一聲也不答；飛來鳳問她是不是堡中人，她也是不答。飛來鳳不由得激怒，她決計要擒住這個偷綴自己的小人兒。她把刀一封，照例抽身往後一退，打算翻身一躥，仍用蜻蜓三點水，把敵人拋開，再把暗器發出。偏偏何青鴻十分乖覺，飛來鳳剛剛往旁一閃，何青鴻忙往旁一趕，飛來鳳往外一退，何青鴻忙往外一迫。她要把飛來鳳黏住，絕不叫敵人離開自己，借此纏住敵人。飛來鳳施展身法，連試幾次，未能把敵人甩開。她不由得又怒又笑，她想不到會在這裡遇上強手。

她心中猜想，這對面的敵人，十有八九是鮑家四虎暗支使出來的。她越想越發嗔怒，忙將手中刀一擊，猛攻上來，一連三刀，疾如電火，滿以為敵人必將倒退。她可以乘此機會，也往後退，便可以運用暗器了。哪知何青鴻手底下很快，雖在黑夜，也應付得十分如法。她把手中劍往外一劃，輕輕一撥一架，跟手一翻腕子，接招發招，劍尖猛照飛來鳳手腕點來。

飛來鳳倒被逼得趕緊收招，她剛一收招斂式，何青鴻的劍鋒一展，又往前趕進一步，唰的一下，立刻又劈出一劍。飛來鳳桑玉明疾橫刀一架，也猛往前上一步。何青鴻竟丁字步一站，把劍一揮，上盤紋絲不動，把門戶封得很嚴，做出以逸待勞的架勢，飛來鳳竟搶不上去。兩人相距過近，飛來鳳只得往外一瞥，往後一跳，略退出七八尺以外，這一來留出檔子來，彼此都好施展身手。

何青鴻挺劍注目，仍然不動。飛來鳳往後一跳，又往前一撲，刀鋒一指敵人，嗖的又攻上來。何青鴻蓄勢以待。把掌中劍往外一推。飛來鳳這一次仍未搶上去，禁不住失聲罵道：「該死的，挨刀的！你上！」

這一句女人聲口，何青鴻聽了不禁詫然，側著頭重向對方，細加打量。她心上疑疑思思的，可是她依然纏住敵人，竟不敢絲毫放鬆，她依然一聲不哼。

飛來鳳又把手中刀一順，照何青鴻猛攻，一連數下，俱是險招，卻都沒有得手。她又照樣往後一跳，做出再要跳出圈外的姿勢，料到對方一定仍要以逸待勞；她卻往外一跳，猛一翻身，一個敗勢，頓足再往外一躥，立刻閃開兩丈多的檔子，她沒忘了使暗器。她的打算，立刻被何青鴻覺察到了，她決計不令敵人退，也不令敵人攻，她忍不住喝了一聲：「哪兒走，少弄詭吧！」騰身一跳，也追上兩丈多，劍尖一晃，專找敵手。

卻是前後時間上稍為差了一步，飛來鳳竟將暗器擺布好，抬手一揚，喝一聲：「呔，著！」暗器剛在脫手外揚，何青鴻大吃一驚，急忙埋頭側臉，彎腰頓足，拚命往外一躥，左手本已握住暗器，登時脫手打出來，藉以自救。

暗器打得很準很巧，飛來鳳的暗器直打上三路，何青鴻也打上三路，上三路和上三路直走一條線，立刻相碰。何青鴻發的是鏢，鏢是鐵打的，出手當然沉重加速；飛來鳳發的是一種粉袋，粉袋是布制的，出手輕飄飄。於是粉袋先發，鋼鏢先到，撲的一聲，鏢打粉囊，啪嗒一響，軟的硬的齊落在黑地上。

何青鴻嚇了一跳，如飛地疾躥，跳出三丈以外，方敢回頭。緊跟著對手飛來鳳也嚇了一驚，她的百發百中的暗器竟被敵人打落，她怎麼能不害怕？她也不知不覺往外一跳，然後扭頭側目，察看虛實。敵人好好地站在圈子外，面前地上黑乎乎的一物，當然是失墜的粉囊。兩個人都微微一愣，暗暗發慌，忽又個個收神定睛，應急救敗。

飛來鳳桑玉明最關心她的寶貝暗器，她立刻一頓足，如飛地一躥，要來拾取墜地的粉囊。何青鴻登時醒悟，更不相容，嬌叱一聲道：「呔，住手，看鏢！」先打出一鏢，跟著一頓足。

飛來鳳仍不肯放鬆，鋼鏢掠空而至，她只略略一閃，仍不肯直腰，仍如飛地搶奔粉袋。可是這一鏢之功，已將她阻礙一阻，何青鴻早已如飛截撲過來。手中利劍一揮，身軀一躍，人到劍到，直劈下來，一縷寒風直襲飛來鳳的粉頸。當此之時，飛來鳳已躥到粉袋之前，剛剛一喜，把右手刀換交左手，左手刀順在腕底，往上一抬，右手伸出了尖尖的五指，往地面上一抓眼看再上一步，就可以抓著她那粉囊。卻是機會不巧，直是危發千鈞之候，何姑娘的劍已然夠到方位，已然斜切藕狠砍下來。

粉囊是寶，性命更可貴。飛來鳳一躥之力，再收回不得，忙將左手刀往上一迎，腰肢用力，往上一起，往斜一跨，叮噹一聲響，劍砍了個十成力，火星亂迸。飛來鳳的左手刀不很得力，幸而是橫抬，也險被砸落，不禁失聲道：「哎喲！」立即旋身招架，把刀換交右手。地上的粉袋眼看要撈著，到底是功虧一簣，眼睜睜望著它，沒有工夫拾取。

何青鴻一招得勢，更不稍緩，緊趕上步，把纖足一點，恰將粉袋踩住，手中劍唰唰唰連發三招。飛來鳳一時貪功，弄得手忙腳亂，由慚生怒，忙將右手刀一層，照何青鴻下部橫削。

何青鴻得意地一笑，把劍往下一沉，把敵人的刀格開，也想著腳下所踩之物，只一彎腰，便可以拾奪過來。這是敵人最可怕的暗器，無論如何，不能再叫敵人撿回。

可是，她這樣想，飛來鳳焉能容得？她一腔狂忿，把右手刀緊得一緊，唰唰唰，一連數下，一刀才過，第二刀、第三刀跟手橫劈側掃。她一定要把何青鴻砍倒，至不濟也把她趕走。

兩個女子立刻又你死我活，大拚起來。那個粉囊就丟在二女四眼之前，四只腳之下，誰也沒有工夫去拾。自然何青鴻很喜，飛來鳳很惱。一喜一惱的關鍵，全在這粉囊正踐在何姑娘的纖纖玉足之下。

飛來鳳用盡手法，要把敵人趕開，何青鴻當然謹封門戶，寸步不肯移。飛來鳳猛攻，退誘，何青鴻更不上當。飛來鳳故意一頓足，要棄此暗器一走，何青鴻索性格格地嬌笑起來，敵人才一翻身，她就立刻要俯腰。飛來鳳更不容她俯腰，立刻又猛撲上來，兩人又狠鬥起來，何姑娘還是不動。

飛來鳳氣得戟指而罵，女子態畢露。何青鴻得意揮劍，置之不答。飛來鳳陡然有了主意，把手中刀一緊，往何青鴻背後一繞，唰唰唰連攻數招。何青鴻微微一旋身，把敵人迎住，仍不肯離地方，腳下踩定那粉囊，踩了又踩，似已踩知這件暗器的形式來了。

飛來鳳又一攻，倏地一退，忽地一上，又猛撲到何青鴻的左側。何青鴻微微一旋身，把敵人的招數接住。飛來鳳倏又一退，往外一繞，突又猛撲敵人的右側，右側更不易攻，何青鴻照樣一旋身又把敵招架住。

飛來鳳真如飛來鳳鳥一般，忽前忽後，忽左忽右，一連亂竄亂撲亂攻，突然間，她似伎倆已窮。突然又一躥，翻身一跳，直跳離開兩丈多遠。何青鴻大喜，並想追趕。她兩眼盯住敵人的動態，趁此時相隔稍遠，她就火速地一俯身，要拾取那件粉袋……

突然間，聽飛來鳳舌綻春雷，一聲斷喝：「看暗器！」立刻有一件軟綿綿的東西，握在飛來鳳右手。飛來鳳的刀又已換交到左手，她這右手握定這軟綿綿、黑乎乎之物，猛然一頓足，猛提上來。唰的一揚手，那黑乎乎之物脫手而出，直取何青鴻的面門。

何青鴻吃了一驚，原來敵人的迷霧暗器不止一件，這黑乎乎之物當然又是一個迷人袋子。何青鴻猝然驚駭，不暇思辨，急急地一側腰，同時一彎腰，往開處一躥。蜻蜓三點水，一股猛勁，直躥出兩三丈以外，同時把掌中暗藏的第二只鋼鏢打出去，啪嗒一響，鋼鏢和黑囊同時落地，卻沒有飛起輕霧。

飛來鳳一聲長笑，如飛地撲上來，直抵何青鴻原立處，一彎腰，一伸手，從地上拾起一物，立刻出口罵道：「該死的，到底上了當了！你瞧，這才是爺爺的真法寶呢！」說時，把拾起的那個物件一舉。

何青鴻愕然驚忙，才知上了敵人的當，剛才敵人發出的那黑乎乎一物，只是飛來鳳的一條綠絹帕，內包一隻鐵球。

何青鴻紅顏一變，勃然大怒，把手中劍一提，罵道：「好東西，叫你弄詭，看劍！」她才喊看劍，那飛來鳳也突喊看寶，忽地又有黑乎乎的一物，撲奔何青鴻的面部打來。何青鴻唯恐黑夜不審虛實，誤中毒霧，急急往旁閃躲，腳步連移。飛來鳳大喜，搶上一步，忙伸手俯拾。何青鴻不容她如願，銳聲一呼，飛身一掠，利劍照飛來鳳肩背猛砍下來。

這一招險極快極，飛來鳳再不肯放鬆，順手往地上一操，竟把粉袋搶到手，這才一塊石頭落了地；原來這才是飛來鳳的粉囊，剛才她拾物只是騙人。飛來鳳正在歡喜，卻是何青鴻連人帶劍早已撲到。飛來鳳身子未容直起，見敵人來勢過猛，彎著腰腳下一登，點地一躥，直躥出一丈多遠。料到何青鴻必然窮追不捨，忙回手把粉袋一抖，正是要暗算敵人。不想，在這時，黑影中忽然躥來一人，相隔尚遠，突然凝身止步，跟著唰的一聲，發出來一件暗器，直奔飛來鳳後背。飛來鳳連忙躲閃。唰唰唰，竟一連打來三件暗器，把飛來鳳打得手忙腳亂。

來的這人正是何青鴻之父，連珠箭何正平。所發的暗器，就是他的甩手箭。

何正平一到，情形頓然一變。何青鴻忙向她父報告，敵人有可怕的毒霧暗器。鐵笛彭青也揉著眼，從暗隅閃出，向何老報告自己受毒霧毒煙的滋味。

何正平大怒，斥道：「青兒你好大膽，你還對我說哩！你們兩個人不會把他圈住麼？什麼毒煙毒霧，你們幹什麼容他施展出來？」

何正平立刻把手中兵刃一緊，照飛來鳳猛攻過來，並招呼鐵笛彭青、女兒何青鴻，一同協力圍攻。何老這樣一布置，飛來鳳暗吃一驚，情知自己人單勢孤，結局沒有好，她的粉袋只能貼近了傷人，不能遠擊，她便虛掩一刀，轉身就走。何正平道：「追！」

三個人截堵一個人自然容易，飛來鳳東轉西繞，到底甩不開，她忙嗖的躥上了房，何青鴻立刻追上房。她忙跳落平地，何正平立即截住路口。飛來鳳又驚又忿，忍不住出聲喝問道：

「你們三個人是幹什麼的，為什麼死摽我？聽你們說話，又不像鐵牛堡裡的人，你們一死兒監視我，到底是什麼用意？」

何正平忙道：「朋友，你休問我們是幹什麼的，我先問問你，可是堡中人不是？」飛來鳳答道：「我不是堡中人。」

鐵笛彭青立即插言道：「如此說，你可是鐵牛堡對面的人麼？你貴姓呢？」

何老又問：「你到底是幹什麼的？」飛來鳳道：「我呀，我是來找一位朋友的。」

飛來鳳道：「我也不是什麼對面的人，我辦的是另一碼事，我找我自己的一位朋友，我那朋友是誤落在這裡的。……你們一定是姚山村的人了？」何老答道：「我們麼，也不是的。」

飛來鳳道：「既然如此，咱們誰也不認識誰，誰也礙不著誰，正是各不相擾，你們何苦盯著我？我可不怕你們人多，實在嫌你們礙事。」

何正平笑了笑，略略有些瞧料，說道：「朋友，你何不早說，也省得動手了。你找這個朋友，現在何處？找著了沒有？」

飛來鳳憤然道：「眼看尋著，被你們擾了。」

何正平也不答言，心中一轉，要看看飛來鳳的面貌，飛來鳳不肯叫看。何老忽然想起一個條件，說道：「朋友，你可是陷在我們三個人包圍之中了，若要我們放你，倒也不難，你須答應我一件事。」

飛來鳳怒道：「你把我看成俘虜，你可錯了，我跟這堡裡的人也有認識，我不願意驚動他們罷了，你惹急了我，我可要叫他們鳴鑼聚眾，把你們三個人一起拿下。」

何老笑道：「你不要嚇唬人，你從哪裡出現，往哪裡私探，我們全看見了。我也明知你跟堡中人是客情，可是你的事也不願堡中知道，正跟我們是一樣。你既然跟堡中人有交情，你自然知道堡中的虛實了。朋友，我求你一件事，請你把他們監禁俘虜的地方指示給我，我一定幫你的忙。咱們是志不同而道相合，正好互相關照，互相幫忙，最不好的是互相掣肘，互相告發。」

飛來鳳固然久涉江湖，畢竟不是何正平的對手，何老說的話又滑又辣，他立逼飛來鳳獻底，如不獻底，暗示著要破壞她的事。自然此時何老不知道飛來鳳是女子，卻已斷定是堡中的叛徒了。

飛來鳳性如烈火，無端受了人的挾持，心中憤恨已極，只是她心愛紀宏澤忒深，恨不得立刻相會，攜手同逃，也就恨不得立刻把這三個屈死鬼火速打發開才好。遂忍住一腔怒氣道：「你們的意思我明白了。你不要小看人，我可不是賣底的人。我跟鐵牛堡另有交涉，既非親，也非友，我可不是怕你們，你們要是客客氣氣求我指示一條明路，那麼我看在江湖道義上，還可以告訴你們一二。他們鐵牛堡囚禁俘虜之所，我雖說不甚清，可是大概地方還知道一點。」

何老心中瞭然，對方是要臉面，忙深深一揖道：「朋友，多幫忙指教吧。」

飛來鳳哧的一笑道：「不用客氣，其實他們囚禁俘虜之所，你們已然探著了，又何必非問我不可？你們剛才去的那個地方，正是鐵牛堡軟禁姚山村裡的人的地方，你們已然訪著了。」

何青鴻當著他父，未敢多言，至此忙說：「就是剛才那個兩進的四合房麼？」飛來鳳道：「一點不錯。」何青鴻道：「你要找的那個朋友，莫非說也是一個俘虜麼？」

飛來鳳在黑影中盯了何青鴻一眼，此時何正平父女和鐵笛彭青，正分兩面把住一條小巷，飛來鳳就在當中負隅而立。飛來鳳深知這三個人武功均強，自己實在敵不過，粉袋又是抵面近擊的暗器，只可猛試一擊，不能連打。她只可讓步求和，把鮑六房監禁俘虜之所，細說了一遍。又重告三人：「你們已經身臨其地，你們只認準他們那三間東房就行了。他們這裡不過是個大土堡，並不是山賊盜窯，也沒有水牢地牢，只不過撥幾間民房，派幾個鄉丁，日裡夜裡好好看守著，就算是牢房罷了。」她又把鮑六房全宅的設防，告訴了何老，共有多少人監守，共有多少人被囚，大致說完，向三人拱手道：「你們所求於我的，我是有聞必告，全說出來了。我的私事很忙，對不住，咱們各辦各事，我需先走一步，請你們讓開道吧。」

飛來鳳侃侃而談，雖以孤身，陷入包圍，竟昂然不懼。何正平很佩服她的大膽，依了何老，就放她走去。何青鴻卻恨飛來鳳的暗器毒辣，似乎定要窘辱她才可心。向何老說道：「原來咱們剛才到的那地方，就是囚所。這一位剛才是尋找囚所的西房，咱們要尋找的卻是東房，正好同在一處，咱們何不邀請這一位當先帶路呢？」又對飛來鳳說：「請吧，你在前頭走，我們在後邊跟著，等著到了地頭，再為分手。」

這分明強人所難了。飛來鳳氣得「哼」了一聲，正要發作。何正平卻已聽出對方的不悅來，忙問：「青兒，各人有各人的機密，我們何必緊摞著人家，叫人難堪呢？」隨即一揮手，往旁一側身，然後向飛來鳳一舉手道：「朋友，請先行吧！我看尊駕身在鐵牛堡內，心在鐵牛堡外，你如果肯替姚山村的人合手，我們可以引見，如果你另有所為，我們也就不再多打擾了。我也不問你的貴姓，你也不必問我。我們是青山綠水，改日再會。」

丟下這幾句場面話，帶領女兒和鐵笛彭青，撲奔這邊巷口，留出那邊巷口，叫飛來鳳走。

那飛來鳳挾著一腔怒氣，拔腿就走。走出一段路，回頭一看，好像這三個人並沒有再綴下來，她心中一松，展開身法，急馳而去，心上十分著急，因為隔時稍久，怕紀宏澤等急了，又怕出了別的閃錯。卻不料她剛剛轉過兩條小巷，便覺前面有一條人影，回頭一看，背後又有兩條人影，前後一共三條人影，把她自己夾在當中，正也一步一趨，奔向同一路途。

眨眼間奔到一股岔道，飛來鳳心中一轉，陡然驟轉身，不走直道，反奔斜道大寬轉彎斜走下去。趁著轉身之際，回頭一望，再抬頭一望，不由勃然大怒，那三條人影，仍然摽著自己，一步一趨地綴來。飛來鳳恨極，立即止步，持刀蓄勢以待。她才止步，這人影立即閃避不見。飛來鳳登時明白，卻故作不知，續往前走；突到一窄道，抽身避入人家門洞，把兩隻鏢掏出來，那粉袋暫留在鹿皮囊內。剛剛藏好，果然聽見動靜，輕輕的一陣腳步聲，奔尋過來。飛來鳳突然一躥，把手中鏢一發，那人影猝然立住，立即往旁一閃，也要往暗隅藏躲。

飛來鳳岔極，厲聲喝道：「咳！你們幹什麼還綴我，怎的不守信約？」往前一追，掄刀就剁，那人影急轉身招架，抹頭就走，飛來鳳跟手又發出一鏢，那人竟沒閃開，咕咚一聲，跌倒在地。飛來鳳大喜，縱目四望，立即趕上一步，舉刀就剁。

飛來鳳滿以為這人影是連珠箭何正平父女和鐵笛彭青。不意這個人陡然一打滾，跳起來飛跑，飛來鳳奮力急迫。這個人竟往歧路上飛奔，飛來鳳趕出一段路，把這人追得沒影，然後抽身回走，仍自取路直赴鮑六房。

飛來鳳這一次竟看錯了人，她竟不知此人實是鐵牛堡的巡丁。飛來鳳提刀急走，雖然又見前面人影一晃，飛來鳳疑心生暗鬼，認定何老三人安心綴她，破壞她的好事，她又疑心是鮑老二和她的哥哥喪門神跟她搗亂。她性格魯莽得很，竟不尋思，銳叫一聲，又追了下去。

前面的人影一轉一繞，忽然不見了。飛來鳳又尋了半圈，這才往黑影中一藏，貼著牆根，再往前走，背後忽然啪嗒一聲，打來一塊磚石。飛來鳳氣得一翻身罵道：「屈死鬼，給我滾出來，我礙著你的什麼事了，這麼跟我搗蛋？」

第二十八章　何跛鬥場顯神威

罵聲未了，聽得隔巷隱約有彈指傳聲的暗號。飛來鳳越發暴躁，覺得自己無形中落在人家的包圍中了，她索性慪起氣來，往隔巷抄了過去。轉過牆角，迎面吱的一聲，從黑影中躥出一夥人，約有六七個，飛來鳳登時陷在包圍中。

這一群人正是鐵牛堡的巡邏小隊，聽見警笛，特來搜查奸細的。飛來鳳一肚子怒氣，正和他們撞上。那側面潛行的連珠箭何正平冷笑一聲，引領著鐵笛彭青，悄悄從別巷偷渡過去了。何正平竟耍了一個偷梁換柱的詭計，收到了李代桃僵之功。

飛來鳳往前一闖，首先撲出來三個人，厲聲喝道：「站住！」飛來鳳喝道：「滾開！」三個人往上一圈，齊聲罵道：「好大膽的奸細，還不丟下兵器！」飛來鳳氣得罵道：「一群瞎眼的混蛋，三爺乃是你們頭兒請來的，你敢罵我是奸細！」

三個人刀矛齊上，三個人在後一兜，飛來鳳急急一側身，刀鋒一揮，疾如狂風，為首一人先被她刺傷。她又回手一鏢，打倒了一個。再挺刀往前一上，直奔那個持矛的巡丁砍去。巡丁大叫，把矛一抖，被飛來鳳順矛桿一削，巡丁的手指被削斷了三個，慘號一聲，轉身就跑。其餘的人嚇得狂喊四散。飛來鳳持刀追殺，巡丁登時吹起警笛來。飛來鳳提著帶血的刀，得意的一聲狂笑，立刻追趕下去，卻是一面追，一面取路仍奔鮑六房那條西斜街。

巡丁已被她趕散，她一口氣走到十字路口。

十字路口燈光閃耀，聚了二十多人，已然聽見警笛，正在集隊尋聲來搜，不想飛來鳳已然找來了。黑夜之中，辨不清面貌，飛來鳳又穿著男裝夜行衣。雙方相遇，遙相詰問，那個受傷的巡丁恰巧奔來報告：「一個獨行的奸細，持刀行兇，把我們傷了。」一眼望見飛來鳳，就叫道：「就是他，別放走他，把他活抓住活埋了！」

他在這裡訴說，飛來鳳已然搶上來，喝命這二十多人：「閃開了，讓我過去。」那帶隊的頭目頗有見識，忙喝問：「你是什麼人，黑更半夜，手持凶器，你要幹什麼？要往哪裡去？」

飛來鳳道：「瞎眼的東西，連我也不認識了，我是你們堡主請來的貴客，你們膽敢攔阻我麼？」

頭目叫道：「你是貴客，你也得看看時候，你姓什麼，叫什麼名字？」

飛來鳳沒有好氣說道：「你問不著我，快躲開，再不躲開，我要對不起你了。」頭目心中動疑，仍不放鬆問道：「請你告訴我，你姓什麼，我們好有個交代。」

飛來鳳仍不肯答。那頭目身旁還站立一人，一面打量飛來鳳，一面從旁說道：「朋友，咱們全是幹這個的，你別叫我們坐蠟。」那頭目也怒了，受傷的巡丁又一個勁地催著動手，這頭目便說：「隨便你怎麼講，你不拿出點憑據來，我們不能借路，喂，你報出口令來！」

眾鄉丁一齊喊道：「快報口令來！」

飛來鳳是女人，不由犯起死心眼，既不肯報姓名，也不肯報口令，一味用強闖路。她心中很惱，想他們是故意刁難自己，自己在他們這裡已有多日，不信他們會聽不出自己的口音來，更不信他們會認不出自己的面貌來。她卻忘了現在是什麼時候，現在正在搜查奸細，她反要任意亂闖。

她越鬧越怒，罵他們瞎了眼，昏了心，她怒道：「怎麼連我也不認得了？」

那頭目名叫蔡六，其實也聽出一點來，要不然，他早就傳令放箭了。蔡頭已然猜測出來，這迎面的孤行客就是堡主的女朋友飛來鳳，正因為飛來鳳是堡主的女朋友，他這才故意逗弄，一半兒惡作劇，一半兒是起了疑心。最後他說：「朋友，你別罵街，就算我們眼瞎，你等一等，讓我們看一看。」

蔡六一手持刀，一手提燈，和那負傷巡丁，與一個副手，直走上來，口中說：「朋友，你別動，讓我們看一看，只要真是貴客，我們絕不敢無禮。不過您既是貴客，現在黑燈瞎火的，您怎麼一個人不帶，自己跑出來，那是要幹什麼呢？」

蔡六安著頑皮搗蛋的心，直走過來。他卻誤會了飛來鳳的脾氣了。飛來鳳桑玉明把剛才從何正平那裡所受的惡氣，都遷怒到這個頭目身上。她眉峰一挑，殺氣頓生，冷笑一聲道：「你們一定要看看我，我當然叫你們看，你們過來看吧。」

蔡頭道：「你可不許動手。你要是動手，我可叫他們拿亂箭射你。……只要你是熟人，我絕不刁難你，一定放你過去。……不過現在正拿姦細，你一個人出來，又拿刀動杖的，你到底要幹什麼？」

這個頭目一面說，一面走過來，兩隻眼隨著燈籠，上看飛來鳳的面孔，下看飛來鳳的手掌，剛剛提燈籠往上一照，飛來鳳手起刀落，喝一聲：「叫你看！」嗖的一聲，刀光一閃，照這蔡頭目直劈下來。頭目大叫，急急往上一架，卻沒用刀架，反用燈籠往上一掃，登時喀嚓一聲，燈籠全碎。刀鋒一抹，斜照蔡六削來。蔡六狂喊一聲，回頭就跑，飛來鳳道：「哪裡跑！」

唰的又劈下一刀。蔡六回手招架，且招架且跑且喊：「快放箭！奸細！奸細！」

飛來鳳哪容他們放箭，立刻撲上去，刀光揮霍，如同虎入羊群，一陣亂砍亂掃，二十多個巡丁被衝得散而復聚，聚而復散。這蔡六的胳臂被飛來鳳削去一塊皮，鮮血迸流，卻是出其不意。蔡六欺負飛來鳳是孤身一人，他又聽出口音，已知飛來鳳是女子，正是堡主鮑龍友的女朋友，一個風流女賊，而且聽人傳說，她有許多風流豔事，流傳在江湖中。這蔡六生了邪僻的心，故意和她麻煩鬥口，拿捏她。他卻不知飛來鳳的厲害，他自恃人多，又在堡內，萬想不到飛來鳳真敢動手，而且真敢要他的命。

但蔡六手底下也有三招兩式，他掙命往外一躥，躲開刀鋒，拋下碎燈籠，立刻一抖精神，把手中刀一揮，先封住門戶，登時向同伴大叫：「快放箭，射死這個奸細！」他口中這樣喊，閃目一看，他的同伴被殺得亂竄。卻是他們鐵牛堡的鄉丁，曾經鮑家四虎訓練有素，內中又頗有行家，一時雖被飛來鳳衝散，他們竟不潰退，立刻互相傳呼，把分散開的人群結聚為兩隊。扼住路口，一面上前打圈，圍攻敵人。

飛來鳳竟忘了利害，也忘了耽誤自己的正事，只負怒要把擋路之人砍散，她以為他們這群東西明知自己是客，反而故意和自己搗亂，實在是居心萬惡。她本來刀毒手辣，這一來鋒芒更不可當，眨眼間便被她砍傷了四五個人。

她還是不依不饒，揮刀衝擊，蔡六的功夫並不弱，拚命支持著。這裡守的乃是要道，手下人也有會兩手的，這些人一面發出警號，招呼救兵，一面繞著圈子，纏住飛來鳳。警笛亂響，鐵牛堡的人互相傳告，紛紛趕到。飛來鳳負氣揮刃，激起怒火，堡中人雖然不住地喝問，她竟不管青紅皂白，一味刺擊挑劃。

這一來憑白給連珠箭何正平、何青鴻、鐵笛彭青，留下一個機會，三個人悄悄地貼牆循壁，往鮑六房那條街上緊走。劈頭遇上堡中人，他們也跟著喊拿姦細。鐵牛堡本有口令暗號，卻是十字路口已經打起來，堡中赴援的人只顧往前跑，遇上連珠箭，也顧不得細細盤詰，他們的眼光耳音都傾向飛來鳳被圍的那一邊，因此反倒縱容何正平三人擦身而過。

何正平自是大喜，又覺可笑，引領了何青鴻、鐵笛彭青，一抹地撲到鮑六房那條街上，仍由側面偷偷攀上牆頭。這時候鮑六房全院，已然悄寂無人了，只差著半頓飯時，這院還在上上下下圍聚著許多人，現在情形一變。

那許延華、許少華一行五人，起初本已陷入重圍。許延華為首，破窗襲入鮑六房，僅僅救了兩個俘虜，便被鐵牛堡的人調動援兵，把全院包圍起來。摩雲鵬魏豪和姚承鈞二人，臨時趕到，由房頂上跳下來，揮刀幫打，替許延華等開路，好給他們容出空來，搭救俘虜。可惜這兩個俘虜手腳都被繩子捆麻，雖已釋縛，簡直寸步難移。倉促之間，全恃姚承鈞、許少華二人背負，竟不能登高而逃，只好貼地奪路。當時若能很快地衝出去，或者可以平安出堡，無如他們人力孤單，敵兵大至，奮力猛一闖，沒有闖出去，再想闖時，堡中人越來越多，到底陷在包抄中了。所幸堡中還沒有放箭，還能以力硬拚，但已危險萬分了。摩雲鵬魏豪和許延華兩個人急忙合力並肩開路，連砍傷三四個堡中人，才奪出一條血路。

許延華命許少華、姚承鈞，背著所救的俘虜，夾在當中，他自己和魏豪當先開道，由鄒桐年、董俊千合力斷後，且戰且走，居然衝出鮑六房院外。劈頭遇上了鮑家四虎的鮑熊飛，摩雲鵬魏豪趕上一步，把鮑熊飛邀住。許延華立即回頭一點手，揮刀前闖，衝開了前面敵人，把許少華、姚承鈞援引出來，且鬥且往外搶，搶到一條橫街上，越過這條橫街，便到堡牆根，迎面突又來了一夥人，打著火把燈籠，刀矛棍棒，丫丫叉叉，把出路擋住。前有截兵，後有追兵，雙方往前一湊，立即把許延華等又圍在核心，苦鬥不得脫身。堡中人互相傳呼，催人快傳弓箭手來，情勢越見危急。

這時候連珠箭何正平，帶領女兒何青鴻和鐵笛彭青，正抓著一個機會，一直撲奔鮑六房而來。機緣湊巧，只差著一步，這鮑六房全院恰巧做成賊去關門的陣勢，大隊的人已然追趕許延華一行五人去了，這裡只剩下寥寥十二三個人，把大門關上，吹燈滅明，祕密守禦起來。

連珠箭何正平恰恰由房頂上趕到，憑高往下一望，下邊靜悄悄，黑乎乎，沒有人聲。何氏父女吃了一驚，看這樣子，好似許延華等已然全軍覆沒，已被人包圍生擒了。鐵笛彭青也不由這樣想，全都懊悔起來，何老緊皺眉頭，想而又想，忽然覺著不對。自己人如果遭擒，這地方應該燈明輝煌，大開公堂，訊俘審囚才對，斷不會這麼冷冷清清的。忙向四周一看，立即引導彭青二人，潛行默移，撲向鮑六房後房檐，三人伏下身來，一齊側耳傾聽，凝神俯察。半晌仍不聞動靜，何老心生一策，把一塊飛蝗石子，順房檐照空院投擲下去。石子咕碌碌一響，啪嗒一聲落地，登時聽見什麼地方，低低發出一種嘁嘁喳喳低訊互告的聲音。何正平又順手遠拋下一石，啪嗒大響一聲，登時見下面屋窗微光一閃。

連珠箭何正平心中一轉，立刻猜測過半，急和何青鴻、鐵笛彭青，分兩面往正院伏行，徑抄囚禁俘虜之所。這禁俘之所窗已破，是被許延華砸開的。何正平向彭青二人一揮手，令二人暫伏，他自己立即懸身，用倒捲簾式，側耳一聽，屋內隱隱有屏息噓氣之聲。何老大悟，忙抽身退回，請鐵笛彭青向對面房後，去放一把野火。彭青依言，仍從房頂上度過去，暗暗溜下平地，取出火摺子，點著松明，就在人家後窗，放起一把火來。不等火勢起來，立即抽身退回，與何老合在一起，伏在房上，以窺其變。

火勢漸吐，院中突然起了一片大喊「火！火」的亂叫，剛才黑乎乎的正房廂房，窗前猛然一亮，原來是用什麼東西，把燈光遮蔽了，好像是一聞聲，立刻摘去燈罩，並且立刻由正房、廂房，奔出六七個人，一齊向失火的地方奔去，同時分兩個人，往各處搜查。

內中一人正是房主人鮑六，且跑且叫道：「你們看看，鮑老三這麼大意，上了姚山村調虎離山計了。」

何老本用的是縱火誘敵之計，將以窺察虛實，倒沒想到別的。現在他就將計就計，尤其可怪的是敵人，口叫著調虎離山計，他們卻到底要被調，要離山，有些人忙著救火，有些人又去到外面報警。何正平和女兒何青鴻、鐵笛彭青，飛身一跳，竟冒著險，躥向後窗平地。何老膽大包天，命女兒何青鴻落後一步，給他巡風；他自己手提一劍，竟頓足一躍，立刻躥窗而入，身入重地。直如電光石火一般，襲到這囚禁之所，他竟不怕暗算。

他剛剛躥到屋裡面，立刻夜戰八方式，把手中劍一轉，左手的火摺子也同時一晃，登時一溜火光，照得屋中全景，屋中土炕上捆著一個人，地上靠著門把著兩個人。這兩個人正是守囚的鄉丁，卻只注意到炕上的俘囚，忘了後窗。突聞人聲，剛剛一轉身，何老手疾眼快，不容他們動彈，眉峰一皺，倏地一抬劍，首先用劍柄照頭頂砸去。那人哼了一聲，咕登躺在地上，人已暈倒。第二個鄉丁銳聲一叫，何老順手一劍，這已經來不及砸打，劍尖直透肩井，把那人刺倒在地，然後調轉劍柄，仍照頭頂上狠砸，砸得那人不哼不呻。

何正平立刻往炕上一撲，低叫一聲：「喂，朋友，快報名，你可是姚山村的某某麼？」姓名是姚書紳預先告訴他的。那人唔的應了一聲，何老矯如游龍，飛身登上土炕，破窗往前一看，唰的往後一跳，又跳到後窗，急向鐵笛彭青、何青鴻點手。

何青鴻首先一步躥入，連珠箭何正平急急地往屋門口一指，又往地下一指，何青鴻登時誤會：父親是叫我一面把門，一面監視倒地之人。她立刻提劍往屋門後側身一藏，劍鋒向外，人若一來她就是一下。

同時鐵笛彭青也飛躥進來。何老急急往土炕上一指，把火摺子一晃一照，急急地說道：「快看看，快問一問……」言外是叫他問一問，是不是咱們要救的人？再問別人怎麼樣？鐵笛彭青依言跳上炕，把炕上人一推，炕上人只哼不答，原來是堡中人剛才抵禦奸細時，給堵上了嘴。

於是彭青忙著救人詢情，連珠箭何正平又矯若游龍地一跳，撲到地上躺倒的兩個受傷人跟前，他跛著一條腿，跳上跳下，摸著黑做事，手法真是快極而又穩極。他的火摺子只供認識人的面目而用，此刻立即熄滅帶起，卻將屋中門幕扯下，信手一撕，撕成長條，就用這布條，把兩個受傷發暈的人捆上，而且不知怎麼一來，被他弄甦醒了一個，他就拿刀磨頂，口對耳根問供。

他手極忙，心極靜，不愧是老英雄，把個彭青佩服得五體投地；雖然忙，忍不住大讚道：「你真成！」何老聽了，急忙搖手，說道：「你也快問，我也快問，到底咱們的人都上哪裡去了？」

彭青忙答道：「不用問，炕上這位正是咱們要救的人，他是姚乃屏。」立刻把姚乃屏口中堵塞之物掏出，又把兩臂綁繩割斷，急急問他許多話。可是這姚乃屏一陣乾嘔，倉促間不能回答。那何老所傷的兩個人，雖然被弄活，也發昏發傻，不能猝供。

就在這時候，屋外面早就撲來了兩個人，大聲吆喝道：「快看看這裡吧，俘虜只剩下一個人，別叫奸細再撈了去。」

這是自警之語，反給何氏父老做了一個警告。何老命何青鴻姑娘，提劍把門，外面人這一喊，何老急噓了一聲，「喂，留神！」何青鴻早已一聲不響戒備著，把劍一順，堡中人只一探頭，她就一刺。

這來的兩個人，後面的一個竟是行家，在後面喝道：「你幹什麼？」前行的那個人正要往屋中鑽，被他一把扯住，竟不肯叫他走屋門。腳步也變輕了，卻突然喀嚓一聲，屋前窗破裂。

何青鴻回頭一望，窗扇倒掀進來。彭青忙將姚乃屏拖下平地。窗前現出一個人影。何老低聲道：「看屋門！」

果然前窗一倒，從屋門登時忽然撲進一條黑影。何青鴻急砍一劍，刮的一聲，卻剁在椅子上。何青鴻急忙抽劍，順手打出一鏢，屋外之人也打進來一鏢。何青鴻正要出去，那人也不敢進來，那另外一堡中人隔窗打進好幾塊石子。

連珠箭何正平催彭青背救姚乃屏，他自己趁女兒拒住堡中人的工夫，把那受傷人猛拍一下，然後持刀磨頂，低聲詢供。

那人想是知道利害，居然照實回答。

首先問：「我們這些人呢？」答說：「他們全跑了。」又問：「你們那些人呢？」答說：「他們全追下去了。」又問：「奔到哪裡去了？」答說：「奔向西邊去了。」又問：「救出去幾個人？」答說：「救出去兩個。」居然有問必答，一一實供。

他們這裡問一句，答一句，外面攻擊得很緊。何青鴻只能拒住屋門，不放堡中人進內。堡中這兩個人都很在行，不肯冒險進攻，一味呼喊拿姦細，往屋內亂發暗器。何青鴻一聲不響，運利劍，側身阻路，堡中人竟估不透這囚所之中，襲入多少奸細，二人又連聲呼喊屋中自己人的名字，屋中的自己人又全不回答，好像全部覆滅。此刻的情形，宛然反客為主，屋外這兩個堡中人倒沒了主意。但也只是倉促之間失措罷了，跟手他們兩人便狂叫起來，向對面屋後大喊：「不好了，囚所也混進奸細了，咱們的人全叫他們毀了。」喊了三四遍，對面屋後救火的人紛紛趕來。

對面西廂房屋後，剛才放的那把火，恰已撲滅，火光頓息，僅存殘煙，當即留下一半人，戒備第二番的意外，大多數的人都撲奔囚所。鮑老六大呼小叫，比比畫畫怒罵：「砍了他，埋了他！」也不知是威嚇奸細，還是威嚇部下。

部下人分散開，趕來阻堵前門後戶。可惜遲延了一步，何正平隔窗抬頭，望見西廂火光不亮，估料時候已然緊迫。這調虎離山之計，本只矇騙一時；逼供已畢，他立刻俯腰，把所擒兩人，重新堵上嘴，提到炕根下，免為流矢所傷。

何正平張目四望，先催鐵笛彭青快走。彭青已將姚乃屏背好。他也從姚乃屏口中，也已問明許延華一行的來蹤去影，又已得知姚山村那兩個俘虜，已被許氏叔姪救走。彭青環顧情勢，救俘之功已成，不宜再行留戀，舉目望窗，就要穿窗而走，無如身背重負，力量不夠，飛縱之術不精。忙躲避窗口投來的暗器，俯腰取一小凳，作為墊腳，他向何老說了一句話：「我先走了！」

何正平忙道：「且住！」立刻替換下女兒，命女兒何青鴻給彭青開道。他自己代女兒斷後，扼守門戶。

何青鴻退下來，輕移腳步，側身到後窗口，登上小凳，急急向外一望，外面似無異狀，立刻唇邊吐出一字：「走！」掠身穿窗而出，平穩落到平地。立刻唇邊重吐一字：「快！」給彭青做了先鋒。

鐵笛彭青立刻背好姚乃屏，踏凳扶窗，剛要聳身，卻又持重，向外再一探頭。就在這一剎那，果聽何青鴻急口低嘯了一聲：「風緊，小心，暗器！」六字才出口，頓然聽見暗器破空聲，利刃披風聲，何青鴻已與堡中兩人鬥在一起。

這兩個人影剛從西廂失火場繞過來，被鮑六房催促，特來防堵後窗，堵個正著。這兩人不是何青鴻的對手，被打得倒退；彭青趁此平安跳出囚所。

卻是這兩人手底下不吃力，嘴角上仍不饒，竟不肯好好退走，大叫起來：「後窗有人跑出來了！」滿指望前院的人必要分兵趕來應援，誰想連喊幾聲，沒有一個人過來。這都是連珠箭何正平之功，他居然從囚所屋門衝殺出來。指東打西。一陣亂衝，前面的人擋他不住，也大聲呼喊，打算把何老包圍住。何老決計不肯上當，在庭心亂轉，一溜煙又奔到西廂屋前，就是紀宏澤被軟禁之所，也就是飛來鳳和紀宏澤幽會訂約之所。

何老此舉，專為牽制堡中人，給女兒和彭青預留出走之路。堡中人果然窮追何老，何老撲到哪裡，他們截到哪裡，一味死纏不休，並認為何老是一個最重要的奸細，哪知上了何老的大當。

何老竟把堡中人誘到西廂房後面火場，從那裡仍向外闖。

堡中人亂喊：「截住他，別放走他！」何老這邊越吃緊，何青鴻這邊越鬆動，只有那兩個人跟綴，反被何青鴻反擊得倒退。別的人無暇增援上來，何青鴻心中大驚，銳呼一聲，挺劍猛衝，卻向彭青悄打招呼。彭青又賴何青鴻迎敵斷後之功，急急越牆圖遁。

鐵笛彭青背了一個人，處處落慢。何青鴻趕散兩個追兵，忙又返尋回來。這工夫，彭青剛剛把姚乃屏背到東牆腳。何青鴻趕到，忙說：「我來！」

何青鴻首先翻上牆頭，取出飛抓，投下飛抓，自身騎馬式，在牆頭一跨，低呼道：「快上。」彭青妄想跳牆，這不啻錯打定盤星，不肯徑用飛抓，試著往上一躥，未及牆頭一半，便落下來，恰好飛抓投下。何青鴻又催了一句，彭青面上一紅，黑影中看不出。姚乃屏在背上說了句話：「還是揪住飛抓往上攀。」

彭青道：「我自料還行。」姚乃屏道：「只未免耽誤工夫，你看那邊許是追兵。」

鐵笛彭青這才換上飛抓，仰面道：「姑娘，揪住了！」何青鴻催道：「揪住了，你快上吧。」

彭青只得用這飛抓做為引繩，一把一把往上倒，何青鴻在上雙手引繩，也一把一把往上汲。

何青鴻卻做了一件外行事，她應把飛抓這頭拴在牆頭，因為牆頭平坦，沒有鐵脊，無處可以繫繩，她只用雙手之力硬扯。彭青也做了外行事，背一個人，汲一人，是兩個人的份量，不下二三百斤。何姑娘腕力盡強，也有些勉強，只得努著渾身臂力，雙手硬拔。突然耳畔嗤的一聲，似飛來流矢，何姑娘騎馬式在牆頭，慌忙一閃身，失了重心，彭青又猛一揪，咕咚，鬆手，彭、姚齊墜地，何青鴻面色一紅，幸而黑影中也都看不清。

彭青猛然省悟，忙解下姚乃屏，先將飛抓投上去。容得何青鴻接住，彭青釋了重負，便可頓足一躍，徑上牆頭。姚乃屏也發了話：「我此時也許可以躍得上牆頭，不必用這飛抓了。」

彭青催道：「別客氣，快點。」姚乃屏揪住飛抓，何青鴻一聲不言語，把姚乃屏輕輕提上了牆頭。

就在這時候，那邊牆頭，發現三條黑影，已然追來三人。

彭青正要躥牆，何青鴻首先望見黑影移動，忙說：「留神看那邊，房上有人！」

從高處追來的只有三個人影，分三路兜來。彭青估量遠近，自料無妨，不去理會，仍要頓足上房，突又有六七個人影，如飛地從平地奔馳過來，為首一人腳步很快。彭青吃了一驚，忙轉身負隅，先發出一暗器。房上的人、平地的人發一聲喊，立刻衝彭青逃路圈來。

何青鴻姑娘把姚乃屏提上牆頭，又落到平地，送到牆外，然後縱目四望。追兵已至，彭青沒有上來，她父也沒有趕到。

何青鴻很不放心，翻身就走，要再次上牆。姚乃屏忙追叫道：「喂喂，這位仁兄，咱們快走吧。他們追趕的人隨後就到。」何青鴻不答，父女關情，她惦記她的跛足的爹。

姚乃屏萬分焦灼，忙攔住道，「這位恩公……」他明聽出彭青稱呼姑娘，他仍不敢冒昧，勉強叫了一聲恩公道：「我手無寸鐵，實在是……」

何青鴻微微一笑，知道姚乃屏敗軍之將，不足言勇，一度被俘，膽量沒有了，隨手抽出一把匕首，遞給姚乃屏。她仍然一頓足，躍下牆頭，鐵笛彭青竟在隔牆被圍，何青鴻把父親所授的連珠弩從背上取下，騎在牆上，往下面一陣暴打，把房上的人打下平地，把包圍的人打得呼噪亂竄，彭青趁勢也躍上了牆。

何青鴻忙問道：「我爹怎麼樣？怎麼還不來？」剛說了兩句，未容回答，下面喊聲更大，人影奔竄更亂，彭、何一齊向下望，只見那六七個人影背後，忽又擁出一條人影，身形短小，走路特別，掩到人群背後，人群立刻如驚濤破浪一般，豁地分散。何青鴻叫道：「這一定是我父親。」

果然不差，這短小人影衝入人群，好似分水蛇一般，一直突圍衝到牆根，抬頭一望，口發呼哨。果然是連珠箭何正平。

何青鴻急急叫道：「爹爹，快上來，我在這裡呢！」

何正平飛身躍上牆，瞧見女兒和彭青，說道：「你們怎麼剛到這裡？怎的還不快走！那個姚什麼屏呢？」疾如星火，催何青鴻、彭青下牆，他自己解下連珠弩，嗖嗖，刷刷，如驟雨梨花，打得下面人越發奔竄。

何青鴻這時很喜，立即飄身而下，鐵笛彭青也飄身而下。

不由大讚道：「到底是老英雄，到底薑是老的辣。我看老英雄的連珠箭，比姑娘更厲害了。」

何青鴻笑了一聲，道：「別說了，快找那位姚爺吧。你看他也不知躲到什麼地方去了。」

鐵笛彭青張眼四望，也暗吃一驚，口頭卻說：「別慌，他不會再失陷的，他也是老行家了。」忙打口哨，左右亂嘯，直嘯出兩條小巷，方見姚乃屏潛伏在暗隅中。兩個人這才一塊石頭落地。

鐵笛彭青立刻背著姚乃屏，往前急走。姚乃屏已經勉強可以步行，還不能飛跑，彭青伏下身，又要背他，他說：「不用，不用！」正在謙辭。後面鐵牛堡竟聚了大隊追來，隔巷聽見傳呼之聲。何青鴻又要幫助彭、姚二人，又想追隨他父斷後。連珠箭何正平在黑影中居然料透，忙叫道：「不好，青兒你快過去保護彭青，往堡外趕緊闖，我留在這裡擋一陣。」

何青鴻叫道：「爹爹，我不放心，我跟著您。」何正平道：「胡說，別找麻煩，什麼時候，快依著我，你們自管自，快奔姚山村闖。我還得擋他們，一邊擋，一面還得接應許延華。」

這老兒也跨著牆頭，展開連珠箭法，以一人之力暫阻追兵。

何青鴻依了她父之言，急追彭青，彭青強把姚乃屏重新背起，三個人曲折奪路，連躲開兩道卡子，一直搶到堡牆根。一路上何青鴻姑娘在前開道，極盡護衛之責，僥倖沒遇見擋阻。

大牆當前，立刻合力，用飛抓繩梯，翻牆而過。跳過壕溝，大喘一口氣道：「慚愧，出險了！」前途黑乎乎一片曠野，時時有星星之火閃爍，分明是鐵牛堡的外卡，他們並沒有完全脫險。三個人趨至叢莽黑影中，先緩一口氣。鐵笛彭青放下姚乃屏，在旁拭汗。姚乃屏向兩人道謝，彭青也向何青鴻道：「這一回多虧了何姑娘，給我開道。」

姚乃屏聞言大詫，上眼下眼打量「何姑娘」。何姑娘格的一笑，彭青忙正式介紹：「這是連珠箭何正平何老武師的令愛，青鴻姑娘。」姚乃屏越發驚詫，連連拜謝。何青鴻微笑道：「這工夫可不是道謝的時候。彭壯士，您歇過來沒有？我們還得快走。」

他們這一路，只出來兩個人，救出一個人，還剩下何老和摩雲鵬魏豪、姚承鈞三人。何青鴻一行三人復往前奔，奔出不多遠，遇上七八個堡中人，似是巡夜的鄉團，又似是聞警回援本堡的救兵，這七八個人走得很快。何青鴻仍在前面開路，她首先發現，低嘯一聲。

三人倉促在平原曠野間，何、彭等人只得讓開小路，急忙往草地一躺。那一小隊人打著一隻燈籠，如飛地奔過去了。何青鴻嘻嘻一笑，躍身起來，說道：「真有意思，和捉迷藏一樣。」

彭、姚二人都笑了。

續往前走，到了預定地點，遇上潛伏的接應，從樹影后跳出來，共只兩個人，何青鴻突然說：「不行。」她再不肯往姚山村走。向彭青說：「請你自己個和他們二位，把這位姚君護送回去吧。」

彭青道：「姑娘你呢？」

何青鴻道：「我還得返回去。」剛離開虎口，她又要隻身重去尋父。

鐵笛彭青攔她不住，姚乃屏說道：「姑娘，這恐怕不妥當，姑娘一個人返回去，太涉險了。」何青鴻道：「怕什麼？」堅持要回去，她還是不放心她父。

彭青又勸說道：「何老英雄比我們年輕人還強呢，姑娘既不願回姚山村，我看我們索性全在這裡等候，不久他老人家就回來了。他老人家一身的武藝，我剛才已經領教過了，姑娘請放心吧。」

等候了一會兒，仍不見何老趕到，也不見許延華一行。何青鴻再沉不住氣，拔腿就往回走。彭青阻不住，連忙說：「您等一等，我還有一法。」何青鴻道：「你有什麼法？」

姚乃屏搶著說：「我倒有一法。我覺得我自己可以摸回去。彭仁兄，請你費心辛苦一趟，陪著何姑娘找何老英雄，也是很要緊的。」

何青鴻道：「用不著這麼麻煩，你自己回去，認得路麼？」

姚乃屏笑道：「我原是姚山村的人，這裡的道路我還認識。」何青鴻自覺失言，訕訕地笑了。

鐵笛彭青也忙插言：「這麼辦，很對。可以請他們二位接應過河，護送姚仁兄，往小河偷渡。我可以奉陪何姑娘再返一趟。」

彭青乃是好意，何青鴻憤然挑了眼，說道：「我用不著叫誰奉陪！」拔腿就走，展開飛縱術，眨眼間沒入黑影之中。

鐵笛彭青很僵，自以為碰了人家年輕姑娘的一個釘子，很不是味。姚乃屏沒有理會，忙叫道：「何姑娘，何姑娘！」何姑娘一聲不響，已然越走越遠，又不便大聲喊叫。

姚乃屏眼望黑影，說道：「彭仁兄，這姑娘好像武藝很了不得，不過二番再入虎口，太也危險，彭仁兄，我自己回去吧，還是勞你駕，跟著她點，免得出錯。他們鐵牛堡中往往在路旁掘著陷坑，一個人獨行，吃了虧，沒有救星。」

鐵笛彭青想了想，悄說：「我暗綴下她去。」稍過了一會兒，向姚乃屏拱手道：「一切請你回去報告吧。」展開身法，遙逐去影，也就緊跟上去，姚乃屏隨了兩個接應人，自往回走。

那一邊，連珠箭何正平，用一把連珠弩，鎮住追兵，也只是片刻之間的事，工夫稍大，堡中人在嘩亂聲中，聚人漸多，從四面包抄過來。何正平身在牆頭，看出大概情形，料到自己女兒和彭青此刻必已去遠，他不敢俄延，連忙一翻身，跳下院牆，打算往斜刺裡逃走。他想，堡中不過一群鄉下力笨漢，不難把他們拋開。殊不知此時也驚動全堡，鮑家四虎和喪門神桑玉兆，全都出動。何老還想尋找摩雲鵬魏豪，他又想接應許延華，可是敵人已不容他自由行動了。

何老立在牆頭，敵人已有人立在對面牆頭盯著他。他翻下牆頭，敵人便呼喊：「奸細下來了。」他往東跑，敵人就喊：「點子奔東了。」何老往西走，敵人就叫：「奸細又上西邊了。」

敵人盯得十分緊，他已然覺得陷入重圍。他的形跡已然大露。

這老兒本來是老手，一看情形不對，他立刻見硬就回，慌忙改計。他現在忙著衝出重圍。

他的計劃已定，施展小巧的功夫，走黑影，奔暗隅，蛇行鹿伏，躲避敵人，到底把敵人甩開了，但沒有甩淨。敵人散漫開，遠遠地還是圈著他，然後再用孔明燈，上下亂照排搜，他到這時，深知接應許延華已不容易，其實他用李代桃僵之計，已將彭青、姚乃屏救出，這就很不容易了。他這第二步打算，未免年老好勝，畫蛇添足，多此一舉。可是他見硬就轉彎，到底頗識時勢。他冷笑一聲，心中說：我得趕緊出去，不要把我一個人剩在堡裡。於是他悄沒聲地穿小巷，曲折往外繞。突然前面遇見阻撓，他就抽身折回。突然聽見近處有動靜，他就連忙躲避。他本可以用暗箭，暗算敵人；可是敵人不老實，受了傷，必要鬼號，要了命，也要呻吟，他又不肯多所殺傷。他這樣閃躲，費了較多的工夫，居然溜出重圍。

他已溜出重圍，可是跟手他的行跡又被堡中人發現。他詫異起來，又懸慮起來，現在好像敵人追得越緊，他越擔心彭青三人，怕他們遇上自己所遇著的事。

可是轉眼他明白了，他這裡一步落後，故此堡中人不啻全衝他一人釘上來。故此他感覺到寸步難行似的情形了。他登時又明白，這正是自己預定的打算，他需要敵人專追自己，方好放緩別人。

他不愧料事如神，他立刻放了心，現在只顧及本身的安危了，別的已不必多慮。他擇定了逃走的線路，曲曲折折走去，自然仍是小心躲避著敵人，漸漸地被他衝到牆堡。於是他擲飛抓，上了堡牆，這堡牆正當東南角。他站在堡牆，向四外張望。堡內東一處西一處透亮，堡外也有俐落的火光。何老明白了，猜想許延華他們或已奔到東堡牆以外，自己可以奔了過去。

何正平想定主意，正要轉身，突然聽見一聲斷喊，跟著發來一件暗器。何正平「哎喲」一聲，往牆外一翻，咕咚墜落在堡牆以外。立刻從牆頭上出現一個人影，俯身往下一望，正要往下跳，不意何老在地上突然抬手，發出暗箭，那人影照樣「哎呀」一聲，卻栽在堡牆以內。

何老在牆外哈哈大笑，那受傷的人在牆內大罵。忽然不罵了，卻吹起警笛，吱吱地叫了數聲。何老道：「不好！」撒腿就跑，一面跑，一面想：我該裝之小子。

果然警笛過去，追兵尋聲來到。想是聽見受傷人的報告，立刻有兩個人影上了牆。同時有十幾個人影在牆根一打晃，把堡門開了，蜂擁出十數人，提了孔明燈，追逐出來。

連珠箭何正平回頭一看，把舌頭一吐暗道：咳，上當，上當，我射他個什麼勁呢？真是自找麻煩，沒法子！撒腿就跑。

追兵先出來一小隊，約有十數人，隨後警報傳開來，又追出一小隊，也有十數人。何正平往前看看，又往後看看，心想：不好，不好，我只怕他們前邊另有埋伏。但不知我的女兒她可平安出來沒有？心中想著，兩隻腳並不閒著，他自己對自己說：「只要還有腳，我就要跑。」

追兵越追越緊，黑壓壓人影亂竄，吹著呼哨，不住地傳呼，好像說：「拿姦細，追奸細！」連珠箭何正平一瘸一拐，一面飛奔，一面不住地回頭看，並往前面、旁邊看。前面黑乎乎，已快到來時透過的那片森林了，樹林還是有卡子的。何正平打算繞林潛闖，忽回頭，看見那兩隊追兵背後，從斜刺裡又衝出一隊追兵。這一隊人數更多，腳程更快，並且人人似打著火把，穿行曠野，如一條火龍似的，轉眼趕上前面的追兵。

突然一陣鼓噪過去，這最後的大隊追兵往左一兜，那最前面的追兵也往右一兜，立刻合成圍陣，把當中的那隊追兵圍在垓心，登時喊殺聲中，亂打起來。跟著圍陣又一散，從中衝出一夥人，竭力往這邊奔來。那兩隊合兵急忙從兩側重兜上來。

何正平忙登上高處，竭盡目力一看，這才明白，那最前面和最後的兩隊，方是鐵牛堡的追兵；這當中一小隊人，遠看辨不清為敵為友，如今有火把一照，已然測出，正是自己人，是突圍落後的許延華一行。估計人數，利俐落落奔來，足有八九名，恐怕許延華叔姪、姚承鈞、姚承權弟兄和鄒桐年、董俊千，以及自己的七師弟摩雲鵬魏豪等，都在其中。

連珠箭何正平攀上這棵大樹，越看越分明，頓悟剛才的追兵並不是追趕自己，但是眼下他們落後的人且戰且走，有些摘落不下，自己倒獨自一人先脫出來了。何正平又回頭一望，樹林後已有火光閃爍，料想鐵牛堡卡子上的人必已聞警出動。敵人離此雖然尚有半里路，卻最怕他們兩面抄襲自己人。心中略一轉念，立即打定主意。忙跳下樹來，匆匆選擇地勢，就著二道土崗，埋伏下來。可惜的是只有自己一人，恐怕孤掌難支。

他剛剛往崗後一藏，忽聞草叢簌簌一響，忙蹲身注視。卻是一條人影，從荒草地繞來，身法很快，趨走如蛇，好像是他的女兒，候到臨近，試嘯了一聲，那人影抖手打出一鏢。被何老閃過，又叫了一聲，果然正是何青鴻，隻身尋父來了。

何青鴻一見她父，心中大悅，高高興興叫了一聲：「爹爹！」忙挨過來道：「你老藏在這裡了，叫我好找。」

何老忙道：「冒失丫頭，沒看清人，千萬不要亂發暗器。」

你來得正好，快隨我來。」匆匆地問過數語，父女二人忙分蹲在土崗後，人人手中把著連珠弩。這是兩用的連珠弩，既可以發射連珠箭，又可以發打連珠彈。

藏過片刻，追喊聲越來越近，突圍的人果然是許延華、許少華叔姪。由姚承鈞、姚承權各人背著一個人，是他們救出來的俘虜。由摩雲鵬魏豪和二許叔姪奮力開路，由董俊千、鄒桐年二人斷後。幾個人腳程都可以的，無奈其中還有背救著兩個人，頓然緩慢下來，好容易衝出牆堡，便被綴上，好容易把跟綴的堡中人打退，那喪門神桑玉兆和鮑氏二虎又得訊緊追來。

七個人共救兩個人，一路且戰且走，漸漸擺脫不開追兵，許延華忙命許少華和董俊千兩個腳程最快的人，把二姚換下來，並由背負改為攙扶，同時改由魏豪、鄒桐年和許延華三個勁手合力拒後。

又奔了一程，竟至鐵牛堡的鮑氏四虎率領後隊，全趕上來了。許延華的暗器又已用盡，只得和魏豪、鄒桐年，用牽制的戰法，和敵人纏戰，容出工夫，叫許少華、董俊千先走。但是一開初，追兵趕得急，沒帶燈火，還容易躲，等到鮑氏四虎齊到，在火把照耀之下，越發難以躲藏。許延華是個很精神的矮胖子，摩雲鵬魏豪身量很高，兩人累得口角噴沫，仍奮力揮刀擋住了鮑二虎和喪門神。鮑、桑二人大罵姚山村，不講道義，各挺兵刃，來鬥許、魏。卻由鮑三虎指揮全隊，趕前一步，又將許少華等圍住，登時陷入混戰。

許延華一面打，一面喊：「快闖，快闖！」起初不過是拒鬥，還無心傷人。後來鐵牛堡的鄉丁，各持長兵刃，來助堡主，夾攻他們，他們顧不了許多，漸漸用刀鋒傷人，刺傷了一兩人，才得鬆動一步。這一來血濺荒郊，越勾起鐵牛堡的狂怒。刀矛如林，喊殺之聲大作，不再想活擒，要把這群偷營盜俘虜的對頭，個個亂刀砍死。

雙方越打越凶，許延華仍是且戰且走。但是轉瞬之間，形勢又變，許、魏二人抵得住鮑、桑，鄒桐年和二姚竟打不開出路，他們人單勢孤，顧此失彼，又被包圍。摩雲鵬魏豪大吼一聲，拋了敵手，又來衝鋒，許延華也向鮑麟生虛掩一刀，縱身一躍，打倒一個鄉丁，把許少華拔救出去。二姚緊跟在後，也衝出來。那邊董俊千也由魏豪救出。

當下，董俊千拖著一個所救的俘虜，許少華也拖著一個俘虜，這兩個俘虜都不如姚乃屏，因這兩個人被幽囚已久，失去了鬥力，沒人扶掖，極難奔走，這就添了累贅，許延華、魏豪都很著急，也沒旁的法子，算計著只有闖到小河灘，方慶脫險。可是舉目一看，去路尚遠，簡直打不出去。若是當機立斷，應該拋下所救之人，全軍而退，最為上策，無如看在江湖道義氣上，這話無法出口。許延華把刀亂砍，魏豪也是一樣，拚命砍敵，其餘董俊千、姚承鈞、姚承權，也都破出性命，一人拚命，百夫難當，何況他們一共七個人，敵人雖眾，竟一時拿他不下，卻還窮追不捨。

姚山村眾人最怕的就是窮追不捨，人的氣力有限，路遠途長，這七人就是不被殺死，也要累死。鮑麟生料敵知勝，忙大聲告訴手下人：「大家努力，綴住他，別放鬆，看他們飛到哪裡去！」眾鄉丁也都倚仗人多勢眾，狐假虎威，硬往上擁。

轉眼間，又延纏出去一段路，一望前途，黑漆漆，距河尚遠。許氏叔姪、姚氏昆仲等等，全知道要糟；這兩個俘虜，各持一把匕首，被人扶著跑，只一心盼望出險，沒有轉想一下，自己此刻已成了他們七個人的累贅。他二人正應該自己說出口，叫別人奪路速走，光棍漢不要累害別人；可二人只說，快跑，快跑。許延華也只好乾著急，不便說破，魏豪更不便說破。姚承權、姚承鈞是姚山村的居停主人，已經弄到筋疲力盡，忽想起這一點，忙說：「許老英雄，魏壯士，對頭綴得太緊，你們全速退吧，不要管我們了。」

可是他喊遲了，敵人大批湧上來。前面一道土崗，七個人一齊想，得努力搶上土崗。內中二姚和兩個俘虜疲喘不堪，往崗上一躥，竟跌倒了兩個。許延華在後面望見，大叫：「壞了，壞了！」

追兵持火把自後面大叫：「看你們往哪裡跑。」由鮑麟生、桑玉兆指揮，分兩隊抄來。七個人踉踉蹌蹌剛上了土崗，追兵已經趕到土崗。

第二十八章　何跛鬥場顯神威

第二十九章　連珠箭智退群敵

突然間，崗後一聲大喝：「鐵牛堡的人，看箭！」

又一個清脆的聲音道：「姚山村的人快過來。」

一霎時，彈如流星，箭如疾雨，往崗下打來。迎面搶頭陣的追兵，登時被打倒三四個。第二排又到，又被打傷好幾個。

立刻譁然鼓噪，往後退下去，一迭聲道：「不好，土崗後有埋伏！」

這時候，土崗後，只有連珠箭何正平、何青鴻父女兩個罷了。許延華、魏豪陸續搶上土崗。雙方一過話，立刻翻身、布陣，把土崗守住。二姚和兩個俘虜喘作一團，覓蹲在土崗後，一時不能動彈，董俊千、鄒桐年隨後跟上來，也忙翻身挺刃。

但是這道土崗並不是天險，僅僅是借仗這凸起的黑影，虛實難辨，把追兵略略一阻罷了。鐵牛堡那邊，有的是燈籠火把，高舉起來一照，就任什麼都看清了。便是何氏父女這兩個埋伏，只憑兩張弩，也只能阻擋片刻之間。彈丸有限，連珠箭更無多，僅發出數十下，打倒七八個人，便已彈盡箭絕，父女兩人只剩下最後兩彈兩箭，不肯再發，同時住了手。

何氏父女就是不住手，也不能阻敵了。此時喪門神桑玉兆和鮑麟生督隊已到。鮑氏兄弟一看土崗，立刻用一隻紅色燈籠，指揮全隊，繞從兩側，夾攻土崗。瞬息間，便已越過這短短的土崗，分兵來抄何正平的後路。那桑玉兆就一揮鋸齒刀，帶著七八個倔強的漢子，從正面硬搶土崗。姚山村兩路的人剛剛會合在一起，一霎時同陷在圍陣中。

何正平卻不慌不忙，在黑影中叫了聲：「七弟！」摩雲鵬魏豪應了聲：「三哥，我在這裡呢。」又道：「青姪女呢？」何青鴻忙答道：「我在這裡呢。」

摩雲鵬魏豪又叫道：「三哥，可尋見小紀沒有？我可沒碰見一點線索。」何老答道：「我倒是摸著一點，回去再說。七弟，咱們合起手來走。」

何老是一面開弓，一面和摩雲鵬回答。又向許延華叫道：「許老兄，事情怎麼樣？」

許延華只顧挾岔揮刀，僅僅應了一句道：「不妙，只救出兩個，倒引得人家大隊綴下來了，我多謝何老前輩接應。」

這時火光已經全照過來，兩側敵人齊聲吶喊，他們再想互訴，已不能夠，且亦無暇。何正平大聲說：「許老兄，努力往外衝啊，我給你斷後。」

何老又叫：「七弟幫著我，還有哪位幫我？」

董俊千、鄒桐年都說道：「我！」四個人連何青鴻，據崗迎敵，一掃潛蹤奔逃的樣式，竟大呼揮殺起來。卻是總共幾個人，無論如何虛張聲勢，也嚇不退鐵牛堡大隊的人。鐵牛堡的人反而高舉火把，一壁從土崗正面攻，一壁從土崗側面抄截。

那許延華驟見援兵，方才一喜，旋又焦怒。又見救出來的兩個俘虜，全似軟癱一般掙扎不動，他便奮身上前扯起一個，叫道：「快跟我走！」許少華忙扯起一個，催著姚承鈞、姚承權，奪路急走。此時敵人漫散著抄來，何正華、摩雲鵬等又擋一陣，退一陣，敵人竟死綴不休。

鮑麟生大叫：「姚山村的朋友，趁早把劫去的人放下，若不然，我把你們全殺了。」桑玉兆也這樣喊，鐵牛堡餘眾也這樣喊。何正平、許延華誰也不肯聽，只是有路就走，有力氣就施展。當下迤邐而鬥，此奔彼逐，又追出一段路，遙望前途距小河邊還遠。許延華大聲向何老說：「糟了，糟了！他們兩位竟寸步難行，太累贅了，太累贅了！」

何正平大怒，忙道：「累贅也得受。」他以為這不能半途而廢，忙著又道：「許仁兄鉚力，我可要施毒手了，青兒快上這邊來。」

何青鴻往何老身邊一撲，喪門神桑玉兆大吼著來截。摩雲鵬魏豪揮劍一阻，何青鴻翻身一劍，何老大吼道：「呔，著法寶！」

桑玉兆咕咚一聲，跌下土崗。何老把他最後暗器發放出來。桑玉兆是個很魁梧的漢子，突遭暗算，鐵牛堡的人齊驚，立刻互相傳呼。

桑玉兆受了傷，仍然一跳而起，大叫道：「鮑賢弟，快拿暗器打東西。」鮑麟生道：「快傳弓箭手！」弓箭手只留下護堡，沒調來追敵。

鮑麟生又道：「快發鏢！」登時，有幾個人發出蝗石、鏢、箭，照何老等拈擊過來。

何老叫道：「哎呀！」抬眼一望，急向何青鴻、摩雲鵬、董、鄒眾人揮手。五個人登時虛擋一下，跳過土崗，一直敗下去。

許延華叔姪架著俘虜，已經退出一條小路，背後就有七八個鐵牛堡中人，腳程較快的，跟隨緊綴。在這七八個人背後，才是何正平父女五個人，再後就是鐵牛堡的大隊，敵黨己黨，追者逃者，這麼五花三層地錯落跑著，呼聲振盪曠野。許、何等全跑得力疲汗下，鐵牛堡中人更撥出一小隊急走，趕先一步抄奔小河。何正平、魏豪、許延華都覺得甩不俐落了，前面小河就不易奔到，更何況渡過？他們仍舊是且打且走，東張西望，盼望誰來援救。

那許延華忽東忽西地往前奔，把那俘虜拖得腳不沾地似的眨眼到了林邊。

林邊有鐵牛堡的卡子，此時聞警亮出一小隊人來，把林路口一擋，有火把照著，遠遠地看出八個彪形大漢，拿著刀矛、白蠟桿子。許少華吸了一口氣，忙道：「叔叔，我們繞林子走吧。」許延華道：「咳，不行，闖！」急將兩個俘虜交給姚氏弟兄，由許延華、許少華揮刀直撲林口。

八個大漢將燈火掛在樹上，齊揮刀矛攔阻，許延華跳上前一刀，三四個壯漢衝他攻來，許少華跟蹤而上，又過來三四個壯漢，把他擋住。許延華急回頭道：「你們快闖！」姚承鈞、姚承權拖著兩個俘虜，直撲上去，只剩了兩個守卡的壯漢，急急來攻。突然聽怪號一聲，這兩個壯漢先跌倒一個，跟著又跌倒一個，一齊連滾帶爬鑽入黑影去了。二姚大喜，那兩個被救的俘虜忙即踉踉蹌蹌奔入林口。

二姚叫道：「且慢，看看是誰！」林口中闖出一人道：「是我，還不快走！」

這突如其來的人，正是鐵笛彭青，他沒尋著何青鴻，恰好暗助了二姚一臂之力。二姚昆仲，慌忙突入林中。許延華、許少華叔姪也忙拋了敵人，從刀矛叢中突過，先後一抹地進入這片荒林，那六個壯士不肯就舍，大叫著追去。

這時候，連珠箭何正平、何青鴻、摩雲鵬魏豪、鄒桐年、董俊千，陸續也敗到林邊。可是鐵牛堡的大隊，鮑家四虎也緊緊趕到林邊，又且戰且走，打出林外。

前面走的許延華一行，後面斷後的何正平一行，個個覺到危發千鈞的情勢。一面尋路前奔，一面回望背後。後面喊成一片，猜想鐵牛堡必已傾巢出動。勢到如今，連何正平也急了，連說：「壞了，壞了！」兩隻眼不住地打量前途。

何青鴻也叫道：「爹爹，怎麼咱們的接應還不趕來？」何老說：「奇怪，奇怪，這大的動靜，不信他們聽不出來。」

這時候人人望救，人人怨恨接應兵的遲到。但等他們越過荒林，面前展開了黑乎乎的一片平原，在平原那邊，高高矮矮，分明望見俐落如星的火光，而且這火光正似往前移動。

連珠箭何正平略辨出火光，立即大聲喊道：「弟兄們，腳下多加勁呀。前面火光是咱們的救兵到了。」這一聲喊，如餘燼添薪，大家喘吁齊聲說道：「可好了，可好了。」人人強提著一口氣，拔步緊奔火光搶。

可是，就在這同時，後面的追兵也望見了。頭一個鮑麟生忙發號令，把部下叫住，匆匆發話道：「夥計們都來看，前面的火光，一定是他們姚山村的大隊救兵，他們一定是過河了，我們得趕緊截住這幾個奸細，不能叫他們好生回去。無論如何，也得把失去的三個俘虜奪回來，就奪不回來，也得拿鏢箭打死他。若不然，憑白叫他們擾了一夜，我們太丟人了。」

鮑麟生先命一個頭目率領二十餘人，從斜徑小路，先抄過去，要先搶住渡口，不叫逃人渡過。那頭目見大敵當前，火光俐落，頗覺為難。喪門神桑玉兆連忙插言：「我帶他們去，我還可以裹創助戰，我得找那老頭子算帳。」他倒提了九環刀，率領部下，立刻趕了上去，繞走左側。

鮑麟生又取了一張弓，轉身照鐵牛堡，連射出三支響箭，又加射了一支火箭。這意思是催援兵快來，仍派一個急足，往回路上翻，要叫留守的人調動全隊，就此和姚山村決一死戰。

然後他們自己率領餘眾，再從右側抄趕下去。燈籠火把急走如一條火龍。眨眼間又把許延華、何正平兩撥人橫截在垓心了。

何正平、許延華大呼突圍，所幸圍陣並不嚴密，只是虛攏著，不放他們逃走罷了。何正平一見這種情形，忙帶女兒何青鴻飛跑，摩雲鵬和鄒、董二友也拚命急跑，直趕到許延華一行背後，何老急叫住許延華道：「別快走了，預備抵敵吧，敵人可是急了。」

許延華張皇四望，頓然明白，大家立刻分撥，兩人做一撥，背對背，挽臂側身而行，互相掩護著，一邊打，一面仍然往前闖。何正平、魏豪這邊也是如此預備。再望河邊姚山村那邊，果然聚集了大隊，卻只駐在河岸對面，沒有過來，只有散兵游探，往來梭巡。何正平、許延華一齊振吭疾呼，恰巧頭一個脫險的姚乃屏，已由接應兵救至渡口。那姚山村的會頭一聽鐵牛堡大隊追來，也就顧不了許多，登時將停在河邊的小渡船駕起來，把數十名鄉團打手渡過河岸，由鄉團教師率領，挑著燈籠火把，紛紛迎殺上去。

這時候，晨星高掛晴空，天將破曉，一片喊殺之聲振動曠野。這一邊，連珠箭何正平、何青鴻、鄒桐年、董俊千、姚承鈞、姚承權、鐵笛彭青等，陸續敗逃下來；那一邊，鐵牛堡鮑氏四虎和喪門神桑玉兆等，一步不放鬆，緊迫下來。姚山村的人連忙劃著小船，整隊迎擊上去；一面把何正平、許延華，和所救的俘虜，先行接應過河，一面揮動刀矛，把鐵牛堡的打手擋住。

械鬥登時開始。

這一次械鬥又與先前不同。從前幾番鬥毆，都在小河西岔，是一片平原，既非鐵牛堡地界，也非姚山村地界。這一次卻是姚山村為了接應救俘的人，倉促渡河迎戰，恰做成了背水陣式。按戰法說，只能打勝，不能吃敗仗的，故此姚山村的人打得十分出力，簡直有點拚命。

那一方面，鐵牛堡的鮑家四虎以下，也因追逐奸細，未能成功，本已激起鬥志，並且因為敵人膽敢渡過河來挑戰，未免欺人太甚，有點堵門口挑釁的意思，故此人人死鬥，也打得十分出力。雙方可以說勢均力敵，全是由三更起始動兵，四更剛過，便動了手，雙方陸續地增兵，傾巢而鬥，直打到天明，又打到過午，又打到太陽平西，漸漸都飢疲，不能再行支持，方才同時收兵。仍舊與前幾次一樣，由鐵牛堡的會頭鮑大虎，和姚山村的會頭姚書紳，兩個人吆喝著發話，個個傳命收兵，各將自己受傷的人，和鬥死的人，抬回去，又七言八語互相威嚇了一陣，各丟下「瞧著我的，下次再會」的話，然後一面救死扶傷，一面各安置斷後、巡風的兵，漸漸都回去了。

按照從前的情景，雙方便要互相誇述己方的戰功，人人總覺得自己這邊占了上風，覺得對方吃了大虧，究其實不過彼此都倒楣罷了，誰也說不清敵人的傷亡實數。唯有這一回，姚山村的人自慶大功告成，把自己的俘虜救出三個來，又把敵人擋回去了，顯然是打了一次勝仗。於是他們大開盛筵，給何正平父女、許延華叔姪賀功。

鐵牛堡那邊未免在誇功之餘，想起追逐俘虜，又沒有奪回來，而且憑空把姚山村的人放過小河來，又任憑人家收隊回去，自己未能殺他一個片甲不回，如今就是強誇戰勝，究竟未免內慚。何況鐵桶一般的城堡，任由敵人來去自如，實在覺得有些丟人。

更有一件事，令人不悅，便是飛來鳳桑玉明，在內大鬧起來，被她連傷了好幾個人，看在她哥桑玉兆的面子上，仍得向她道歉，鮑氏兄弟屈著心自認誤會，未免叫人越思索越慼氣。

那飛來鳳桑玉明，夜半潛出客館，本為尋找情郎紀宏澤，半路上被堡中人阻擋，惹起她的慚怒來，被她連連砍傷四五個人，最後還是鮑麟生趕到，方才解圍。飛來鳳怒沖沖地告訴鮑麟生，說眾鄉丁出言無狀，頗有調戲自己的意味。鮑麟生只得長揖謝罪，心想好歹把她哄回客館。哪知桑玉明並不想回去，一心要到鮑六房那邊找紀宏澤。可是這件事又是背人的，飛來鳳搗了半晌鬼，最後仍被鮑麟生派遣一個小頭目，給她帶路，仍把她送回客館。她怔了一回，藉口把小頭目騙走，這才第二次重奔鮑六房。卻是一去撲了空，白挨了一暗器，再找紀宏澤，已經失蹤了。

她當然猜不到紀宏澤被鮑家的青年孀婦金慧容誘走，她想，紀宏澤一定是被鮑氏弟兄押到別處。她悲怒已極，要找鮑麟生大鬧；可是遍尋鮑麟生，又已不見。問及堡中人時，都說鮑家四虎和她哥哥桑玉兆，這時已然整隊追出堡外，原因是堡中進來了奸細，把俘虜盜了。桑玉明持刀詰問，堡中人全這樣說，而且剛才那一陣大亂她也聽見了。她噘著嘴待了一陣，正自無可如何，那鮑六房在旁又勸她說：「剛才姚山村的人襲進這裡來了，也許那個姓紀的跟他們是一夥，叫他們拐走了。姑娘既然一定要扣下他，你何不趕快追了去，把他抓回來，這工夫去還行，再多耽誤，更來不及了。」

飛來鳳桑玉明瞪了鮑六房一眼，說道：「你說的話是真的麼？」鮑六房道：「姑娘，你看這裡叫他們姚山村攪的，你再看這扇窗戶叫他們砸的，他們是剛逃走，那姓紀的一定是他們一黨。」

桑玉明一對大眼翻上翻下，忽然哼了一聲，扭頭就走。她果然被鮑六房的話打動，她真個直奔姚山村追下去了。

姚山村和鐵牛堡臨河決鬥，她不久趕到，登高一望，頓然明白：他們打起來了，那個紀宏澤莫非真是姚山村的人麼？

飛來鳳登高佇望，已望見她哥哥和鮑氏兄弟，指揮打手，和姚山村的人拚命。她冷笑一聲，暗道：我才犯不上給你們賣命呢。心頭一轉，打定了主意，她悄悄退下來，仰望天色，已然大明，今天是不行了，她想：晚上再見。

她決計要挨到日落之後，她要夜探姚山村，尋找紀情郎。

她於是落荒而走，找到一個鎮甸，她獨自落店，白晝假寐，耗到夜深，便即出動。

當天夜間，她撲奔姚山村，不想剛接近村邊，便聽見呼喊奔鬥之聲。原來是鐵牛堡的人，為了報復，也派遣了十幾個能手，到姚山村來營救俘虜來了。也和鐵牛堡一樣，登時被髮覺，也照樣地被追逐、被堵截，此刻正打得熱鬧。姚山村的人個個持著火把燈籠，把一座山村照同白晝。飛來鳳先是聽見喊聲，立刻攀上高枝一望，立刻望見火光，再迫近了觀望，簡直挨近不得。她不由啐罵了一句：「倒楣！」

她在暗中觀望良久，姚山村這夜直折騰了一通夜。飛來鳳氣得乾瞪眼，只得生氣回轉，一時負氣，不肯回鐵牛堡，仍到小鎮甸去，投到那店房住下，一連到姚山村附近窺望了兩三天，姚山村那邊戒備太嚴，滿山村全是燈火，簡直不易混入。

飛來鳳思戀紀宏澤，不肯罷休。直到第三天上，她重到鐵牛堡打聽了一回，和她哥哥吵鬧了一回。她哥哥也說不曉得紀宏澤的下落，鮑氏弟兄也沒有說紀某那夜乘亂逃走了，十有八九恐是姚山村的一黨。飛來鳳恨極，竟向她哥哥說了絕情的話，她一定要找紀宏澤，她這才憤然重回小鎮甸，表示不再問鐵牛堡械鬥的事。她仍要恃仗自己的本領，設法搜尋紀宏澤的下落。

她在姚山村、鐵牛堡附近，徬徨不去，終於在一天夜間，在荒郊半路上，是直奔姚山村的道口，出其不意，和紀宏澤、金慧容兩人相遇了。

金慧容已然以一種柔情蜜意，和紀宏澤訂了情。金慧容雖然是個少年孀婦，卻是非常的柔媚，又頗知男子的情懷，她竟把紀宏澤誘惑了，使得紀宏澤暫忘了一切，既忘了報仇，也忘了失蹤的七師叔。

紀宏澤正在青春，今竟無端遇見一個柔媚女子，如此地眷戀著自己。這女子又自視甚卑，把自己看得很高潔似的。他不由動了真情，覺得這女子太可憐了。金慧容越說自愧的話，紀宏澤便越覺得可憐，卻是這憐惜與戀愛在男女之間，幾乎是沒有什麼區別的。這樣，紀宏澤便被金慧容迷惑住了。

然而，冤家路窄，當金慧容和紀宏澤相偕私逃之時，忽然與飛來鳳相遇。於是奪婚之爭驟起。

飛來鳳和金慧容是完全異樣的兩個性格。飛來鳳生得頎長俊美，論姿容實比金慧容更美，而且飛來鳳縱然狂縱，究竟還有處女之美。但落到紀宏澤眼裡，卻覺金慧容實更嬌柔，飛來鳳則未免是一棵玫瑰花，有香，有色，有味，可惜有點刺。

金慧容卻像一朵泥中蓮花，雖然早失去童貞，已非處女，可是她竟頗具情痴，依依猶有女兒態，絕不像飛來鳳那麼矯健。

而且少年男子和少年女子俱是一樣，初戀最易打動人心。

紀宏澤把她二人來比，總覺金慧容更可憐；而且人們的心情，總是同情於劣敗者。當下，飛來鳳和金慧容爭奪起來，金慧容不是飛來鳳的對手，被飛來鳳一劍刺傷。

紀宏澤到了這時，竟橫身來勸架，雖然是勸架，無形中，已算是救了金慧容一命。

可是紀宏澤竟跟了飛來鳳去，做了交換條件。飛來鳳把紀宏澤勾引到一個祕密的所在，也和金慧容一樣，拿出柔情蜜意，向紀宏澤獻媚示愛，她要把自己的身體，嫁給這不期而遇的少年人。

她究竟是姑娘，她不願意像金慧容那樣倉促訂情，以身相許。她還要拜天地，入洞房，和紀宏澤做一對明媒正道的少年夫妻。她的性格倔強，卻和金慧容恰恰相反，她縱然是姑娘，她一見紀宏澤，便心醉動情，竟如狂風驟雨一般，一發而不可遏止，她的熱戀反叫紀宏澤很吃驚。

紀宏澤本是一個乍涉江湖、初步情場的聰明少年。他固然沒有經驗，他卻有的是理智，並且對於金、桑二女，總有些「一日夫婦百日恩」、以先入者為主的印象，他和飛來鳳邂逅雖早，卻敵不過金慧容定情在先。而且飛來鳳的做法顯見不及金慧容，若覺得飛來鳳的為人飄忽兔脫，便越顯得金慧容的風光旖旎。

金慧容是那麼柔媚，婉孌，她骨子裡做了主動人，處處用心機來牢寵紀宏澤；卻在表面，把自己放在被動地位。她勾引了這個少年男子，反而叫這少年男子自己覺著調戲了她。她的一雙媚眼，藏在深密的睫毛裡，就像是一副厲害的釣魚鉤。每當款洽之際，她那樣輕顰淺笑，似怯似羞，透出來迷離蕩漾的眼波，她便把自己放在欲死欲仙的地位。那紀宏澤也就受了交感，覺到銷魂意味。而且她自慚身非處女，老早地向紀宏澤說了實話，並且自認對不住紀宏澤。是怪她自己沒操守，把宏澤糟踐。她十分懺情愧悔，便越增加了紀宏澤的愛憐。

飛來鳳桑玉明卻不是這樣。她另有一脈跌宕不群的氣象，卻未免豪情稍深，柔情稍差了。她對於紀宏澤，雖然沒明說，卻已叫紀宏澤覺察出來。她的唇邊眼角，透露出無聲的話語：「我喜歡你，我要嫁你。我救了你，你該娶我。咱們哪天辦事？」總而言之，她很乾脆，她不像尋常處女，簡直說：不像尋常婦人。她一點也不客氣。

飛來鳳仗著掌中利刃、囊中迷魂袋，把金慧容戰敗，把紀宏澤俘虜過來，引到一個地方，立刻說出拜堂成親，並且向紀宏澤說，是你找媒人，還是我找媒人？

自然這些話也不太直截了當，也稍稍繞了一點小彎子，可是她太急，還未開口，早叫對方如見其肺腑然了。她真是大馬金刀的劉金定，只可惜雌風過銳，倒把紀宏澤嚇住了。

她在這一點上，實在不如金慧容。金慧容沒有說出「成婚」字樣，便先「定情」，而且自自然然，使雙方都陷入無可奈何的愛河波中。末後才提出怎樣渡河，如何善後的辦法。這飛來鳳卻是扯著紀宏澤，遙指著前途深險的愛河，向情人問道：「咱們過去呀？」

這一來，她拙了。

她和金慧容二女孰貞孰淫，頗難定論。但在紀宏澤心中，再三比較稱量之下，總覺得飛來鳳這一脈情火愛焰似乎太熱烈，而金慧容太可憐了。因此，他的人，縱被飛來鳳強俘過去，他的心仍舊不無戀戀於金慧容。並且他的理智未混，他幡然想起了自己的誓願，他仍須尋找七師叔，再去尋訪他家的仇人。因此，他儘管和飛來鳳抵面敷衍情話，他的一片心神早馳騖到別處去了。

於是這一天，紀宏澤和飛來鳳對面坐在繡榻矮幾之前，引杯喁喁共語。紀宏澤唯唯諾諾，飛來鳳且吐情焰，面含慍色，正在苛責紀宏澤，醜詆金慧容。而金慧容已然潛蹤趕到了，正在爬窗根、偷聽偷窺，偷生悶氣，偷著打算下手殲情敵、奪情郎的辦法。而在同時，螳螂捕蟬，黃雀在後，青鴻女俠恰也隨從她父連珠箭、師叔摩雲鵬趕到這祕窟之前。

金慧容只是為尋新歡，青鴻女俠卻是為保舊誼，要來搭救師門子弟。可是到後來，舊誼也要轉變為新婚，不過現時尚還談不到別的。眼下要做的事，只是搗破鳳巢，逐走飛來鳳，把紀宏澤拔出牝賊之手，仍將復仇之劍交還給他，叫他去尋殺父的仇人白龍和飛蛇的蹤跡。

第三十章　飛來鳳祕窟逼婚

當天下晚，姚山村和鐵牛堡械鬥的人陸續收隊，雙方一樣，俱是一面擺宴慶功，一面救死裹傷，人人以為打了勝仗，啞巴吃黃連，都不肯說出一個苦字。大體比較起來，還是姚山村占了上風，他們到底救出來姚乃屏等三個俘虜。

鄉下人一向睡得早，晚飯吃得更早，這一天卻破了例，直到二更，姚山村那座公議堂上，還擺著十多桌盛宴，聚著七八十位有頭有臉的人物，都是本村的富農、紳士和會武技、有氣力的壯士。外來客除了教師董俊千、鄒桐年、許延華、許少華以外，還有新到的連珠箭何正平和女兒何青鴻、師弟摩雲鵬魏豪。最惹人注目，最受會首禮待的，便是何氏父女、許氏叔姪。許氏叔姪是有功之臣，何氏父女是異樣人物，老者是跛足，少者是女子；再加上長身量、黑面皮的魏豪，幾乎成了全場的中心人物，大家都看著他們，聽他們說話，心上佩服得很。

何青鴻姑娘年紀既小，武功又好。並且是全場唯一的女客。她的一顰一笑都成了姚山村群雄的話題，這一回搭救俘虜，他們父女實在是立了大功。鐵笛彭青和她父女搭伴，脫險後更是讚不絕口。

倒是摩雲鵬魏豪，出力不小，武技甚精，反而沒人理會似的。魏豪目視他的何三哥，和三哥的愛女青鴻姑娘，只是微微含笑。在他心中，也正權量何姑娘的人品、人才，覺得她不過十七八歲，又這樣苗條，等到出手應敵，實在比自己一手教成的故師兄獅子林的遺孤紀宏澤勝強十倍。他不由心中暗嘆，紀宏澤這孩子雖不是沒出息，究竟缺少出人頭地的鋒芒。恐怕寡嫂的一番盼望、自己多年的教誨，將來收源結果，未必獲得十分的把握。是的，紀宏澤已經十八歲了，怎麼著，也趕不上三哥跟前的這個姪女。即如現在，紀宏澤竟丟了，遍覓不得，他到底跑到哪裡去了呢？夜間探堡，只得了一點荒信，究竟紀宏澤的下落所在，至今尚沒有探出頭緒。摩雲鵬魏豪想到這裡，目視何氏父女，不禁搖了搖頭，他心上忐忑忑，很不安頓，臉上神氣自然透出不高興。

何青鴻正坐在她父的肘下，姚山村的人齊向她慶功，她也勉強飲了三五杯酒，大家頌揚她，她不由忸怩含羞，把頭低下。忽一眼看見魏豪面含不悅，忙悄悄一推他父，低聲說：「爹爹，您看魏七叔，好像不痛快似的。」

連珠箭何正平側臉旁顧，心中明白。會首姚書紳正向自己敬酒，何正平忙將這杯酒轉給魏豪，對姚書紳道：「姚仁兄，在下老了，又有殘廢，實在是不中用。這一回探堡救人，自然全仗諸位英雄一齊努力，可是我們這位七師弟也真出力不小，臨出堡的時候，若不是他暗助我一鏢，我幾乎失陷在堡內了。」

姚書紳應聲答道：「是的，是的。這一回我們全仰仗著何三哥和這位魏七哥出力，才得把姚乃屏三個人救出來。尤其是魏七哥，我們以前素不相識，這一回可算是路見不平，拔刀相助，我們真得好好謝謝魏七哥。」

姚書紳對探堡諸人，本已挨次把盞，這時忙又湊到魏豪面前，重說了一番感激的話。摩雲鵬魏豪連忙正容應酬，其實他心中所想的滿不是這回事，他還是惦念紀宏澤的失蹤事件。不過他由這裡看出何青鴻的機警來，不由衝著青鴻一笑道：「青姑，你會捉弄我！你剛才和你爹爹說我什麼來？」

何青鴻笑道：「我沒有說您呀。」

他們二人在這裡低聲說話，大廳上一面傳杯共飲，一面紛紛議論救俘之事和械鬥之舉。那被救出來的三個人，只有姚乃屏先行一步，平安逃出來，其餘二人稍為落後，都已受了傷，雖不甚重，已不能赴宴。現在就只有姚乃屏列席，由姚書紳偕帶著他，先向出力諸人道謝，跟著也就入了座。大家都向他打聽被囚的情形，和鐵牛堡的虛實。

姚乃屏被俘的日子已經不少，差不多快二十天了，只是鐵牛堡監視很嚴，他任什麼沒有聽見，也沒有看見，只從監視人隔垣閒談中，偶爾聽出鮑四虎新邀來一夥江湖人物，前來幫拳，內中有一個水賊喪門神桑玉兆，一個女賊叫飛來鳳桑玉明，不知剛才械鬥，有他們出面沒有。

眾人聽了忙又互相傳問械鬥之人，都說剛才一陣亂打，雙方都沒有報名叫字號；只覺察出對方後隊的確有一二十個異鄉口音的人。他們打得最凶，喊罵得最穢，猜想恐怕不是好人。

姚乃屏反問：「內中可有女賊出面？」答的人都說沒有看見女人。

摩雲鵬魏豪在座上傾聽眾人議論，沒有聽出什麼來，旋即離座，找到姚乃屏面前，問他前在鐵牛堡被囚時，可曾聽說有一個十八九歲的長身體大眼睛少年壯士，被堡中扣留？

姚乃屏回答道：「他們鐵牛堡整年為非作歹，劫人扣人的事，倒是常有。」魏豪又問：「和你老兄一同被囚的，可有這樣一個人麼？」

姚乃屏道：「沒有，我小弟一時不慎，是被他們誆誘去的。他們只把我軟禁在一所空房中。平時也不上刑具，也不訊問我。只在前兩天，他們哄傳我們姚山村要派人前來偷營，他們方才加起緊來，連我和我的那位本家一齊上了繩索。」

摩雲鵬見這姚乃屏似不願人向他打聽被囚的情形，也就不肯再問了。直到三更宴罷，各人散去，姚書紳把何氏父女和摩雲鵬魏豪，安置在三間精舍內，又撥了一個使女、一個長工，服侍他們。

魏豪容得主人道了安，告辭去後，才悄問何老：「可曾獲得紀宏澤的下落？」又說：「三哥，你說堡中有熟人，你的熟人究竟是誰？找到了沒有？」

何正平答道：「沒有找到。」何正平究竟上了年紀，他這時早有些支持不住。何青鴻更是年輕女子，當時奮勇過力，此刻更顯得疲勞不堪。父女都想歇息，有話明天再講。

這三人倒是魏豪精神洋洋如平日，何老只顯得寡默，瞑目調息，何青鴻卻不住欠伸，據床撫枕，做出我倦欲眠的樣子。

魏豪兩眼注視何氏父女，立等開談。

何正平捫膝而坐，望著女兒嬌慵可掬，不禁嘆息道：「完了，人一到了我這樣時候，空有雄心，力氣不給使喚，就什麼都完了。」向女兒道：「青兒，你睏了，你自己到裡間睡去吧。小孩子到底不濟事，昨天的英雄好漢到哪裡去了？」

何青鴻忸怩道：「還是七叔，您真成。爹爹您瞧他老還不怎麼的呢！」

魏豪笑道：「我本來沒出力，自然不累。哪能比得上青姑你呢？開路是你，斷後也是你，你好比長阪坡的趙子龍，七出七進，我不過跟著你們爺們打下手罷了。」

何青鴻道：「您別逗我了，我可真睏了。」說著走進內間，掩門就寢，她素有擇席之病，到了今晚，耳朵剛挨枕頭，便發出輕鼾。何老聽了，望著魏豪一笑。

連珠箭何正平確有一個熟人，在鐵牛堡受過聘，當過教師。這個人名叫石振鐸。魏豪說：「這個人我也知道，也是當年一位鏢客，不過洗手歇馬已久了。」

姚山村、鐵牛堡械鬥一起，石振鐸鏢師受了鮑氏四虎的禮聘，跑來教練鄉丁。可是，等到何老探堡之時，經擒住堡中人持劍訊問，方才曉得石振鐸早已辭館不教了。聽說還鬧過彆扭。那石鏢師也是個狷介自矜的人，想是看不慣鮑家弟兄的跋扈行為。等到鐵牛堡續勾來水路綠林喪門神桑玉兆兄妹，這石振鐸便見機而作，不俟抓了一個茬，和鮑家中途分手了。

何老說：「這些情形，都是我從堡中人口內訊出來的。」如此說，鐵牛堡的內線是沒有了，魏豪不由失望。

但是何正平跟著說：「我們尋找內線的緣故，無非是想尋找大師兄的遺孤小鈴子。這小鈴子的下落，我卻影影綽綽，抓著一點線索了。我持劍威嚇一個堡中人，逼問實供。他們說，的確在前幾天，捉住了一個外來少年客，年約十八九歲，面膛微黑，大眼睛，重眉毛，直鼻梁，正跟你說的小鈴子的相貌差不多，並且跟他失蹤的日期也相符。他可是穿一身青，帶著一把劍、一隻行囊麼？」

摩雲鵬魏豪矍然道：「他正是這樣，一定是他了，他現在哪裡呢？怎麼我們沒有搜著？我跟他約定過暗號，昨夜探堡時，我用暗號嘯了好幾個來回，竟沒有見回聲，莫非他不在……」一陣著急，不由站起來了。

何老說：「七弟別心焦。如果準是他，那麼他大概離開鐵牛堡了，他確是在鐵牛堡被扣，他也有一些武林本領，他會逃出來的，你不要過慮。剛才聽姚乃屏說，他們鐵牛堡新請了一幫水道綠林，那個舵主和他的妹妹，兩個人非常地強梁，鮑氏弟兄卻把他兄妹禮如上賓，用為謀主。他們堡中人有的就不願意，說械鬥只管械鬥，不該勾結匪類，引狼入室。我也訊過一個人，據說這個少年外來客，就是那女綠林親手擒拿的。又聽說那女賊很年輕，很風流，好像是看上了少年外來客，曾經向堡主要求，把她手擒之人交給她管。堡主沒有答應，被她大鬧了一頓，到底也沒有鬧出結果來。那少年客，末後還是押在囚禁俘虜的對面屋內……」

說到這裡，魏豪哎呀一聲道：「這消息很要緊，三哥怎的當時不告訴我？我們竟沒顧得搜查囚俘虜的對面屋，那屋……咳，我還在那屋外動過手，竟沒有進去看看，也沒有叫一聲。咳，咳！」一迭聲地後悔不迭。

何老揉著眼笑了，說道：「七弟改了脾氣了。你想，你沒搜，我就也沒搜麼？況且這話又是我訊出來的，我又是幹什麼去的？」

魏豪恍然道：「我是當局者迷，我只覺得丟了林大哥的孤兒，良心上過不去。……可是的，三哥搜得情形怎麼樣？」

何正平道：「還是那話，大概離開鐵牛堡了。我先到俘虜室，在那裡救了姚山村的人，又捉住兩個堡中人，被我利刃磨頂，訊明實情，我立刻撲到對面屋。那屋裡明燈煌煌，只剩了屋了。八仙桌腿朝上，後窗大開，顯見是屋中有囚人，囚人已經破窗逃走了。照你所說，這少年客十之八九就是林大哥的孤兒，那麼他在昨夜，已經乘亂逃出鐵牛堡了，我們還得往附近地方尋找。」

魏豪瞪著眼聽，半晌道：「這可怎麼好？昨天晚上，我也跟你一樣，捉住了一個堡中人，我也持劍威嚇著盤問了一遍。

這傢伙也說，確有一個少年客在堡被扣，他卻不曾見過這人，所以說不出相貌衣履來，只知是個不到二十歲帶劍會武的少年男子，像個挾技遊學的武林。可是他又說，活捉這少年的，不是本堡武師，乃是外請的一位女英雄。但他說，這少年遊學的武林，已在堡中扣留數日，當晚並沒有逃跑，卻被那個女英雄要去了。」

何正平點頭道：「兩樣口供倒還相符，只不過傳聞異詞罷了。你捉的那人是幹什麼的？」魏豪道：「是他們鐵牛堡在僻巷站崗的。」

何老說：「那就是了，我捉的卻正是監視俘虜的人，還是我的消息可靠。」魏豪道：「但是不管如何，明天我們必得再辛苦一趟，若找不著小鈴子，我真沒臉見林大嫂了。三哥，你務必幫幫我。」

何正平道：「七弟放心，我也是義不容辭，責無旁貸的。我們今晚先好好歇一覺，明天我們開始圍著鐵牛堡左近加細搜尋。不怕七弟見笑，我真有點不濟事了。你別看我當晚上打得那麼歡，現在我可是兩隻腿像泡在醋裡，這條廢腿更像針扎似的跳著疼，並且腰桿兒也酸。我是老了！」

魏豪道：「這就難為三哥了。昨夜我見你生龍活虎似的，這都是當年苦練所致，若像小弟我，恐怕到了三哥這大年紀，就要動彈不得了。」二人又商議一陣，各自歸寢。

次日凌晨，姚山村把住要路口，準備械鬥。

何正平洗漱完畢，忙向姚書紳告辭。姚書紳正在用人之際，極力挽留。何正平道：「實在對不起，我此來專為尋找一個故人之子。現在我先向您告假，我尋著之後，一定再來效勞，還有我這位師弟，我也替你邀下了。今天沒法子，我們只好先走一步。」姚書紳又要設宴餞別，又要厚贈行儀。

何正平一一辭謝道：「我小弟並不是立刻就要離開貴村。

我這故人之子就失落在鐵牛堡附近，前夜我已訪明，我們現在就要出去找找。如果訪不著，我弟兄還要回來借貴村駐腳的。」

姚書紳又要列隊歡送，贈送良駒。

何正平忙又推辭道：「這更不敢當，敵人就在面前。我們不敢驚動諸位迎送，就是我們爺三個，也要改裝潛行，不叫他們鐵牛堡的人知道才好呢。前天夜裡，我們既然幫著您的人，把姚乃屏姚兄救出來，對方一定把我看成仇人，我們不能不小心些。」

何正平遂向姚書紳借了三套衣服，何正平、何青鴻、摩雲鵬魏豪，一齊改了裝束，不走正村口，仍從後村山道斷崖下，悄悄踱下平地。姚書紳就直送到斷崖前，彼此拱手作別，訂了後會。

連珠箭何正平已將鐵牛堡、姚山村附近的地名、道路的遠近，從姚書紳口中打聽明白，魏豪也早於數日前訪問過了。出離村後，師兄弟二人和何青鴻，立即大寬轉彎，繞過鐵牛堡，徑奔織女河碼頭。這本是附近一帶村莊的走集，又是水旱鎮甸，地點很衝要，人口又多，江湖人士最易溷跡。三個人進了碼頭，先行投店，把何青鴻姑娘安置在店房中。然後何正平拿出老江湖的派頭來。到街市上買東西閒逛，逢人打聽一切，措辭只作為嘮叨老人的閒談。魏豪卻又假裝有病，路受風霜，找到店東店夥打聽偏方，順便扯東拉西，把刺探的話混在瞎扯中間。

只經過半日水磨工夫，居然探驪得珠，在織女河碼頭本鎮上，確曾有過這樣一個急裝帶劍的青衫少年，在本店對過福盛泰客棧投宿過。但不是單行客，卻帶著家眷，也不是過路急行，卻在福盛泰店房一住好幾天，而且中間挪過店，並在街市上趕過集，買過被縟、胭脂、手巾、梳子等物，又在碼頭上問過船。並且這少年同他的家眷，好像是妻子吧，一塊兒並肩出門，恩恩愛愛，小兩口兒很有趣，招得旁人側目。他們倆有一陣子好像沒事人一般，有一陣子又毛毛骨骨，羞羞慚慚，也像怕人看似的。因此有人說，這不是一對少年夫妻，十之八九是情人私奔。卻也有人說，男的女的都帶著兵刃，怕是走江湖的人物。那女子也許是個繩妓，卻是氣度又很豪華。倒是那個男的，舉動稍差，像個雛兒。

這樣的一男一婦，在織女河出現，因為男女口音各別，所以很引人注目，又因少年夫妻同行的自來少見，越發地被人傳說著。又說是，那女子確是一個媳婦兒，不是姑娘。又說是那男子好像比他的妻子年紀輕，好像差個三幾歲似的，這倒是北方農村常有的事，甚至富農有給他八歲兒子聘娶十九歲的大媳婦的。但是這兩口又不類，因為那男的好像是直隸口音，那女子又似河南口音……

摩雲鵬魏豪又聽店夥說，這一男一女就在他們店裡住過一天。連珠箭何正平也聽碼頭上船伕說，有如此一男一女，在這裡打聽過南下的船，卻不知雇妥沒有，也沒人看見他們上船啟程。

何正平又打聽到本鎮的地保，直找到地保家，花了二兩銀子，買回許多消息來。大抵鐵牛堡、姚山村械鬥的事，和雙方延攬江湖人物的話，都瞞不住這個地保。就是鮑氏四虎，潛招水寇的祕事，這地保也有耳聞了。他還說親眼見過那個水寇的瓢把子，和那瓢把子的妹妹，叫做什麼鳳的，也曾在一天傍晚，見她引領三四個短衣幫，由織女河下船，跟著上了轎車，直奔鐵牛堡去了。

當下，何正平和摩雲鵬魏豪，在店中叫了三份酒飯，一面吃喝，一面交換消息。到了這時，兩個人都已斷定紀宏澤有了下落，他一定是叫那個叫什麼鳳的女賊給弄走，一定離鐵牛堡了。只是他們既沒有僱船，也沒有僱車，現在要猜想他的去向，可就頗難著手了。

魏豪急得直搔頭。何正平道：「我可以先打聽這個女賊的姓名底細，飛鳥不離本巢，我們總有法可以掏著她。」

匆匆飯罷，三個人出去往遠處查找。當天沒有結果，次日仍沒有結果，僅只打聽出飛來鳳桑玉明的來歷。知道她是個女賊，相傳她有不少面首。

魏豪一聽這話，更是著急。何正平倒呵呵地笑了，說道：「女賊好色，小夥子便可以保得住性命，你何必吸涼氣？」魏豪看著何青鴻，低聲說：「三哥忘了，姦情出人命，倒採花更容易毀害少年。」何正平道：「我們只趕緊掏就是了，空吸氣沒有用。想不到一晃十餘年，七弟你倒變得娘娘們的了。」

三個人續往各處訪，何青鴻這個年輕姑娘居然聽了江湖上不少豔跡，都是關於飛來鳳的。她只向地下啐唾沫，衝著她父親皺眉。她父親倒不介意，魏豪反替紀宏澤醜得慌。

終於這一天，在林邊遇見了金慧容。這金慧容才是真正誘走紀宏澤的女人呢。不過這時她已把她的情人失掉。飛來鳳已用武力將紀宏澤奪走。

何正平父女把受傷的金慧容救蘇，金慧容訴說前情，把飛來鳳描摹成母夜叉，這個母夜叉把她的義弟紀宏澤劫走了。她自然有一番飾詞，但飾詞瞞不了久涉江湖的何正平、魏豪。

何、魏二人窮詰細訊，獲得不少實底，表面漠漠然不置可否，只用權詞把金慧容遣走。

金慧容含著眼淚，一步一跛，自去投奔一個地方，何、魏三人立刻潛蹤綴下去，要從金慧容這一邊下手，來搜摸紀宏澤的下落。這樣做，果然做對了。

金慧容不知用什麼方法，也不知由何處獲得線索，竟在兩天之內，把飛來鳳祕密潛身之處尋著。地點在豫北，是個小村鎮，大院落。飛來鳳已將紀宏澤擫弄到這裡來了，正忙著籌備成婚大典。

金慧容奔命似的尋找過來，卻不敢登門討人。她情知自己的武功，不是情敵飛來鳳的對手，況且自己如今是孤身一人，更不能抵敵了。她仍然不甘心，她想明的不成，我要暗箭取事！她切齒咬牙，發著狠，她便在飛來鳳這個祕密巢穴附近，潛伺起來，晝伏夜出，潛蹤如貍，白天睡在廢剎屋頂，一到夜深，便設法奔到鳳巢前後左右，窺探思索。她想：無論如何，我得把宏澤調走，我知道他心上有我的，他絕不會貪戀她！她又想：而且我無論如何，此仇必報，我要用暗箭把臭妮子制死，哪怕跟她死在一塊呢！

她怨憤已極。

金慧容只注意飛來鳳，唯恐自己一個孤行女子，惹人注目，不幸傳到飛來鳳耳裡，或落到飛來鳳眼角，我是白白地找死呀！因此，她提心吊膽，防備著情敵，可也就顧此失彼，忽略了自己背後，還有三個人暗綴著自己。

她並不是不精細，她墜入情海，當局者迷，竟忘了生死利害。她念念在心裡的是尋著紀宏澤，潛遞消息，一同偕奔。同時，把飛來鳳好歹弄殺。

但是她受的傷還沒收口，稍一用力，創口仍然滲血。她好容易尋著了鳳巢，當天竟未敢迫近前，她急得要哭。她終於冒險上了鄰房，從鄰房往鳳巢這邊偷窺。

這一所小村的大院落，夜間曠曠蕩蕩，四合房只有正房燈火映窗。她遠遠地望著，不敢湊過去。側著耳朵聽，又沒有聽出什麼來。她趴在鄰房屋頂，足足過了兩個更次，僅僅望見飛來鳳喬裝改扮，由打外面回來，倒把她嚇得縮頭不迭。過了好一會兒，再探頭看時，飛來鳳已然進了院，又已然進了屋。可恨的是，一時膽小，沒看準她進了哪間屋，更可恨的是，早知飛來鳳出去了，自己正可以鼓勇下去，逕行拍窗彈指，把紀宏澤喚出來，一走了事，豈不是痛快？然而良機已失，空後悔已無及了。

她又摸摸自己所帶的暗器，但分有機會猝然一發，明槍易躲，暗箭難防，一下子把情敵射死，豈不是更痛快？然而這機會還得再等。

金慧容這樣潛伏暗窺，直到快收更，才悄悄回去。第二日白天，改裝男子，臉上抹上薑黃色，到近處踩探了一圈，入夜又開始偷窺。這一回居然看明大院內出來進去的人數，並且黑影中，好像有一個人頗似紀宏澤。

紀宏澤此時頗有「預備做新郎」的模樣了，身上穿著嶄新的長袍馬褂，大概是從正房赴廁所，隨後又回去了，並沒有張皇四顧。金慧容幾乎失聲叫了出來，究其實她並沒有一準看清。她卻信她的心勝過她的眼，她以為再不會看錯。但是想個什麼法，知會紀宏澤呢？居高臨下，又隔著一道院子，她是一點法子也沒有，空著了很大的急。眼看這少年進了屋，她才忽然想起可以投問路石子，試著打動他，不過稍為想得慢，又把機會錯過了。

這一晚照舊熬過很久，方才含淚回去。苦忖良久，打定了一個主意：不入虎穴，難得虎子。她決計要拚命下去行刺。是的，先行刺，除了情敵，次尋情郎，就萬無一失了。

而且這行刺之事，實在已不容緩，她曾瞥見了情敵飛來鳳，打扮得花枝招展，帶出新嫁娘的派頭來了。而且，她又訪明，正有花轎、吹鼓手被大院雇來，分明他們要剋日拜堂成親。一日夫妻百日恩，她、她、她……究竟是處女。他雖說是很愛我，無奈我到底是個孀婦，我的姿容就算比飛來鳳強，可是男人們性情無定，萬一容得他們倆真個拜了天地，我可就再也奪不回來了。金慧容如此設想，行刺之舉，決計趁當晚一試。她就處心積慮，趕忙地預備百發百中的暗器。

同時，她那情敵飛來鳳桑玉明，正在春上眉梢，百般設法，要贏得紀宏澤的歡心，也要提早下嫁。飛來鳳雖然用武力把紀宏澤奪來，那只是對付金慧容罷了。她對待紀宏澤，實在動了真情，故此一到她這所祕窟，立刻和紀宏澤分室而居，謹訂婚期，定要明謀正道地做紀宏澤原配之妻。她已然倉促之間，煩好了大媒，並且倉促之間，備好了一切裝新之具。她在紀宏澤面前，做出無限嬌羞，無限憫媚。她要憑一己的姿色和媚態，捉住紀宏澤的人，同時捉住紀宏澤的心。她正努力作良家處女模樣。可惜一切煩媒備禮，仍得自己操心，那也就沒法。

便是她這番嬌羞之態，也是直到她的祕窟，方才施展出來。當在路上，押著紀宏澤同走時，她不能不施出一點雌威，否則又怕紀宏澤再跑了。她起初把紀宏澤看成戰場上的俘虜，只一味辱罵情敵，抱怨情郎。等到此刻，她把紀宏澤看成情場上的俘虜，再要施武力，深恐惹起紀宏澤的反感。她立刻把百煉鋼轉變為繞指柔。她先把紀宏澤讓進上房，自己陪伴著，說了一些閒話，隨後吩咐手下人給紀宏澤備酒，卻讓紀宏澤一個人獨酌。自己假說更衣，躲了出去。將她的心腹人叫來，祕囑了許多話，把閒雜人等全都遣出去。只留下一個使女、一個女僕和一個副手。就叫這副手陪著紀宏澤說話，正正經經提出嫁娶的事來。

這副手先向紀宏澤盛誇飛來鳳的才色，稱她是北地有名的女俠，至今守貞不字，一味仗義遊俠。想必是良緣天定，不意今日一見閣下，便動了真情。隨後又誇紀宏澤的少年英俊，把紀宏澤的家況重問了一遍。末了就是提到成婚的日期，自然表示快辦為妙。這副手說飛來鳳手下率領許多健兒，今既要下嫁閣下，她當然要趕快洗手，把寨中事務結束起來，所以婚事不便從緩，以速為妙。

副手說了，更不容紀宏澤回答，便代定了日期，又自任大媒，言明五天之內拜堂。把個紀宏澤說得十分詫異，不覺動了少年脾氣，連說不可。

副手笑道：「這事怕由不得閣下，我們寨主在此地頗有一些勢力，我看閣下還是俯允了吧。」說到這裡，這副手更不再談，便告辭出來。

紀宏澤忙說：「朋友慢走，這件事不能這樣辦，這樣辦太倉促了。況且，跟我同行的，還有我的一位長輩，在我舍下家裡，還有我的娘親，我不能隨便自主。請你上復你們寨主，您的寨主是個女英雄，承她垂青不才，不才只是個稍為大點的孩子罷了，我不曉得她從哪一點上看取了不才，不才實覺齊大非偶。這件事這麼辦，似乎有點……我倒絕不是拒婚……不過……」說到這裡，他連咳了數聲，末後方說：「這件事似乎應該稍為從緩，不必這樣忙。」

那大媒聽了這話，好像得到了出乎意外的回答，登時愣住了。臉上露出似笑非笑，似訝非訝，很古怪的一種神氣，扭頭往門外一看，回頭盯住了紀宏澤的面孔，情不自禁發出一聲：「唔？」

起初，這個副手看待紀宏澤，當然是看做了女頭領的入幕之賓、東床嬌客，如同二國舅應承駙馬爺似的，禮貌上不敢怠慢，意態上卻多少含了一點輕薄、調皮。向紀宏澤一口一個閣下叫著，兩隻眸子骨碌碌，上下打量著這未來的寨中新郎。

臉上的表情，和口邊客氣話好像並不協調，而且辭色間總有些酸溜溜的味兒。在他心目中，不知把紀宏澤看成何如人也，但是他料定紀宏澤已成了「俺們桑三爺」口中的肉臠，推想這塊肉臠起初多半是由肉票變成的。飛來鳳是那麼美而俏、俏而辣的一個女寨主，這小夥子大遠地被帶來了，乖乖地跟了來，講到婚姻大事，一定百依百順，還敢支吾不成？不但不敢，按情理說，也不能夠拒絕。若要拒絕，怎會跟來呢？

並且這說媒的演詞，又完全出於女寨主的授意，這不過表示特別鄭重其事，僅在定期隆重舉行成婚大典之外，加上一個提前速成的意見，把提婚問名、納采涓吉成婚，趕於五日內先成罷了，論情，論理，論勢，這個裙衩帶來的健馬，只應諾諾諾，婦唱夫隨，斷無不不不，回頭再說之理。想不到大媒振振有詞之後，這小夥子居然說出「從緩」來。

「從緩」二字依照世故常套講辭，並不是簡單的從緩，乾脆仍是「作罷」的換一句話。

大媒站起來的身子，呆呆釘在桌角邊，只剩了眼珠打轉，半晌才疑疑思思地問道：「紀先生，您閣下說的是什麼?您是要怎樣地從緩呢?」

紀宏澤忸怩道:「我說是這日期太趕碌了，而且跟我出來的一位長輩又不在這裡，我應該先找著他，然後再請他……主持一切。」

大媒道:「哦，您的長輩沒在這裡，你閣下還要等候他。……剛才您又說什麼齊大非偶，誰又是齊大呢?您莫非嫌我們寨主歲數大一點麼?您要知道常言說得好，女大一，好夫妻;女大兩，黃金掌;女大三，抱金磚……」底下還有兩句，是女大四，沒意思;女大五，賽老母。那大媒故意把沒意思改成有意思，把賽老母改成全家福。

這副手眼睛裡含著嬉笑，說道:「我們寨主很年輕，和您很般配呢。您二位才真是郎才女貌，她比您許是稍為大點，可是世界上女人比她俏皮得太少了，大主意您可拿定了。這一回聽我們寨主的口氣，好像您二位一切都定局了，她不過叫我來做媒，和您面定日期。您說從緩的意思，我可有點不摸頭，我可不曉得您要怎樣地從緩。要不然，您稍等一等，我請示請示去，回頭來我再聽您的意思。」

這大媒說了這樣怫然不滿的話，眸子始終盯著紀宏澤的臉，心上卻在暗暗揣摸紀宏澤的來路。他已看出紀宏澤「嫩」來，他想這小子也許是初出茅廬的綠林，不知怎樣，在飛來鳳兄妹重逢的時候，叫她看上了，誘來了。再不然，就是一個尋常的漂亮小夥，想必是在鐵牛堡那邊，被飛來鳳看見，硬給架了過來。這大媒原是飛來鳳的副手，很知道她的為人，素常玩弄男子，總不肯提到嫁娶。唯有這一次，她居然裝起良家處女，還要正正經經地辦喜事。這個副手未免覺得奇怪，他很想設詞套問紀宏澤:第一刺探這一男一女結識的始末緣由;第二還要探明紀宏澤到底從哪一點上，能夠打動飛來鳳委身相從的心。

他的話在舌頭上直轉，可是他要問又不敢問，恐怕日後叫飛來鳳曉得了，必不饒恕自己。飛來鳳的脾氣是很暴烈的，這個副手乃是她的看攤的小頭目，年紀已大，深得飛來鳳的信任的，故此飛來鳳特意派他來當大媒。飛來鳳的本意，只是叫他客客氣氣，把婚期通知紀宏澤，但不要說是她的意思。這個副手卻沒給她辦好，一來他是好奇，二來也有點妒意。他終於又坐下來，拿話擠兌紀宏澤，告訴紀宏澤，這吉期是我們寨主查皇曆選定的，是個很好的吉日。現在只要請問閣下一句話，是可，是不可，痛快答覆了，我好回去交差。

這樣一說，到底把飛來鳳一片盼嫁的真情全給抖摟出來了。可是紀宏澤到底也不肯痛快說出可否來。擠到最後，紀宏澤便把和七叔偕出遊學、中途失散的話說出，現在他還是要先尋七叔，然後再議婚事。是再議婚事，不是再訂婚事。

大媒聽了，連聲說道：「哦哦，是的，我曉得了。這也很好。不過我聽我們寨主說，好像並不是這樣，她的意思是先辦婚事，後幫您尋找您的長輩。這也許是我聽擰了。這麼辦吧，您請坐著，我先跟您告假，我先把您這番意思回覆了寨主，然後咱們再從長計議。不過有一節，我得先透給您閣下，我們寨主實在是個女中豪傑，豪傑做事卻與尋常婦道不同呀。我瞧您閣下像是道裡的人，道裡的事您總該明白的，這可跟平常人家大不相同，您要想開了，看明白了，省得以後……」說罷，兩眼重向紀宏澤掃了一下，把底下的話嚥住，站起來，拱一拱手，告辭走了。

紀宏澤站起來要送行，被大媒攔住。於是宏澤一個人留在屋裡，環顧四面，又像是落到被囚的局面中了，屋外仍有人把守著。

紀宏澤雙眉緊皺，更坐不住，只在屋中來回走溜，心中紛如亂麻，想到這幾天所遇到的怪事，不由愧悔交迸。

他自想：和七叔失散才數日，自己竟會遇到了兩個怪女子。那一個女子金慧容，是一個少年孀婦，是我持刀威嚇她，叫她給我開門，我好逃出鐵牛堡。她竟情願給我做嚮導，把我領出堡外。我竟一時昏迷，半夜中和她有了沾染，我真該死。

可是她呢，也愧悔萬分，自以失身於我，幾要羞忿自刎，除非我把她收下，她更不想活了。我就這樣被她的柔情美貌所惑。

可是，她實在教人可憐……

紀宏澤又想：我和金慧容落到無可奈何的地步了，偏偏這一個女子飛來鳳，用暗器捉獲我，和我談起終身大事來，一定要我娶她。她們倆竟為了爭我，動起刀來。金慧容受了傷，不知逃到哪裡去了。現在飛來鳳摽定了我，把我引到這個地方來，她公然煩了大媒，要逼我即日與她成婚。看這樣子，我若不答應她，一定不肯放我走，也不肯幫我尋找七叔了。

紀宏澤又回想這個女人的談話：她對我說，她今年剛二十歲，只比我大兩歲。她說她是一個女俠客，手底下率領幾十名嘍囉，專做劫奪貪官汙吏、殺富濟貧的事業。她雖然帶了許多人，她至今還是處女，她說她曾在師祖面前立誓，終身不嫁，一意遊俠。她說她不知怎的，一見了我，就投了緣，她情願委身相從，從此洗手，退出武林，矢守婦道，做一個良妻賢母。我看出她舉動性格過於潑辣，她卻向我再三表說，她是有激而然，只要我肯要她，她一定痛改前非，我叫她怎樣，她就怎樣。

紀宏澤默默獨想，想到此處，不禁搖了搖頭，心中說道：「我看這個桑姑娘太決辣，不如金慧容。金慧容倒有點溫柔勁。

桑姑娘別看生得比金俊俏，打扮得也漂亮，可是我看她到底不及金慧容……」

想到這裡，因又回想那日林邊二女決鬥的情形，更追想到自己和金慧容在店中廝守的情形，總覺金慧容這個女子可憐，因而反覺得桑玉明這個女子有點令人不敢招惹似的。她固然豪爽，只可惜豪爽太過。並且她的為人也有些可怪，譬如在鐵牛堡，剛一相遇，她就猝然衝我提起了終身大事，她臉上一點怍容也沒有。可是現在她把我撮弄到這裡來，她忽然又不見面了，她竟躲起我來，她把我一個人拘在這裡，她究竟安著什麼心呢？

紀宏澤胡思亂想，不覺又激起少年烈性。他說：「我是不受人挾制的。」站起身來，又要獨自出來。

這一次已經有了經驗，紀宏澤不肯冒冒失失硬往外闖，先到屋門口，叫了一聲。他曉得這地方是飛來鳳的祕密巢穴，自己硬要自由行動，一準行不通的。除非是又像在鐵牛堡，拿武力奪路。但用武力，他又不是飛來鳳的對手，飛來鳳的刀法並不怎樣，唯有她那件暗器，自己吃過苦頭，實在沒法子抵擋，故此紀宏澤客客氣氣要先告辭了。而且他也是真真受了飛來鳳的牢籠，一廂情願跟了來的。飛來鳳說，定要助他尋找七叔，既要尋找七叔，必須邀集強援，他們這是特來此地約請幫手的。卻不料一到地方，飛來鳳竟煩大媒，先提婚事，把尋七叔之事作為緩圖。紀宏澤因此動了猜疑，認定自己始料不錯，飛來鳳這個女子果然有點詫異，自己鬥她不過，還是設法和她「善離」為妙。

紀宏澤抱著這樣見解，貼著房門招呼了一聲。立刻有一個長衫人物，類似富家豪奴模樣的人，從廂房走出來，向紀宏澤走來，恭恭敬敬行了一個禮，問道：「二爺，是您招呼我麼？您有什麼吩咐？」

紀宏澤乾脆說道：「哥們，勞你駕，替我言語一聲，我有要緊事，打算出去找一個人，煩你把你們貴寨主請來。」這豪僕模樣的人忙應了一聲道：「是，您請稍候，您要出去會朋友嗎？我們寨主是要招贅二爺您……那麼，您請屋裡坐，我這就給您請去。」

這人雙眼露著古怪的神情，把紀宏澤重讓回上房，轉身回來，到二門口說了一句什麼話，立刻有兩個短衣壯士，從南屋走出。這豪僕向二人低告數語，二人抬頭往上房一瞥，立即走進角門，轉到另一跨院。紀宏澤側立在上房堂屋，俱都看明，暗想：這飛來鳳派頭好大呀，不用說，她把我看成肉票了。肉票和肉衊原也差不多，若論飛來鳳的居心倒是把紀宏澤看得很重，故此她自己裝起千金小姐來。只可惜這個大媒沒給她辦好罷了。

兩個短衣壯士找到了飛來鳳，把紀宏澤要請她，要告辭的話，據實轉達。飛來鳳這工夫忙得正高興，劈頭挨了這一槓子，不由羞惱交迸。

飛來鳳剛才已然聽完大媒的報告，她已然不悅。那大媒已走，她這時正命侍女給自己試梳盤頭，面前堆著一大迭妝新的衣裳，對面坐著兩個頭目，她正向他們交代話。還有一個半老的徐娘，乃是三寨主的小媽，陪在一旁，正講究洞房花燭夜的禁戒。她回味大媒的話。那大媒措辭很委婉，把紀宏澤拒絕的話說得很受聽，卻是飛來鳳的要緊希望，乃是在五日內成婚，「不過這一點，紀先生已然拒絕了。」別的還有什麼？別的就是「先尋找七叔，好給紀先生和桑寨主證婚。」這推得遠了。

可是大媒並不會直說。這兩個短衣人物就不然了，劈頭一句就是說：「那姓紀的要走。」「他幹什麼要走？」「他要尋找他的朋友去，不肯在咱們這裡待了。」

飛來鳳驀地臉通紅，眼看兩個頭目，似笑非笑，再看半老徐娘，也嘖嘖有聲地說：「這是什麼話呀？」飛來鳳忍不住了，陡然立起來，手挽著青絲發，喝命這兩個嘍囉：「快把馬老臺叫來。」這人就是豪僕模樣的那個長衫人物。

飛來鳳一迭聲追問馬老臺：「剛才那位紀先生說什麼來？」

馬老臺據實報告。飛來鳳又喝問：「謝老三對他都講了些什麼？」這個他就是紀宏澤。兩個頭目都要笑，見飛來鳳發怒，全都不敢笑，只順著口說：「謝老三瞎扯扯，辦正格的怕不成。」那馬老臺說不清謝老三的話，只將紀宏澤告辭的意思詳細講出。兩番說話一對，她登時覺出大媒謝老三的飾詞來。

飛來鳳勃然震怒，把梳子一摔，頓足罵道：「謝老三真可惡，你們快給我把他叫來。」

謝老三肚裡明白：女寨主一心要嫁小白臉，可惜小白臉不老願意。他正和同伴嘲笑女寨主，女寨主傳喚他，他笑容未斂，洋洋走來。哪知飛來鳳已然怒不可遏，一見面就罵：「謝老三，我拿你當人，托你給我辦一點事，你卻給我耍滑頭，你到底什麼意思，你成心給我弄砸了！」

謝老三忙道：「當家的，我沒有耍滑頭啊？」

飛來鳳氣得嚷道：「你沒耍滑頭？你那狗臉笑什麼？告訴你，我們路上原講得好好的，他一定要娶我，我一定要嫁他，不過只有一件小事沒有商量停留。我沒法子，才煩你去替我說，你反而全盤給我弄得變卦了！你到底是怎麼回事？」

兩個頭目聽不明白，忙也順口問道：「到底怎麼回事，是誰變卦了？」

飛來鳳道：「還有誰？左不過是他變卦了！他一開頭就叫我幫著他，尋找他的七叔。我卻叫他跟我來，先把喜事辦完了，然後再尋找他的七叔。他自然有他的理，他說他要請他的七叔給我們主婚，可是他的理到底叫我駁倒了。我說一個年輕姑娘家，怎能平白無故，跟你一個陌生的年輕小夥子，合手辦事？豈不叫人笑話我沒有廉恥？人家常說，男女授受不親。我們江湖道上固然不講什麼授受不親；可是若提到終身大事，別看我是一寨之主，我也不能錯了大轍，我可不能叫婆家的人恥笑我。」

飛來鳳接著說：「我對他說得明明白白，我們必得先辦事，隨後我才能幫他尋人救人。我問他，一個新娘子若幫著自己的丈夫，搭救叔公公，那是沒人笑話的。若是一個沒過門的媳婦，竟先跟著爺們滿處亂跑，誰家有這個規矩？我把他問得沒話了，他這才跟我一路到這裡來。我跟他講得好，我邀他到咱們這裡來，不一定是要成親，最要緊的還是擇個日子，先過門。哪怕拜完天地，不合房呢，我再跟著他滿處亂找，我就不落褒貶了。我也跟他講清楚了，他也跟我點頭了，怎麼回頭煩你一說，滿又不對勁了？謝三，這不是你給我耍軸兒，是什麼？難道我的終身大事，你瞧著有點不大對你的勁麼？咹，謝三？」

謝三驀地也紅了臉，張口結舌，面帶恐怖之容，連忙辯白道：「當家的，我可不敢，您可錯疑了。實情是姓紀的這麼對我說的，我照著您的意思辦的，只怨我不會辦事就是了。我天膽也不敢拗著您的意思胡來。你老昨晚上教給我的話，我一字一板對姓紀的學說，我告訴他，這全是您的主意。我說是您已經把日子定好了，我勸他趕緊依著您的主意，五天之內，快快地把喜事辦了，有他的好處。我還告訴他，您手下帶得人很多，勢力很大……」

飛來鳳越發震怒道：「你說什麼，你說我勢力大，帶得人多？你是要嚇唬他？你說是我說的，要在五天之內辦事？……你這個血渾血渾的渾蛋！我不是對你說過麼，一切千萬別說是我說的，要叫你拿你自己的口氣勸他，催他。你也一大把年紀了，你聽誰說過，做新媳婦的人，自己個親手張羅婚事，親口規定婚期？我為什麼打發你去，我不是要借你的嘴使喚麼？我不是因為我自己不好出頭，有好些話礙口，才叫你替我轉達麼？你到底把我掀出來，與其這樣，我不會自己跑去告訴他，豈不乾脆？我何苦繞彎子，支使你這倒楣蛋給我洩底呀？我為什麼叫你當大媒？要照這樣，我要媒人乾什麼？」

謝三惶恐已極，再三賠罪，先認了自己糊塗，辦事不善，然後解說剛才自己確是依著寨主的意思，用自己的口氣，向紀某表示一切，不過此刻為了報告寨主，這才徑直說出來。

謝三說：「其實我和姓紀的當場談話時，所有規定婚期，催促辦事，都是用媒人的地位講的，實在我並沒有把當家的露出來。我對他講，別看我們當家的轟轟烈烈，做了一寨之主，只一談到婚姻大事，她老人家照樣是很害羞的。我們常勸她出閣，她老人家只是害臊不肯。我還告訴他，說你老一向見了年輕男子，就紅臉的；這一回遇著你紀先生，實在紅鸞星動了。

我說你老從前再不是這樣的。那姓紀的聽了這話，很佩服您的，您不信可以請了他來，咱們三面對問。」

飛來鳳不由啐了一口，罵道：「你不用花馬吊嘴地騙我，乾脆說吧，他到底答應了我的親事沒有？」

謝三吃吃地說：「他早就答應了。他說他實在佩服您是一位女英雄。不過，他要等等他的七叔，好給您二位主婚。他說，五天以內趕辦喜事，未免太倉促了。他叫我請示您，稍為緩上幾個月期程，才好。他還要把他的母親接來看看您。」

飛來鳳頓足道：「反正你給我弄砸了，你不用描了，你越描越黑。你小子不知對他講了些什麼。你這工夫是滿口謊言，你破壞了我的終身大事。剛才他們告訴我，說他著急要走。他一開頭不急著要走，反倒叫你小子勸娶之後，鬧著要走更急了。你小子沒安好心，你給我滾過來！」

飛來鳳越說越怒，越思索越不是味，連聲喝命謝老三過來。謝三嚇得黃了臉，忙向在座諸人求救。那兩個頭目一齊站起來，替謝三講情。那個半老徐娘，名叫曹四姨，也探身扯著飛來鳳，勸道：「三當家的，您別著急。這種事讓謝三哥辦，是不大合適的。您要是跟鄰近別的桿子有什麼爭執，您教他去當說客，那他一定辦得漂亮，他的舌頭是硬的。您若叫他當媒人，他可就玩不轉了。您的意思，不是要告訴駙馬爺，定規五天之內拜堂成親麼？您把這事交給我，大媒不如媒婆子。我若是說個媒，拉個纖，管保成功。再說這位駙馬爺不是有眼無珠，憑您這份人才，頭是頭、腳是腳的，他一定心裡早就愛上你了，只不過年輕人臉皮子薄，有話不肯說出口來。」

曹四姨平時靈嘴巧舌，甚得飛來鳳的信任，實是鳳巢的女管家。她與謝三分管內外，難免為爭寵，有點小摩擦。這次想藉機立功，壓謝三一頭。

曹四姨姍姍來到紀宏澤居室，已是酉時。紀宏澤自從申時打發馬老臺去請飛來鳳，足足等了一個時辰，卻來了這麼一個半老徐娘。這一個時辰，紀宏澤覺得好似過了一年，思緒變化萬千，想走又不敢，欲留又不甘，先氣，後急，忽憤，忽惱，最終有點怒了，正想不顧死活，拚命一闖！

曹四姨來得不是時候，正值紀宏澤怒氣上升的時刻。曹四姨滿面笑容，先談家常，後進說詞。紀宏澤強捺著性子聽著，也不再多加解釋，只堅持要走，立刻要走，要面見飛來鳳：「如桑姑娘實在沒空見我，請代我轉達這個意思，等我尋著七叔，再來相見。」

曹四姨自以為說詞委婉，道理十足，其實大多不過是重複謝三的話，徒增紀宏澤的厭煩，沒有得到半點轉機。她下不了臺，心煩，舌尖也不那麼靈了。他得不到結果，心也煩，態度越發堅硬了。二人由坐著談，變成站著談，宏澤逐漸向屋門移動，曹四姨趕忙堵住門口，兩人就在屋門口，一個勸留，一個鬧走。曹、紀僵持著，都忘了時間。

飛來鳳在閨房開始耐著性子坐等，使女在一旁沒話找話哄慰三爺，謝三一再賠罪，飛來鳳怒氣未消，一言不發，靜等曹四姨帶來好消息。等了半個時辰，仍不見說客回報，她沉不住氣了，打發使女探聽。這個使女已然十八歲，伺候飛來鳳兩年，頗知她的暴躁脾氣，又怕得罪四姨；偷聽半晌，已知越談越僵，但不敢如實報告，只說兩人談得還合攏，勸三爺再等等。飛來鳳追問使女，兩人是怎麼談的，都說了些什麼話？這使女吞吞吐吐，卻又說不出來。飛來鳳一怒，打了使女一記耳光，罵道：「我淨養你們這些廢物！」說著便要動身。謝三和兩個頭目再三攔勸，飛來鳳才又坐下，繼續等。

小院不大，兩間屋裡，氣氛都很緊張，都是一觸即發。紀宏澤雖是惱怒異常，但還含著點怕；夜幕已然降臨，他想再等一會兒，硬闖出去。飛來鳳先憋不住了，她親自出馬了，別人勸不住，也不敢攔。

飛來鳳仍是一般少女打扮，長裙蓋繡鞋，花枝招展，兩手空空，努力掩蓋女盜本色。只是百香囊暗藏在身，她強捺著性子，徐徐踱往上房。

謝三心中有數，猜知不會有什麼好結果，悄悄操帶兵刃，並使眼色，讓兩個頭目也攜刀劍，稍後跟隨。

此刻已是戌時，天色昏暗。金慧容卻已悄悄伏在屋頂。她已探聽明白，鳳黨大多外出，院內不過四五個人；她只要能夠暗器重傷飛來鳳，別賊不足為懼。她情急忘禍，夜幕剛剛降臨，便潛赴鳳巢。她有自己的如意算盤，天一黑就暗傷飛來鳳，救出宏澤，然後攜情侶，連夜潛逃，不待鳳黨聚集起來，他們便可走出五十里以外的安全地方了。

金慧容伏藏不多時，影影綽綽見到新嫁娘一般打扮的飛來鳳，挑簾出來，碎步徐行。慧容大喜，忙在屋頂爬行數步，挨近房檐，掏出暗器。

飛來鳳走近上房丈許，停下腳步，喘口氣，沉下怒容，換上笑顏。正值此時，忽覺背後被人猛刺一箭。她往前一躥，身形未起，肩、腿又各中一箭，撲通倒地。就在同時，屋頂躍下一人，手持利劍，刺向飛來鳳。

謝三急躥兩步，單刀格住利劍。鳳黨兩頭目，不待吩咐，也圍攻金慧容。

上房的紀宏澤正欲搶出屋門，突聞院內刀劍格鬥聲，他不顧一切，一手撥開曹四姨，躥到小院中。他借屋內燈光，略一環視，只見一人臥倒在地，三條大漢圍攻一矮小人影。那矮小人一邊拒敵，一邊嘶聲喊叫：「紀，紀……」

紀宏澤大驚，忙躥前相呼：「是慧容嗎？」

飛來鳳受傷不輕，欲起不能，急探右手掏出百香囊。忽聞紀、金問答聲，心中憤恨已極，想暗算慧容，但相距較遠，又恐誤傷自己人。宏澤正赤手空拳站立跟前，不知所措，飛來鳳奮全力揚右手，百香囊打中毫無提防的紀宏澤。宏澤驚叫一聲，當場失明，急往旁一躍。金慧容聽宏澤答聲，剛一喜；又聽一叫，又一驚。一喜，一驚。一失神，被謝三單刀掃著左腿，也跌倒在地。

正在此際，屋頂突然又躍下三條人影，一人急奔宏澤，另二人迎鬥謝三等賊。這正是何正平、何青鴻父女和魏豪三人。

三人緊緊跟蹤金慧容，也潛伏在房頂之上。事態變化太快，待三人看清情勢時，已有三人受傷。魏豪喊著宏澤的名字，奔到跟前。

金慧容那邊形勢大變。何正平急於速戰，一筒連珠箭便射倒二賊，謝三帶傷逃竄。何青鴻性本疾惡如仇，舉劍便刺飛來鳳。何正平忙喊道：「青兒，手下留情！」青鴻手中劍略一下偏，離開心房，刺中女賊腹部。飛來鳳當即昏死過去。

何青鴻又奔向金慧容，也想要她的命。她覺得這倆女人都不是好人。這回卻被何正平攔住了。

魏豪狂喜地拉著紀宏澤走過來道：「三哥，三哥，這就是小鈴子，救出來了，就是眼睛讓毒煙迷了。他說，用清水一洗，一會兒就好了！」

紀宏澤忙著向何三叔行禮，何正平急道：「現在不要說閒話、辦閒事。七弟，趕快給鈴哥用水洗洗眼，儘快離開這個匪巢……」

四人忙了一陣，何正平道：「七弟，你背著小鈴子；青兒，你背著這位金娘子，趕快走！」

何青鴻道：「不，我不背這個騷貨！我不殺她，就算便宜了她！」

紀宏澤聽了何正平父女的對話，心中苦辣酸甜，說不出是什麼滋味，硬著頭皮低聲哀求魏豪道：「七叔，這個女子也是受害人，您可憐可憐她，也救她一命吧！」

何青鴻哼了一聲。何正平道：「青兒，我救這位娘子走，自然有道理。現在顧不得細說。青兒，聽話。」

何青鴻負氣一拎金慧容的胳臂，放在自己背上，也不言語。

魏豪已背起紀宏澤，問何正平道：「往哪裡去？」

何正平道：「姚山村！賊黨人多勢眾，先到他們寨子裡避一避風。」

何正平本意要借助姚山村暫躲一時，就想送姚山村一份小禮物。金慧容是鐵牛堡的人，正好把她交給姚山村，讓她提供鐵牛堡的虛實。誰料到，待何正平將金慧容帶到姚山村，認真盤訊，金慧容竟係假名姓，實是小白龍方靖之女。魏豪早已探知小白龍方靖隱藏河南，卻不知白龍躲開黑鷹程岳、獅林同門和官府的追緝，在河南卻遇到他早年仇人、被他戮殺的前妻的同門。敵人登門尋仇，白龍誘敵逃逸，但失散了他的愛女小桐姑娘。小桐孤身少女遇惡霸欺凌，無處容身，被迫改名換姓，嫁給鮑家做妾避難。

小白龍方靖是什麼出身，為什麼他曾「言受祖訓，不准為官，只得為盜」？他又為什麼殘殺前妻？

金慧容，也就是方小桐，屢受重傷，性命如何？紀宏澤，也就是林劍華，如何對待仇人之女金慧容？是否尋到殺父仇人小白龍？

整理後記

本書為「錢鏢四部作」之四《聯鏢記》的續集，亦即「錢鏢後傳」。《大澤龍蛇傳》自 1941 年 11 月 15 日始連載於北京《立言畫刊》，至 1944 年 12 月底全部載完。從期至 327 期計 161 期。其間 1943 年由天津正華出版部出版單行本三卷，截止《立言畫刊》260 期。自 261 期至 327 期連載部分從未出版過單行本。

《立言畫刊》連載時，為保持故事的完整性，在《大澤龍蛇傳》的開頭，重刊載正華版的《聯鏢記》第34章至36章。此次整理時，第1章至第3章即依據《聯鏢記》卷六第34至36章，第4章至章則依據《立言畫刊》第 181 期至 243 期。但因「正華版」的卷一、卷二缺佚，只好參閱盜印本校正若干處，第12章至第16章依據正華版卷三排印；第17章至第30章依據《立言畫刊》第 260 至期的連載排印，但這部分章節從未出書，作者未列每章標題，為保持全書的統一性，編者將其分為14章（即17至30章），並加了標題。這一部分《立言畫刊》連載時作者分為4章：第7章「武林張情網孤雛奮翼」（現為17至22章）；第8章「飛來鳳奪婿鬥青鴻」（現為23至24章）；第9章「青鴻女俠搗鳳巢」（現為25至29章）；第10章「飛來鳳洞房遇刺」（現為30章）。而前6章在出單行本時作者分為章，並改了標題（即前16章）。為便於研究者參照，特加以說明。

整理後記

本書並未寫完，作者曾在天津《真善美畫刊》發表續作，但越寫越離題，於是採用移花接木之術，將本書中主角「紀宏澤」改為「崔澤」，並與《河朔七雄》「嫁接」，以《雁翅鏢》《青萍劍》系列作的書名出版單行本，所以本書沒有結尾。為了全書故事的完整，宮以仁先生按白羽生前意圖，補寫了結尾。

第一章　潛龍湖邊現鱗爪

第三章　賣恩計捨身投湖

第四章　伏蛇陰謀布網羅

第六章　小白龍露跡傾巢

第七章　凌伯萍折節懺情

第八章　吃醋飲酒伏牝盜

第九章　鄧飛蛇尋仇狹路

第十一章　霸臺避仇家獅兒礪爪

第十二章　慈孀傷心龍蛇鬥

第十四章　賭拳技小試成敗

第十五章　窺械鬥山村蹈險

第十六章　失旅伴狹路逢諜

第十七章　信謊言誤入鐵堡

第十八章　陷鳳巢孤雛奮翼

第二十章　啟械鬥二桑作浪

第二十一章　遇美婦道地脫身

第二十三章　陷情網流連小甸

第二十四章　雙女拚鬥奪少婿

第二十五章　魏豪求援尋故友

第二十六章　父女仗義探賊穴

第二十七章　青鴻鬥鳳勝女寇

第二十八章　何跛鬥場顯神威

第二十九章　連珠箭智退群敵

第三十章　飛來鳳祕窟逼婚

大澤龍蛇傳——美人關難過，無人能獨活

作　　者：白羽
發 行 人：黃振庭
出 版 者：崧燁文化事業有限公司
發 行 者：崧燁文化事業有限公司
E-mail：sonbookservice@gmail.com
粉 絲 頁：https://www.facebook.com/sonbookss/
網　　址：https://sonbook.net/
地　　址：台北市中正區重慶南路一段六十一號八樓 815 室
Rm. 815, 8F., No.61, Sec. 1, Chongqing S. Rd., Zhongzheng Dist., Taipei City 100, Taiwan
電　　話：(02)2370-3310
傳　　真：(02)2388-1990
印　　刷：京峯數位服務有限公司
律師顧問：廣華律師事務所 張珮琦律師

定　　價：475 元
發行日期：2024 年 03 月第一版
◎本書以 POD 印製
Design Assets from Freepik.com

國家圖書館出版品預行編目資料

大澤龍蛇傳——美人關難過，無人能獨活 / 白羽 著. -- 第一版. -- 臺北市：崧燁文化事業有限公司, 2024.03
面；　公分
POD 版
ISBN 978-626-394-004-8(平裝)
857.9　　113000988

電子書購買

臉書

爽讀 APP